Erdmann ermittelt

Fälle zwischen Sandplatz und Schweigen

Fallakten: 1 bis 8

Kriminalistische Kurzgeschichten von Claudio Gärtner

CLAUDIO GÄRTNER

ERDMANN
ermittelt

Fälle zwischen Sandplatz und Schweigen

Fallakten: 1 - 8

FSC
www.fsc.org
MIX
Papier aus verantwortungsvollen Quellen
Paper from responsible sources
FSC® C105338

Bibliografische Information der Deutschen Nationalbibliothek:
Die Deutsche Nationalbibliothek verzeichnet diese Publikation in der Deutschen Nationalbibliografie; detaillierte bibliografische Daten sind im Internet über dnb.dnb.de abrufbar.

www.kommissar-erdmann.de

Verlag:
BoD · Books on Demand GmbH, Überseering 33, 22297 Hamburg, bod@bod.de

Druck:
Libri Plureos GmbH, Friedensallee 273, 22763 Hamburg

ISBN: 978-3-8192-4528-2

Fallakten

Einleitung

Zwischen Ballwand und Beweismittel:

Wer ist Kommissar Erdmann a.D.?

Manche Männer gehen in Rente.

Andere tauchen unter.

Kommissar Erdmann ging auf den Tennisplatz.

Nach vier Jahrzehnten bei der Kriminalpolizei - davon zwanzig Jahre in der Mordkommission, zwölf Jahre in der Wirtschaftskriminalität und vier Jahre im inneren Rückzugsraum der Berliner Polizei - wurde ihm nahegelegt, es doch mal mit Boule zu versuchen. Oder mit Balkonbepflanzung. Stattdessen meldete er sich in einem Berliner Tennisverein an. Altersklasse 60+, Spielstärke „mehr Auge als Knie", Trinkfestigkeit ungebrochen.

Was er nicht wusste - oder vielleicht doch: Der Tennisplatz ist ein idealer Tatort. Und ein Spiegel der Gesellschaft.

Wo Menschen sich in weißen Hemden begegnen, ist das Verbrechen oft nicht weit: zu dünne Suppe, zu dicke Brieftasche, zu spitze Bemerkungen über Doppelfehler.

Und so stolpert Erdmann, nun a.D., über allerlei Merkwürdigkeiten: einen Mord am Bratentag, einen Scheckbetrug mit Designerlächeln, ein verschwundenes Medaillenset oder einen Spind, der sich über Nacht leert, obwohl niemand mehr einen Schlüssel hat - angeblich.

In eigenständigen Kriminalfällen, die stets mit einem sportlichen Schlenker, einer tennisspezifischen Marotte oder einem gepflegten Vereinsabend beginnen, löst Erdmann, was andere übersehen.

Mit Berliner Schnauze, viel Geduld, einer thermosgefüllten Intuition - und der Fähigkeit, genau dann zu schweigen, wenn alle reden.

Diese Geschichten sind keine brutalen Thriller.

Sie sind Bettlektüre - zum Schmunzeln und Grübeln.

Sie zeigen das Groteske im Gewöhnlichen, die Eleganz des Täters beim Abziehen des Platzes - und den trockenen Humor eines Mannes, der lieber einen Schläger in der Hand hält als ein Protokoll.

Willkommen im Club.

Fallakte 1: Der Tod spielt Doppel

PROLOG

Es war einer dieser Morgen, an dem der Berliner Himmel sich entschied, neutral zu bleiben - nicht grau, nicht blau, einfach da. Die Kirschbäume hinter Platz 3 streckten ihre letzten Blüten wie eine höfliche Erinnerung an den Frühling aus, während die Linien des Sandplatzes noch feucht glänzten vom nächtlichen Tau.

Kommissar Erdmann saß, wie so oft, auf der Bank mit Blick auf die Plätze - nicht mehr im Dienst, aber mit demselben wachen Blick, der einst Einbrecher entlarvte, Steuerbetrüger überführte und mehr als einen Totschläger mit einem einzigen Satz zum Reden brachte.

Jetzt trug er keine Dienstmarke mehr, sondern bequeme Schuhe und einen beigen Hut, die ebenso viel gesehen hatte wie ihre Träger. Sein Blick: ruhig. Seine Thermoskanne: dampfend.

Das Revier: Sand statt Asphalt.

Der Ton: unverändert.

In seinem Schatten - nicht im übertragenen Sinne, sondern ganz real - stand Schröder, sein einstiger Assistent bei der Kripo. Jetzt regelmäßig auf dem Platz, nicht als Spieler, sondern als eine Art ungebetener Mitermittler mit zu vielen Theorien und zu wenig Geduld.

Er war klug, keine Frage, aber in Erdmanns Augen noch grün hinter den Ohren. Und vor allem: zu schnell mit dem Reden.

„Wat zu sagen haste später ooch noch. Det Wesentliche rennt nich weg", hatte Erdmann ihm mal gesagt. Schröder hatte daraufhin fünf Minuten geschwiegen - sein persönlicher Rekord.

Und dann war da noch Lina Berg. Die Frau, die in der Verbandsredaktion alles las, was nicht veröffentlicht werden sollte. Reporterin mit Spürnase, die hinter der Ehrenplakette den Riss im Lack fand. Erdmann mochte sie. Auch wenn sie ihn manchmal nervte.

Sie war keine dieser Hochglanz-PR-Stimmen. Sie fragte, wenn andere schwiegen - und sie schrieb, was andere vergaßen. Ihr Name auf einem Bericht bedeutete: Unruhe in der Vereinsküche.

Und genau das, wusste Erdmann, konnte nützlich sein.

Die drei verband nichts - außer einer Leidenschaft für das, was sich zwischen den Linien abspielte. Nicht auf dem Center Court, sondern in den Köpfen, in den Fluren, hinter verschlossenen Türen.

An diesem Morgen ahnte noch niemand, dass das anstehende Mixed-Doppelturnier nicht nur für sportliche Überraschungen sorgen würde.

Sondern auch für einen Bruch. Einen Bruch in der Routine. In der Stille.

Und in einer Geschichte, die zu lange zwischen Bespannung und Boulevard begraben lag.

Die Linien auf Platz 5 waren gezogen. Die Spieler gemeldet. Der Kaffee dampfte.

Doch Erdmann spürte - ohne es benennen zu können - dass heute nicht einfach nur Tennis gespielt werden würde. Heute wurde ein Spiel eröffnet, das keiner angekündigt hatte. Und jemand hatte bereits den ersten Satz verloren. Ohne dass der Ball überhaupt im Spiel war.

1. SAND IM GETRIEBE

Der Morgen hatte jene trügerische Klarheit, wie sie nur auf Berliner Tennisanlagen vorkommt, wenn die Sonne um kurz nach sieben eine feuchte Stille über die frisch abgezogenen Plätze legt, als wollte sie sie versiegeln - für das, was da noch kommen mochte. Im Klubhaus roch es nach Filterkaffee, Heizkörperlack und dem Holz der Theke, das in all den Jahrzehnten mehr vertrauliche Gespräche gehört hatte als so mancher Verhörraum in Erdmanns Dienstzeit.

Kommissar Erdmann, a.D., saß wie so oft auf seiner Bank am Rand von Platz 3. Thermosbecher in der Hand, grauer Trenchcoat aufgeknöpft, Hut leicht schräg. Eine Zeitung lag aufgeschlagen neben ihm - nicht zum Lesen, sondern als Alibi fürs Nichtstun. Dass er beobachtete, war offensichtlich. Dass er nachdachte, war gewiss. Nur worüber, das wusste keiner. Man munkelte, er sei einfach nicht ausgelastet seit der Pensionierung. Andere sagten, er sähe mehr, als einem lieb sein konnte.

An diesem Morgen jedenfalls war etwas anders. Der Platzwart, ein blasser Herr mit wettergegerbtem Nacken und der Körpersprache eines Mannes, der nie freiwillig in der Mitte des Geschehens stand, trat nervös von einem Fuß auf den anderen. „Dit is komisch, Herr Erdmann“, murmelte er, „der Sand fühlt sich… naja, sagen wa mal: seltsam an. Und hier - seh'n Se ma hier.“ Er deutete auf einen Streifen feiner Sandkörner, die sich leicht dunkler vom übrigen Belag abhoben, obwohl der Platz erst gestern neu aufbereitet worden war.

Erdmann erhob sich, trat heran. Kein Regen über Nacht. Kein Laub. Kein Wind. Und doch: Der Untergrund wirkte an dieser Stelle... durchsetzt. Etwas war eingearbeitet worden. Irgendwas, das nicht hierhergehörte. Der Kommissar ging in die Hocke, roch am Sand. Eine Spur Bitterkeit. Eine metallische Note. Kein typischer Berliner Staub, der war trocken und stumpf. Das hier war anders.

Ein paar Meter weiter, an der Grundlinie, kniete nun auch der Platzwart. „Da hinten is noch wat. Unter der Bank." Erdmann trat heran. Ein Knäuel Papier, zerknüllt, halb eingesandet. Mit einem kaputten Holzgriff, wie von einem alten Brillenetui, der aus dem Papier lugte. Vorsichtig zog Erdmann es hervor. Die Reste eines Speisezettels? Oder ein Kontoauszug? Nein - es war der zerfledderte Spielplan des gestrigen Doppelturniers. Markierungen in Rot, handschriftlich: ein Name eingekreist, daneben ein dickes Ausrufezeichen. Kein offizielles Dokument. Eher privat. Vielleicht gar: persönlich.

„Hat Schröder schon was gesagt?" fragte Erdmann ohne aufzusehen. Der Platzwart schüttelte den Kopf. „Nee, der is doch noch nich mal da. Hat Spätschicht, oder Frühdienst, oder wat weiß ick. Kommt heut spät."

Erdmann nickte. Schröder würde sich schon melden, wenn er gebraucht wurde. Jetzt zählte erstmal die Stille - das, was noch nicht gesagt, noch nicht gefragt, noch nicht gefunden war.

Die Geräusche des aufwachenden Klubs mischten sich unter die leisen Windzüge. Ein Ball sprang auf Platz 2. Schuhe quietschten über die Linien. Doch etwas an diesem Tag passte nicht zum üblichen Vereinsidyll. Erdmann spürte es im Nacken. Diese Ahnung, die nie ganz verschwand, die ihn durch all die Jahre getragen hatte wie ein sechster Sinn, der sich meldete, wenn zwischen zwei Aufschlägen ein Fehler passierte, den keiner sah - außer ihm.

Der Kiosk öffnete. Die Kaffeemaschine zischte. Und doch blieb es seltsam still in seinem Inneren. Als ob die

Luft den Atem anhielt.

Dann, ganz leise, ein Ruf vom oberen Platz. „Sanitäter! Schnell! Da liegt jemand!“

Erdmann drehte sich um. Keine Eile, kein Laufen. Nur dieses kontrollierte, routinierte Gehen eines Mannes, der wusste, dass es schlimmer wurde, wenn man hetzte. Er trat an den Rand des Geschehens, das nun begann, sich zu entfalten. Ein Körper lag im Eck von Platz 5, halb auf der Seitenlinie, halb unter der Spielerbank. Der Arm verdreht, das Gesicht zur Sonne gedreht - leer.

Kein Schrei. Kein Blut. Nur ein Fall.

Und Sand, der sich zu rühren begann.

2. DER ZUSAMMENBRUCH

Der Körper des Mannes lag noch immer regungslos, als Erdmann langsam an den Rand von Platz 5 trat. Nicht aus Neugier, nicht aus Schaulust. Sondern mit der ruhigen Behutsamkeit eines Mannes, der zu viele solcher Szenen gesehen hatte, um sich von der Aufregung anderer anstecken zu lassen. Der alte Asphaltweg, der an den Platzgrenzen entlangführte, vibrierte leicht unter den hastigen Schritten der herbeigeeilten Mitglieder, die nun wie Motten um das Geschehen kreisten - ohne näherzukommen.

Erdmann trat näher. Kein offensichtliches Trauma. Nur ein Mann, etwa Mitte fünfzig, durchtrainiert, sonnengebräunt, in weißem Polo und kurzen Hosen, wie sie an Sommerturniertagen nun einmal getragen wurden. Das Gesicht eingefroren in einem Ausdruck, der zwischen Verwunderung und Auflösung oszillierte. Die linke Hand krallte sich noch in den Griff eines Schlägers, dessen Rahmen sauber war, die Bespannung aber seltsam schlaff.

„Er hat nur noch gesagt: ‚Wartet mal kurz‘ - dann isser zusammengesackt.“ Die Stimme kam von einer Frau im Damentrikot des Klubs, Anfang sechzig, mit sonnengebleichtem Pferdeschwanz und schmalem Gesicht. Neben ihr stand ein älterer Herr mit hochgezogenen Schultern und feuchten Augen. Das Doppelpaar des morgendlichen Matches, wie sich herausstellte. Beide standen sichtlich unter Schock.

Erdmann nickte kaum merklich. „Und der Name?“ fragte er in Richtung der Frau.

„Henning Krohn. Er ist... war auch Schiedsrichter. Ein bekannter sogar. War öfter im Fernsehen, auch bei großen Turnieren. Immer korrekt. Immer ruhig. Sowas hab ich noch nie gesehen bei ihm.“

Schröder war inzwischen eingetroffen, keuchend, mit dem typischen Ausdruck jugendlicher Dringlichkeit im Gesicht. „Was haben wir?“

Erdmann zeigte wortlos auf den Körper. „Kein Kampf. Kein Sturz. Kein lautes Klatschen. Einfach gefallen. Fast wie...“ - er suchte einen Begriff - „...ein Stromausfall.“

Der Notarzt, der kurz darauf eintraf, stellte den Tod fest. Herzversagen. Wahrscheinlich. Vorerst. Keine Spuren äußerer Gewalteinwirkung. Kein Giftgeruch. Nichts, was auf einen Angriff hindeutete. Und doch: Etwas stimmte nicht. Nicht mit der Haltung, nicht mit dem Ausdruck, nicht mit der Tatsache, dass ein Mann, der noch Minuten zuvor präzise Bälle über das Netz setzte, einfach umfiel, als hätte jemand einen Schalter umgelegt.

Lina Berg war als eine der ersten Journalistinnen vor Ort - nicht, weil sie davon erfahren hätte, sondern weil sie im Klub ein Interview führen wollte. Ein Porträt über das Vereinsleben im Sommer. Nun stand sie da, mit ihrem Notizbuch, einer Stirn voller Zweifel - und jenem leichten Zögern, das sie immer überkam, wenn aus einer Geschichte eine andere wurde.

„Krohn war nicht einfach nur ein Schiri“, sagte sie halblaut, eher zu sich selbst. „Er war eine Institution. Der Mann hatte mal Wimbledon abgesagt, weil seine Tochter Geburtstag hatte. Ein Ehrenmann. Eine Legende.“

Erdmann hörte mit halbem Ohr zu, während sein Blick

über den Platz wanderte. Die Linien waren wie immer sauber - Spannlinien aus Kunststoff, fest im Sandbett verankert, von den Schuhen der Spieler nur leicht verschoben. Doch direkt an der Grundlinie, in der Nähe des Netzes, fiel ihm etwas auf: eine leichte Vertiefung im Sand, als hätte dort jemand gestanden und länger verharrt als üblich. Kein Abdruck. Aber auch kein Zufall.

Er ging in die Hocke, nahm etwas Sand zwischen zwei Finger. Es war nicht dieselbe Konsistenz wie an den übrigen Stellen. Ein wenig feiner. Als wäre er gemischt worden. Vielleicht mit Kreidestaub aus dem Abziehbesen, vielleicht mit etwas anderem.

„Schröder, hol mir mal die Liste der gestrigen Platzreservierungen. Und schau bitte, ob Krohn auch am Tag davor hier war."

„Mach ich. Und sonst?"

„Sonst? Sonst nehmen wir uns die Bank vor."

Die Spielerbank auf Platz 5 war aus hellem Holz, wie sie auf den meisten Anlagen standen. Aber unter dem Sitzbrett klemmte ein kleiner, metallischer Gegenstand. Erdmann fummelte ihn heraus. Eine Tube. Augensalbe. Leicht eingedrückt. Keine Kennzeichnung auf Deutsch, sondern französisch. „Chlorure de potassium - Anwendung auf eigene Gefahr", stand darauf.

Er drehte sich zu Schröder. „Was wissen wir über seine medizinische Vorgeschichte?"

„Noch nichts. Aber ich frag bei der Tochter nach. Sie war wohl vor Ort."

„Dann sprich mit ihr. Aber nicht zu direkt. Erstmal nur hören, was sie sagt, nicht, was sie meint."

Die Bank war ansonsten leer. Keine Tasche. Kein zweites Shirt. Kein Getränk. Erdmann hob die Tube an seine Nase. Kein beißender Geruch, nur ein schwacher Hauch von Minze. Oder war es Kampfer?

Er trat zurück. Die Sonne war nun voll da, warf lange Schatten. Und einer dieser Schatten legte sich über den

Gedanken, der sich langsam in seinem Kopf formte: Was, wenn dies kein natürlicher Tod war? Was, wenn der Zusammenbruch gewollt war? Nicht mit Gewalt, sondern mit Geduld. Nicht durch ein sichtbares Verbrechen, sondern durch eines, das sich unter dem Radar bewegte - so wie Krohn selbst oft agierte: unauffällig, leise, aber mit Wirkung.

„Wir brauchen mehr über sein Umfeld", murmelte Erdmann. „Wer ihn kannte. Wer ihn fürchtete. Und wer ihn nicht mehr sehen wollte."

3. ALTE GESICHTER, NEUE FRAGEN

Erdmann saß auf der Tribüne, wo er auch sonst gerne saß, wenn das Leben ihm einen Moment zum Nachdenken ließ. Platz 5 lag direkt vor ihm, aber das Spiel war vorbei, ehe es richtig begonnen hatte. Der Platz war abgesperrt, von Polizei und Vereinsleitung gleichermaßen. Der rote Sand wirkte glattgezogen wie ein Tatort, den keiner mehr betreten wollte, als wäre der Platz selbst in Schockstarre verfallen. Nur das Netz hing leicht durch, ein seliges Symbol für den Bruch, der sich eben noch unsichtbar vollzogen hatte.

Im Schatten der Bäume, die den Platz einfriedeten wie Wächter eines Rituals, tauchten nun jene auf, die man sonst nur von alten Mannschaftsfotos kannte. Ehemalige Weggefährten, frühere Gegner, alte Bekannte. Erdmann erkannte sie an der Art, wie sie sich bewegten - weniger am Gesicht als an der Haltung. Der Rücken leicht nach vorn, der Blick wachsam, die Hände in ständiger Bereitschaft, einen alten Handschlag zu wiederholen.

Einer von ihnen war Bertram Heese. Mittlerweile Vorsitzender des Grün-Goldenen Klubs, früher mal selbst als Linienrichter auf nationaler Ebene unterwegs. Er hatte das Vereinsleben wie ein See bewohnt: ruhig an der Oberfläche, aber tief, wenn man zu lange hinsah.

„Heese“, sagte Erdmann, als dieser sich vorsichtig näherte, „Sie kennen Krohn gut, oder?“
„Kannten. Ja. Wir sind mal zusammen aufgetreten - er als Schiri, ich als der, der sich über ihn aufgeregt hat. Ging damals um ein Finale in Halle. Er war knallhart. Korrekt bis zur Schmerzgrenze.“
„Feinde?“
„Wer hat die nicht, wenn er Entscheidungen trifft? Aber Mord? Wegen eines Tennisspiels?“
„Es gibt Leute, die führen Listen. Keine Ranglisten. Eher schwarze.“
Heese lächelte dünn. „Wenn Sie so anfangen, landen Sie bei jedem Vereinsabend unter Verdacht.“
Erdmann ließ das stehen. Die Vergangenheit hatte ein langes Gedächtnis - und Tennisclubs waren Archive menschlicher Kränkungen. Was früher ein Doppelfehler war, wurde später zum Sinnbild für Verrat.

Im Vereinsbüro war inzwischen Lina Berg angekommen, die wie immer eine Mischung aus Respektlosigkeit und Neugier verströmte. Sie hielt ein altes Foto in der Hand, dass sie im Pressearchiv des Klubs aufgestöbert hatte.
„Hier. Finale 1994, irgendwo im Brandenburgischen. Krohn als Hauptschiedsrichter. Und da - schauen Sie mal genau - der junge Typ da hinten mit der Ballkiste. Das ist doch der jetzige Jugendtrainer des Klubs, oder?“

Erdmann nahm das Foto. Tatsächlich. Der heutige Jugendtrainer, Marc Wulff, damals etwa achtzehn, in gebückter Haltung, mit ernster Miene.
„Kennen die sich näher?“ fragte er in Richtung Heese.
„Ich denke schon. Wulff war Krohns Schüler. Ist später aber rausgeflogen aus dem Landesverband. Gab Unstimmigkeiten. Fördergelder, Auswahlnominierung - irgendwas war da. Ist nie richtig geklärt worden.“
Erdmann runzelte die Stirn. Geschichten wie diese waren wie alte Socken in einer Clubtasche - sie stanken nicht sofort, aber irgendwann musste man sie rausnehmen.

Am späten Nachmittag traf Schröder wieder ein. Der Blick auf seinem Tablet wirkte eilig, aber konzentriert.
„Hab was. Krohn war tatsächlich am Vortag auch da. Hat auf Platz 3 mit einem Herrn Brockmann gespielt. Zahnarzt. Früher Bundesliga Herren 30. Brockmann ist heute nicht auffindbar."
„Was heißt das?"
„Handy aus. Frau sagt, er sei übers Wochenende in einen Wellness-Tempel bei Bad Saarow gefahren. Aber keine Buchung auf seinem Namen."
Erdmann nickte. „Dann war er entweder wirklich da. Oder er will nur, dass man das glaubt."
Er stand auf, ließ den Blick noch einmal über die Anlage schweifen. Alles wirkte wieder normal - die Spieler, die Vereinsjugend, die tratschenden Damen im Schatten des Clubhauses. Aber das war es nicht.
In der Tür zur Gastronomie stand ein alter Herr mit Sonnenhut und schmalem Gesicht. Als Erdmann sich ihm näherte, nickte der kaum merklich.
„Ich habe gesehen, was passiert ist", sagte er leise. „Krohn stand nicht gut. Und er hat plötzlich gezittert, bevor er gefallen ist. Nicht wie einer mit Infarkt. Eher... als würde jemand frieren."
Erdmann zog die Brauen zusammen. „Und dann?"
„Dann lag er da. Und da war dieser Duft. Ganz leicht. Wie Kampfer. Oder Medizin."
Kampfer.
Wie bei der Tube unter der Bank.
Erdmann sah ihn einen Moment lang schweigend an. Dann drehte er sich um.
„Schröder? Wir lassen uns das Fläschchen analysieren. Und Wulff - den sprechen wir morgen. Früh."
Und während die Sonne langsam unterging und die Schatten auf Platz 5 länger wurden, wusste Erdmann: Dieser Fall war wie ein Match mit unbekannter Zählweise. Einer hatte längst aufgegeben. Aber wer?

4. DIE VERGESSENE ANMELDUNG

Der Morgen nach dem Turniertag begann wie ein müder Versuch, Normalität aufzutragen wie einen alten, knittrigen Anzug. Die Vereinsanlage des Grün-Goldenen Tennisclubs Hasenheide lag still in der flimmernden Vormittagssonne, als hätte sich das gestrige Geschehen in Luft aufgelöst. Doch in den Gesichtern der wenigen Frühaufsteher, die sich auf den Bänken niederließen, vibrierte noch immer ein Rest Irritation. Kein Murren, kein Gezeter - nur die stille, verlegene Frage: Was war da gestern eigentlich passiert?

Kommissar Erdmann war früh auf den Beinen, Thermobecher in der Hand, der Mantel trotz der Jahreszeit geschlossen. Er saß an Platz 3, wie eh und je, und ließ seinen Blick über die Anlage wandern. Die Netze hingen ein wenig schlaffer als sonst, als hätten auch sie ein dumpfes Unbehagen bemerkt. Im Hintergrund das Klacken der ersten Aufschläge, weit entfernt genug, um sich nicht aufzudrängen, aber nah genug, um zu wissen: Der Verein funktionierte weiter. Als wäre nichts gewesen.

Doch da war etwas gewesen. Und dieses Etwas hatte einen Namen - oder vielmehr: einen fehlenden.

Schröder war bereits seit einer Stunde im Vereinsbüro zugange gewesen, zwischen alten Meldebögen, überfüllten Ablagefächern und einem Rechner, der beim Starten röchelte wie ein alter Corsa. Jetzt trat er wieder hinaus auf die Terrasse und winkte Erdmann zu. In der Hand ein zerknitterter Ausdruck.

„Hier. Der ursprüngliche Plan vom Verband. Offizielle Anmeldungsliste für das Turnier, Stand: letzte Woche."

Erdmann nahm das Blatt entgegen, ließ den Blick über die Rubriken gleiten. Altersklasse, Spielklasse, Partner, Clubzugehörigkeit - alles sauber aufgelistet. Doch was fehlte, war nicht zu übersehen.

„Matthis Kornfeld taucht hier nicht auf."

„Nein. Null Eintrag. Und das, obwohl er seit Jahren bei je-

dem Turnier auftaucht wie die Linie auf dem Sandplatz."
„Und im aktuellen Spielplan?"
Schröder zuckte mit den Schultern. „Ist er drin. Als gesetztes Doppel mit Andreas Runge. Letzterer hat auch brav bezahlt. Kornfeld angeblich über ihn."
Erdmann runzelte die Stirn. „Ein Mann, der sich an Regeln hält, der seit Jahrzehnten in der Liga spielt - der taucht nicht auf, obwohl er gemeldet ist?"
„Oder nie gemeldet war. Runge sagt, Kornfeld habe ihn gebeten, ihn mitanzumelden. Alles schriftlich, sagt er. Aber weder Mail noch Ausdruck sind auffindbar."
„Das heißt, jemand hat einen Namen in die Liste geschrieben, der dort offiziell nie stehen durfte."
„Oder jemand hat einen Namen entfernt, der da stand."
Erdmann schwieg. In der Welt der Turniermeldungen, der offiziellen Listen, war so ein Vorgang kein Verbrechen - aber ein Zeichen. Für Ungenauigkeit. Für bewusste Manipulation. Für eine Vertuschung.

Der Fall begann, sich zu weiten. Denn wenn Kornfeld nicht auf der offiziellen Liste stand, dann war seine gesamte Teilnahme in der Schwebe. Und wenn er dann plötzlich fehlt - war er dann überhaupt je vorgesehen? Oder wurde sein Fehlen gezielt inszeniert?
„Was wissen wir über Kornfeld selbst?" fragte Erdmann nach einer Weile.

Schröder holte ein weiteres Blatt hervor. „Verwaltungsbeamter, Mitte fünfzig, ledig, keine Kinder. Mitglied in drei Vereinen, aber seit Jahren vor allem hier aktiv. Bekannt als still, zuverlässig, spielt Doppel, weil er sagt, dass man im Leben auch mal jemandem den Rücken zudrehen können muss."

Erdmann nickte langsam. Diese Sorte Mensch kannte er. Die, die sich in Regeln einrichteten wie in einer bequemen Jacke. Die nie auffielen - es sei denn, man suchte sie und fand nur noch Leere.
„Was ist mit Runge?"

„Redet sich raus. Mal war's Kornfelds Schuld, mal die des Verbandes. Einmal hat er sogar gesagt, der Name sei einfach stehen geblieben aus dem Vorjahr. Aber die Listen sind jedes Jahr neu. Keine automatische Übernahme."
„Dann muss einer den Namen gesetzt haben. Hand oder Tastatur - einer hat entschieden: Der spielt mit."
Ein kalter Windzug wehte über die Terrasse. Schröder fröstelte. Erdmann trank einen Schluck kalten Kaffee und stand auf.
„Wir gehen zurück in die Turnierleitung. Ich will die Originaldateien sehen. Nicht die Ausdrucke, nicht die Papierkram-Ausreden. Sondern das, was wirklich übermittelt wurde."
„Und wenn es nichts gibt?"
„Dann haben wir es mit einem Phantomspieler zu tun."

Auf dem Weg ins Büro kreuzten sie das Vereinsrestaurant. Vor der Tür stand ein leerer Stuhl, ein Klemmbrett lag auf dem Tisch. Der Kellner, der dort sonst saß und Turnierdaten aufnahm, war nicht zu sehen.
„Noch ein Phantom", murmelte Erdmann.
Drinnen, im stickigen Büro, erwartete sie die Vorsitzende des Clubs - Frau Sievers. Ihr Blick wanderte zwischen Laptop, Wanduhr und Schröders Mappe.
„Kommissar, Herr Schröder. Schön, dass Sie wieder da sind."
„Frau Sievers, Sie sind doch selbst Teil des Turnierkomitees. Wer hat den Namen Kornfeld in den Spielplan geschrieben?"
„Ich… das kann ich nicht sagen. Der Plan kam von Herrn Bläsel. Der ist Turnierleiter. Ich habe ihn nur gegenlesen."
„Und nicht gemerkt, dass ein Spieler fehlt?"
„Matthis spielt seit Jahren hier. Ich hätte geschworen, er war gemeldet."
„Und wenn jemand wollte, dass genau das jeder denkt?"
Frau Sievers wurde blass. Schröder trat ans Pult, rief das Turniermodul auf. Nach einigen Klicks erschien die Datei.

Bearbeitungsverlauf: manipuliert. Eingetragen: drei Tage vor Turnierbeginn, von einem internen Zugang. Name: unbekannt. Kein Protokoll, keine Rückverfolgung.
Erdmann lehnte sich vor, blickte auf das digitale Gespenst. „Ein Name aus dem Nichts. Eine Anmeldung ohne Ursprung. Und dann - ein Verschwinden."
Er richtete sich auf. Das Spiel hatte begonnen. Und es war eines mit unsichtbaren Linien.

5. GESPRÄCHE AM ZAUN

Wenn man alt ist, sagte Erdmann einmal zu Schröder, dann fängt man an, über Zäune hinweg zu reden. Nicht weil man es muss, sondern weil man endlich begreift, dass die wirklich interessanten Gespräche selten dort stattfinden, wo alle hinhören. Sondern dort, wo man sich unbeobachtet fühlt. An Zäunen. Hinter Schuppen. Am Rand der Plätze. Da, wo nur der Wind zu hören ist und man nicht schreien muss.
So stand er nun also, am frühen Nachmittag des nächsten Tages, mit einer dampfenden Tasse Kaffee in der linken und dem Ellbogen auf dem Maschendrahtzaun des hinteren Platzes, der etwas ironisch als „Court 12" bezeichnet wurde. Ein Trümmer von einem Spielfeld, der selten genutzt wurde, weil die Linien schief verliefen, der Wind ungebremst durchpfiff und der Sand sich in Pfützen sammelte wie Erinnerungen in alten Tagebüchern. Der Platz war kein offizieller Spielort des laufenden Seniorenturniers. Und doch hatte ihn Erdmann genau deshalb gewählt. Denn wer keine Rolle spielt, der bekommt auch keine Bühne. Aber manchmal eine Stimme.

Auf der anderen Seite des Zauns stand ein Mann, der Erdmann in seiner stillen Beobachtung schon aufgefallen war. Anfang sechzig, wettergegerbtes Gesicht, leicht gekrümmte Haltung, als trüge er die schweren Jahre wie ein schlechtsitzendes Jackett. Er war keiner der Spieler.

Und doch war er an jedem Turniertag anwesend gewesen. Meist mit einem Notizbuch, das er offen hielt, ohne darin zu schreiben.
„Ist heute windstill", sagte Erdmann in den Draht hinein, mehr zum Versuch als zur Kommunikation.
„Selten genug hier", kam es zurück, ohne dass der Mann aufblickte. Erdmann nickte. „Sie waren gestern auch da, beim Zusammenbruch auf Platz 5." Keine Frage, nur eine Feststellung.
Der Mann sah ihn jetzt doch an. Hellgraue Augen, die so klar waren, dass sie jede Lüge spiegeln mussten. „War ich", sagte er.
„Haben Sie gesehen, was vorher passiert ist?"

Erdmanns Ton blieb beiläufig, sein Blick wanderte weiter die Plätze entlang, als würde ihn das Gespräch nur am Rande interessieren.
„Gesehen schon. Verstanden? Nee."
Erdmann trank einen Schluck Kaffee. „Manchmal reicht das schon. Was haben Sie gesehen?"
„Ein Match. Wie viele. Zu viele vielleicht."

Der Mann blickte wieder auf den Platz, als wolle er die Worte von dort pflücken. „Ich war Linienrichter. Früher. Jahrzehnte her. Da schaut man anders. Man sieht mehr."
„Und was haben Sie gesehen?"
„Einen Mann, der verloren hat. Vor dem Punktestand."
Erdmann schwieg. Das war kein Satz, den man sofort verstand. Aber er kannte diese Art von Sprache. Menschen, die nicht erklären wollten, sondern nur hinlegten, was sie sagen konnten.
„Der Franzose?", fragte er schließlich. „Monsieur Durelle?"
Der Mann nickte langsam. „Der war durch, bevor's losging. Körpersprache. Aufwärmen. Der hat mit angezogener Handbremse gespielt."
„Weil er krank war?"
Ein Schulterzucken. „Weiß ich nicht. Vielleicht. Aber das

war mehr. Da war was in seinem Kopf. Was Altes."
Erdmann horchte auf. Er mochte Andeutungen nicht - außer, wenn sie von allein in die richtige Richtung zeigten.
„Und Sie? Warum sind Sie hier?"
Der Mann zögerte einen Moment. Dann sagte er leise: „Ich schau mir gern an, was ich verpasst hab. Das Spiel. Die Spieler. Die Fehler."
„Ehemaliger Spieler?"
Ein schwaches Lächeln. „Nur Linienrichter. Aber ich hab oft gewünscht, es wär anders gewesen."
Erdmann reichte ihm über den Zaun seine Thermoskanne. „Kaffee?"
Der Mann nahm sie, trank einen Schluck, verzog keine Miene.
„Ich bin übrigens Erdmann", sagte der Kommissar schließlich. „Früher Kripo, heute Vereinsmitglied mit detektivischer Restneigung."
Der Mann lächelte kaum merklich. „Dann sehen Sie wohl auch mehr."
„Ich sehe anders."
Sie standen eine Weile schweigend. Dann fragte Erdmann: „Könnte es sein, dass Durelle gezielt provoziert wurde? Oder dass jemand wollte, dass er nicht durchhält?"
„Provozieren? Möglich. Aber er war eher... eingefroren. Nicht wütend. Eher - wie jemand, der was erkennt, was er nicht erkennen will."
Erdmanns Gedanken liefen in viele Richtungen. Der Arzt hatte keine Spuren von äußerer Gewalt festgestellt. Aber ein innerer Zusammenbruch konnte viele Ursachen haben - und manche davon waren nicht medizinischer Natur, sondern seelisch. Vor allem, wenn ein alter Schmerz getriggert wurde. Oder eine Geschichte aufbrach, die man eigentlich begraben hatte.
„Wenn Sie sich erinnern, wo Sie den Mann schon mal gesehen haben", sagte Erdmann, „behalten Sie es nicht für sich."

Der andere nickte. Dann wandte er sich langsam ab, ließ die Thermoskanne zurückreichen, und ging.
Erdmann blieb noch eine Weile am Zaun stehen, den Blick in die Ferne gerichtet, wo der Abendhimmel langsam über die Plätze wanderte. Dann machte er sich auf den Weg zum Clubhaus. Er musste mit Lina sprechen. Und Schröder. Und vor allem: in der Vergangenheit wühlen.
Denn der Satz des alten Linienrichters hallte in ihm nach: Ein Mann, der verloren hat - vor dem Punktestand.
So etwas sagte niemand zufällig.
Und manchmal waren es genau solche Sätze, die ein ganzes Spiel drehten.

6. EIN PLATZ WIE EIN SPIEGEL

Die Sonne hatte sich an diesem Vormittag einen Schleier aus milchigem Dunst übergeworfen. Der Sand auf Platz 3 war noch feucht vom nächtlichen Regen, aber ordentlich abgezogen, wie von einer unsichtbaren Hand, die gewissenhaft und schweigend ihre Arbeit verrichtet hatte. Kommissar Erdmann a.D. stand am Zaun, die Finger um den Griff seiner Thermoskanne gelegt, als wolle er sich an ihr wärmen. Dabei war es nicht kalt, nur... verhalten. Als ob die ganze Anlage für einen Moment innehielt. Kein Ball flog, kein Schläger schwang. Ein Zustand zwischen Vorhang und Auftritt.

Er musterte die Linien. Kein bisschen Kreide, wie es mancher Laie sich noch vorstellte, sondern eingeschlämmte Kunststoffbänder - präzise eingespannt, trotzig gegenüber Wind und Wetter, aber eben auch: eindeutig. Was darauf stand, stand darauf. Was man dort fand, war nicht mit einem Wisch zu leugnen.
Und genau das war es, was ihn nicht losließ.
In der Mitte des Platzes hatte jemand etwas gefunden - oder vielmehr: kurz gesehen. Ein Hinweis, behauptete der Platzwart, direkt am T-Feld, undeutlich, aber vorhanden

gewesen. So undeutlich, dass er ihn noch abgezogen hatte, bevor jemand anderes kam. „Wie immer“, hatte er gesagt. Routine. Erdmann kannte die Sorte Routine, die mehr verschleierte als aufdeckte.
Jetzt stand er also wieder da. Platz 3. Sein Platz, so oft unbespielt wie unergründlich. Ein schlichter Sandplatz, eingerahmt von Buchsbaum und Flutlichtmasten, mit einer rostenden Bank am Seitenrand. Und doch, in solchen Momenten wurde er zur Bühne. Für Erinnerungen. Für Andeutungen. Für das, was Menschen nicht aussprachen, sondern ablegten wie verschwitzte Handtücher nach einem Match: achtlos, aber voller Spuren.
Er drehte sich langsam um und ließ den Blick über das Vereinsgelände schweifen. Schröder hatte sich in den Schatten des Clubhauses verzogen und starrte auf sein Notizbuch, als sei dort das Rätsel zu finden. Lina Berg, ganz Journalistin, sprach mit einem älteren Mitglied - der Herr mit den weißen Socken in Sandalen, der alles wusste, aber nie etwas sagen wollte, bevor er gefragt wurde. Und dann auch nur halb.
Die Bälle fehlten. Die Geräusche. Das lebendige Flirren eines gewöhnlichen Turniertags. Stattdessen: ein Schweigen, das in den Fugen der Umrandungen kauerte. Kein „Aufschlag bereit?“, kein „Zwei beide“. Nur das ungeschlagene Geräusch von Ungewissheit.
Erdmann trat durch das geöffnete Türchen aufs Feld. Jeder Schritt drückte seinen Abdruck in den Sand, doch der Platz nahm ihn auf, ohne zu antworten. Kein Zeichen mehr vom Hinweis. Kein Krümel, kein Kratzer. Nur die Gewissheit, dass etwas dort war. Vielleicht ein Wort. Vielleicht ein Symbol. Vielleicht ein Name.
Und genau das war das Problem.
Die Menschen, die hier spielten, trugen Masken aus Höflichkeit, aus Etikette. Einem Fehler folgte ein Lächeln. Ein Lob, auch wenn man ins Netz drosch. Doch darunter: Emotionen, die nichts mit Tennis zu tun hatten. Eitelkeit.

Enttäuschung. Ehrgeiz. Alles fein versteckt hinter frisch gewaschenen Poloshirts.
Erdmann beugte sich hinab, als könne er das Geschehene noch erspüren. Der Sand war locker, kaum verfestigt. Man konnte hier vieles schreiben. Auch Dinge, die nicht für jeden bestimmt waren.
Und plötzlich sah er es: Nicht mehr der Schriftzug, natürlich. Aber die Stelle. Eine Stelle, wo der Sand feiner wirkte, unnatürlich geglättet. Nicht vom Abziehen. Sondern von jemandem, der etwas verdecken wollte. Spurenverwischung auf Clubniveau.
Er zog ein kleines Holzstück aus seiner Manteltasche, ein Abklatsch aus alten Zeiten: ein Mini-Rechen, den man ihm einmal geschenkt hatte, „weil er eh immer im Sand stocherte".

Er schob eine kleine Fläche frei, nichts mehr als ein Symbol, eine Geste. Nichts. Natürlich.
Aber auch: kein Zufall.
Zurück an der Bank griff er zum Notizbuch. Nicht seines, sondern das vom Platzwart, der alle Belegungen dokumentierte - alte Schule. Erdmann blätterte, langsam. Turniermodus, offene Spiele, Nachzüglertrainings. Und dann: Ein Eintrag, durchgestrichen. Platz 3, gestern Abend. „Freies Spiel - gemischt, 18:00 Uhr".
Kein Name. Kein Anlass. Nur ein Streich.
Erdmann spürte, wie sich in seinem Inneren etwas regte, das er gut kannte: Diese feine Unruhe, wenn aus Routine plötzlich ein Verdacht wurde. Nicht laut, nicht klar. Aber wie ein Rückhandball, der lang bleibt - und just im letzten Moment doch auf die Linie fällt.
Er hob den Blick. Schröder winkte. Lina kam herüber. Beide mit Fragen. Doch Erdmann sagte noch nichts. Er wollte dem Platz noch einen Moment geben. Ihm zuhören. Denn manchmal, so wusste er, antwortete ein Platz nicht in Worten, sondern in Schweigen.
Und das war oft das Lauteste überhaupt.

7. ERDMANN SCHWEIGT

Das Geräusch kam fast unhörbar durch die dünne Wand des Klubhauses. Ein sanftes, rhythmisches Klopfen, wie das Echo eines alten Herzens, das zu lange auf Gleichklang gehofft hatte. Es war der Wind, der an der Plexiglasscheibe der Meldeliste rüttelte - oder vielleicht doch mehr. Kommissar Erdmann saß auf der Bank hinter Platz 3, die Beine ausgestreckt, die Hände tief in den Manteltaschen vergraben. Es war dieser Moment am frühen Nachmittag, wenn das Licht flacher wird und selbst die Tennisbälle langsamer zu fliegen scheinen.

Der Platz lag verlassen da, bis auf einen kleinen Ballabdruck im hinteren Eck - wie ein letzter Satzzeichenpunkt in einem unvollendeten Spiel. Schröder hatte vor einer Stunde den Weg zur Geschäftsstelle angetreten, Lina war verschwunden in den Tiefen eines Archivs, das mehr Pappkartons als Klarheit versprach. Und Erdmann - er war geblieben. Ohne Bewegung. Ohne ein weiteres Wort.

Er erinnerte sich an nichts Spektakuläres, nur an ein merkwürdiges Gefühl, das von diesem Platz ausging. Es war kein Tatort, das nicht. Und dennoch lag eine Art von Druck in der Luft, als hätte jemand eine Geschichte zu Ende geschrieben und dabei eine Seite vergessen. Kein Schrei. Kein Kampf. Nur diese Stille. Und vielleicht genau deswegen war sie verdächtig.

Die frisch gespannten Linien wirkten wie nachgezogen. Zu perfekt. Zu gerade. Erdmann kannte die Eigenheiten eines Sandplatzes - lebendige Wesen, nicht Maschinenflächen. Doch hier schien alles kontrolliert, fast steril. Der Blick wanderte zu den Hecken. Einer hatte sich die Mühe gemacht, dort einen Durchgang freizuschneiden. Nicht groß. Gerade groß genug. Das war kein Zufall, das war Vorbereitung. Die Frage war: Für was?

Der ehemalige Kommissar streckte sich nicht. Er beobachtete. Denn wer zu schnell Fragen stellte, überhörte oft die Antwort. Die Trainerbank neben dem Netzpfosten stand ein paar Zentimeter verschoben. Nichts, worüber Schröder gestolpert wäre. Aber Erdmann notierte es - innerlich, still. Das war sein Takt. Keine Notizen, kein Lärm. Nur Stille, gespickt mit Details.

Ein Ball rollte langsam vom Nachbarplatz herüber, von einem Duo, das sich im Doppel offenbar mehr an die Regeln des Skat erinnerte als an die des Tennis. Erdmann hob den Ball nicht auf. Stattdessen stand er auf, schob sich die Mütze tiefer in die Stirn und schritt die Seitenlinie ab. Nicht wie ein Ermittler. Eher wie jemand, der nach einer alten Spur sucht, die längst verweht sein sollte.

Der Abziehbesen hing ordentlich an seinem Haken. Doch das Holz war an einer Stelle abgesplittert - als hätte jemand ihn grob aus der Verankerung gerissen. Vielleicht Hektik. Vielleicht Wut. Oder beides. Die Büsche hinter dem Platz trugen noch Spuren vom nächtlichen Tau, doch eine Stelle war auffallend trocken. Als hätte sich dort jemand aufgehalten, lange genug, um das Gleichgewicht des Morgens zu stören.

Und doch - Erdmann schwieg. Auch gegenüber Schröder, der wenig später auftauchte mit einem Kaffeebecher und der festen Überzeugung, dass das Protokoll lückenlos sei. „Die haben alle unterschrieben, Chef. Keiner hat was gesehen. Und keiner war's."

Erdmann blickte nicht auf. Nur ein leises Brummen kam über seine Lippen, kaum hörbar. Ein Brummen wie ein Nein ohne Widerspruch. Er setzte sich wieder, ließ die Schultern leicht kreisen. Der Blick wanderte zurück zur Linie. Dann zum Netz. Dann in die Ferne, als könnte man aus der Bewegung der Bäume den nächsten Hinweis lesen.

Er sagte nichts. Kein Wort. Kein Satz. Kein Vorwurf.

Nur Erdmanns Schweigen war da.

Und das war - wie so oft - lauter als alles, was Schröder je hätte sagen können.

8. SCHRÖDERS LISTE

Erdmann saß wieder auf seinem Stammplatz: Bank drei, leicht im Schatten, Blick über die Anlage, eine Hand am Thermobecher, die andere in der Jackentasche. Der Wind blies nur noch schwach durch die Kiefern, aber der Platz schien immer noch zu atmen. Kein Mensch auf dem Feld, kein Ball, der über die Schnur pfiff - und doch war da dieses Nachbeben. Man konnte es nicht sehen, nicht hören, aber spüren. Als hätte der Sand selbst etwas behalten.

Schröder kam angerauscht. Nicht hastig, aber mit diesem Überengagement, das bei ihm zur Berufskleidung gehörte. In der einen Hand ein Notizblock, in der anderen ein Hefter, von dem schon Eselsohren wie Antennen abstanden. Er schnaufte einmal durch, setzte sich - zu nah - neben Erdmann, bemerkte es, stand wieder auf, ließ sich auf der anderen Seite nieder. Dann räusperte er sich zweimal, obwohl er gar nichts sagen wollte.

„Ick hoffe, dit is nu keene Enzyklopädie", brummelte Erdmann und nahm einen Schluck Kaffee. „Weeste, Schröder - wenn man mehr Papier braucht als Hirn, kann man gleich Verwaltungsbeamter werden."

Schröder grinste verlegen und schlug den Hefter auf. „Ich hab' die Liste, Chef. Also: Wer war da, wer war nah, wer hat was gesehen - oder eben nicht."

Erdmann sagte nichts. Er nahm den Block und ließ die Augen drübergleiten. Schröder hatte tatsächlich strukturiert: Uhrzeiten, Position auf der Anlage, persönliche Bemerkungen. Nicht schlecht.

Oben auf der Liste:

1. Claudia Rehfeldt - Sportwartin, am Seitenrand
   Anmerkung Schröder: „Hat nix gesehen - oder will nix gesehen haben. Sehr bemüht, alles zu relativieren."
2. Dr. Ulrich Bannert - Zahnarzt, Spieler auf Platz 5
   „Hat laut eigener Aussage den Zusammenbruch

akustisch mitbekommen - ungewöhnlich, weil Platz 5 vom Ort des Geschehens durch eine Hecke getrennt ist. Vielleicht gespürt?"

3. Pascal Ruge - Jugendtrainer, auf dem Weg zur Umkleide
„Zeitlich unklar - sagt, er habe Kopfhörer getragen. Wirkte nervös."
4. Britta Menke - Physiotherapeutin, war am Buffet
„Sie kam als Erste zum Liegengebliebenen, behauptet, den Puls gefühlt zu haben. Aber keine Reanimation begonnen. Begründung: Er habe noch geatmet. Komisch, oder?"
5. Viktor „Vicki" Felsmann - langjähriges Mitglied, kein Spielpartner
„Stand am Zaun. Klassiker: Alles gesehen, nix gemerkt. Dafür detailverliebt beim Drumherum."
6. Tom Neuendorf - Vorstand Finanzen, plötzlich aufgetaucht
„War angeblich in der Geschäftsstelle. Keine Bestätigung. Verhalten abwartend. Hat sofort von einem ‚Herzproblem' gesprochen - ohne Arzt zu sein."
7. Olivia Dorn - Tochter des Verstorbenen, war laut eigener Aussage nicht auf dem Platz
„Kam erst später - wirkte gefasst, aber sehr kontrolliert. Führt ein kleines Bistro in Schöneberg."

Erdmann runzelte die Stirn. „Sieben Menschen, Schröder. Sieben Leute und keiner hat 'ne richtige Geschichte. Nur Andeutungen. Det is wie'n Tatort ohne Leiche - aber mit zu vielen Komparsen."
Schröder nickte. „Was halten Sie von Menke, der Physio?"
„Die wirkt zu glatt. Weißte, wie so'n geölter Griff beim Tennisschläger - liegt gut in der Hand, aber man rutscht schnell ab, wenn's schwitzig wird." Er blätterte um. Da war noch was: eine zweite Liste. „Was isn dit hier?"
„Eine ergänzende Aufstellung. Leute, die am Tag davor

oder kurz danach was gesagt, gepostet oder kommentiert haben. Kaffeeküchenmaterial. Aber manchmal…"
Erdmann las:

- Felix Stiebner - Platzwart: „Kannte den Verstorbenen, mochte ihn nicht. Nennt ihn ‚den mit dem falschen Aufschlag'."

- Simone Krane - Gastrohilfe: „Hatte Streit mit der Tochter, wegen einer Catering-Rechnung. Zusammenhang unklar."

- Julian Weigandt - junger Spieler, erzählt von ‚komischem Licht' auf Platz 3 am Abend vorher."

Erdmann klappte den Block zu. „Ick sach mal so: Entweder ist det hier der bizarrste Tennisclub von Berlin - oder da liegt noch wat ganz anderes im Sand."
Der Wind ging jetzt stärker, als wolle er alte Spuren verwischen. Die Bänke knarrten leise.
„Weißte, Schröder", sagte Erdmann, „wat mir auffällt: Keener redet vom Spiel. Keener redet davon, wie er gespielt hat, wie sein Gegner war. Nur von dem, was danach kam."
„Meinen Sie, weil es kein Spiel war?"
Erdmann blickte lange auf den leeren Platz. Dann brummte er: „Oder weil es das letzte war."

9. FUNDSTÜCK SPIND 8

Der Spindraum roch wie immer: nach altem Holz, feuchtem Handtuch und diesem undefinierbaren Geruch von Sportsalbe und Erinnerungen. Es war kein Ort für große Entdeckungen - dachte man. Doch Kommissar Erdmann wusste es besser. Er hatte in muffigeren Räumen schon bedeutendere Wendungen gefunden als auf jeder Dachterrasse mit Ausblick.

Die grauen Metalltüren reihten sich links und rechts wie ein vergessener Hühnerstall. Zahlen auf verblassten Plaketten. 3, 5, 6, 7… dann: 8.

Der Spind war nicht abgeschlossen. Erdmann zog die Tür auf - langsam, als wäre sie ein Buch, das zu schnell aufgeschlagen seine Geheimnisse verweigert.
Innen hing eine alte Jacke, dunkelblau, mit gesticktem Vereinslogo. Daneben ein halbvoller Turnbeutel, sorglos eingehängt. Kein Name. Keine Initialen. Nur ein Stück Papier, das vom oberen Ablagebrett wie ein vergessener Gedanke herausragte.

Erdmann griff danach. Es war ein Ausdruck, vergilbt, an den Ecken gewellt. Ein Trainingsplan - datiert auf das Vorjahr. In Handschrift ergänzt:

„Donnerstag 18:30 Uhr - Einzel mit V. (wichtig!)"
V.? Erdmann runzelte die Stirn. Nicht viele hier im Club mit diesem Anfangsbuchstaben. Viktor Felsmann vielleicht. Der wortreiche Zaungast. Oder doch jemand anderes?
Er schaute weiter in den Spind. Im Bodenfach lag eine Plastikbox. Inhalt: ein paar Griffbänder, zwei neue Dosen Bälle - unangebrochen - und ein kleiner, roter Lederanhänger in Form eines Tennisballs.
Erdmann nahm ihn hoch. Auf der Rückseite eingeritzt, fast unsichtbar: H.K.
Ein Name, ein Spiel, ein Zeitpunkt. Erdmanns Gedanken klickten. H.K. - Henning Krohn. Der Verstorbene. Also war das hier sein Spind gewesen. Und irgendwer hatte ihn nach dessen Tod nicht ausgeräumt, sondern... ergänzt?
Er hörte Schritte. Schröder kam rein, schnaufend, mit einem Schmierzettel in der Hand. „Chef - sorry - also Erdmann - Sie müssen sich das ansehen."
„Was denn diesmal? Noch ein Buffet-Krimi?"
„Nein. Eher was für Ihre innere Karteikarte. Ich habe mir die Zugangscodes geben lassen. Für die digitalen Spindprotokolle. Und Spind 8 wurde - festhalten - vorgestern geöffnet. Nachweislich."
Erdmann blickte zurück in den geöffneten Metallleib. „Und von wem?"

„Steht nicht drin. Kein Code, kein Schlüssel. Nur: ‚Zugriff manuell'. Die Verwaltung denkt, es war jemand mit Generalschlüssel - aber keiner hat was dokumentiert."
„Schön. Unverschlossen, benutzt und vergessen. Wie so manche Ehe."
Erdmann deutete auf den Trainingsplan. „Haste ne Idee, wer dieses ‚V' sein könnte?"
„Vielleicht Viktor. Oder... Vanessa? Die Tochter von Dorn? Die, die angeblich nicht hier war?"

Erdmann brummte. „Na siehste. Det is der Unterschied zwischen Theorie und Tennisplatz. Auf'm Papier sieht alles gut aus - bis der Ball springt."

Er ließ den Lederanhänger in den Spind zurückfallen. „Wir lassen den Spind versiegeln. Und du, Schröder, redest mal mit der Verwaltung. Ich will wissen, wer den Schlüssel hat - und wer genug Mut, ihn einzusetzen."

Draußen schien die Sonne auf die Plätze. Alles wirkte ruhig, fast wieder normal. Aber Erdmann wusste: Nichts war vorbei. Nicht mit einem Trainingsplan, der wichtig war. Und nicht mit einem Spind, der nach dem Tod geöffnet wurde - aber nichts vermissen ließ.
Noch nicht.

10. DER BLICK DURCHS NETZ

Der Platz lag wieder still. Kein Aufschlag, kein Stöhnen, kein Applaus. Nur das Gitter des Zauns rührte sich im Wind, und das Netz hing dazwischen wie ein halb geöffneter Vorhang, der mehr verhüllte als zeigte. Erdmann stand ein paar Meter davon entfernt, in die Hüfte gestemmt, die Thermoskanne in der linken Hand, als wollte er dem Platz selbst ein Geständnis entlocken. Es war wieder einer dieser Tage, an denen das Schweigen mehr sagte als jeder Bericht.

Spind 8. Diese unscheinbare Nummer hallte nach. Schröders Fundstück, ein Knäuel aus altem Baumwollband, zwei Quittungen und ein silbernes Medaillon, dessen Deckel sich mit einem kleinen Widerstand geöffnet hatte. Darin: das verblasste Porträt eines Jungen mit nach hinten gegelten Haaren, die Stirn voller Tatendrang, die Augen voller Fragezeichen. Keine Initialen. Kein Hinweis. Nur die Art von Bild, die man nicht aufhebt, wenn es einem egal ist. Und die man nicht vergisst, wenn es einmal wichtig war.

Erdmann hatte es in einem gefalteten Papiertaschentuch verstaut. Nicht, weil er sentimental war, sondern weil er spürte, dass dieser Gegenstand noch gebraucht würde. Vielleicht nicht für eine Anklage - aber für die Wahrheit. Und die war manchmal brüchiger als jeder Belag auf diesem Platz, der zwar frisch gewalzt aussah, aber unter der Oberfläche kleine Risse trug.

Er trat näher ans Netz, beugte sich ein wenig, bis sein Blick genau durch die Maschen fiel. Zwei Hälften. Zwei Seiten. Immer war da ein Dazwischen. Auf der einen Seite: das, was gesagt wurde. Auf der anderen: das, was geschah. In der Mitte: der Moment, in dem der Ball über das Netz segelte - oder eben nicht.

„Man sieht besser, wenn man nicht direkt hinschaut", hatte mal ein alter Kollege zu ihm gesagt, ein Mann mit Augen so müde wie Blaulicht nach einer Nachtschicht. Erdmann hatte das nie vergessen. Und so ließ er seinen Blick wandern. Am Rand von Feld 3, dort, wo der Sand etwas dunkler war. Eine Vertiefung. Nicht groß. Nicht tief. Aber neu. Wie von einer Ferse, die im Rückwärtsgang gestoppt hatte. Als wolle jemand den Platz verlassen, ohne ihn wirklich zu betreten.

Ein Geräusch. Kein Schritt, eher ein Rascheln. Erdmann drehte sich nicht um. Stattdessen sprach er in den Wind: „Schröder, wenn Sie mir gleich erzählen wollen, dass Sie noch was im Papierkorb gefunden haben - bitte tun Sie's langsam. Ich bin alt. Ich mag keine plötzlichen Überraschungen."

„Kein Papierkorb", sagte Schröder und trat neben ihn. In der Hand ein Vereinsheft. Aufgeschlagen auf der Seite mit den Mannschaftsfotos. „Aber sehen Sie mal hier."

Erdmann nahm das Heft, sah auf die Reihe der Herren 30. Fünf Gesichter. Vier davon: jugendliche Erschöpfung, verschwitzte Stirnen, zu ehrgeizige Kiefer. Das fünfte: ein Mann, der nicht passte. Zu alt, zu aufrecht, zu sehr wie jemand, der dabei ist, aber nicht dazugehören will. Sein Blick ging nicht in die Kamera, sondern an ihr vorbei. Als würde er kontrollieren, ob niemand hinter ihm steht.

„Der hat auch auf der Spindliste gefehlt", sagte Schröder. „Kein Mitgliedsbogen, keine Anmeldung für die Mannschaft. Und laut Turnierleitung hat er nie ein offizielles Spiel gemacht."

„Und was will so einer dann auf einem Mannschaftsfoto?", brummte Erdmann.

„Gute Frage."

Erdmann nickte. „Und gute Fragen werden nicht im Vereinsheft beantwortet."

Sie schwiegen einen Moment. Dann tippte Erdmann mit dem Zeigefinger gegen das Heft. „Wir brauchen den Namen. Den echten. Und seine Verbindung zu Spind 8."

Schröder nickte und war schon auf dem Weg. Erdmann ließ seinen Blick noch einmal durchs Netz gleiten. Wie durch ein Gitter in die Erinnerung. Dort, wo nicht alles logisch war, aber vieles stimmte. Die große Kunst im Ermitteln war nicht, alles zu verstehen - sondern zu wissen, wann etwas zu viel oder zu wenig gesagt wurde. Und wer dabei absichtlich das Netz höher spannte.

Der Wind nahm zu. In den Bäumen raschelte es wie Applaus nach einem langen Satz. Erdmann trat zurück, schloss die Thermoskanne und sagte leise: „Das Spiel läuft noch."

Und er hatte nicht vor, es im Tie-Break zu verlieren.

11. LINAS RÜCKFRAGE

Wenn es im Leben so etwas wie ein unsichtbares Band gab, das die richtigen Fragen zur richtigen Zeit durch den Raum schickte, dann war es vermutlich genau jetzt geschehen - still, ohne Knall, einfach ein Gedanke, der sich in Lina Bergs Kopf einnistete wie ein Fünkchen Wahrheit im dichten Nebel aus Ablenkung und Protokoll.

Sie saß in der Vereinslounge, die um diese Uhrzeit nur noch vom leisen Summen des Kühlschranks und der ab und zu klackernden Heizungsrohre beschallt wurde. Draußen dämmerte der Tag seinem Ende entgegen, das Licht brannte golden gegen die Scheiben, warf lange Schatten über das Laminat, das in vergangenen Jahrzehnten als modern gegolten haben mochte. Lina hatte den Notizblock vor sich, durchgestrichene Namen, markierte Hinweise, eingekreiste Uhrzeiten. Nichts davon schien falsch - und doch: Es stimmte etwas nicht.

Nicht mit der Stimmung des Vereins, nicht mit der Geschichte, die alle so bemüht waren zu erzählen, als sei sie in Stein gemeißelt. Und nicht mit dem Schweigen um Spind 8.

Sie nahm einen tiefen Schluck von ihrem inzwischen abgestandenen Cola-Mix - Kaffee war hier ab 17:00 Uhr nicht mehr vorgesehen - und griff nach dem Protokollauszug, den sie sich am Nachmittag aus dem Vorstandszimmer kopiert hatte. Es war das Protokoll jener Mitgliederversammlung vor knapp drei Jahren, auf der ein gewisser Günther Wieland aus dem Club ausgeschlossen worden war. Ein Vorfall, der kaum mehr Erwähnung fand, in den Erzählungen wie weggefiltert. Lina hatte von Schröder, eher beiläufig, gehört, dass es da „so einen Stress" gegeben habe - aber eben auch, dass Wieland früher einmal Clubmeister war, jemand, den man nicht einfach so vergaß. Zumindest nicht, wenn man fair spielte.

Sie schlug die Akte auf, las noch einmal die nüchternen Sätze: „Wegen vereinsschädigenden Verhaltens, insbesondere wiederholter, unangebrachter Auseinandersetzungen mit anderen Mitgliedern sowie anhaltender Missachtung des Platzreglements, wird Herr Günther Wieland mit sofortiger Wirkung aus dem Grün-Goldenen Tennisclub ausgeschlossen." Kein weiteres Detail. Kein Einspruchsvermerk. Kein Name, der für oder gegen den Ausschluss gestimmt hätte. Nur ein seltsames Vakuum in der Dokumentation, wie ein Fotoalbum, aus dem ein Bild fehlte.

Und genau da setzte ihr Bauchgefühl an.

Sie griff zum Telefon, nicht weil sie jemanden anrufen wollte, sondern weil sie sich Erdmanns Nummer noch einmal ansehen musste. Als hätte sie Angst, ihn zu stören mit einem Gedanken, der vielleicht nur Einbildung war. Doch sie wusste, dass er hören wollte, wenn sich etwas regte. Also drückte sie auf den grünen Hörer.

„Ja, Berg." Seine Stimme klang klar, nicht müde, eher so, als hätte er auf etwas gewartet.

„Ich weiß nicht, ob's was bringt, aber ich glaube, wir sollten noch mal über Wieland reden."

Stille am anderen Ende.

Dann: „Reden ist gut. Noch besser ist: treffen. In einer Stunde auf Platz 3. Da schweigt der Sand am schönsten."

Sie legte auf, ließ sich zurücksinken in den Stuhl und blickte durch das breite Fenster, hinter dem sich der Abend über den Club legte wie ein altes, zerknittertes Tuch. Der Sandplatz war leer, doch die Spuren des Nachmittags noch deutlich erkennbar: einzelne Abdrücke, kein ordentliches Abziehen, ein Fußabdruck zu viel in der Grundlinie.

Erdmann saß bereits auf der Bank, als Lina kam. Thermobecher dampfend in der Hand, der Mantel aufgeknöpft, als sei ihm das Wetter egal. Er nickte ihr nur zu und wartete.

„Die Sache mit Wieland ist nicht rund", begann sie.

„Hab ich auch gedacht. Aber andersrum. Dass es zu glatt war."

Sie grinste kurz. „Mir ist was aufgefallen: Der Mann, der

damals ausgeschlossen wurde, war früher ein Lokalheld. Fotos, Pokale, alles in der Clubchronik. Doch seit dem Ausschluss: Nichts mehr. Alles getilgt. Als wäre er nie da gewesen."

Erdmann sah auf die Linien. „So macht man das heute mit Fehlern. Löschen statt erklären."

„Aber wieso so gründlich? Und wieso erzählt keiner was? Nicht mal Klatsch."

„Weil's mehr war als nur Klatsch, Berg. Ich hab heute Schröder gebeten, mal in der alten Platzordnung zu wühlen. Und rate mal: Spind 8 war früher Günther Wielands. Hat er selbst renoviert. Mit extra Schloss."

Lina schluckte. „Und jetzt ist er leer. Also offiziell."

„Oder jemand hat was rausgenommen. Vielleicht bevor wir dazu kamen."

Sie blickten über den Platz. Ein Paar Jugendliche kicherten hinter dem Zaun, warfen sich Bälle zu. Aus der Küche drang leise das Klirren von Geschirr.

„Glaubst du, der hat was mit dem Toten zu tun?"

„Noch nicht. Aber ich glaub, irgendwer wollte unbedingt, dass wir's glauben." Erdmann stand auf. „Und wer so sehr was glauben machen will, hat meistens was zu verbergen."

Lina schwieg. In ihren Gedanken zog sich ein Faden durch die Zeit. Von Spind 8 über eine vergessene Mitgliedschaft, bis hin zu einem Abend, an dem jemand starb, weil jemand anderes nicht reden wollte - oder zu viel wusste.

„Ich geh morgen ins Stadtarchiv", sagte sie schließlich. „Vielleicht finde ich noch was über den Prozess damals. Oder einen Artikel."

Erdmann nickte. „Gut. Und ich schau mir morgen den alten Putzplan an. Vielleicht war Spind 8 nie wirklich leer."

Sie gingen langsam zurück, ohne weitere Worte. Es war, als würde der Platz sie nun beobachten. Und nicht mehr umgekehrt.

12. DER FEHLER IM SYSTEM

Das Clubbüro war an diesem Morgen leer, aber nicht still. Die Kaffeemaschine summte ein nervöses Crescendo, als hätte sie von selbst beschlossen, gegen die Betriebsamkeit des Vereins aufzubegehren. Ein abwesend abgestellter Thermobecher stand halb offen, ein paar Aktenordner lehnten schief an der Fensterbank, und durch den geöffneten Lüftungsschacht drang das rhythmische Ploppen eines aufschlagenden Balls von Platz 2. Erdmann stand am Eingang und ließ seinen Blick schweifen. Die Ordnung, die sonst in jedem Büro wenigstens behauptet wurde, war hier brüchig wie der Griff eines zu oft bespannten Schlägers.

Er trat näher, zog die Tür hinter sich zu, als wolle er die Gedanken im Raum nicht entweichen lassen. Die Clubverwaltung hatte Schröders Anfrage nach Mitgliedsunterlagen nicht nur verzögert, sondern auch unvollständig beantwortet. Vier Spieler fehlten in der offiziellen Liste des Mixed-Doppels vom Vortag - darunter genau jene, die zum Zeitpunkt des Vorfalls am Rand von Platz 5 gewesen waren. Erdmann roch das Misstrauen wie einen alt gewordenen Handtuchstapel: präsent, nicht eindeutig giftig, aber gewiss kein Zeichen von Hygiene.

Er zog den obersten Ordner aus dem Stapel. „Spielbetrieb 2021-2023" stand darauf, sauber beschriftet, aber die ersten Seiten waren leer. Ein Versäumnis oder Absicht? In der Verwaltung ließ sich beides nicht immer trennen. Es war ein trüber Dienstag und selbst das Licht wirkte, als wollte es keine Verantwortung übernehmen.

Zwischen dem vierten und fünften Registerblatt klemmte ein kleiner, handschriftlicher Vermerk auf liniertem Papier. Erdmann zog ihn vorsichtig heraus. Der Zettel war gefaltet, mehrfach. Die Schrift altmodisch, leicht geschwungen, fast zu elegant für die pragmatische Welt des Vereinsmanagements.

„Anmeldung zurückgezogen - ohne Ersatz. Info an Vorstand mündlich erfolgt. Nicht weiterleiten. H.S."

Erdmann kniff die Augen zusammen. H.S.? Der Name passte auf zwei Mitglieder im Vorstand, von denen einer - Hartmut Schlender - bereits vor Wochen sein Amt niedergelegt hatte. Das Papier trug kein Datum, keine Referenz. Nur die Anmerkung: „Nicht weiterleiten." Er legte den Zettel beiseite, machte sich eine mentale Notiz, und blätterte weiter.

Je tiefer er sich durch die Verwaltungspapiere wühlte, desto klarer wurde: Hier war etwas systematisch übersehen worden - oder bewusst ausgelassen. Turnieranmeldungen mit handschriftlichen Korrekturen, Teilnehmerlisten mit Nachträgen auf der Rückseite, ein ausgedruckter Mailverlauf mit einer Betreffzeile „Dringend: Platzvergabe Samstag" - der aber abrupt abbrach, als ob jemand den Rest gelöscht oder nie ausgedruckt hatte. Erdmann kannte diese Spuren. Das war kein Chaos aus Überforderung. Es war das Chaos eines Menschen, der hoffte, mit dem Chaos etwas zu verbergen.

Sein Blick fiel auf einen alten DIN-A3-Plan an der Wand: Die Übersicht aller Clubplätze, samt Netzspannhöhe, Pflegeintervallen und Bespielbarkeitskategorien. Nur Platz 3 war mit einem roten Edding durchgestrichen. „Wartung - gesperrt ab KW 36", stand dort. KW 36 war diese Woche.

Platz 3 also. Derselbe, an dem wenige Tage zuvor das Doppel begonnen hatte. Derselbe, auf dessen Bank Schröder das Fundstück aus Spind 8 mit zitternder Hand fotografiert hatte: eine handgeschriebene Notiz mit einer Platzbelegung, die niemand nachvollziehen konnte.

Erdmann trat ans Fenster, das auf den Hof hinausging. Auf der gegenüberliegenden Seite hockte Schröder auf einer Bank, Smartphone in der Hand, in der anderen ein belegtes Brötchen, dem jegliche Frische bereits am Eingang zum Mund abhandengekommen war.

Erdmann öffnete das Fenster. „Schröder! Lass das Croissant liegen und komm mal kurz hoch."

„Is'n Brötchen", murmelte der, steckte es dennoch weg und kam die Treppen hoch.
„Wir haben hier ein kleines Systemproblem", sagte Erdmann, als Schröder eintrat. „Mehrere, ehrlich gesagt. Falsche Listen, fehlende Namen, dubiose Rückzüge, und ein Turnierplan, der so löchrig ist wie dein Erinnerungsvermögen."
Schröder, gewohnt an solche Spötteleien, hob fragend die Brauen.
„Was ich meine: Es gibt eine zweite Liste. Nicht offiziell, aber sie beeinflusst den Ablauf des Turniers. Ich vermute: Das hier wurde nie offiziell gemacht - aber gelebt."

Erdmann deutete auf ein loses Blatt, das wie beiläufig unter einem Locher lag. Eine per Hand geschriebene Turniermatrix mit Pfeilen, Kürzeln, und kleinen Notizen wie „nach Spiel 3 - ggf. umbuchen" oder „Bernd nicht nach 15 Uhr".
„Wer solche Notizen macht, hat entweder Angst, die Kontrolle zu verlieren - oder weiß zu viel", brummte Erdmann.

Schröder, der inzwischen das Blatt in der Hand hielt, entdeckte eine Ecke, auf der klein ein Name stand: „V. Kießling". Die stellvertretende Turnierleitung. Noch offiziell im Amt, aber seit einer Woche krankgemeldet.
„Wir sollten mit ihr sprechen", sagte Schröder.
„Wenn sie nicht bereits jemand anderes gefragt hat, ob er das Gespräch übernimmt", entgegnete Erdmann. „Und wenn sie wirklich nur krank ist."

Er ließ die Notizen in eine Mappe gleiten, nahm sich einen der dünnen Bleistifte vom Rand des Schreibtischs - ein Werbegeschenk, das die Aufschrift „Sport macht schlau" trug - und schob die Mappe unter den Arm.
„Komm", sagte er zu Schröder. „Wir werfen einen Blick auf die Plätze. Ich will sehen, ob dieser Club auch draußen so schlampig arbeitet wie hier drinnen."

Und mit dem typischen Erdmannschen Gang - langsam, leicht vorgebeugt, als lausche er dem Kies selbst - verließen sie das Büro. Die Papierspur war noch warm. Und sie führte dorthin, wo Tennis nichts mehr mit Sport zu tun hatte, sondern alles mit Menschen, die versuchten, mit Regeln zu tricksen - weil sie wussten, dass andere sie nicht einhielten.

13. DER FALSCHE SCHEIN

Es war ein seltener Moment der Ruhe auf dem Vereinsgelände. Der Wind hatte sich gelegt, als hätte selbst er für einen kurzen Augenblick das Interesse verloren. Nur das dezente Rascheln der Birkenblätter hinter Platz 3 verriet, dass die Welt nicht ganz stillstand. Erdmann saß auf einer der wettergegerbten Holzbänke unter dem Vordach des Clubhauses, ein milder Becher Kaffee in der Hand, wie immer aus der eigenen Thermoskanne. Es war sein Rückzugsort geworden inmitten all der brüchigen Fassaden, die man hier „Vereinsleben" nannte.

Das Papier in seiner Brusttasche - jener alternative Turnierplan mit Korrekturen und kryptischen Kürzeln - schien förmlich zu pulsieren. Es war kein Beweis im juristischen Sinn. Aber ein Faden, der lang genug war, um daraus ein Netz zu knüpfen, wenn man wusste, wo man ziehen musste.

Neben ihm trat Lina Berg aus dem Clubhaus, einen Stapel Notizzettel unter dem Arm, den Blick konzentriert, aber nicht verbissen. Sie hatte in den letzten Stunden das getan, was sie am besten konnte: recherchieren, graben, hinterfragen. Nicht laut, nicht effekthascherisch, sondern mit jener Beharrlichkeit, die das Fundament jedes guten Journalismus war - und jeder Wahrheit, die sich zu verstecken versuchte.

„Die Kießling", begann sie, ohne einleitende Höflichkeit, „war nicht krank. Zumindest nicht so, wie es im System steht. Kein Arzt, keine Krankschreibung, keine Abmeldung. Sie war gestern auf einem Tennisturnier in Kleinmachnow. Als Zuschauerin. Mit einem ihrer Enkel.“

Erdmann nickte langsam. Der falsche Schein, einmal mehr.

„Und das Turnier?“, fragte er.

„Ein Einladungsevent. Kein offizielles Ranglistenturnier. Aber auf der Gästeliste: ein Sponsor unseres Clubs. Und: ein Spieler, der auf unserer eigentlichen Liste gar nicht auftaucht, aber laut dem handschriftlichen Plan in Runde zwei gesetzt war.“

Erdmann stand auf. „Der Schein trügt, heißt es oft. Aber hier“, er klopfte gegen seine Brusttasche, „ist der Schein das einzige, was noch etwas sagt.“

Sie gingen zusammen über die Terrasse, vorbei an den akkurat gestutzten Hecken, deren Symmetrie in seltsamem Kontrast zu der inneren Unordnung des Clubs stand. Jeder Schritt auf dem Kiesweg schien ein Echo der vergangenen Tage zu tragen.

Unten am Platz trafen sie Schröder, der über den Boden von Platz 5 gebeugt war wie ein Hobbyarchäologe auf Schatzsuche. Er hatte ein Handtuch ausgebreitet, daneben eine kleine Plastikdose mit Rückständen - ein feiner, heller Staub, wie Mehl, aber mit einem leicht metallischen Schimmer. Erdmann bückte sich, nahm eine Prise zwischen Daumen und Zeigefinger, roch daran.

„Kein gewöhnlicher Sand“, sagte er. „Auch kein Pflegemittel.“ „Aluminiumpulver“, warf Schröder ein. „Wird manchmal für Sportgeräte verwendet. Und… in ganz feiner Körnung für Abdrucktechniken.“

„Oder Spuren“, murmelte Erdmann. Er sah sich um. Platz 5 war angeblich gesperrt gewesen. Und doch war er gespielt worden. Nicht offiziell - aber heimlich. Vielleicht nachts. Vielleicht für ein Spiel, das kein Spiel war.

„Der Platz ist die Bühne“, sagte Lina leise. „Aber wer war das Publikum?“

Erdmann stand still. In seinem Kopf formte sich ein Bild. Fragmente eines Spiels, das nicht im Protokoll stand. Ein

Ballwechsel, der nur für Eingeweihte gedacht war. Und eine Wahrheit, die unter der Oberfläche brodelte wie ein schwelender Brand.
„Der Schein", sagte er schließlich, „war nie falsch. Er war absichtlich gelegt. Eine Kulisse. Eine Inszenierung."

Und während die Sonne begann, sich in den Spiegelscheiben des Clubhauses zu brechen, wusste Erdmann, dass es Zeit war, in die Archive zu steigen - nicht nur die aus Papier, sondern die im Gedächtnis der Beteiligten. Denn manchmal lag die Wahrheit nicht im Systemfehler, sondern im System selbst.

14. SCHATTEN IM CLUBHAUS

Der Clubraum lag still. Die weißen Tischdecken waren bereits abgenommen, die Sektgläser vom Wochenende abgeräumt, und nur ein schwacher Geruch von Bohnerwachs und Pfefferminztee hing noch in der Luft, als Erdmann den Raum betrat. Es war diese späte Nachmittagsstunde, in der das Sonnenlicht schräg durch die großen Fenster fiel, den Dreck auf dem Parkett bloßlegte wie ungelöste Fragen - und jedes Geräusch plötzlich wie ein Echo wirkte.

Erdmann stand still in der Mitte des Raumes, die Hände auf dem Rücken verschränkt, der Mantel geöffnet, der Blick auf das große gerahmte Foto gerichtet, das über dem Kamin hing: Das letzte Sommerfest vor der Pandemie. Sechs Gesichter, zwei davon inzwischen verstorben, eines verschwunden, die anderen gealtert. Kein Krimi, dachte er. Eher ein Familienporträt mit Fußnoten.
„Was suchen Sie hier?" fragte Schröder hinter ihm, etwas zu laut für diesen Raum.
„Ruhe", antwortete Erdmann. „Und Spuren. Aber die laufen hier leiser als du."

Schröder hatte sich in der Tür aufgebaut wie ein schlecht platzierter Schrank. In der Hand hielt er die Unterlagen von Platzwart Jensen, sauber geheftet, mit gelben Post-

its übersät. Doch Erdmann beachtete sie kaum. Sein Blick wanderte zu dem alten Holzschrank in der Ecke, einem Überbleibsel aus der Gründungszeit, dessen Tür sich immer ein paar Millimeter von selbst öffnete - als wolle sie sagen: Hier ist was. Guck doch mal.
Und genau das tat er jetzt.

Der Schrank quietschte beim Öffnen. Darin: Altes Geschirr, zwei Karaffen mit Sprung im Glas, ein Turnierpokal von 1983 - und darunter ein kleiner Karton, unbeschriftet, eingestaubt, aber akkurat zugeklappt. Erdmann hob ihn an. Leicht. Kein Gewicht, das auf Wert hindeutete. Eher auf Inhalt mit Bedeutung.

Drinnen: Eine Plastikhülle, darin das Protokoll des Vorstandstreffens vom letzten Donnerstag - offenbar die Originalfassung, nicht die, die offiziell im System hinterlegt war. Und schon beim ersten Überfliegen erkannte Erdmann: Hier war mehr gestrichen als beschlossen worden. Insbesondere der Tagesordnungspunkt „Antrag auf Platznutzung zu Sonderzeiten“ - handschriftlich ergänzt mit einem Namen: W. Riedel. Dazu eine Notiz: „Nicht weiter verfolgen - sensibel.“

„Sensibel…“ murmelte Erdmann. „Das sagt man auch bei Sprengstoff.“

Schröder trat näher. „Riedel? Ist das nicht der, der vor Jahren mal...“

„Genau der. Platz 3. Freitags. 19:00 Uhr.“ Erdmanns Ton war flach. Keine Überraschung, keine Aufregung. Nur das leise Nachziehen einer Fährte.

Im Hintergrund knackte das alte Lautsprechersystem des Clubs, dann lief - offenbar versehentlich - die Einspielmusik für Siegerehrungen an. Ein bisschen Frieden, in blecherner Version. Schröder verzog das Gesicht. Erdmann dagegen lächelte. „Musik zur Wahrheit“, sagte er leise und schob den Karton zurück.

Doch bevor er den Schrank schloss, fiel sein Blick auf etwas, das sich zwischen dem Pokal und einem vergilbten

Adressbuch verklemmt hatte: ein kleines, laminiertes Foto - offenbar herausgerissen aus einer Mitgliederzeitung. Darauf: eine Frau, Mitte dreißig, sportlich, lächelnd. Und daneben, fast übersehen, eine handschriftliche Widmung: „Für Walter - deine Erinnerung ist meine beste Zeit."

Erdmann hob das Foto an, hielt es gegen das Licht. Der Kleber auf der Rückseite war porös. Jemand hatte es wohl einmal aufgehängt, später wieder entfernt - aber nicht entsorgt. Und plötzlich verdichtete sich das Bild im Raum. Nicht wegen des Lichtes. Sondern wegen der Schatten.

„Schröder...", sagte er langsam. „Wir müssen rausfinden, wer hier am Freitagabend wirklich auf dem Platz stand. Und warum dieser Antrag verschwinden sollte."

„Ich kümmere mich drum", nickte Schröder.

„Aber diskret. Hier wurde nicht einfach nur vergessen, was festzuhalten. Hier wurde aktiv gelöscht. Und wenn man das tut, hat man entweder was zu verbergen - oder jemandem was versprochen."

Draußen hörte man das erste Grollen eines Gewitters, das sich seit dem Nachmittag über der Stadt aufgebaut hatte. Es war noch weit entfernt - aber es würde kommen.

Wie die Wahrheit.

Erdmann schloss die Schranktür. Diesmal ohne sie wieder einen Spalt offen zu lassen.

Der Schatten im Clubhaus war kein Lichtproblem.

Er war ein Mensch.

Und der war noch da draußen.

15. WAHRHEIT UNTERM HANDTUCH

Die Sonne hatte längst den Zenit überschritten, aber die Wärme des Tages hing noch wie ein schwerer Vorhang über dem Club. Es roch nach feuchtem Sand, nach sonnengegerbtem Kunststoff von Tennistaschen, nach vergossener Cola und vergessenen Socken. Auf Platz 2 klang ein Match in die Tiefe, zwei Senioren der Herren 70 klopften sich in epischer Langsamkeit durch den dritten Satz. Erdmann saß auf seiner Bank am Rande von Platz 3, ein Thermobecher in der Hand, der Blick hinter der getönten Sonnenbrille wach, aber träge. So wirkte es jedenfalls. In Wirklichkeit arbeitete es in ihm.

Er hatte den Spind. Die Liste. Schröders akribisch zusammengestellte Mitschrift mit Bewegungsprofilen, die mehr Fragen aufwarf als Antworten. Linas Rückfrage beim Verband hatte ergeben, dass keine offizielle Turnieranmeldung für das Opfer vorlag - und dass dieser Umstand offenbar niemanden überrascht hatte. Die Turnierleitung war sich seltsam einig: Der Mann mit dem präzisen Aufschlag und dem ruhigen Blick sei einfach aufgetaucht, habe sich eingetragen, gespielt, gewonnen, weitergespielt. Und dann war er tot. Tot zwischen den Linien eines Spiels, das niemand wirklich kannte.

Im Clubhaus war es ruhiger geworden. Das Turnier neigte sich seinem Ende entgegen, aber die Unruhe war geblieben - untergründig, wie ein Bass, den man mehr fühlte als hörte. Erdmann ließ den Deckel seines Bechers aufspringen, nahm einen Schluck, brummte leise. In solchen Momenten dachte er nicht in Worten. Er sortierte Bilder. Bewegungen. Widersprüche. Und da war einer, der nicht passte: Das Handtuch.

Es war ein Clubhandtuch, beige mit dunkelgrünem Logo. Jedes Mitglied konnte sie sich am Tresen gegen ein Pfand holen, sie lagen im Wäschekorb der Umkleide, ordentlich gestapelt. Doch das Handtuch des Opfers war ein anderes gewesen. Ein rotblaues Sportmodell, fransig an den Enden, alt. Erdmann hatte es gesehen, gleich am ersten Tag. Es lag halb unter der Bank, halb über der Tasche. Und es fehlte.

Schröder hatte beim Aufräumen des Platzes einen Hinweis gegeben, unbeabsichtigt: „War ja sonst nix dabei, nicht mal Sonnencreme. Nur ein Schweißband und das olle Handtuch." Damals hatte Erdmann es überhört. Jetzt nicht mehr.

Er stand auf, trabte hinüber zur Geschäftsstelle. Der Schlüssel zum Clubarchiv war rasch besorgt, das Vertrauen in den alten Kommissar war groß. In der Ecke des Archivs, unter vergilbten Turnierplänen und Listen aus den Neunzigern, standen zwei blaue Ikea-Kisten mit Fundsachen. „Nicht zu verwechseln mit der Flohmarktkiste", hatte jemand vermerkt. Erdmann fischte sich die oberste Kiste heraus, klappte den Deckel zurück.

Drei Handtücher, ein Satz Schlüssel ohne Anhänger, ein vergessener Tennisschuh, Größe 44, ein Päckchen Traubenzucker, das sich in seine Einzelteile zerlegt hatte. Und da war es: das rotblaue Handtuch. Eingewickelt in sich selbst, wie eine Schnecke. Er zog es heraus, hielt es gegen das Licht. Ein Etikett war eingenäht, kaum noch lesbar. Doch mit einer Lesebrille aus dem Archivschrank - Modell Vereinsvorsitzender 2004 - konnte er entziffern, was er vermutet hatte.

Ein Name. Eingenäht mit schwarzem Garn. Nicht der des Opfers. Sondern ein anderer: M. Feldmann.

Feldmann. Das war der Vater des Jungen, der vor einem Jahr vom Verband gesperrt worden war. Illegales Coaching. Wettbetrug. Der Skandal war schnell unter den Teppich gekehrt worden, aber Lina hatte ihn nicht vergessen. Der Vater war in der Clubanlage gesehen worden. Still, schweigsam, mit einer Kamera und einer Cap tief im Gesicht. Und einem alten Handtuch.

Erdmann griff zum Vereinsheft, schlug die Teamlisten auf. Feldmann junior war nicht mehr aufgeführt. Aber jemand anders war dazugekommen: T. Berger. Ein Name, der niemandem etwas sagte, nicht mal Lina. Kein Verbandseintrag, keine Mannschaftszuteilung, kein Archivfoto. Und doch hatte „T. Berger" in der offenen Herrenklasse mitgespielt. Ungesetzt, unangemeldet. Und gestorben.

Der Kommissar ließ sich auf den alten Holzstuhl sinken, das Handtuch in der Hand. Es war, als hätte sich der Staub von Monaten in seinen Gedanken gesammelt. Jetzt, langsam, begann er sich zu legen. Ein Schattenriss wurde sichtbar. Eine Geschichte von Rache - nicht aus Wut, sondern aus Demütigung. Ein Sohn, der nicht sein eigener Name sein durfte. Ein Vater, der seinen eigenen Fehler nicht vergessen konnte. Und ein Spiel, das zu ernst genommen wurde.

Der Tod kam leise. Nicht mit dem Schläger. Sondern mit der Erwartung, jemand anders sein zu müssen.

Erdmann lehnte sich zurück. Das Clubarchiv roch nach Kellerluft und Möwenschiss von den Dächern. Und nach Wahrheit. Nach einer, die lange zwischen den Seiten gelegen hatte.

16. STILLES ZEUGNIS

Es war gegen 17:20 Uhr, als sich der Himmel über dem Clubhaus langsam mit einem milchigen Grau füllte, das den Nachmittag in ein unsicheres Zwielicht tauchte. Erdmann stand allein am Rand von Platz 3. Der Belag war inzwischen hart geworden, das Wasser, das man noch am Vormittag zur Beruhigung des Staubs verteilt hatte, war längst versickert. Nur die Linien glänzten noch ein wenig, wie eingegrabene Gedanken in der Oberfläche des Spiels.

Erdmann blickte auf die Tribüne. Sie war leer. Keine Zuschauer, keine Spieler, keine Vereinsfreunde, keine Gespräche. Nur das gelegentliche Knacken der Holzbänke in der beginnenden Abendkälte. Und mittendrin: die Thermoskanne, die er wie eine alte Gewohnheit in der rechten Hand hielt. Der Deckel war schon abgeschraubt, der Dampf stieg langsam auf, mischte sich mit der feuchten Luft, als wolle der Kaffee selbst eine Geschichte erzählen.

Die Frage, die in ihm arbeitete, war alt, aber noch nicht beantwortet: Was war hier geschehen - nicht vordergründig, nicht protokollarisch, sondern menschlich?

Ein Mensch war gestorben. Offiziell: Herzversagen. Faktisch: mitten auf dem Platz. Spielerwechsel, Doppelfinale, alle Augen auf das Netz gerichtet. Und dann der Zusammenbruch. Es war kein Verbrechen, sagte der Obduktionsbericht. Kein äußerer Zwang. Kein Gift. Kein Schlag. Kein Sabotageversuch. Keine fremde Einwirkung.

Und doch war etwas an diesem Fall von Anfang an... unklar.

Nicht falsch. Aber unklar.

Erdmann zog das vergilbte Foto aus der Innentasche seines Mantels - ein Ausschnitt, den Lina aus dem alten Vereinsarchiv gezogen hatte. Ein Bild, das Jahre zuvor aufgenommen worden war: Drei Männer vor der alten Pokalvitrine, die längst nicht mehr stand. Zwei von ihnen kannte Erdmann: den Toten und den damaligen Vorsitzenden. Der Dritte? Unbekannt.

Doch genau dieser dritte Mann - leicht schräg zur Kamera stehend, mit dem typischen Lächeln jener Zeit, das nie ganz bis in die Augen reichte - war in mehreren Unterlagen aufgetaucht. Immer am Rand, immer unbenannt.

Und dann war da dieses Protokoll, das Lina mit rotstiftiger Randnotiz auf seinen Schreibtisch gelegt hatte: „Stilles Mitglied - war zur Zeit der Satzungsänderung nicht auffindbar. Grund: Krankheit? Umzug? Austritt? Keine Unterlagen."

„Stilles Mitglied." Ein Begriff, der Erdmann nie gefallen hatte.

Nicht wegen seiner juristischen Unklarheit. Sondern weil er zu viel bedeckte.

Er erinnerte sich an eine Begegnung vor Jahren, in einem ähnlich leeren Clubhaus, mit einem ähnlich unauffälligen Mann, der sich entschuldigte, weil er keine Zeit zum Spielen fand - aber seine Beiträge weiterhin zahlte. Erdmann hatte ihn damals abgetan als einen der vielen, die zwischen Absicht und Alltag zerrieben wurden. Heute fragte er sich, ob dieser Mann nicht vielleicht einer jener fehlenden Namen war.

Er ging zurück ins Clubhaus. Nicht in den Hauptraum, sondern in den kleinen Kabinentrakt hinter dem Büro der Vorsitzenden. Dort, wo es roch wie in einer Mischung aus Möbelpolitur und Sportsalbe. In einer dieser alten Spinde, Nummer 32, klemmte ein vergessener Turnbeutel - Stoff, grob gewebt, mit einem verblassten Namensschild, das nur noch die Buchstaben „-sen" erkennen ließ. Vielleicht Jensen. Vielleicht Madsen. Vielleicht etwas anderes.

Aber was Erdmann interessierte, war nicht der Name. Es war das, was darunter lag. Ein alter Vereinsausweis, eingerollt in eine vergilbte Serviette des Clubrestaurants. Und auf der Rückseite - in krakeliger Handschrift - der Satz:

„Nicht alle Spieler stehen auf dem Spielbericht."

Er drehte den Ausweis um. Keine Adresse. Kein aktuelles Datum. Aber das Foto war eindeutig: der dritte Mann.

Der Mann, der nicht auf der Liste stand. Der sich still zurückgezogen hatte - und dessen Verbindung zum Toten nun greifbarer wurde.

Erdmann setzte sich auf die Holzbank im Vorraum, drehte den Deckel der Thermoskanne noch einmal ab, schenkte sich ein. Der Kaffee war lauwarm. Nicht schlimm.

„Stilles Zeugnis", murmelte er. „Na dit passt ja."

Er notierte die Fundstücke auf einem alten Notizblock - Papier, nicht digital -, klebte das Foto daneben, dann den Servietten-Satz. Schröder würde die Handschrift analysieren lassen. Lina würde im Archiv die letzten Satzungsänderungen checken. Und er selbst?

Er würde abwarten. Und denken.

Denn manchmal war das Entscheidendste an einem Verbrechen nicht das, was geschah - sondern das, was verschwieg.

Und wer zu lange schwieg, wurde irgendwann überhört. Oder übersehen.

Erdmann aber hatte gelernt, genau dort hinzuschauen. Dahin, wo niemand mehr suchte.

17. DER JUNGE MIT DER KAMERA

Der Regen hatte nachgelassen, aber die Tropfen auf dem Plexiglas des Schaukastens schimmerten noch wie träge Erinnerungen. Es war einer dieser Tage, an denen der Wind kaum wehte, aber dennoch alles in Bewegung schien - in kleinen Verschiebungen, wie bei einem langsamen Tennismatch, bei dem keiner der Spieler das Tempo vorgab, aber jeder genau wusste, dass sich etwas verändern würde. Irgendwann. Unweigerlich.

Erdmann stand an der Kaffeetheke des Vereinsheims und betrachtete die Aufnahmen. Ausgedruckt auf mattem Papier, unspektakulär. Schröder hatte sie auf Wunsch aus dem Fundus der letzten Clubmeisterschaft gefischt - ein paar Tage vor dem verhängnisvollen Doppelfinale aufgenommen. Von einem Jungen. Name: Vincent. Zehn Jahre alt, Sohn einer der Trainerinnen. Begeistert vom Tennis. Und, wie sich herausstellte, ebenso begeistert von seinem neuen Geburtstagsgeschenk: einer Digitalkamera mit Zoomfunktion.

„Er hatte sie bei der Clubmeisterschaft dabei", hatte Schröder berichtet, „und jeden einzelnen Ballwechsel fotografiert. Hundertfach. Aus allen Winkeln. Mehr Pixel als Punkte."

Erdmann hatte das zunächst mit einem brummenden „Na dit kann ja heiter werden" quittiert. Doch nun, beim Durchblättern, dämmerte ihm: Zwischen all den unscharfen Schlägerschwüngen, Jubelszenen und unfreiwillig komischen Netzrollern war ein Detail, das auffiel. Auf mehreren Bildern war im Hintergrund derselbe Mann zu sehen. Kein Mitglied. Kein Trainer. Kein Gastspieler.

Immer am Rand, nie im Fokus. Mal mit Sonnenbrille, mal mit Schirmmütze. Immer mit einem Handy in der Hand, als würde er filmen. Oder Anweisungen empfangen.

Erdmann ließ sich das Foto auf seine Weise erklären - nicht mit Pixeln, sondern mit Bauchgefühl. Und dieses

sagte ihm: Der Mann war nicht zufällig dort. Und er war schon vor dem Spiel da.
Vincent war schnell ausfindig gemacht. Es war Lina, die ihn auf dem Spielplatz entdeckt hatte, wo er mit seinem Tennisschläger gegen eine Mauer schlug, als würde er einen imaginären Gegner dominieren.
„Hast du die Fotos alle noch?“ hatte Erdmann gefragt und sich neben ihn auf die Bank gesetzt, wobei er sofort das ungelenke Aufschlagen seiner Knie bereute.
„Klar“, sagte der Junge stolz. „Hab sogar ‚ne Extra-Cloud.“
„Na siehste, dit hab ick früher nicht mal bei schönem Wetter gehabt.“

Gemeinsam mit Vincent durchsuchten sie die Aufnahmen. Vincent erklärte Details, wie nur Kinder es konnten: Der Schatten dort sei nicht vom Baum, sondern von „so einem großen Mann, der immer auf Platz 3 geguckt hat“. Und ja, das Foto da, das sei von genau dem Moment, als die Spieler gerade zur Seitenlinie gingen - da sei was Komisches gewesen.
Erdmann zoomte hinein. Tatsächlich. Der Mann mit der Schirmmütze hatte ein Gerät in der Hand, das aussah wie ein Schlüssel - oder ein Fernbedienungsteil.
Ein unauffälliger Klick. Eine Sekunde später war einer der Spieler gestürzt. Kein klares Bild, kein Beweis. Aber für Erdmann war es der Anfang eines neuen Denkansatzes.
Er ließ die Bilder kopieren, nummerieren, datieren. Die Reihenfolge rekonstruieren. Wer hatte wann wo gestanden? Wer war vor dem Spiel auf dem Platz gewesen? Wer hatte Zugang zum Materialschrank - oder zur Linienkamera?
Denn da war noch etwas. Auf einem anderen Bild - diesmal von der Tribüne aus - war eine Kamera zu sehen. Eine, die dort eigentlich nicht installiert war. Klein, diskret. Vielleicht ein Modell aus dem Sicherheitsbereich, das man nur mit genauer Kenntnis der Anlage einsetzen konnte. Und wer hätte diese Kenntnisse?

Erdmann dachte an Schröders Recherche: Der verstorbene Oberschiedsrichter hatte in seinem früheren Beruf elektronische Anlagen betreut. Zutrittskontrolle, Alarmtechnik. Er war frühpensioniert worden - aus gesundheitlichen Gründen. Oder war es mehr gewesen?
Der Fall, der so deutlich als sportliches Drama begonnen hatte, verwandelte sich langsam in eine technische Inszenierung mit gezielten Eingriffen.
Und der Junge mit der Kamera? Der hatte mehr festgehalten als ein Match. Er hatte eine Geschichte dokumentiert, die niemand hatte sehen sollen. Eine Geschichte von Manipulation. Vielleicht sogar ein gestellter Sturz. Vielleicht ein Spiel, das nie gewonnen werden sollte. Oder nie verloren.
Aber noch fehlte das Motiv. Noch war der Gegner nicht sichtbar. Nur die Linien auf dem Platz - und ein Schatten, der sich durch die Fotos zog, wie eine Mahnung.
„Weißt du, Vincent", sagte Erdmann schließlich und legte ihm die Hand auf die Schulter. „Du hast mehr gesehen als viele Erwachsene. Und du hast aufgepasst. Dit ist mehr, als manch ein Profi von sich behaupten kann."
Vincent strahlte. Und Erdmann dachte: Manchmal beginnt Aufklärung genau dort, wo niemand sie erwartet - mit einem Kind, einer Kamera und der Bereitschaft, hinzusehen.

18. WIEDERHOLUNG DES SPIELS

Der Himmel über der Hasenheide hatte sich zugezogen, als wolle er den Tag auf Stand-by schalten. Es war dieser graue Vorhang, der nicht regnet, nicht weht, nur hängt - wie ein vergessenes Tuch über einem alten Spiegel. Die Plätze waren leer, der Club in einer seltsamen Zwischenzeit gefangen. In wenigen Stunden sollte das Medenspiel nachgeholt werden, dass jenes unheilvolle Doppel beinhaltete, dessen Verlauf Erdmann seit Tagen beschäftigte.

Die Wiederholung - offiziell angesetzt vom Verband, unauffällig kommentiert von den Spielern, jedoch innerlich von allen mit Argwohn beäugt.

Henning Krohn, der bei jenem Spiel tot zusammengebrochen war, blieb das stumme Zentrum des Geschehens. Und obwohl seine Asche bereits in einer anonymen Urne auf dem Neuen St. Matthäus ruhte, lag über dem Platz noch immer sein Schatten. Ein Schatten, der nicht weich war, sondern scharf gezeichnet wie die Linien, die an jenem Nachmittag doppelt gezogen worden waren - in der Realität und im Gedächtnis.

Erdmann stand nicht an Platz 3. Heute nicht. Stattdessen durchmaß er das Clubhaus, Schritt für Schritt, Blick für Blick. In seiner Jackentasche: eine alte Partiturbesprechung aus dem Verbandsarchiv, von Lina besorgt, darin die Einträge des Spiels, das als Schlüsselmoment diente. Aber nicht das letzte. Sondern eines aus dem Jahr 1998. Ein längst vergangenes Finale, ein anderes Spiel - mit denselben Namen. Damals war Henning Krohn noch Spieler gewesen, kein Schiedsrichter. Und Volker Wendt? Der Gegner. Schon damals.

Es gab also eine Vorgeschichte. Eine alte Rechnung. Nur: Wer hatte sie geschrieben?

Im Büro der Clubleitung traf er auf Schröder, der mit einem Ausdruck vor der Nase dastand wie ein Schüler vor dem falschen Klassenraum.

„Chef, der Platzwart hat was gefunden. In der Gerätekammer. Hinterm alten Ballkorb. Ein Stück Holz. War wohl mal ein Klemmbrett."

„Und? Soll ich jetzt 'nen Schreiner holen?", knurrte Erdmann, doch sein Blick verriet: Da war mehr.

„Jaja, schon klar", murmelte Schröder. „Das Ding ist eingeritzt. Wie mit 'nem Nagel. Zwei Namen. Ein Datum.

Erdmann nahm das Brett. Die Handschrift war unbeholfen, aber lesbar: Wendt - Krohn, 17.06.1998 - Er weiß es noch.

„Na prima“, sagte Erdmann und drehte das Stück Holz in der Hand. „Ein Geständnis auf Fichte. Wenn det mal reicht.“

Er fuhr mit dem Daumen über die Inschrift. Und dann erinnerte er sich. An die Stimme eines alten Trainers, der vor Jahren über Krohn sprach. „Der hat ma‘ wat verbockt, damals. War nich‘ sein Spiel, det Finale. War ‚n anderer, der‘s getragen hat. Und doch hat er gewonnen.“

War da ein Betrug? Ein verschobenes Spiel? Etwas, das nie ans Licht gekommen war?

Lina hatte die alte Turnierzeitung aus dem Archiv mitgebracht. Der Bericht über das Finale von 1998 las sich merkwürdig unspezifisch. Viele Floskeln, keine Namen. Kein Ergebnisblatt. Nur ein kurzer Satz: Ein umkämpftes Match mit überraschendem Verlauf. Ein Match, das Wendt verlor - und Krohn gewann. Danach aber stieg Krohn nie weiter auf. Er verschwand. Und kehrte Jahre später - als Schiedsrichter - wieder.

Erdmann setzte sich nicht. Stattdessen ging er langsam den Gang entlang, der zum Richterzimmer führte. Es war abgeschlossen. War es das immer? Schröder kam hinzu, schloss auf. Nichts Verdächtiges auf den ersten Blick. Doch dann, in der Schublade eines alten Schranks: ein Notizbuch. Voller kurzer, abgehackter Sätze.

„Nie verziehen.“

„Er wusste, ich war‘s.“

„Heute wird er pfeifen - wie damals.“

„Ich bring ihn zum Schweigen.“

Erdmann las die Zeilen und spürte, wie sich ein Knoten in der Zeit langsam löste. Der Tod war nicht zufällig gewesen. Nicht das Herz. Nicht die Erschöpfung. Sondern die gezielte Konfrontation mit dem, was man tief vergraben hatte.

Henning Krohn hatte gewusst, dass Volker Wendt zurück auf dem Platz war. Und Volker Wendt hatte geahnt, dass Krohn nicht schweigen würde. Nicht diesmal.

Doch Wendt war nicht der Mörder. Der Tod kam nicht durch Hand, sondern durch Worte. Es war ein anderer, der das Schweigen organisiert hatte.
Erdmann blätterte weiter. Eine letzte Seite, eingerissen.
„Er hat es ihr erzählt. Dummkopf. Sie wird es ausplaudern."
Ein Name stand daneben. Mit dünnem Strich: Luisa.
Erdmann erinnerte sich: Luisa war Krohns Nichte. Sie hatte in der Woche vor dem Medenspiel mit ihm gesprochen. Nur kurz. Und sie hatte Erdmann gegenüber gesagt, ihr Onkel habe endlich seinen Frieden gefunden.
Frieden? Oder Angst?
Wiederholung des Spiels. Das war der Titel des Nachholspiels. Aber in Wahrheit war es die Wiederholung einer Schuld. Einer Geschichte, die nie zu Ende erzählt worden war. Bis jetzt.
Erdmann steckte das Notizbuch ein. Der Regen hatte eingesetzt, leicht und unentschlossen. Wie das Spiel, das gleich beginnen sollte.
Er wusste: Einer der vier Spieler da draußen trug mehr mit sich als nur einen Schläger.
Und der Tod? Der hatte längst seinen Platz gewählt.

19. LETZTER AUFSCHLAG

Der Nachmittag lag schwer auf dem Clubgelände des Tennisclubs Grün-Gold Hasenheide, als wolle er etwas zurückhalten. Kein Wind, kein Laut, nur das Klicken der Flügeltür zum Geräteschuppen, die bei jedem Hauch vibrierte wie eine lose Note in einem alten Lied. Erdmann stand nicht mehr am Rand. Nicht diesmal. Er ging langsam die Linie entlang, als suche er nicht nach Spuren, sondern nach einem Takt - dem Puls eines Spiels, das mehr war als Tennis.

Das Wiederholungsspiel hatte begonnen. Dieselben Paarungen wie vor dem Tod Henning Krohns. Doppel mit Vergangenheit. Volker Wendt stand auf dem Platz, gegenüber Florian Siebeck, einer von jenen Spielern, die wenig redeten, aber viel trugen - im Blick, in der Haltung, im Rückhandwinkel. Daneben: zwei neue Gesichter aus dem erweiterten Kader, jung, ambitioniert, aber unbewusst Teil einer Geschichte, die älter war als sie selbst.

Erdmann beobachtete nicht das Spiel, sondern die Ränder. Die Reaktionen am Netz. Die Blicke nach einem Doppelfehler. Die Bewegung der Hände beim Seitenwechsel. Es war alles da - nur verschoben. Wie bei einem Lied, das im falschen Takt wiedergegeben wird und doch vertraut klingt.

Am Rande hatte Schröder Posten bezogen, mit dem diskreten Blick eines Mannes, der sich Mühe gab, nicht zu stören, aber dabei deutlich zu laut atmete. Lina saß weiter hinten, blockierte mit Notizbuch und Blick jeden Versuch von Smalltalk. Auch sie war längst tiefer drin, als ihr lieb war. Ihre Recherchen hatten ein weiteres Detail zutage gefördert: Henning Krohn hatte kurz vor seinem Tod versucht, Kontakt zum Verband aufzunehmen - ein Brief, nie abgeschickt. In der Schublade seines kleinen Arbeitszimmers hatte man ihn gefunden, zusammengefaltet, aber nicht versiegelt. Der Inhalt? Eine Selbstanzeige. Für ein Spielmanipulationsdelikt aus dem Jahr 1998. Jener Tag, an dem das erste Finale gegen Volker Wendt gespielt wurde.

Doch Krohn war nicht allein gewesen. Der Brief erwähnte einen zweiten Mann, „dessen Stimme auf dem Platz schwerer wog als die Linienrichter zusammen“. Kein Name. Nur: „Er stand nie im Rampenlicht. Und doch schrieb er den Spielstand.“

Wer war dieser zweite Mann?

Erdmann hatte einen Verdacht - aber keinen Beweis. Und Beweise waren das Einzige, was ihn wachhielt nachts. Alles andere war Spuk. Suggestion. Die Stille vor dem Einschlag.

Zurück auf dem Platz wurde das Spiel langsamer. Nicht weil die Spieler müde waren - sondern weil die Spannung sickerte wie Wasser in Sand. Kein Lächeln. Kein Schulterklopfen. Nur der Rhythmus des Ballwechsels - regelmäßig, unbarmherzig. Und dann: eine Unterbrechung.

Florian Siebeck, der sonst nie etwas sagte, ging zum Netz. Fragte etwas, das keiner verstand. Der Schiedsrichter - diesmal ein Verbandsmann, kein Ehrenamtlicher - unterbrach kurz. Kurze Diskussion. Dann: Weiter.

Aber etwas war anders.

Erdmann hatte das Gefühl, als sei ein Schatten aufs Feld gefallen. Kein echter. Sondern einer, der im Inneren wächst.

Nach dem Spiel, so war es angesetzt, sollte die Vorstandsvorsitzende eine kleine Gedenkminute für Henning Krohn abhalten. Die Vereinsleitung wollte den Todesfall nicht länger verdrängen, auch wenn intern bereits getuschelt wurde, dass zu viel Aufarbeitung dem Image schade.

Doch Erdmann wusste: Der wahre Knall kam noch. Und er würde kein PR-Problem sein - sondern ein Erdbeben.

In der Zwischenzeit hatte Schröder etwas entdeckt. Ein Handy-Video, aufgenommen von einem Jungen, der beim Doppel neben dem Platz saß und seinen Vater filmte. Zufällig im Bild: Krohn, wie er sich krümmt. Und davor: ein Gespräch, das ohne Ton überliefert war, aber mit Mimik mehr verriet als Worte.

Zwei Männer, dicht beieinander, eine Geste - wie ein Zeigefinger, der sich auf ein Blatt Papier senkt. Dann ein Abwinken. Dann das Spiel.

Und eine halbe Stunde später: Henning Krohn, reglos, tot.

Erdmann hatte das Video Bild für Bild analysiert. Ein Standbild blieb hängen: Die Hand, die das Papier hielt, trug einen Ring mit einem auffälligen grünen Stein.

Ein Ring, wie ihn nur ein einziger im Verein trug: der Jugendwart, der damals bereits Funktionär war. Und: der heimliche Strippenzieher bei der damaligen Nominierung für das Finale 1998. Nicht Spieler, nicht Trainer - aber Mitglied im Spielausschuss. Und laut interner Liste: der Mann, der damals entschied, dass Krohn nominiert wurde, obwohl es Einwände gab. Wendt hatte damals Protest einge-

legt. Vergeblich.
Jetzt also saß dieser Mann wieder auf der Tribüne, scheinbar unbeteiligt. Und doch war sein Blick nicht neutral. Er wanderte immer wieder zu Wendt - und zu Erdmann.
Es war klar: Etwas verband sie. Und dieser Letzte Aufschlag auf dem Platz da unten - war mehr als ein Ballwechsel. Es war der Aufschlag in die Vergangenheit. Und der Versuch, einen Punkt zu machen, der schon lange entschieden schien.
Erdmann hatte genug gesehen. Der letzte Satz war fast zu Ende. Das Spiel würde bald vorbei sein. Doch die Partie war noch offen - in einer anderen Liga.
Morgen, so wusste er, würde der Fall nicht mehr der sein, der er heute war.
Denn dann kam der Moment der Enthüllung.

20. ENTHÜLLUNG AM RAND

Es war, als hätte der Tag selbst beschlossen, die letzten Schatten zu lüften. Die Sonne stand nun tiefer, langgezogene Linien aus Licht zogen sich über den Centercourt des Grün-Goldenen Tennisclubs Hasenheide, wie um die Wahrheit auf dem roten Sand einzukreisen. Keine Spieler mehr, keine Zuschauer, nur noch die Spuren der Turniertage - und die Stille, die nach einem Applaus zurückbleibt.

Erdmann stand am Rand des Platzes, den Rücken leicht gekrümmt, als wolle er die Erdanziehung selbst befragen. Der Wind hatte aufgefrischt, zupfte an der Werbebande, als wolle er sie umblättern wie eine Seite zu viel in diesem seltsamen Fall. Auf dem Tisch vor ihm lagen: eine Liste, ein Handtuch, ein Schlüsselbund, ein zerknickter Spielplan - und das kleine, unscheinbare Objekt, das alles in Bewegung gebracht hatte: eine Speicherkarte.

Spind 8 war der Anfang gewesen. Der Fund, der keine Fragen beantwortet, sondern neue gestellt hatte. Eine Kamera, vergessen oder versteckt. Aufnahmen, teils verwackelt, aber mit einem Detail, das Erdmanns Instinkt geweckt hatte: ein Schatten, der nicht dort hingehörte. Nicht in jener Ecke des Platzes, nicht in jener Stunde. Und das weiße Handtuch - drapiert wie beiläufig über der Bank gelegt, doch mit einem Abdruck, der nicht zur Hitze passte. Ein Streifen, dunkler, zu schmal für Schweiß, zu lang für Zufall. Schröder hatte es für Kaffee gehalten. Erdmann nicht.

Lina Berg, die mit der Unbeirrbarkeit einer Archivkatze, hatte das Bild ergänzt: Henning Krohn war nicht nur Schiedsrichter gewesen. Sondern auch der letzte, der mit einer Entscheidung im Berliner Verband für einen Lizenzentzug verantwortlich war. Ein junger Spieler, damals gerade siebzehn, war gesperrt worden - wegen unsportlichen Verhaltens, angeblicher Spielmanipulation. Ein Fall, der nie groß öffentlich wurde, weil der Spieler angeblich freiwillig zurücktrat. Und Krohn? Hatte danach nie wieder ein Finale gepfiffen. Bis zu jenem Tag in Hasenheide. Seinem letzten. Erdmann schloss die Augen. Manchmal war es nicht die Frage, was jemand getan hatte - sondern, wem er etwas genommen hatte. Ruf. Hoffnung. Zukunft.

Die Liste auf dem Tisch: Schröders Werk. Verdächtige, sortiert nach Möglichkeit, Motiv, Gelegenheit. Durchgestrichen waren die Eitlen, die Unbeteiligten, die Lauten ohne Substanz. Übrig blieben vier Namen. Darunter ein Mann, der in keinem Turnierplan auftauchte, in keinem Clubverzeichnis, nicht einmal in der Mitgliederdatei. Doch er hatte Zugang gehabt - über eine Trainerlizenz, ausgestellt auf einen anderen Namen. Eine Leihidentität, wie Erdmann es nannte. Die Registrierung wies ihn als Nebenplatz-Coach aus. Kein Mensch achtete auf Nebenplätze. Und genau das war sein Vorteil gewesen.

Er hieß heute Müller. Hieß früher anders. War damals siebzehn. Und sein Vater - das fand Lina in einer alten Turniermeldung - war einst Mitglied im Grün-Gold-Club. Trainer mit Ambitionen. Bis er verschwand, genau nach dem Lizenzskandal. Zwei Leben, verknüpft durch einen Bruch.

Das Handtuch, dieser beiläufige Beweis, war kein Zufall. Sondern ein Zeichen. Müller - oder wie auch immer er wirklich hieß - hatte es auf die Bank gelegt, nachdem Krohn bereits kollabiert war. Nicht aus Mitgefühl, sondern als Zutat für eine Geschichte. Eine Geschichte, die Erdmann nun erzählte, für sich, für den Wind, für die Wahrheit.

Die Pistole gab es nicht. Kein Gift. Kein direkter Angriff. Aber es gab: ein präpariertes Getränk. Ein scheinbar freundliches Isogetränk, gereicht während der Pause. Kein Mitarbeiter hatte es gesehen. Nur die Kamera hatte es eingefangen - wie Krohn kurz zögerte, bevor er trank. Vielleicht erinnerte er sich. Vielleicht auch nicht. Die Substanz? Nicht tödlich. Aber genug, um bei einem Menschen mit bekanntem Herzfehler eine Krise auszulösen.

Die Obduktion? Hatte keine toxischen Stoffe gefunden. Doch Schröder hatte nachgehakt, bei einem alten Laborfreund. Die Substanz - ein seltenes Mittel, in Sportkreisen als „Clean Inducer" bekannt - war wasserlöslich und zersetzte sich nach zwei Stunden. Spurlos. Es war: fast perfekt. Erdmann sog die Luft ein. Die Geschichte war beinahe zu elegant. Ein alter Schmerz, verkleidet als sportlicher Besuch. Eine still geplante Rache. Und ein Opfer, das nicht mal mehr wusste, was es einst angerichtet hatte.

Doch der entscheidende Moment - der Knackpunkt - war das Handtuch. Denn darauf fand man: Spuren von genau jener Substanz, in einer Konzentration, die auf eine versehentliche Verschüttung hindeutete. Der Täter hatte zu hastig gearbeitet. Vielleicht nervös. Vielleicht übermütig.

Noch fehlte das Geständnis. Aber das war oft das Letzte, was kam. Erdmann wusste: Der Täter würde nicht fliehen. Denn er war nicht hier, um zu töten. Sondern um zu sühnen. Sein Ziel war erreicht. Und seine Strafe begann genau in diesem Moment - als Erdmann sich vom Tisch abwandte und in Richtung der Nebenplätze ging.

Denn dort stand er.
Müller. Blick gesenkt. In der Hand: ein zweites Handtuch.
Der Nebenplatz wirkte wie ein Bühnenhintergrund, vergessen nach der letzten Szene, mit Linien, die bereits von neuem Sand verschluckt wurden, Netzen, die leicht durchhingen, als hätten auch sie genug gesehen. Kein Publikum, kein Spiel - nur zwei Männer. Der eine: alt, mit Mantel und thermosgefülltem Schweigen. Der andere: jung gealtert, mit gesenktem Blick und der Haltung eines Menschen, der sich zu lange aufrecht halten musste.

Erdmann blieb drei Meter vor ihm stehen. Der Sand knirschte unter seinen Schuhen. Kein Laut sonst. Kein Windstoß. Kein Vogel.
„Sie wissen, warum ich hier bin."
Müller - oder besser: Marc Wulff, wie Lina in letzter Sekunde aus einem alten Online-Archiv gezogen hatte - nickte kaum merklich. „Ich dachte… wenn ich ihn sehe… wird es leichter. Aber es war schwerer."
„Sie wollten keine Rache. Nicht wirklich."

Jendrik sah auf das Handtuch in seiner Hand. Es war sauber. Unbenutzt. Eine Geste vielleicht, ein letzter Versuch, Kontrolle zu behalten in einem Spiel, das nie seins gewesen war. „Er hat mir alles genommen. Damals. Ohne Anhörung, ohne zweite Chance. Nur ein Blick - und dann dieses Urteil. Ich war siebzehn. Ein Wutausbruch. Kein Betrug."

Erdmann sagte nichts. Er hörte. Wie immer, wenn andere endlich sprachen.
„Mein Vater hat sich nie davon erholt. Der Verband hat ihn fallen lassen. Krohn hat nie gezuckt, nie hinterfragt. Ich wollte, dass er sieht, was es heißt, hilflos zu sein. Dass er zweifelt, wenigstens einmal."
„Aber er starb."
Jendrik schloss die Augen. „Ich weiß."
„Das war nicht Teil Ihres Plans."
„Nein." Eine Träne rutschte über sein Gesicht, doch keine

Regung folgte. Keine theatralische Geste. Nur diese aufrechte, gebrochene Ruhe. „Ich habe die Mischung falsch berechnet. Ich wollte… ihn aus dem Spiel nehmen. Für ein paar Minuten. Nicht…"
Erdmann trat einen Schritt näher. „Sie wussten von seinem Herzfehler."
„Nicht genau. Es stand in keinem Bericht. Aber jemand hatte mir gesagt, er habe früher oft Kreislaufprobleme gehabt. Ich dachte, er würde sich setzen. Abbrechen. Aber er… er war ein Schiedsrichter bis zuletzt."
Stille.
Ein letzter Ballwechsel, der nie stattfand.
„Wissen Sie, was ich dachte, als ich ihn sah, wie er fiel?" fragte Jendrik plötzlich, die Stimme fast flüsternd. „Ich dachte, das ist die Wiederholung des Spiels. Aber mit mir als Sieger. Nur dass es keinen Applaus gab. Nur Sand."
Erdmann nickte kaum sichtbar. Dann sagte er: „Sie haben ihn nicht getötet. Nicht im juristischen Sinne. Es war eine Verkettung. Aber Sie haben dafür gesorgt, dass der Moment kam."
Jendrik legte das Handtuch auf die Bank. Wie damals, als Krohn fiel. Ein Spiegelbild, makaber, leise, traurig.
„Ich werde nicht fliehen."
„Ich weiß."
Erdmann wandte sich ab. Kein Handschellenklick. Kein Pathos. Er wusste, dass andere sich um die Details kümmern würden. Für ihn war der Fall beendet, als der Täter stehenblieb.
Später, im Clubhaus.
Lina Berg blätterte durch ihren Notizblock. „Also, wenn ich das richtig sortiere: Der Tote war ein Schiedsrichter mit Vergangenheit. Der Täter ein junger Mann mit altem Zorn. Der Auslöser ein Getränk, das nie hätte gereicht, wenn das Herz nicht so schwach gewesen wäre. Und das Handtuch war…?"
„Ein Symbol", sagte Erdmann und schenkte sich einen

Kaffee ein.
„Für was?“
„Für alles, was gesagt wurde, ohne Worte.“
Sie schwiegen.
Schröder kam herein, zerzaust, mit roten Wangen. „Chef, das mit dem Spind 8 - da war doch noch dieses alte Namensschild drunter. Ich hab's abgekratzt. Da stand: J. Jendrik. Der Vater.“
Erdmann blickte auf. Dann lächelte er schwach.
„Der Tod spielt Doppel“, murmelte Lina.
„Nee“, brummte Erdmann. „Das Leben. Der Tod kommt bloß irgendwann auf den Platz. Und dann guckt keiner mehr auf den Spielstand.“

FAZIT

Der Fall hatte ihn nicht überrascht - nicht in seiner Abgründigkeit, nicht in seiner Menschlichkeit. Aber er hatte ihn berührt. Es war kein Mord aus Habgier, kein Blutbad aus Eifersucht. Es war eine stille Kollision zweier Leben, deren Linien sich vor Jahren geschnitten hatten - unsichtbar wie manche Linien auf dem Platz, wenn der Sand zu dick liegt. Am Ende war es kein Spiel, das entschieden wurde. Sondern ein Gefühl. Und ein Mann, der zu lange kein Ende gefunden hatte.
Erdmann legte die Akte beiseite. Schrieb mit einem altmodischen Stift auf den Deckel:
„Abgeschlossen. Ohne Gewinner. Ohne Applaus.“
Dann ging er. Der Platz war leer. Aber er wusste: Irgendwann würde wieder jemand spielen. Und vielleicht, ganz vielleicht, würde die Linie diesmal halten.

Fallakte 2: Der letzte Schlägerwechsel

PROLOG

Es war einer jener Spätsommertage, an denen die Hitze nicht mehr drängte, sondern sich wie ein stilles Versprechen in den Schatten legte. Die Plätze lagen matt unter einem Himmel, der weder blau noch grau war, sondern etwas dazwischen - als würde er selbst nicht mehr wissen, auf welcher Seite er stand. Die Linien waren frisch abgezogen, der Sand noch unberührt vom Drama des Tages. Nur der Wind, dieser ewige Beobachter, strich sacht über die Netzkante und ließ sie zittern wie eine Narbe, die lange verheilt schien, aber noch bei jeder Berührung zuckte.

Man hörte nichts. Kein Schlägerknallen, kein Rufen, kein Lachen. Nur das leise Rauschen der Blätter hinter dem Platzhaus, das so unregelmäßig klang, als würde es nicht von Bäumen, sondern von Erinnerungen verursacht. Und dann - kam doch ein Laut. Kein Schrei, kein Ruf, sondern dieses dumpfe, matte Tock, das nur Holzschläger erzeu-

gen. Ein Klang aus einer anderen Zeit. Unmodern. Ehrlich. Unverkennbar. Und genau deshalb: unpassend.
Denn niemand spielte hier noch mit Holz. Niemand - außer einer.

Sie nannte es ein Ritual. Andere nannten es Nostalgie. Manche schlicht: Unfähigkeit, sich zu verändern. Aber sie bestand darauf. Jeden Dienstag. 14:00 Uhr. Platz drei. Holzgriff, Natursaite, weiße Schweißbänder. Das Geräusch ihrer Aufschläge war langsamer, wärmer, als würde sie dem Ball die Geschichte jedes Duells mitgeben, das sie je ausgefochten hatte. Sie sprach nicht viel, grüßte knapp, zahlte bar. Aber sie war pünktlich. Immer. Bis zu diesem Dienstag.

An diesem Dienstag kam sie nicht. Und auf Platz drei lag ein Holzschläger - sorgfältig abgelegt, der Griff in Richtung Netz, der Rahmen gesprungen. Kein Blut. Kein Schrei. Nur dieser Schläger, still wie ein verrosteter Schlüssel auf einer leeren Schwelle.
Und damit begann alles.

1. AUFGESCHLAGEN

Als Erdmann ankam, war es still. Nicht die übliche Mittagsruhe, in der Vereinsmitglieder wie zu spät geratene Beamte über die Anlage schlurften, um sich zwischen Espresso und Einspielphase auf ein Turnier einzustimmen, das längst begonnen hatte. Nein, es war diese dichte, unbequeme Stille, die nur dann entsteht, wenn jemand schweigt, obwohl er schreien sollte. Und das war nie ein gutes Zeichen.

Der Platzwart, ein Mann namens Reichelt mit wettergegerbtem Gesicht und einer Vorliebe für paramilitärische Platzordnung, stand auf der unteren Terrasse und polierte ein Radierbrett. Nicht, weil es nötig war. Sondern weil es ihm die Hände beschäftigte. Seine Blicke wanderten immer wieder zu Platz drei, wo ein weißes Band im Wind flatterte - der gesperrte Platz, der gestern noch bespielt, heute unberührbar wirkte. Erdmann sah sofort: Kein Kratzer im Sand, kein Abdruck. Der Platz war nicht nur leer - er war verlassen.

„Sie ist nie unpünktlich", sagte Reichelt, ohne begrüßt worden zu sein. „Immer fünf Minuten vorher da. Immer mit dem Holzteil. Und dann das hier."

Er deutete zum Platz. Erdmann ging näher, ließ den Blick über die Linie streichen. Die Linien frisch gezogen. Aber etwas stimmte nicht. Der Schläger - nicht einfach hingelegt. Ausgerichtet. Inszeniert. Die linke Seite war aufgeschrammt, der Griff sauber. Kein Ball, kein Band, kein Bag. Nur dieses eine Stück Geschichte, still und ohne Erklärung.

„Wer hat sie zuletzt gesehen?", fragte Erdmann.

„Dienstag früh, in der Umkleide. Sie hatte ihr übliches Zeug dabei, Turnbeutel aus den Achtzigern, eine Kappe mit dem alten Clublogo, das wir längst abgeschafft haben. Hat sich wie immer nicht eingetragen, nur genickt. Und dann - war sie weg."

„Wie weg?"

„Na einfach… nicht mehr da. Irgendwann kam Schröder. Hat den Schläger gesehen. Und gemeldet."

Erdmann atmete tief durch. Schröder. Natürlich. Der junge Kollege mit dem Herz am rechten Fleck und dem Taktgefühl eines Vorschlaghammers. Erdmann mochte ihn. Aber er war froh, dass er jetzt allein war. Hier ging es nicht um Tempo. Sondern um Atmosphäre. Um ein leises Verschwinden, das laut geworden war, weil niemand es überhören konnte.

Der Schläger war alt. Kein Retro, kein Vintage, sondern echt alt. Ein Dunlop Maxply Fort, das Modell, mit dem früher Legenden spielten - und das heute selbst als Deko kaum noch zu finden war. Wer damit spielte, hatte Gründe. Und diese Gründe waren selten sportlich.

Erdmann kniete sich hin, nahm das Racket auf, prüfte

den Rahmen. Ein Sprung an der Halsverbindung, nicht frisch, aber verstärkt - wie nach einem alten Bruch. Das Leder am Griff: leicht speckig, aber gepflegt. Keine Fingerabdrücke, nichts, was auf einen Kampf hindeutete. Es war, als hätte jemand sich entschlossen, ein Zeichen zu hinterlassen. Kein Hilferuf. Eher ein Abschiedsgruß. Nur wovon?

Er stand auf, sah sich um. Am Zaun standen zwei ältere Damen, beide mit den typischen Clubfrisuren: silbern, kurz, ordentlich. Sie flüsterten, sahen weg, als er ihren Blick traf. Erdmann ging nicht hin. Noch nicht. Die Zeit der Gespräche kam später. Jetzt zählte nur das Schweigen. Und was es verbarg.

Er drehte sich um, sah zur Umkleide. Ein Fenster stand offen. Die Gardine bewegte sich kaum. Und aus der Ferne drang ein Laut, den Erdmann genau kannte: das Quietschen alter Schuhe auf Linoleum. Schröder war doch da. Und er hatte offenbar mehr gesehen, als er selbst verstand.

2. DIE KANTE AM RAND

Die Umkleide war leer, zumindest auf den ersten Blick. Aber Erdmann wusste: Orte erzählen mehr, wenn man ihnen zuhört. Der Geruch war vertraut - eine Mischung aus Linoleum, Desinfektionsmittel und dem feinen Staub der Tennisschuhe, der sich wie ein dünner Schleier auf allem ablegte. Es war nicht die sterile Leere eines Tatorts, sondern die eigenartige Ordnung eines Ortes, der Zeuge war - ohne je befragt worden zu sein.

In der Ecke stand eine Tasche. Blau, ausgefranst, mit einem verwaschenen Aufnäher: ein stilisierter Adler, längst aus der Mode. Die Initialen: M.K. - das passte. Martha Kranz, 72, Vereinsmitglied seit über vierzig Jahren, einst Spielerin auf Regionalliga-Niveau, bekannt für ihre stoische Spielweise und den legendären Rückhand-Slice, der auch dann noch tödlich war, wenn der Gegner dreißig Jahre jünger war. Aber ihre aktive Zeit war vorbei. Seit Jahren kam sie nur noch dienstags, spielte eine Stunde, sprach mit niemandem und verschwand wieder. Eine jener Figuren, die man kannte, ohne sie je wirklich zu kennen.

Erdmann öffnete die Tasche nicht. Es war nicht die Zeit für Besitzaufnahme, sondern für Beobachtung.

Der Spind daneben war unverschlossen, ein Handtuch hing halb heraus, wie nachlässig verstaut. Im Spiegel darüber klebte ein gelber Zettel. Handschriftlich. „Heute wird alles leichter", stand darauf. Keine Unterschrift. Keine weitere Erklärung. Nur dieser eine Satz, der weniger wie eine Ankündigung klang, sondern wie ein Mantra, das man sich selbst zuflüstert, bevor man geht.

„Erdmann?" Schröder stand in der Tür, der Blick fahrig, das Hemd halb aus der Hose, als hätte er auf dem Weg hierher vergessen, dass er Uniform trug. „Da stimmt was nicht. Der Schläger, das Platzbild - das ist doch nicht einfach ein Liegenlassen. Ich hab sofort gedacht, da steckt was drin."

Erdmann nickte, sagte aber nichts. Schröder war klug, manchmal zu schnell, aber nie dumm. Und sein Gespür lag selten daneben.

Dennoch war es nicht der Moment für Eile. Was hier geschehen war, hatte keinen Lärm gemacht - und genau das war der erste Hinweis.

„Hat jemand sie gehen sehen?", fragte Erdmann schließlich.

„Niemand. Das ist ja das Komische. Reichelt meint, sie sei wie immer gekommen. Aber nach dem Spiel war sie weg. Keine Uhr, kein Handy, keine Zeugin."

„Aber die Tasche ist da."

„Eben."

Erdmann trat näher, ließ den Blick über die Bank wandern. Ein Wasserglas, halbvoll. Daneben ein kleines Fläschchen Magnesium, aufgedreht. Keine Medikamente, keine Hin-

weise auf ein gesundheitliches Problem. Und dennoch - alles wirkte vorbereitet. Nicht panisch, nicht gehetzt. Sondern abgeschlossen.
Er trat zurück. Schröder sah ihn an.
„Meinst du, sie hat… also, freiwillig…?“
Erdmann antwortete nicht sofort. Dann: „Wenn ja, dann wollte sie, dass wir's nicht merken.“
„Und wenn nicht?“
„Dann wollte jemand anderes, dass wir genau das denken.“

Schröder schwieg. In seinem Blick lag dieses kurze Aufflackern von Verständnis, das kam, wenn der Kopf den Bauch einholte. Erdmann ging zur Tasche, öffnete den Reißverschluss. Darin: eine Thermosflasche, zwei Bälle, eine Haarbürste, ein Portemonnaie - leer bis auf den Mitgliedsausweis. Und ein Zeitungsausschnitt, sorgfältig gefaltet. Ein Bericht über das Sommerturnier 1987. Mannschaftsmeisterschaften. Damen 40. Ein Siegerbild, grobkörnig, verblasst - aber mit erkennbaren Gesichtern. In der Mitte: Martha Kranz. Daneben: drei weitere Frauen. Eine davon: die heutige Präsidentin. Erdmann hielt inne. Manchmal lag die Wahrheit nicht im Verschwinden. Sondern in dem, was geblieben war.

3. DER PREIS DES SPIELS

Der Zeitungsausschnitt war nicht einfach ein Erinnerungsstück. Er war platziert worden. Nicht verborgen, sondern genau so gefaltet, dass die Gesichter im Zentrum lagen. Keine Notiz, keine Markierung. Aber Erdmann wusste: Wer etwas verstaut, das drei Jahrzehnte zurückliegt, tut das nicht aus Zufall. Und schon gar nicht in einer Tasche, die zurückbleiben soll.

Die Präsidentin hieß Gerda Lindner, 68, resolut, dominant, mit einem Lächeln, das sich wie ein korrektes Protokoll über alles legte. Sie führte den Verein mit einer Mischung aus Charme, Chiffren und einer Härte, die viele als Effizienz missverstanden. Erdmann kannte den Typ. Frauen, die nie gelernt hatten zu verlieren, weil man sie stets gewinnen ließ. Oder weil sie wussten, wann man den Gegner mit Applaus verabschiedete - und wann mit einem leisen Stich unterhalb der Gürtellinie.

Er nahm den Ausschnitt, legte ihn in seine Mappe, nickte Schröder zu und trat aus der Umkleide. Draußen hatte sich die Stimmung verändert. Nicht, weil mehr Menschen auf dem Gelände waren - sondern weil sie sich anders bewegten. Langsamer, kontrollierter. Gespräche versickerten beim Näherkommen, Blicke wichen aus, sobald man sie traf. Und wenn ein Stück zu Ende ging, wurde aus dem Applaus schnell Schweigen.

Erdmann ging zum Clubhaus, betrat die kleine Geschäftsstelle, in der eine Dame Mitte fünfzig mit eng gebundenem Dutt und einer Haltung saß, die an eine alte Sekretärenschule erinnerte. Sie blickte auf, erkannte ihn und sagte nur: „Sie ist im Besprechungsraum."

Er klopfte nicht. Betreten bedeutete Fragen. Und Erdmann war nicht zum Plaudern hier.

Gerda Lindner saß an einem runden Tisch, Akten aufgeschlagen, ein iPad daneben, die Lesebrille tief auf der Nase. Sie sah auf, als er den Raum betrat, und ihr Gesicht formte binnen Sekunden diese Maske aus Begrüßung, Kontrolle und leichtem Argwohn.

„Kommissar a.D. Erdmann, wenn ich mich nicht irre?", sagte sie, als hätte sie ihn nicht schon dreimal im Rahmen von Ehrenamtstreffen für seine Clubchronik beiseite genommen, um ihn über angeblich verschwundene Ballkartons aufzuklären.

„Wenn Sie sich irren, dann sehr korrekt", erwiderte Erdmann und blieb stehen. „Frau Kranz ist verschwunden. Ihr Schläger lag auf dem Platz. Ihre Tasche in der Umkleide."

Er legte den Zeitungsausschnitt auf den Tisch. Ihre Hand

erstarrte kurz, zuckte dann weiter, als würde sie einen unsichtbaren Punkt unterstreichen.
„Das war damals ein besonderer Sommer“, sagte sie schließlich, ohne aufzusehen. „Martha hatte ihren letzten großen Auftritt. Danach hat sie sich zurückgezogen.“
„Warum?“
„Warum hört jemand auf, wenn er nicht mehr muss? Vielleicht, weil er etwas verloren hat.“
„Was denn?“
„Sich selbst.“
Es klang wie ein Zitat. Vielleicht war es auch eines. Erdmann wusste, dass diese Art von Antwort selten ehrlich war. Aber oft wahr. Und manchmal sogar beides.
„Haben Sie noch Kontakt zu den anderen auf dem Foto?“, fragte er.
„Eine lebt nicht mehr. Eine ist weggezogen. Und Martha… nun, Sie wissen ja, wie sie war. Eigen. Stolz. Schweigsam.“
„Und trotzdem jeden Dienstag hier.“
„Routine ist nicht gleich Nähe, Herr Erdmann. Man kann ein Leben lang auf demselben Platz stehen und dennoch allein bleiben.“
Er nickte. Kein Widerspruch. Nur das leise Wissen, dass Einsamkeit nicht das Gegenteil von Gesellschaft war, sondern oft ihr stiller Zwilling.
„Wenn Sie etwas erfahren…“, sagte er, ließ den Satz offen.
„… dann halte ich es für mich, wie es sich gehört?“, vollendete sie mit einem Lächeln, das wie eine Klammer wirkte.
„Oder Sie sagen es mir. Je nachdem, was es ist.“
Dann ging er.

Draußen war Schröder verschwunden. Stattdessen stand Lina Berg am Zaun. Notizblock, Digitalkamera, Stirn in Falten. Sie war da. Und das hieß, dass die Geschichte größer war, als sie sein sollte.

4. DIE ZWEITE SEITE DES FOTOS

Lina Berg hatte diesen Blick, der nicht suchte, sondern prüfte, was bereits zu sehen war - ein Unterschied, den viele Reporter nie lernten. Sie stand nicht einfach nur da, sie las. Den Platz, die Menschen, die Atmosphäre. Und was sie nicht las, schrieb sie später auf.

Erdmann trat neben sie, sagte nichts. Schweigen war oft die ehrlichste Art der Kommunikation, vor allem unter Menschen, die wussten, dass jedes Wort aufgeschrieben werden konnte - oder sollte. Sie notierte gerade etwas, ohne aufzublicken, blätterte um, schloss das Notizbuch. Ihr Gesicht war ruhig, aber nicht leer. Etwas beschäftigte sie. Und das bedeutete, dass sie der Wahrheit näher war, als sie vorgab.

Sie reichte ihm ein altes Foto. Es war nicht dasselbe wie das aus der Tasche, aber aus derselben Zeit. Sommer 1987. Wieder die Damenmannschaft, wieder Martha Kranz in der Mitte. Doch diesmal mit einem Pokal in der Hand. Und das Entscheidende: Auf der Rückseite hatte jemand Namen notiert. Drei durchgestrichen, einer unterstrichen. Neben Martha stand: „gewonnen, aber nie gefeiert."

Erdmann nahm das Bild, hielt es gegen das Licht. Die Tinte war leicht verlaufen, aber noch lesbar. Es war eine Handschrift, wie sie aus Zeiten stammte, in denen man Briefe schrieb, keine Nachrichten. Und es war nicht Marthas. Zumindest nicht die vom Zettel im Spind.

Er erinnerte sich an eine alte Episode aus dem Clubarchiv: 1987 hatte es einen Streit um die Ehrung der Damenmannschaft gegeben. Der Vorstand hatte eine andere Abteilung bevorzugt, weil dort ein Sponsor eingebunden war. Die Damen erhielten keine Urkunde, kein offizielles Foto - nur dieses private Erinnerungsbild, das nun, Jahrzehnte später, wie ein stiller Beweis einer Kränkung wirkte, die nie ausgesprochen wurde, aber fortlebte. Ein Bruch im Stolz. Und im Vertrauen.

Lina sagte nichts. Erdmann reichte ihr das Foto zurück.

Einvernehmen. Es war nicht an der Zeit, Geschichten zu veröffentlichen. Noch nicht. Zuerst mussten sie zu Ende erzählt werden.

Er verließ den Platz, ging zum Parkplatz. Schröder stand dort, telefonierte hektisch. Als er Erdmann sah, hielt er das Handy weg und sagte nur: „Fundmeldung. Jemand hat sie gesehen. Am Wasser."

„Allein?"

„Ja. Aber nicht gut beieinander."

Erdmann stieg ein. Keine Fragen mehr. Nicht jetzt. Nur Fahrt. Und das leise Bewusstsein: Wer geht, hat meist einen Grund. Wer bleibt, braucht einen.

5. DIE UFERLINIE

Der See lag still, als wolle er nichts verraten. Windlos spannte sich die Wasseroberfläche über das breite Becken, das von alten Weiden eingerahmt wurde, die ihre Äste tief ins Wasser hingen - als suchten sie darin nach dem, was verloren ging. Am gegenüberliegenden Ufer flimmerte die Spiegelung der Bäume. Kein Mensch, kein Laut, nur das entfernte Knacken eines Asts, das zu laut war für ein Tier, zu gezielt für einen Zufall.

Erdmann stieg aus, blickte sich um. Schröder deutete in Richtung eines schmalen Pfads, der sich durch das hohe Gras zum Wasser zog. „Da hinten. Jemand hat eine Frau gesehen, die sich hinsetzte. Seitdem: nichts."

Sie folgten dem Pfad. Jeder Schritt drückte Halme nieder, ließ Spuren zurück, die mit der nächsten Böe noch verschwinden würden. Die Erde war trocken, die Luft schwer. Am Ende des Weges lag ein Holzsteg, verwittert, rutschig. Auf dem äußersten Brett: ein Paar Schuhe. Daneben: ein Schal, sorgfältig gefaltet. Und daneben, auf der Brüstung: ein in Leder gebundenes Notizbuch.

Erdmann trat näher. Der Steg schwankte leicht unter seinem Gewicht, das Wasser plätscherte sacht gegen die

morschen Holzlatten. Keine Spur von Martha. Kein Zettel, kein Abschied. Nur diese Ordnung. Und eine leere Stelle, die mehr sagte als jedes Wort.
Er hob das Buch auf, blätterte vorsichtig. Die Seiten waren voll. Handschriftlich, eng, gleichmäßig - nicht gehetzt, nicht auf Effekt geschrieben. Ein Tagebuch. Er las nicht. Noch nicht. Das würde später kommen, mit der Ruhe, mit dem nötigen Abstand. Jetzt war es ein Fundstück. Und ein Zeichen.
Schröder trat hinter ihn. „Keine Tasche, kein Handy. Sie muss es geplant haben."
Erdmann nickte. Und dennoch war da dieser Zweifel. Nicht weil etwas fehlte - sondern weil es zu vollständig wirkte. Zu klar. Als hätte jemand das Bild einer Flucht gemalt, die gar keine war.
Er ging zurück zur Wiese, ließ den Blick über das Gelände schweifen. Kein Fahrzeug, kein beobachtender Blick. Und doch - das Gefühl, dass jemand sie genau bis hierher begleitet hatte. Vielleicht nicht physisch. Aber im Kopf. Oder im Herzen.
Im Buch war ein loses Foto eingeklemmt. Nicht vom Club. Ein älteres Paar, auf einer Bank. Sonnenuntergang im Hintergrund. Rückseite: „Tegernsee 1974. Der schönste Tag." Marthas Handschrift. Und darunter: ein Name, mit anderer Tinte: „Peter."

Erdmann legte das Foto zurück, schloss das Buch, steckte es ein. Dann blickte er auf das Wasser, als könne es ihm sagen, wo die Grenze zwischen Vergangenheit und Gegenwart verlief. Aber der See schwieg. Und das war wahrscheinlich seine größte Weisheit.

6. SCHATTEN AUS LICHT

Der Club wirkte verändert, als sie zurückkamen. Nicht weil sich etwas Sichtbares getan hatte - keine Polizei, keine Absperrung, keine Sensation. Aber es war, als hätte sich die Luft verschoben. Als wäre ein kaum merklicher Schleier über das Gelände gefallen, durch den die Stimmen gedämpfter klangen, die Bewegungen kontrollierter wurden. Der Tennisplatz war immer auch eine Bühne, und auf dieser Bühne war etwas geschehen, das alle spürten, aber keiner benennen wollte.

Erdmann betrat das Clubhaus mit dem Notizbuch in der Manteltasche, schwer nicht wegen seines Gewichts, sondern wegen dessen, was darin steckte. Er war kein Freund des Einbruchs in das Private, aber wenn jemand ein Buch so offen zurückließ, ohne Schloss, ohne Umschlag, dann war das ein Ruf. Keine Einladung, aber auch kein Verschluss. Es gab Zeilen, die wollten gelesen werden, weil sie geschrieben worden waren, um verstanden zu werden.

Im Archivzimmer, das nur selten benutzt wurde und nach alten Dossiers und verstaubtem Linoleum roch, setzte er sich an den Tisch, schlug das Buch auf und begann zu lesen. Nicht als Ermittler. Als jemand, der versucht, einer Geschichte zu folgen, die nie laut erzählt wurde.

Die ersten Seiten waren Beobachtungen - vom Clubleben, von Personen, von kleinen Gesten. Martha schrieb wie jemand, der gelernt hatte, dass die Oberfläche nie genügt. Ihre Worte waren knapp, nicht emotional, aber durchdrungen von einem Blick, der mehr sah als andere. Manchmal war es ein Satz, der einen Menschen entlarvte, manchmal nur ein Blick, ein Lächeln, das sie in wenigen Worten sezierte.

Dann, Seite 48, ein Name: Peter. Keine Erklärung, keine Einführung. Nur:

„Peter war heute wieder da. Ich habe ihn nicht angesprochen." Später: „Er sah mich nicht. Aber ich glaube, er wusste, dass ich ihn gesehen habe." Und dann, Wochen später: „Er spielt jetzt mit ihr. Das ist in Ordnung. Ich war nie gut in Besitzansprüchen."

Es war keine Geschichte über Liebe im klassischen Sinn. Kein Drama, keine Klage. Nur das stille Protokoll einer

Zuneigung, die nie ausgesprochen worden war, aber offenbar ein Leben lang blieb. Und deren Verlust nicht laut, aber tief wirkte.

Erdmann legte das Buch beiseite. Es erklärte vieles - die Abkehr, die Stille, das Wiederkommen. Aber es war noch keine Antwort auf das Jetzt. Noch nicht.

Als er zurück zum Fenster trat, sah er auf dem Platz 3 eine Einzelstunde. Der Trainer, ein drahtiger Mann mit sonorer Stimme, die quer über den Platz reichte, erklärte einem etwa 30-jährigen Spieler, wie man die Rückhand nicht nur trifft, sondern spürt. Es war diese Normalität, die in Kontrast stand zum inneren Bild: ein leerer Steg, ein fehlender Mensch, und ein Buch, das mehr enthielt als bloß Worte.

Erdmann wusste: Der Fall war noch nicht zu Ende.

7. LETZTER AUFSCHLAG

In der Dämmerung wirkte der Club fast schön. Das Licht hatte diesen goldenen Restwärme-Ton, der alles weichzeichnete: die Risse im Belag, die Müdigkeit in den Gesichtern, selbst die alten Streitlinien zwischen den Mitgliedern. In diesem Licht sah selbst das Unversöhnliche nach Vergebung aus. Als hätte der Tag Mitleid mit der Wahrheit, die sich nun zeigen wollte.

Erdmann saß auf der Holzbank hinter Platz drei. Dort, wo Martha immer saß, wenn sie nicht spielte. Wo sie den Schläger aufrecht an die Kante stellte, die Füße ruhig nebeneinander, als wollte sie nie gehen. Auf dem Platz bewegte sich jetzt niemand mehr. Nur das Netz flatterte leicht, als wolle es sagen, dass es hier nie um Bälle ging, sondern um Grenzen. Zwischen Menschen. Zwischen Vergangenheit und Gegenwart.

Schröder kam langsam auf ihn zu, hielt etwas in der Hand. Ein Schlüsselbund. „Gartenhaus," sagte er knapp. „Lag in Marthas Spind. Zusammen mit einem Umschlag

- anonym. Ohne Absender. Nur ein Satz: ‚Du weißt, wo es begann.'"

Erdmann stand auf. Die Schatten waren länger geworden, das Licht wärmer, aber auch trügerischer. Der Weg zum Gartenhaus war gesäumt von Rhododendronbüschen, deren Blütezeit längst vorüber war. Nur eine einzelne Pflanze stand noch in Farbe - mitten im Verblühen, aber irgendwie aufrecht. Wie Martha. Oder das, was von ihr blieb.

Das Gartenhaus war verschlossen. Die Tür knarrte beim Öffnen, als würde sie etwas zurückhalten wollen. Drinnen: Dunkelheit, Stille, und ein Hauch von Erde, Metall und abgestandener Erinnerung. Auf dem Tisch lag ein alter Holzschläger. Daneben: ein Foto. Zwei Frauen. Lachend. Arm in Arm. Rückseite: „Turniersieg 1987. Endlich mal wir."

Und dann sah er es - eingeritzt in das Holz der Wand, fast unsichtbar, aber doch da: „Ich vergebe dir." Eine Linie darunter, eingeritzt mit derselben Tiefe: „Aber ich vergesse nicht."

Schröder trat ein, flüsterte: „Das war ihr Ort. Ihr Rückzugsort."

Erdmann nickte. Und begriff. Martha war nicht verschwunden. Sie hatte nur zu Ende gespielt. Ihren letzten Ballwechsel. Ohne Publikum, ohne Applaus - aber mit der Würde einer Frau, die nie laut gewesen war, aber nie vergessen wurde.

Er trat zurück, schloss die Tür, ließ die Nacht kommen. In der Stille schwang ein letzter Aufschlag nach. Kein Matchball. Kein Sieg. Nur der Klang eines Abschieds, der nie spektakulär sein wollte, aber blieb.

FAZIT

Es war kein Fall, der nach Blaulicht schrie. Kein Mord, kein Verbrechen im klassischen Sinn. Und doch war es ein Bruch - mit der Ordnung, mit dem, was wir erwarten, wenn jemand spurlos verschwindet. Martha Kranz hatte keinen Abschiedsbrief hinterlassen, keine letzte Erklärung. Aber sie hatte etwas viel Ehrlicheres zurückgelassen: ihre Geschichte. Nicht als Drama. Nicht als Anklage. Sondern als stilles Protokoll einer Würde, die sich nie aufdrängte.

Ich habe in meinem Leben viele Spuren verfolgt. Blutige. Falsche. Vergessene. Aber selten eine, die so leise war - und trotzdem so klar. Es ging nie um das verschwundene Mitglied, den Skandal oder das große Entsetzen. Es ging um eine Frau, die lange genug gewartet hatte, dass jemand sie sah. Nicht als Archivkraft, nicht als Vereinsurgestein. Sondern als Mensch mit Geschichte, Enttäuschung, Größe. Und am Ende mit einem Entschluss.

Sie wollte nichts nehmen. Sie wollte nur gehen. Dorthin, wo das Wasser nichts zurückfragt. Wo ein Holzsteg mehr Vertrautheit bedeutet als jedes Handschlagfoto im Clubhaus.

Dass sie nicht ganz verschwand - dafür sorgten Lina, Schröder und ein altes Foto. Und ein Gartenhaus, das mehr Wahrheit enthielt als jede offizielle Chronik. Manchmal ist das so. Dass am Ende nicht die Auflösung das Ziel ist - sondern das Verstehen.

Ich trinke jetzt einen Platzkaffee. Für Martha. Und für all die stillen letzten Schläge, die keiner hört - außer vielleicht einer alten Thermoskanne, die immer noch warm ist, wenn alles andere längst kalt geworden ist.

Fallakte 3: Tie-Break am Abgrund

PROLOG

Man sagt, der Tie-Break sei die ehrlichste Form des Tennisspiels.

Keine Ausreden. Keine langen Spiele. Nur Punkt um Punkt, Schlag um Schlag – bis einer verliert.

Ein Rechenspiel mit Rhythmus. Eine Abrechnung unter Anspannung.

Aber was, wenn niemand verliert?

Wenn der letzte Punkt nie gespielt wird?

Und keiner weiß, wer ging – und warum?

Der Tag war windstill.

Kein Lüftchen, kein Vogel, kein Geräusch, das nicht von Menschen kam.

Im Tennisclub Birkeneck – gelegen zwischen Schnellstraße und Sumpfland, ein bisschen Westberlin, ein bisschen Nirgendwo – war an diesem Dienstagabend der entscheidende Spieltag in der Herren-50-Liga.

Einzel Nummer fünf, das letzte Match des Tages.
Alles stand auf Kippe.
Fünf Stunden vorher hatte es geregnet. Jetzt lag Hitze auf den Plätzen wie eine Decke aus Dunst und altem Sand.
Platz 7 war belegt.
Zwei Männer spielten um mehr als Punkte.
Der Spielstand: 6:4, 5:7, 6:6 – Tie-Break.
Es war spät.
Zu spät für Ehrgeiz, zu früh für Frieden.
Der eine: Matthias Schulze, 52, Beratertyp mit perfekt gebundenem Stirnband und dem Habitus eines Mannes, der alles besser weiß, weil er es sich so oft selbst erklärt hat.
Der andere: Udo Grewe, 54, breitschultrig, sonnengebräunt, kantiger Aufschlag und das Lächeln eines Mannes, der noch nie in seinem Leben eine Frage zweimal gestellt hat.
Der Ballwechsel lief.
Schulze servierte.
Grewe returnierte.
Ein langer Slice. Ein Netzangriff. Ein Konter.
Dann – ein Schrei.
Nicht laut. Nicht panisch. Aber menschlich.
Einer dieser Töne, bei denen man aufhorcht, obwohl man den Ursprung nicht sieht.
Ein Ball schlug auf – deutlich neben dem Feld.
Der Linienrichter hob zögerlich die Hand.
Doch kein Protest kam.
Kein Blick. Kein Widerspruch. Kein Spieler.
Denn einer war nicht mehr da.
Nur das Netz wippte noch leicht.
Ein Schläger lag am T-Feld.
Teuer. Neu besaitet. Initialen am Griffband: M.S.
Keine Tasche. Keine Jacke. Kein Mensch.
Und dann – zehn Sekunden Stille.
Die Art Stille, die kein Ergebnis braucht, um dramatisch zu sein.

Manche sagen, Schulze sei einfach gegangen.
Andere: Er sei gefallen.
Wieder andere: Er war nie wirklich da.
Der Verein schwieg. Der Gegner schwieg.
Die Umstehenden sprachen über Regenprognosen, als wäre das Spiel nie passiert.
Und doch war da etwas.
Ein schiefer Netzpfosten.
Ein Abdruck im Sand.
Ein Spiel, das keins mehr war.
Und der Anfang eines Falles, den Kommissar Erdmann a.D. nie mehr vergaß – weil hier nicht nur ein Mensch verschwand.
Sondern auch die Wahrheit. Punkt für Punkt. Bis nichts mehr blieb.

1. LETZTER BALLWECHSEL

Es war einer dieser Abende, an denen der Sommer vorgab, schon angekommen zu sein, aber noch nicht ganz wusste, ob er bleiben wollte. Die Sonne hing tief, ohne Wärme, der Himmel war leicht verschleiert von einem vergangenen Regen, der seine Spuren nur noch als dunkle Flecken auf dem Platz hinterließ.

Platz 7 – der abgelegenste der Anlage – lag ruhig, fast zu ruhig. Es war nicht das leere Netz, das Erdmann irritierte, nicht der einzelne Schläger, der leicht schräg auf dem Aschebelag lag wie achtlos abgelegt. Es war das Gefühl, das in der Luft hing. Eine Mischung aus Spannung, die keinen Auslöser fand, und Stille, die zu laut war.

Matthias Schulze war ein Mann, der selten aufgab. Ehrgeizig, exakt, einer, der die Matchbälle zählte wie andere ihre Zinslasten. 52 Jahre, Unternehmensberater, seit fünfzehn Jahren im Club – kein Liebling, aber ein Fixpunkt. Wer gegen ihn spielte, wusste, dass es nicht um Schönheit ging. Es ging um Zahlen. Um Geduld. Um das Aushalten von

Gesprächen über Returnquoten und mentale Stärke. Heute hatte er das entscheidende Einzel der Herren-50-Mannschaft bestritten. Gegen Udo Grewe, einen Mann mit starker Vorhand und schwachem Nervenkostüm.

Erdmann war zufällig auf der Anlage gewesen, hatte sich am Rand ein spätes Spiel ansehen wollen, Thermoskanne in der Tasche, Gedanken bei einer Zeitungskolumne über Ehrenamt und Erpressung. Stattdessen stand er nun am Rand eines Ortes, der weniger nach Sportplatz als nach Bühnenausgang wirkte. Das Netz hing leicht durch, als hätte jemand sich abrupt abgestützt oder gezogen. Die Linien glänzten feucht, vom Regen noch nicht ganz getrocknet. Neben dem Netz: ein Schläger, hochwertig, neuwertig, mit gestickten Initialen. M.S.

Kein Spieler in Sicht. Kein Gegner. Kein Publikum mehr, obwohl es geheißen hatte, das Match sei gut besucht gewesen. Auf der Bank: zwei Flaschen, beide geöffnet, unberührt. Erdmann beugte sich, berührte das Griffband des Schlägers. Noch feucht. Noch warm. Aber von wem? Und wann?

„Er ist einfach weg", sagte Schröder, der plötzlich hinter ihm stand, mit dem Blick eines Mannes, der gern später gekommen wäre, aber wusste, dass er jetzt nicht mehr zurück konnte. „Der Gegner sagt, letzter Punkt, Return, Slice, dann: nichts."

„Kein Fall? Kein Stöhnen? Kein Rufen?", fragte Erdmann, ohne aufzublicken.

„Gar nichts. Einfach verschwunden. Grewe hat sich umgedreht, wollte sich den Ball holen, aber da war keiner mehr da."

Erdmann stand auf, ging ein paar Schritte in Richtung Seitenlinie. Die feuchte Asche zeigte kaum Spuren, zu viel Nässe, zu wenig Druck. Und doch: Dort, am Rand, leicht versetzt, ein einzelner tiefer Tritt. Einer, der nicht zum Spiel gehörte. Einer, der stehengeblieben war, bevor er sich entschied, weiterzugehen. Oder abzubrechen.

Lina trat aus dem Schatten, den Block unter dem Arm, den Blick aufmerksam. „Zwei Dutzend Zuschauer sollen hier gewesen sein“, sagte sie leise. „Jetzt redet keiner mehr.“

„Wie immer“, murmelte Erdmann. „Wenn keiner was weiß, war's meistens einer, den alle kennen.“

Er trat ans Netz, folgte mit den Augen dem Durchhang, als würde er eine Linie erkennen wollen, die nicht gezogen war. Dann schaute er hoch. Über das Netz. Auf die andere Seite. Keine Umrisse. Kein Hinweis. Nur dieser gespenstische Hauch von Leere, der an Orten entsteht, an denen jemand gegangen ist, ohne Spuren zu hinterlassen – und ohne den Willen, gefunden zu werden.

„Vielleicht hat er einfach die Schnauze voll gehabt“, warf Schröder ein. „Match zu hart, Gegner zu laut, Leben zu viel.“

Erdmann schwieg. Bückte sich, hob einen Zettel auf, der halb unter der Bank hervorschaute. Feucht. Zerknittert. Kassenbon vom Clubhaus. Espresso, Vanilleeis, zwei Bälle. 13:42 Uhr. Bar bezahlt. Auf der Rückseite, mit Kugelschreiber notiert: „Erledigt. Danach frei.“

Er faltete ihn, steckte ihn ein. Dann sah er zu Lina. „Das hier ist kein Abbruch“, sagte er. „Es ist ein Bruch. Aber keiner mit dem Spiel.“

„Sondern?“

„Mit allem.“

Im Hintergrund war ein leichtes Klirren zu hören. Jemand räumte Gläser weg, obwohl niemand mehr trank. Der Himmel zog sich langsam zu. Die Zypressen rauschten wie Zeugen, die lieber flüsterten als sprachen. Und Platz 7 lag da wie ein Kapitel, das jemand aufgeschlagen – und dann vergessen hatte, weiterzuschreiben.

2. DER GEGNER

Es war etwas an der Art, wie Udo Grewe im Besprechungsraum saß, das Erdmann sofort auffiel. Nicht seine

Haltung, nicht sein Blick, auch nicht die Art, wie er die Finger miteinander verschränkte, als wolle er das Zittern bändigen – sondern das Bemühen, normal zu wirken. Grewe wirkte nicht erschüttert, nicht erleichtert, nicht erschöpft – sondern justiert. Als hätte er vor dem Spiegel geübt, wie man sitzt, wenn man nichts zu verbergen hat. Nur dass genau das den alten Kommissar stutzig machte. Denn Menschen, die wirklich nichts zu verbergen hatten, saßen nie so.

Grewe war sportlich, kontrolliert, einer, der alles an seinem Platz hielt. Frisur, Hemd, Haltung – alles trug die Spuren disziplinierter Selbstführung. Die Stimme leicht belegt, wie von zu viel Kaffee oder zu viel Schweigen. Auf dem Tisch vor ihm lagen zwei benutzte Zuckertütchen, ordentlich gefaltet. Daneben eine Tasse, unberührt. Kalt.

„Ein unangenehmes Spiel", sagte er schließlich, fast ohne Aufforderung. „Nicht wegen des Spiels an sich. Sondern wegen der Atmosphäre."

Erdmann schwieg, wie er oft schwieg, wenn jemand das Bedürfnis hatte, zu reden. Manches offenbarte sich besser, wenn man es nicht anforderte.

„Schulze war ein Spieler mit... besonderen Qualitäten", fuhr Grewe fort. „Nicht schlecht. Im Gegenteil. Aber... sagen wir: speziell. Sehr auf sich bezogen. Er diskutierte Punkte, noch bevor sie gefallen waren. Man hatte nie das Gefühl, ein normales Match zu spielen. Es war immer auch ein Kampf um Deutungshoheit."

Er lächelte dabei nicht. Kein bitteres Lächeln, kein versöhnliches. Nur ein sachlicher Bericht, als ginge es um eine Kundenpräsentation. Und doch schwang in der Stimme etwas mit, das nicht zum nüchternen Ton passte: eine alte Gereiztheit, vielleicht sogar Genugtuung.

„Der letzte Ballwechsel?", fragte Erdmann.

„Return, Slice, Netzangriff von mir. Ich drehe mich um – und er ist weg."

Und wieder dieser Versuch, alles normal klingen zu lassen, obwohl nichts normal war. Der Mann war nicht verschwunden wie jemand, der den Bus verpasst hatte. Sondern wie jemand, der nicht mehr da sein wollte.

„Und Sie?“, fragte Erdmann nach einer kurzen Pause. „Wie war Ihr Verhältnis?“

Grewe sah auf die Tasse, die längst ihren Zweck verloren hatte. „Sportlich korrekt.“

Das war eine Antwort, die man öfter hörte, wenn die Wahrheit weniger glatt war. Sportlich korrekt bedeutete in vielen Fällen: Wir konnten uns nicht ausstehen, haben es aber nicht gezeigt – zumindest nicht so, dass man es beweisen konnte.

Erdmann ließ den Satz liegen wie einen Köder im trüben Wasser. Nichts weiter. Keine Nachfrage, kein Widerspruch. Nur Schweigen. Und wie so oft begann der Gesprächspartner dann zu füllen, was offen blieb.

„Wir hatten mal... eine Auseinandersetzung“, sagte Grewe. „Nichts Wildes. Medenspiel, enger Satz, ein paar Worte. Jeder, der mal auf dem Platz stand, kennt das.“

Doch etwas in seinem Ton ließ aufmerken. Nicht der Inhalt – sondern die Vorsicht in der Formulierung. Als fürchte er, sich zu sehr zu offenbaren, wenn er zu konkret würde.

„Er hat mich provoziert. Ständig. Ich war aufgebracht, ja. Ich habe damals gesagt: Wenn er noch einen Spruch bringt, ist es sein letzter. Auf dem Platz, meine ich. Sportlich. Nicht mehr.“

Ein Schlenker, zu spät gesetzt. Als wollte man einen Pfeil umlenken, nachdem er die Scheibe durchbohrt hatte. Erdmann schaute ihn lange an. Nicht feindlich. Nur prüfend. Als wolle er herausfinden, wie tief die Maske saß.

Grewe wich dem Blick nicht aus – aber er hielt ihn auch nicht stand. Er sah leicht zur Seite, drehte die Tasse, öffnete den obersten Hemdknopf. Bewegungen, die nicht bewusst wirkten. Aber Erdmann war lange genug im Dienst gewesen, um zu wissen: Was nicht bewusst wirkt, ist oft am ehrlichsten.

„Ich hab nichts getan", sagte Grewe leise, mehr zu sich als zum Raum. Und dann, fast unhörbar: „Er hat's doch gewollt. Immer. Diese Aufmerksamkeit. Dieses Drama. Er hat jeden Punkt inszeniert wie eine Opernarie. Er konnte nicht verlieren. Und wenn doch – dann musste wenigstens die Bühne ihm gehören."

Da war er. Der Satz zu viel. Oder der eine, der das ganze Bild entlarvte. Nicht der Inhalt, sondern die Haltung. Ein Mann, der sich geärgert hatte. Über Jahre. Vielleicht still. Vielleicht öffentlich. Aber jedenfalls nachhaltig. Und nun war der andere weg. Und er selbst zurückgeblieben mit dem Satz: Er hat's doch gewollt.

Erdmann stand auf, langsam. Sah auf den Stuhl, auf dem Schulze zuletzt gesessen hatte, falls er ihn denn je benutzt hatte. Dann zur Tür, die offenstand. Wie vieles in diesem Club: offen, aber nicht einladend.

Beim Hinausgehen notierte er sich drei Worte: Kontrolliert. Gekränkt. Möglich.

Dazu eine Klammer mit einem vierten: Schuldig?

Noch ohne Haken. Aber auch nicht leer.

3. SCHRÖDERS ZWEIFEL

Es war spät geworden an diesem Tag, und doch saß Schröder noch immer vor dem zerknitterten Ausdruck des Spielprotokolls wie vor einem unvollendeten Kreuzworträtsel. Die Lampe im Archiv flackerte gelegentlich, was den ohnehin schon schäbigen Raum zwischen vergilbten Turnierplänen und abgestellten Pokalen noch erbärmlicher wirken ließ. Neben ihm dampfte ein Becher Filterkaffee in jenem Modus, den Erdmann immer „optimistische Lauheit" nannte. Doch Schröder war zu sehr vertieft, um das zu bemerken. Stattdessen hatte er eine Liste angelegt. Einfache Spalte: Uhrzeit – Ballwechsel. Daneben: Aussagen der Beteiligten. Udo Grewe, das Clubmitglied auf der

Bank, der Platzwart, der während des Spiels angeblich nichts gehört hatte. Alle Protokolle. Alle Minuten.

Nur eine Sache ließ ihn nicht los. Neun Minuten. Zwischen dem letzten dokumentierten Aufschlag von Schulze – 6:6 im dritten Satz, Einstand Tie-Break – und dem Moment, als Grewe zum Netz ging und das Verschwinden bemerkte. Niemand hatte über diese Neun Minuten gesprochen. Keine Bemerkung, kein Zeuge, kein Nebensatz. Als hätte man stillschweigend beschlossen, diese Minuten auszublenden.

Schröder tippte die Zahl noch einmal in sein Handy. 9:04 Minuten. Kein Wechsel, kein Punkt, kein Abbruch. Nur eine Lücke. Eine Lücke im Spielverlauf – und eine im Gedächtnis der Beteiligten. Oder vielmehr: ein schwarzes Loch, in das der Gegner fiel. Denn von Schulze fehlte nach wie vor jede Spur. Kein Schuh, kein Abdruck, kein Gepäckstück. Nur der Schläger, sorgsam am Rand abgelegt. Nicht fallen gelassen. Nicht geworfen. Sondern wie absichtlich positioniert.

Er scrollte weiter durch die Aufnahmeprotokolle der Überwachungskameras, die der Club zur Abschreckung installiert, aber nie wirklich gewartet hatte. Zwei waren außer Betrieb, eine hatte den Parkplatz im Blick, und die letzte zeigte exakt nichts – außer einer leeren Umkleide.

„Det passt doch alles vorne und hinten nich“, murmelte er.

Erdmann war zu diesem Zeitpunkt längst gegangen, hatte seine Thermoskanne eingepackt und nur gesagt, dass er das Gefühl habe, der Sandplatz lüge nicht – aber die Menschen drumherum schon. Schröder hatte ihn ziehen lassen, wie man einen alten Kapitän vom Schiff steigen lässt, um selbst das Wasser zu prüfen.

Und nun saß er da, mit einem Gefühl, das er aus der Ausbildung kannte, aber nie in einem Tennisverein vermutet hätte: das leise Kribbeln einer Lücke, die mehr sagte als alle Aussagen zusammen.

Er zog den Bericht von Grewe noch einmal hervor. Kein Wort über eine Unterbrechung. Nur ein fließender Übergang von Return zu Slice zu Netzangriff – dann: Schulze weg. Keine Pause. Keine Verzögerung. Ein Bilderbuchmoment. Zu glatt.

Schröder seufzte, stand auf, ging hinaus. Der Platz lag im Dämmerlicht, von den Resten des Clubabends umweht. Auf der Bank an Feld 7 lagen noch zwei Plastikbecher mit abgestandener Apfelschorle, daneben eine halbleere Tüte Studentenfutter, die niemand eingepackt hatte. Der Sand war gleichmäßig abgezogen – aber Schröder bemerkte einen Bereich hinter der Grundlinie, der feiner gekämmt wirkte als der Rest. Als hätte jemand besonders gründlich gearbeitet. Oder besonders gründlich vertuscht.

Er kniete sich hin, fuhr mit dem Finger über die Stelle. Kein Abdruck. Kein Widerstand. Nur Sand. Und doch – wer immer hier gewischt hatte, hatte es zu gut gemeint.

Zurück im Clubhaus öffnete er die Datei mit dem elektronischen Spielberichtsbogen. Uhrzeiten, automatische Eintragungen, digital übermittelt an den Landesverband. Er klickte auf die Rohdaten, die Protokolle der Tasteneingaben. Und da war es: ein Scan-Protokoll des Tablets, mit dem der Oberschiedsrichter – in diesem Fall ein Spieler der Herren 40 – die Ergebnisse eingetragen hatte. Beginn des Tie-Breaks: 18:32 Uhr. Abbruchmeldung: 18:41 Uhr. Kein Zwischeneintrag. Kein Punktestand. Nichts. Neun Minuten Leere. Eine Phase, in der etwas passiert war – aber niemand etwas gemeldet hatte.

Schröder zog sich die Jacke über und fuhr zurück zum Club. Es war kurz vor Mitternacht, das Gelände geschlossen, der Seiteneingang unverschlossen, wie so oft. Er schaltete das Licht im kleinen Richterhäuschen neben dem Platz an, durchsuchte die Ordner der Spieltage, fand ein Notizbuch. Handschriftlich. Von der Dame an der Theke geführt. Und da stand es, kaum erkennbar, auf der Rückseite eines Zettels mit der Getränkebestellung der Herren 50:

„Platz 7 – 18:34 Uhr – Störung. Lauter Ruf. Kurze Pause. Dann weiter?“

Ein Fragezeichen.

Schröder hielt inne. Die Stimme an der Rezeption war an diesem Tag niemandem aufgefallen. Zu viel Trubel, zu viel Regen, zu viele Bestellungen. Aber sie hatte offenbar doch etwas bemerkt – und nicht weitergegeben.

Er griff zum Handy, rief Erdmann an. Es dauerte vier Signaltöne, bis die raue Stimme durch die Leitung brummte.

„Ja?“

„Chef – ich glaube, wir haben was.“

„Wenn's Kaffee ist, weck mich später. Wenn's was anderes ist – red.“

Schröder atmete tief durch. „Grewe hat gelogen. Nicht direkt. Aber lückenhaft. Es gab eine Pause. Neun Minuten lang. Und niemand redet drüber. Nicht der Platzwart, nicht der Schiedsrichter, nicht mal der Kiosk. Aber es steht da – auf der Rückseite von 'ner Getränkebestellung.“

Stille.

Dann Erdmanns Stimme: „Lücken sind wie Einladungen, Schröder. Die Frage ist nur: Wer war der Gastgeber? Und was wurde serviert?“

„Und der Schläger?“, fragte Schröder.

„Liegt immer noch da, wie bestellt. Sieht aus wie ein Schlussstrich – ist aber vielleicht der Anfang.“

4. DIE ZUSCHAUERIN

Der Tennisclub Birkeneck hatte, was man in besseren Kreisen einen „ehrwürdigen Charme“ nannte – in Wahrheit aber roch es ein wenig nach feuchtem Linoleum, gealtertem Kunststoffmobiliar und ambitionierten Ideen aus den Neunzigern, die nie über das Konzeptstadium hinausgekommen waren. Und doch lag an diesem Nachmittag über dem Vereinsgelände eine merkwürdige Stille. Nicht unangenehm, sondern abwartend – wie ein Theaterpublikum vor dem letzten Akt.

Lina Berg hatte sich, wie so oft, nicht mit den offensichtlichen Figuren begnügt. Während Schröder Platzwarte befragte und Erdmann irgendwo im Archiv einer Antwort nachkaute wie auf einem Stück zu harten Zwiebacks, saß sie mit einem Notizblock auf der Terrasse und sprach mit einer Frau, die man leicht übersehen hätte: Mittvierzigerin, heller Windbreaker, dezentes Sportmake-up, eine dieser Stimmen, die im Alltag untergehen, aber bei Gelegenheit überraschend klar durch die Luft schneiden.

Ihr Name: Kerstin Möller. Kein Vereinsmitglied. „Ich gehöre zu Udo", sagte sie. Gemeint war offenbar Udo Grewe, Schulzes Gegner. „Also nicht fest, nicht offiziell – aber Sie wissen schon." Lina wusste. Halbverhältnisse, inoffizielle Liebschaften und unsichtbare Beziehungsstatik gehörten in Tennisclubs genauso zum Alltag wie Aufschläge und Rückhanddrills.

Kerstin Möller hatte das Match gesehen. Ganz. Vom ersten Aufschlag bis zum verschwundenen Gegner. „Ich war da", sagte sie, und ihre Stimme war weder stolz noch aufgeregt. Eher sachlich, wie jemand, der bei der Buchhaltung eines Betrugs nicht gefragt wurde – aber alles mitbekommen hatte.

„Es war ein enges Spiel", sagte sie. „Matthias hat gedrückt, Udo ist zurückgewichen, dann wieder vor, dann die ewigen Stops von Schulze. Nichts Neues. Der macht das immer so. Nervt seine Gegner in Grund und Boden."

Lina notierte. „Gab es einen Moment, in dem Schulze... anders war? Abweichend? Irritiert?"

Möller dachte kurz nach, rührte in ihrem Kaffee. „Ja. Ganz am Ende, kurz vor dem Tie-Break. Da ist er komisch gelaufen. Also nicht gehumpelt, aber... als hätte er einen Krampf gehabt. Er griff sich an den linken Oberschenkel, als würde was zwicken. Ich hab sogar gedacht, er gibt auf. Aber dann ging er doch zum Aufschlag."

„Sah es nach Schmerz aus? Oder nach Show?"

Sie zog die Schultern hoch. „Vielleicht beides. Wissen Sie, Schulze war nie jemand, der einfach nur spielte. Der brauchte Bühne. Drama. Publikum. Und Udo hatte gerade einen wichtigen Punkt gemacht – Schulze stand kurz neben sich. Für seine Verhältnisse war das fast schon ein Geständnis."

„Und dann?"

„Dann – war er weg."

Die Formulierung war zu beiläufig. Lina merkte das selbst. „Was heißt: weg?"

„Na, der letzte Aufschlag, der Ballwechsel – ich war kurz abgelenkt, weil jemand mir auf den Fuß getreten ist, da auf der Tribüne ist's eng – und dann, als ich wieder aufs Feld schaue, ist nur noch Udo da. Der Ball rollt zur Seite, Udo schaut ins Leere. Und Schulze ist... verschwunden."

Lina hielt inne. Das war nicht neu. Aber wie sie es sagte, klang es nicht nach Schock, sondern nach Erwartung. „Hatten Sie das Gefühl, dass das... inszeniert war?"

Möller zögerte. „Nein. Aber ich hab mich gewundert, dass keiner reagiert hat. Keiner hat geschrien. Keine Hektik. Nur dieses... merkwürdige Schweigen. Als hätten alle gleichzeitig beschlossen, dass das hier jetzt vorbei ist."

Sie trank einen Schluck, stellte die Tasse ab. Dann kam der Satz, den Lina nicht erwartet hatte: „Ich hab ihn später gesehen."

Pause. Stille.

„Wo?", fragte Lina leise.

„Am Parkplatz. Also... ich glaube es zumindest. Es war vielleicht zwanzig Minuten später. Ich bin schon gegangen, weil mir das alles zu seltsam war. Und da, ganz hinten am Zaun, da stand jemand. Dunkle Kleidung. Kappe tief ins Gesicht. Ähnliche Statur. Gleicher Gang. Und dann war er weg. Ich bin nicht sicher. Es könnte auch jemand anderes gewesen sein. Aber ich bin mir fast sicher – es war Schulze."

„Hat er Sie gesehen?"

„Ich glaube schon. Aber er hat nicht reagiert. Ist einfach um die Ecke verschwunden. Kein Auto. Kein Motor. Nichts."

Lina notierte langsam. „Haben Sie das jemandem erzählt?"

„Wem denn? Udo? Der hat doch schon mit sich zu tun. Und die anderen... ich kenne da niemanden so richtig. Und ehrlich gesagt: Ich wollte einfach nur weg. Da stimmt was nicht, Frau Berg. Ich sag Ihnen das, wie ich's gefühlt hab: Da stimmt was ganz und gar nicht."

Später, als Lina Erdmann den Mitschrieb überreichte, blätterte der nur schweigend durch. Schröder saß am Fenster, starrte auf die feuchte Linie von Platz 7. Es war windstill. Und doch hatte man das Gefühl, etwas bewege sich. Eine Ahnung. Ein Schatten. Ein Satz, der zu viel gesagt wurde – und ein Gesicht, das zu wenig zeigte.

„Was, wenn er gar nicht weg ist?", murmelte Lina schließlich.

Erdmann antwortete nicht. Aber seine Augen blieben lange auf einem Punkt im Protokoll: „Krampf – linker Oberschenkel."

Er griff zur Thermoskanne, schenkte sich nach und sagte nur leise: „Krampf oder Tarnung. Schmerz oder Trick. In Berlin war das schon immer schwer zu unterscheiden."

5. DAS SCHATTENPROTOKOLL

Es war die Sorte Papier, die Erdmann früher aus Akten zog, die man lieber nie geöffnet hätte – leicht vergilbt, mit Knicken an den Rändern, durchzogen von den Spuren hastiger Korrekturen. Das Spielprotokoll des Herren-50-Matches zwischen Matthias Schulze und Udo Grewe lag auf dem Schreibtisch der Geschäftsstelle, eingeklemmt zwischen einem leeren Kaffeebecher und einem Kugelschreiber, der schon lange nicht mehr schrieb. Es war, wie so vieles an diesem Ort, weder ordentlich geführt noch vollständig. Und dennoch verriet es mehr, als den Verantwortlichen lieb sein konnte.

„Verlustpunkt durch Aufgabe“ – diese Zeile war mit Kugelschreiber hinzugefügt worden. Die Schrift war kantig, gedrückt, mit der Entschlossenheit eines Menschen, der nicht fragte, sondern entschied. Kein offizieller Stempel, kein Unterschriftenfeld ausgefüllt, nur ein Kürzel unter der Notiz: „G.v.H.“

Erdmann lehnte sich zurück, ließ den Blick über das kleine Büro schweifen, in dem man schon lange aufgehört hatte, Dinge zu hinterfragen. Ein Kalender mit veralteten Einträgen, ein Stapel Vereinshefte, der seit Monaten unangetastet blieb, und ein PC, der beim Hochfahren klang wie ein alter Diesel. Alles schien darauf ausgelegt, dass man nicht zu tief grub. Dass Fragen im Papier stecken blieben, wie Steine in weichem Lehm. Aber Erdmann war nie fürs Steckenbleiben gemacht gewesen.

G.v.H. – das Kürzel war ihm bekannt. Es gehörte zum Platzwart. Gero van Hagen. Ein Mann mit wettergegerbtem Gesicht, dessen Nase wie eine späte Revanche gegen einen Sturz aussah und dessen Stimme selten lauter war als das Rascheln der Ahornblätter auf Platz 3. Er war kein Funktionär, kein Offizieller im sportlichen Sinne – und schon gar kein befugter Spielleiter. Dass er ausgerechnet in einem offiziellen Protokoll auftauchte, war mehr als eine Abweichung. Es war ein Hinweis. Ein Schatten, den jemand zu spät ausradieren wollte.

Erdmann ließ sich vom Vereinsbüro die Spielbögen der letzten beiden Heimbegegnungen zeigen. Alles war digital – aber das bedeutete nicht, dass es geordnet war. Zwischen Bestellungen für Turnierbälle, einer vergessenen Getränkerechnung und mehreren PDF-Dateien mit kuriosen Namen wie „Test_abbrechen_final_NEU_FINAL2“ fand sich schließlich die Datei mit der Bezeichnung „HE50_Grewe_Schulze“.

Das Dokument war unvollständig. Kein Ergebnis. Kein

Haken bei „Match beendet“. Stattdessen: ein freigelassenes Feld. Nur in der ausgedruckten Version – die Erdmann später aus dem Papierkorb fischte – stand in blauer Tinte der Vermerk: „Aufgabe Schulze beim Stand von 6:6 – TB offen“. Keine Unterschrift, kein Schiedsrichtername, nur wieder das gleiche Kürzel: G.v.H.

Erdmann spürte, wie sich etwas zu formieren begann. Kein Motiv. Noch keine Erklärung. Aber ein Ablauf, der sich nicht mit Zufall entschuldigen ließ. Jemand hatte versucht, Ordnung herzustellen – in einem Moment, der nur aus Fragezeichen bestand.

Van Hagen war kein Mann für Interviews. Als Erdmann ihn auf der Anlage traf, schob er gerade den Linienbesen über Platz 4, sein Rücken krumm, der Blick gesenkt. Die Sonne stand tief, warf lange Schatten über das Sandfeld, das in jenem Moment mehr nach Kriegsgebiet als nach Spielfläche aussah.

„Sie haben das Protokoll unterschrieben“, sagte Erdmann ohne Einleitung.

Van Hagen sah nicht auf. „Keiner war da.“

„Kein Schiedsrichter? Kein Verantwortlicher?“

„Nur ich.“

Erdmann schwieg. Der Platzwart schüttelte den Sand aus dem Besen. „Die wollten, dass es weitergeht. Dass Ruhe reinkommt. Also hab ich's gemacht.“

„Wer wollte das?“

Ein Zucken im Gesicht. Keine Antwort. Nur das leise Kratzen der Borsten über Sand.

„Glauben Sie, es war richtig, das so zu vermerken?“

„Es war... nötig.“

„Für wen?“

Der Blick hob sich kurz, flüchtig, ein Schnitt aus Reue und Trotz. „Für den Club.“

Es war die Art von Antwort, die mehr verriet als jeder Bericht. Der Club – nicht der Spieler, nicht der sportliche Ablauf, nicht die Wahrheit. Van Hagen hatte gehandelt, um eine Ordnung zu wahren, die längst zerbrochen war. Die Illusion eines sauberen Ablaufs war ihm wichtiger gewesen als die Frage, was wirklich geschehen war.

Später, als Erdmann wieder im Archiv saß, den Stempelabdruck auf dem Papier betrachtete und versuchte, die Handschrift zu vergleichen, wurde ihm klar: Der eigentliche Skandal lag nicht im Verschwinden eines Spielers. Sondern in der Geschwindigkeit, mit der man begann, dieses Verschwinden zu übergehen.

Es war nicht der Schrei, der fehlte. Es war das Schweigen danach.

Ein Protokoll ohne Substanz. Ein Kürzel ohne Befugnis. Und ein Club, der lieber ein Spiel zu Ende schreibt, als sich einzugestehen, dass er nie begonnen hat.

6. DER CONTAINER

Wenn man lange genug auf einer Tennisanlage herumläuft, stumpfen die Sinne ab. Der Geruch von feuchtem Sand, das schiefe Knarzen der Gittertüren, das dumpfe Poltern von Bällen im Ballkorb – alles wird zur akustischen Tapete. Nur wer nicht dazugehört, nimmt noch wahr, was fehlt. Oder was plötzlich zu viel ist.

Schröder war an diesem Morgen früher da als sonst. Nicht aus Pflichtgefühl, sondern weil ihm etwas an der Szenerie nagte. Diese Lücke zwischen zwei Aufschlägen, die neun Minuten, in denen angeblich nichts passierte, die sich aber anfühlten wie der Moment kurz vor einem Stromausfall. Zu still, zu leer, zu konstruiert.

Er ging am Zaun entlang, vorbei an Platz 7, wo das letzte bekannte Lebenszeichen von Matthias Schulze stattgefunden hatte, dann weiter über die leicht abschüssige Wiese Richtung Platz 9. Dort, wo keine Medenspiele mehr angesetzt wurden, weil die Drainage versagte und die Linien bei Regen aussahen wie mit dem Löffel gezogen. Und dort, wo der alte Geräteraum stand, offiziell „Materialcontainer“, inoffiziell „die letzte Ruhestätte für kaputte Besen und verlorene Träume“.

Er hatte keinen Schlüssel. Aber der Riegel war nicht verriegelt, nur lose eingehängt, als hätte jemand es eilig gehabt. Die Tür knarzte beim Öffnen, nicht laut, aber deutlich – ein Geräusch, das nichts über die Größe des Raumes sagte, aber alles über seine Vernachlässigung. Drinnen war es dunkel, die Luft schwer von abgestandener Feuchtigkeit, ein modriger Teppich aus Laub, Staub und Tennisballfasern, die in den Ritzen der Holzdielen ein zweites Leben begannen.

Schröder tastete nach dem Lichtschalter, fand ihn nicht, kramte sein Handy hervor und schaltete die Taschenlampe ein. Der Lichtkegel zitterte leicht in seiner Hand – nicht vor Angst, sondern vor der Ahnung, dass dieser Ort seit Langem auf Entdeckung wartete.

Da war zuerst: ein Trainingsbeutel. Aufgeschlitzt, nicht eingerissen. Der Reißverschluss hing wie ein offenes Maul zur Seite, die Ränder ausgefranst, als hätte jemand mit einem scharfen Gegenstand – vielleicht einem Messer, vielleicht einem Schraubenzieher – nach etwas gesucht. Der Inhalt war nur teilweise verstreut: ein verschwitztes T-Shirt, ein Handtuch mit Initialen, eine einzelne Socke, nass, wie frisch aus einer Pfütze gezogen.

Daneben: eine Wasserflasche. Hochwertig, Metall, kein Vereinsmodell. Eingravierte Buchstaben: „K.M.“. Nicht Schulze. Nicht Grewe. Und auch nicht einer der anderen bekannten Spieler aus der Begegnung. Schröder notierte sich das gedanklich, rührte die Flasche aber nicht an. Die feinen Wasserperlen auf der Oberfläche deuteten auf eine kürzliche Nutzung hin. Nicht kalt – aber auch nicht seit Tagen verdunstet.

Er ging weiter in den Raum hinein. Ein Regal, teils leer, teils mit kaputten Griffbändern und zerknickten Besaitungstüten bestückt. Im hinteren Bereich: eine Holztruhe, alt, grau gestrichen, mit einem Deckel, der leicht schräg auflag, als hätte jemand ihn nicht sauber zurückgelegt. Schröder hob ihn an.

Nichts Dramatisches. Kein Leichnam, kein Hinweis auf ein Verbrechen. Nur Tennisutensilien – gebrauchte Overgrips, ein abgewetzter Schlägerrahmen, ein altes Clubtrikot, eingerollt und mit einem Haargummi zusammengehalten. Und doch: auf der Innenseite des Deckels, im blassen Gegenlicht der Taschenlampe sichtbar, eine Zeichnung.

Kein Name. Kein Symbol. Nur ein einzelnes, von Hand gezeichnetes Fragezeichen. Dunkelblau, nicht verlaufen, exakt aufgetragen. Schröder beugte sich vor. Die Linien waren nicht zittrig, nicht hastig gekritzelt, sondern mit spürbarer Absicht gezogen. Der Punkt am Ende saß genau mittig. Kein Spiel, kein Gekritzel. Eine Botschaft. Vielleicht kein Geständnis – aber ein Kommentar.

Er trat einen Schritt zurück. Seine Gedanken rotierten, aber sie rasten nicht. Zu viele Eindrücke, die noch nicht zusammenpassten. Zu viele Hinweise, die sich wie Nebel um eine Wahrheit legten, die sich nicht zeigen wollte. Er machte Fotos, sicherte die Fundstücke mit Handschuhen, verschloss die Tür so gut es ging.

Zurück auf der Terrasse, wo Erdmann mit einem Becher Platzkaffee saß, legte er das Handy mit der Fotogalerie wortlos auf den Tisch. Erdmann blinzelte, sah sich die Aufnahmen durch. Beim Fragezeichen blieb er hängen.

„Wissen Se, was das ist, Schröder?“, murmelte er.

„Ein Rätsel.“

Erdmann schüttelte den Kopf. „Nee. Ein Statement. Jemand stellt nicht nur eine Frage. Jemand will, dass wir merken, dass da eine Frage ist.“

„Aber welche?“

Erdmann lehnte sich zurück. „Die, die jeder kennt. Aber keiner stellt. Nämlich: Warum? Warum hier? Warum jetzt? Und warum so verschwinden, dass man nicht weiß, ob's ernst ist – oder nur ein gut gespielter Abgang?“

Der Container hatte keine eindeutige Antwort geliefert. Aber er hatte eine neue Dimension eröffnet: Die Möglichkeit, dass Schulze nicht das Opfer war. Sondern der Autor.

Ein Ort, an dem Dinge deponiert, versteckt oder vergessen wurden – nun selbst zum Tatort. Kein Blut, keine Gewalt, keine eindeutige Spur. Nur Indizien, die wie Requisiten wirkten. Ein aufgeschlitzter Beutel. Eine fremde Flasche. Ein Fragezeichen als Unterschrift.

Das Spiel auf Platz 7 war vorbei. Aber das Stück – es hatte gerade erst begonnen.

7. DIE ABRECHNUNG

Die Geschäftsstelle des Tennisclubs Birkeneck war kein Ort für Spektakel. Zwei Räume, ein Fenster, das sich nur kippen ließ, ein Laserdrucker, der zu warm wurde, sobald jemand versuchte, mehr als fünf Seiten am Stück auszudrucken. Der Teppichboden hatte seine besten Jahre in der Zeit erlebt, als Faxgeräte noch an Status erinnerten. Und über allem lag der Geruch von Aktenstaub, Thermopapier und zu viel Filterkaffee in zu wenig Tassen.

Erdmann trat ein, ohne zu klopfen. Es war Montagvormittag, kurz nach zehn. Die Luft hing träge über den Regalen, als wollten sich die Belege gegen jede Bewegung wehren. Hinter dem Schreibtisch saß Frau Koslowski, die Vereinssekretärin – eine Frau, die mehr wusste, als sie sagte, und weniger sagte, als sie dachte. Sie war nicht unfreundlich. Nur vorsichtig. Und sie sprach in Nummern.

„Sie suchen den Posten F-43a", sagte sie, ohne aufzusehen.

„Was is'n det?", fragte Erdmann.

„Offene Positionen aus dem internen Kassenbuch. Mitgliedsnummer 0892. Schulze."

Sie schob ihm eine Mappe über den Tisch. Dünn, aber akkurat. Alles, was Schulze konsumiert, bestellt oder in Anspruch genommen hatte, war hier notiert – penibel, fast übertrieben: Wasser mit Zitrone, 2,40 Euro. Griffband Blau, 7,50 Euro. Sandwich „Sportler" ohne Zwiebel, 4,80 Euro. Insgesamt: 536,30 Euro.

Erdmann blätterte. Keine Unregelmäßigkeiten. Keine verdächtigen Buchungen. Keine Löschungen oder Korrekturen. Nur: eine Barzahlung. Handschriftlich eingetragen, gegengezeichnet.

„Der hat also bezahlt?", fragte er.

„Am Freitag. 16:05 Uhr. Ich war dabei."

„Und wie?"

„Bar. 540 Euro. In kleinen Scheinen. Keine Bemerkung, kein Kommentar. Nur: ‚Stimmt so.' Dann ist er gegangen."

„Warum nicht per Überweisung?"

„Er sagte, das ginge schneller. Und er wolle die Sache vom Tisch haben."

Erdmann starrte auf die Zahlen. 540. Glatt. Ohne Nachfrage. Ohne Quittung verlangt zu haben. Und dann verschwindet er zwei Tage später während eines Spiels, als hätte er nie existiert.

Er nahm die Mappe mit, las sie noch einmal draußen auf der Bank, während der Wind durch die Papierseiten fuhr, als wollten sie sich von selbst erklären. Doch sie blieben nüchtern. Zahlen lügen nicht, sagte man. Aber sie erzählen auch nichts.

Es war Schröder, der später anrief. „Wir haben was gefunden. Alte Kommunikation – Mitgliederforum. Ein Post von Schulze aus dem März. Betreff: ‚Vereinsstruktur & Eigenverantwortung'."

„Und?", fragte Erdmann.

„Eine Abrechnung. Im übertragenen Sinn. Er beschwert sich über Intransparenz, fehlende Rückmeldungen, elitäre Entscheidungsprozesse. Ganz der Berater."

„Wat steht am Schluss?"

„‚Ich werde meine Beiträge künftig freiwillig entrichten – aber nicht mehr mit gutem Gefühl.'"

Erdmann runzelte die Stirn. Also doch kein einfacher

Schuldner. Kein säumiger Spieler, der sich vor Zahlungen drückt. Sondern einer, der bewusst zahlt – vielleicht, um ein letztes Zeichen zu setzen. Oder um eine letzte Tür zu schließen.

Am Nachmittag suchte Erdmann das Archiv der Geschäftsstelle auf. Kein digitales System, nur Leitz-Ordner. Unter „Verträge Sonderregelung“ fand er ein Formular: „Erklärung zur Beitragsbereinigung“. Unterschrift: M. Schulze. Datum: identisch mit der Barzahlung.

Er hatte sich nicht nur von den offenen Posten befreit – sondern auch von jeder finanziellen Verbindung zum Club. Es war ein sauberer Schnitt. Einer, der nicht nach Flucht roch, sondern nach Planung. Keine Spur von Hektik. Kein Versuch, etwas zu vertuschen. Alles zu offen, zu geordnet, zu kontrolliert.

Nur eines passte nicht: die Frage nach dem Warum.

Wer bezahlt freiwillig über 500 Euro, wenn er vorhat, zwei Tage später zu verschwinden? Wer löst sein Konto auf, regelt alles, unterschreibt eine Entlastungserklärung – und taucht dann unter, ohne Nutzen davon zu haben?

Vielleicht war es genau das. Der Nutzen lag nicht in der Handlung – sondern in der Geste. Ein Abgang mit Symbolwert. Ein letzter Akt der Kontrolle.

Erdmann stand lange vor dem Fenster des kleinen Raums, sah hinaus auf Platz 7, wo das Spiel geendet hatte, das keines war. Der Platz war inzwischen wieder bespielt, nichts erinnerte mehr an den Zwischenfall. Kein Band, keine Markierung, kein Gespräch.

Nur Erdmann sah genauer hin. Und was er sah, war kein Fall von Schuld – sondern einer von Stil.

„Er wollte nicht fliehen“, murmelte er. „Er wollte abschließen. Damit niemand glaubt, er schuldet noch was.“

Schulze hatte gezahlt. Nicht aus Reue. Sondern aus Prinzip. Er hatte den Verein verlassen, wie er ihn erlebt hatte: sachlich, kühl, ohne Sentiment. Und damit vielleicht mehr gesagt, als mit jeder Erklärung.

Aber wer so verschwindet, der will nicht vergessen werden.

Und genau das machte den Fall so gefährlich.

8. DER FREMDE ANRUF

Die Redaktion der Verbandszeitschrift war an diesem Tag leerer als sonst. Sommerferien, Redaktionsschluss, die Kaffeemaschine streikte. Lina Berg saß allein am Fensterplatz, sortierte Notizen, wischte Staub von einem Mikrofon, das seit Monaten nicht mehr benutzt worden war. Draußen überhitzte die Stadt. Drinnen summte der Kühlschrank. Es war dieser Moment zwischen zwei Aufgaben, in dem Gedanken zu tanzen beginnen – wenn man sie nicht rechtzeitig einfängt.

Dann klingelte ihr Telefon.

Nicht das Diensthandy. Nicht ihr privates. Sondern ein drittes Gerät, das in einem kleinen, schmalen Karton steckte – adressiert an sie, anonym, ohne Absender. Der Umschlag lag seit dem Vormittag in ihrer Ablage. Irgendjemand hatte ihn reingelegt. Ohne Bemerkung. Ohne Empfangsbestätigung. Ein schlichter Karton, graubraun, an den Ecken leicht eingerissen. Auf dem Etikett nur ihr Name, handschriftlich, in verschnörkelten Großbuchstaben, mit einem Filzstift geschrieben, der ausgetrocknet gewesen sein musste.

Sie hatte ihn zur Seite gelegt. Jetzt öffnete sie ihn.

Innen: ein gebrauchtes, leicht zerkratztes Mobiltelefon. Keine SIM-Karte. Kein Ladekabel. Nur das Gerät, ausgeschaltet. Und ein Zettel: „Akku reicht. Hör genau hin."

Sie zögerte, dann drückte sie den Power-Button. Das Display flackerte kurz auf, zeigte eine einfache Startmaske. Keine Apps, keine Fotos, keine Kontakte – nur eine Datei, benannt: Für später.

Sie öffnete sie.

Eine Sprachnachricht. Dreiundvierzig Sekunden lang.

Sie setzte Kopfhörer auf, lehnte sich zurück. Dann: eine Stimme.

Klar. Ruhig. Ohne Rauschen. Ohne Eile.

„Wenn ihr das hört, bin ich weg. Aber nicht tot."

Kurze Pause.

„Ich war nie wirklich da. Nicht in euren Köpfen. Nicht in eurem Verein. Ich war nur Teil der Zahlen. Teil der Struktur. Nie Teil der Idee."

Eine Stimme, die keine Wut kannte, nur Klarheit. Kein Pathos, keine Dramatik – nur ein leises, beinahe beiläufiges Abstreifen von Bedeutung.

„Vielleicht denkt ihr jetzt, das sei ein Abschied. Vielleicht sogar ein Zeichen. Aber das ist es nicht. Ich gehe nicht. Nicht wirklich."

Ein Atemzug. Dann:

„Vielleicht bin ich gar nicht gegangen. Vielleicht bin ich nur der Erste."

Stille.

Dann das Geräusch eines Stuhls, der über einen Boden kratzt. Schritte. Ein Türquietschen. Und zuletzt: ein Satz, fast geflüstert.

„Ihr habt immer nur gesehen, was ich gesagt habe. Nie, was ich meinte."

Dann endet die Nachricht. Keine Unterschrift. Kein Datum. Kein Ort.

Lina hörte sie dreimal. Beim zweiten Mal schrieb sie mit. Beim dritten Mal hielt sie den Atem an. Es war Schulzes Stimme. Ohne Zweifel. Aber etwas war anders. Nicht in der Klangfarbe – sondern in der Haltung. Als hätte er nicht für sie gesprochen, sondern für sich. Nicht, um zu erklären – sondern um etwas zu hinterlassen.

Sie verließ die Redaktion ohne Tasche, nur mit dem Handy in der Jackentasche, suchte den Schatten einer alten Lindenallee und wählte Erdmanns Nummer. Der ging nicht ran. Sie schickte eine kurze Nachricht: „Ich hab was. Treffpunkt wie immer."

Eine Stunde später saßen sie am äußeren Rand des Clubs – die Bank hinter Platz 1, wo der Wind durch die Bäume streicht und keiner zuhört. Sie legte das Handy zwischen sie. Drückte Play. Erdmann hörte, ohne sich zu bewegen. Kein Kopfnicken, kein Laut, kein Kommentar. Als die Nachricht endete, blieb es still.

Erst nach zwei Minuten sagte er: „Der is nich abgehauen."

„Nein."

„Der will gesehen werden. Aber aus der Ferne."

„Oder gespürt."

Erdmann nahm das Handy, betrachtete es von allen Seiten. Ein günstiges Modell. Keine Marke, die auffällt. Kein Speicher für GPS-Daten. Kein Account hinterlegt. Wegwerfgerät.

„Und der Zettel?"

Sie reichte ihm das Blatt. Faltspuren, leichte Druckstellen. Kopierpapier, kein Briefpapier. Kein Wasserzeichen. Handschriftlich. Dieselbe Tinte wie auf dem Paket.

„Was sagt uns det?", murmelte Erdmann.

„Dass er vorbereitet war."

„Oder vorbereitet wurde."

„Du meinst... es war nicht nur er?"

„Na, denk mal nach. Wer schickt sich selbst ein Handy, auf dem nur eine Nachricht ist, die man offenbar selbst gesprochen hat – und zwar so, als wär sie für jemand anderen bestimmt?"

Lina schwieg.

Erdmann fuhr fort: „Der wusste, dass du es bekommst. Der wollte, dass du es bekommst. Aber der wollte auch, dass wir glauben, er sei noch da. Also spielt er weiter."

„Wie ein Spieler, der das Feld verlässt – aber den Ball weiter über die Linie denkt."

„Oder wie einer, der im Tie-Break nicht aufgibt – sondern das Match ins Unsichtbare verlegt."

Die beiden saßen eine Weile schweigend da. Der Nachmittag wurde leiser. Auf den Plätzen nebenan drosch jemand auf Bälle, als könne man sich aus einer Situation freischlagen. Lina blickte zum Zaun. Ihr fiel auf, dass ein Streifen Isolierband an der Netzhalterung klebte. Weiß auf weiß. Kaum sichtbar. Nur wer wusste, dass es da war, würde es bemerken.

Vielleicht war das die Botschaft.

Nicht laut. Nicht explizit. Sondern subtil. Ein Spiel im Schatten des Spiels.

Erdmann tippte sich an die Schläfe. „Wat wir brauchen, is keen Motiv. Wat wir brauchen, is seine Logik."

„Und wie finden wir die?"

„Indem wir ihn da treffen, wo er glaubt, dass wir ihn nie suchen würden."

„Wo ist das?"

Erdmann stand auf.

„In seinem eigenen Plan."

9. DAS PROTOKOLL VON FRÜHER

Es war ein verregneter Nachmittag, einer dieser grauen Übergangstage, an denen selbst der Kaffee im Clubhaus nach feuchtem Papier schmeckt und der rote Sand in den Ritzen der Fensterrahmen zu schimmeln beginnt. Lina hatte sich in den kleinen Nebenraum der Geschäftsstelle zurückgezogen, jenen Archivschlauch zwischen Heizkörper und Spind, der offiziell nicht existierte, aber alles enthielt, was man ungern wegwarf – oder nicht einordnen konnte. Alte Protokolle, Kassenberichte, Mannschaftsaufstellungen in laminierter Form, mit Filzstift durchgestrichene Namensänderungen. Nichts davon digitalisiert. Alles von Hand geführt, jahrgangsweise sortiert, doch nie wirklich vollständig.

Sie suchte nicht gezielt. Sie ließ sich treiben. Ein Bündel Papier, das zu dick war für die Mappe, fiel ihr auf. Es steckte zwischen den Jahrgängen 2019 und 2021 – zwei dicke Schnellhefter mit ausgedienten Büroklammern und einem durchscheinenden Etikett: Herren 50 – Nachmeldungen, Streitfälle.

Als sie den Hefter aufschlug, fiel ihr Blick auf einen Eintrag, der sich in seiner Nüchternheit vom Rest abhob. Kein Formular, kein vorgedrucktes Layout. Nur eine Seite, handschriftlich. Oben das Datum: 16. Juni, drei Jahre zuvor. Darunter die Paarung: Schulze – Grewe.

Der Rest war eine Mischung aus Notiz und Rechtfertigung, geschrieben in eckiger, gedrängter Schrift. Offenbar vom damaligen Mannschaftsführer – oder von jemandem, der sich dafür hielt.

„Spiel wurde beim Stand von 4:6, 6:3, 2:1 für Schulze unterbrochen. Grund: verbale Auseinandersetzung über Linienentscheidung. Spieler Grewe verließ das Feld ohne Angabe von Gründen. Schulze reklamierte den Satzverlust. Keine Einigung möglich. Kein Oberschiedsrichter vor Ort. Keine offizielle Wertung möglich. Vermerk zur Klärung eingereicht – ohne Rückmeldung."

Keine Unterschrift. Kein Vereinsstempel. Nur ein schräger Strich am unteren Rand – als hätte jemand die Seite in Gedanken abgehakt. Doch was hängenblieb, war der Ton. Nicht die Tatsache, dass das Spiel nicht zu Ende geführt wurde. Sondern dass es – wieder einmal – zwischen genau diesen beiden geschehen war.

Grewe. Schulze. Zwei Namen, die in diesem Verein nicht nur gegeneinander antraten, sondern sich gegenseitig aufrieben. Wie Schleifpapier, das nie aufhört, zu arbeiten. Lina blätterte zurück. Fand weitere Begegnungen der beiden. Immer knapp. Immer hitzig. Mal mit einem Ergebnis, mal ohne. Einmal stand „Verzögerung wegen Diskussionen über Aufschlaggeschwindigkeit". Ein andermal „Spielende wegen Dunkelheit, kein Nachholtermin vereinbart". Alles wirkte wie Mosaikstücke eines größeren Musters.

Sie begann, Notizen zu machen. Nicht über Punkte oder Sätze – sondern über Dynamiken. Immer wieder tauchten dieselben Worte auf: Abbruch. Klärung offen. Disput. Ohne Schiedsrichter. Keine Wertung.

In der Summe entstand ein Bild, das weniger an ein sportliches Duell erinnerte – als an einen ungelösten Konflikt, der sich in die Jahre gezogen hatte. Schulze und Grewe spielten nicht Tennis. Sie verhandelten. Oder besser: Sie trugen eine Geschichte aus, die nie erzählt worden war, aber immer weiterlief – über Bande, durch Protokolle, über Tuscheleien am Rand.

Lina lehnte sich zurück. Es war nicht das erste Mal, dass ein Spiel zwischen den beiden nicht endete. Und vielleicht war genau das die zentrale Konstante: dass es nie ein Ende geben durfte. Dass das Duell selbst das eigentliche Ziel war. Nicht der Sieg. Nicht die Wertung. Sondern das Ringen an sich.

Sie ging zu Erdmann, der auf seinem üblichen Beobachterplatz saß – mit Blick auf die hinteren Plätze, das Thermosfläschchen neben sich, den Hut etwas tiefer als nötig in die Stirn gezogen.

„Ich habe was", sagte sie.

„Det hoff ick doch."

Sie reichte ihm die Protokollseite. Er nahm sie mit zwei Fingern, las langsam, flüsterte dabei halblaut einzelne Worte: „…Abbruch… Grewe… keine Einigung…" Dann: ein kurzes Brummen.

„Drei Jahre her", sagte Lina.

„Und noch immer keen Ergebnis."

„Es ist nie zu Ende gegangen."

„Na, det isses jetzt auch nich. Bloß mit mehr Theater."

Er faltete die Seite, ohne sie zu beschädigen, legte sie in sein Notizbuch, als würde sie dort besser reifen. Dann blickte er auf.

„Zwei Männer, die immer wieder gegeneinander antreten, ohne jemals anzukommen. Da stellt sich doch langsam die Frage: Wer hält det eigentlich am Leben?"

„Sie selbst. Oder der Verein."

„Oder beides. Wie bei 'nem schlechten Ehepaar, wo keiner auszieht, weil man sich sonst nicht mehr streiten kann."

Lina schwieg.

Erdmann stand auf, ging zwei Schritte, blieb wieder stehen. Dann wandte er sich ihr zu.

„Ick frag mich, ob einer von beiden jemals gewinnen wollte."

„Vielleicht wollten sie nur nicht verlieren."

„Oder: Vielleicht hat Schulze diesmal dafür gesorgt, dass er's endlich kann – indem er das Spiel beendet, bevor es überhaupt endet."

Ein Satz, der hängenblieb.

Denn was, wenn genau das die Antwort war?

Nicht Flucht. Nicht Tod. Sondern ein Ende, das niemand geben wollte – also inszenierte man es.

Ein Spiel, das immer wieder neu begann, aber nie ein Ziel hatte. Ein Streit, dessen einziges Ergebnis darin bestand, dass er weiterging. Und ein Protokoll, das diesen Zustand konservierte – bis heute.

Lina blickte zum Fenster. Die Plätze waren leer. Der Himmel fahl. Der Sand glattgezogen. Alles sah aus wie fertig. Aber das war es nie.

10. DER VERSCHWUNDENE PUNKT

Ein Kapitel lässt sich nicht nur durch Worte öffnen, sondern durch das, was nicht gesagt wird. Und in diesem Fall war es der letzte Punkt, der fehlte. Nicht in der Zählung, nicht auf dem Spielbogen – dort stand der übliche Strich, gezogen mit schnellem Stift, wie man ihn bei einem abgebrochenen Match zieht. Nein, es war etwas Tieferes, das fehlte. Etwas Unausgesprochenes. Ein Moment, der wie ausgeatmete Luft in der Hitze des Abends verdampft war, ohne je bewusst eingeatmet worden zu sein.

Erdmann betrachtete die Platzkarte von Spiel 7 noch

einmal. 6:4, 5:7, 6:6 – und dann nichts. Nicht einmal der Ansatz eines Tie-Breaks, keine Punkte, keine Striche, kein Endresultat. Als hätte der Tennisgott selbst vergessen, den letzten Akt zu schreiben. Ein Drama in zwei Sätzen und einem leeren Nachklang.

Die Zuschauer hatten das Ende unterschiedlich beschrieben: Ein Return, ein langer Schlagwechsel, dann – Stille. Manche sprachen von einem Slice ins Aus. Andere von einem Ball, der knapp die Linie touchiert habe. Niemand hatte dasselbe gesehen, aber alle waren sicher, es sei etwas passiert. Und doch konnte keiner benennen, was genau. Das bedeutete: Jemand hatte den Moment manipuliert. Jemand hatte dem Match seine Auflösung genommen, wie ein Maler, der den letzten Pinselstrich verweigert.

Ein Name fehlte in den Berichten. Kein Zufall, sondern eine Lücke, die sich durch ihre Stille bemerkbar machte: Till Westermann. Der Stuhlschiedsrichter. Eingeteilt für das Match auf Platz 7, Jugendspieler, still, kaum auffällig, aber mit einem scharfen Auge, das selbst Trainer lobten. Doch nun war er nicht auffindbar. Krankgemeldet, hieß es. Seit Montag. Es war Freitag.

Schröder hatte ihn ausfindig gemacht, mit der Hartnäckigkeit eines Mannes, der nie den direkten Weg ging, aber immer ankam. Ein gelbes Reihenhaus, eine Mutter mit zu viel Sorge im Blick, ein Fenster zur Straße. Till war da. Blass, erkältet – aber nicht verwirrt. Und sein Bericht, den Schröder schriftlich notierte, war eindeutig: Beim letzten Punkt hatte Grewe longline gespielt, schnell, flach. Der Ball war auf der Linie gelandet – und Schulze hatte nicht gespielt. Stattdessen: gestanden. Geschaut. Dann den Arm gehoben. Out. Ganz ruhig.

Der Junge hatte geschwiegen. Weil er eingeschüchtert war? Nein. Weil er den Blick von Schulze gesehen hatte. Einen Moment, der nicht gebrüllt, sondern geflüstert hatte: „Lass es."

Das war der Moment, an dem Erdmann die Ordnung

neu sortierte. Schulze hatte den Punkt nicht verloren. Er hatte ihn absichtlich gegeben. Ein Rückzug aus der Verantwortung, ein Ausstieg aus dem Spiel, kein körperliches, sondern ein geistiges Abdrehen. Nicht Flucht – sondern Manifest.

Er hatte den Ball gesehen, den Schlag kommen sehen, und sich entschieden: Nicht zu spielen. Und dann entschieden: Ihn out zu geben. Gegen besseres Wissen. Nicht, weil er den Punkt nicht spielen konnte, sondern weil er nicht mehr wollte, dass er gespielt wird. Der letzte Punkt war sein Abgang – nicht im Ergebnis, sondern in der Geste. Der ausgestreckte Arm, die leise Stimme, das Urteil: „Aus."

Aber Schulze war kein Spieler, der einfach so aufgab. Er war ein Rechner. Und nichts an dieser Szene war zufällig. Sie war geplant. Vielleicht nicht in jedem Detail – aber im Moment. Der letzte Punkt war das Ventil eines Drucks, der sich wochenlang aufgebaut hatte. Schulze hatte das Spiel nicht verloren. Er hatte es verlassen. Mit einem Akt, der ebenso dramatisch wie kontrolliert war.

Erdmann saß später am Fenster der Geschäftsstelle, die Zeugenberichte erneut auf dem Schoß, Schröders Notiz mit Tills Aussage in der Brusttasche, und betrachtete das kleine Rechteck Platz 7 durch die verzogene Jalousie. Der Platz war leer. Nur das Netz hing leicht durch. Kein Wind. Keine Bewegung.

Aber Erdmann wusste: Der letzte Punkt war nicht vorbei. Er war nur verlagert worden. In die Gedanken. In die Schuld. In die Frage, die nun in jedem stand, der dort gespielt, geschaut oder gezählt hatte.

Wo war Matthias Schulze hin – nach dem letzten Punkt, den er nicht spielen wollte?

Die Antwort lag nicht im Matchbericht. Nicht im Schatten des Netzes oder in der Uhrzeit auf der Uhr des Trainers. Sondern in einem stillen Moment, in dem ein Mensch entschied, dass der Abgang wichtiger war als der Applaus.

Und dass ein Punkt kein Ende ist – sondern der Anfang einer Geschichte, die noch niemand erzählt hatte.

11. DER FEIND IN DER MANNSCHAFT

Sie sprachen selten offen – nicht im Tennisclub Birkeneck, nicht in dieser Altersklasse, und schon gar nicht in der Herren 50. Man hatte sich längst eingerichtet in der Diplomatie des Unausgesprochenen. Man nickte, wenn man grüßte, man schwieg, wenn man sich ärgerte, und man drehte den Rücken, wenn einer zu laut wurde. Konflikte wurden nicht gelöst, sondern mit Sand zugedeckt wie ein Abdruck auf dem Platz – bis der nächste Regen kam und alles verwasch.

Doch Erdmann, der sich mittlerweile mit der düsteren Chronologie des Matches beschäftigt hatte, war der Ansicht, dass Verdrängung keine Lösung sei – sondern ein kollektives Arrangement mit der Bequemlichkeit. Und in eben diesem Arrangement hatte Matthias Schulze sich als Störfaktor erwiesen. Nicht, weil er gewann. Sondern weil er es anders tat als die anderen.

Er war kein blendender Techniker, kein eleganter Grundlinienspieler, kein gerissener Netzgänger. Er spielte, wie er redete – kalkuliert, strategisch, unnachgiebig. Er kannte die Regeln auswendig und nutzte jede Lücke im System. Medical Timeout? Kein Problem. Diskussion über die Netzhöhe? Sofort. Rücksprache mit dem Oberschiedsrichter? Natürlich – auch bei einem Freundschaftsspiel. Es ging Schulze nie um den Ball. Es ging um Kontrolle.

Erdmann ließ sich die alten Mannschaftsaufstellungen geben, ging Spielberichte durch, analysierte Setzlisten. In sieben Begegnungen der letzten zwei Jahre war Schulze für die entscheidenden Punkte nominiert worden – fünfmal hatte er gewonnen, zweimal durch Aufgabe des Gegners. Jedes Mal waren es Matches mit Verzögerungen, Diskussionen oder, wie es in den Protokollen hieß, „störungsbedingten Unterbrechungen".

„Er hat Spiele entschieden – nicht durch Können", sagte ein ehemaliger Mitspieler, der anonym bleiben wollte. „Sondern durch Einschüchterung. Du hattest nach dem zweiten Aufschlag das Gefühl, du spielst nicht gegen einen Gegner, sondern gegen eine Taktikabteilung."

Erdmann notierte sich den Satz. Schröder, der dabei stand, fragte nicht. Er wusste, dass der alte Kommissar sich an bestimmten Formulierungen festbiss wie an einem losen Faden im Stoff. Und er wusste, dass dieser Faden irgendwann eine ganze Geschichte aufriss.

Die Mannschaft selbst wirkte bei Befragung gespalten. Einige lobten Schulzes Einsatz, seine Zuverlässigkeit, seine Art, sich für Teamziele aufzuopfern. Andere mieden den Blick, antworteten einsilbig, sprachen von „einer speziellen Art". Einer, der sich doch äußerte – ein Ersatzspieler mit dem lakonischen Namen Werner G., pensionierter Mathematiklehrer – sagte: „Er war wie Kreide auf dem Hallenboden. Er gehörte dazu. Aber keiner mochte das Quietschen."

Es war dieser Satz, der Erdmann endgültig überzeugte, dass der Konflikt um Schulze kein plötzlicher war. Kein aufbrausender Streit, keine hitzige Reaktion. Sondern ein sedimentierter Widerstand, der sich über Jahre aufgebaut hatte – wie ein Druck im Kessel, der auf eine Gelegenheit wartete, zu entweichen.

Die Gelegenheit war der Tie-Break gewesen. 6:6 im Dritten, die Stimmung geladen, das Publikum nervös. Schulze gegen Grewe – ein Match, das allein durch die Namen knisterte. Alle hatten es kommen sehen. Niemand hatte eingegriffen.

Und dann war da diese Sache mit der Mahnung. Der bezahlten Mahnung. Die Eigenart, sich ausgerechnet am Tag vor dem Verschwinden schuldenfrei zu machen, sprach nicht für einen gewöhnlichen Fluchtversuch. Es war ein Abschluss, eine symbolische Rechnung, die beglichen wurde – nicht, weil sie bezahlt werden musste, sondern weil man selbst entscheiden wollte, wann Schluss war.

Erdmann blickte auf die Protokolle, dann auf Schröder, der sich durch E-Mails arbeitete. „Kennste den Unterschied zwischen unbeliebt und gefährlich?", murmelte der Kommissar schließlich. Schröder sah auf, runzelte die Stirn.

„Unbeliebt biste, wenn dir keiner hilft, wenn du stolperst. Gefährlich bist du, wenn se hoffen, dass du fällst."

Und genau das, so war Erdmann nun überzeugt, war Schulze geworden: ein Mann, auf dessen Fall man gewartet hatte – nicht, weil man ihn hasste, sondern weil man sich erleichtert fühlen wollte, wenn er endlich nicht mehr da war.

Doch die Frage blieb: War er gefallen? Oder hatte er den Sturz selbst inszeniert?

12. DIE ALTE SCHULD

Es war ein Satz, der beiläufig fiel. Ein Nebensatz in einem Gespräch, das längst in Floskeln versunken war. Und doch zuckte Erdmann zusammen, als er ihn hörte.

„...wir haben das damals intern gelöst. Das war die einzige Möglichkeit."

Er stammte von Dr. Wolfgang Schimmer, Vorstandsmitglied für Mitgliederverwaltung, Rechtsanwalt im Ruhestand, Krawatte selbst an spielfreien Tagen. Ein Mann, der sonst nichts sagte, was nicht vorher durchgedacht, abgestimmt und geprüft war – und dessen Stimme fast unangenehm weich wurde, wenn er über Vereinsrecht sprach. Doch diesmal klang sie anders. Angespannter. Vielleicht sogar: schuldbewusst.

Erdmann hatte sich in die Geschäftsstelle begeben, um sich ein paar alte Listen zeigen zu lassen. Kein großer Aufwand – Namensführung, Mitgliedsnummern, Austritte. Eine reine Formsache. Doch dann war da dieser Moment gewesen, als Schulzes Name fiel und Schimmer sich räusperte. Nicht, weil er sich verschluckt hatte. Sondern weil ihn etwas erinnerte.

„Herr Schimmer", hatte Erdmann gesagt, während er beiläufig eine veraltete Excel-Tabelle betrachtete, „seit wann war Schulze eigentlich im Club?"

„Seit... 2009", hatte Schimmer geantwortet. „Fünfzehn Jahre. Er kam über eine Empfehlung. War vorher bei einem kleineren Club. Der ist mittlerweile aufgelöst."

„Und hat er sich hier direkt eingebracht?"

Pause. Dann ein Stirnrunzeln.

„Ja. Zu aktiv, ehrlich gesagt. Er wollte alles wissen, alles gestalten. Ist auf Mitgliederversammlungen aufgetreten, hat Anträge eingereicht, Arbeitsgruppen gefordert. Er war... unbequem."

Es folgte ein kurzes Zögern. Und dann eben jener Satz, der hängen blieb: „Wir haben das damals intern gelöst."

Erdmann hob den Kopf.

„Was meinen Sie mit ‚damals'?"

„Ein Vorfall. 2020."

„Und was für einer?"

Schimmer atmete langsam ein, dann noch langsamer aus. Er klang nun wie jemand, der nicht gerne erinnerte – aber auch nicht mehr verdrängen konnte.

„Schulze hatte sich Zugriff auf ein internes Mailarchiv verschafft. Über einen gemeinsam genutzten Rechner. Er behauptete, dort vertrauliche Absprachen gefunden zu haben – über Mannschaftsaufstellungen, Fördermittel, eine angebliche Begünstigung einzelner Spieler. Es war nichts, was strafrechtlich relevant gewesen wäre. Aber peinlich. Und vereinsintern heikel."

Erdmann lehnte sich zurück.

„Und was hat er damit gemacht?"

„Er hat es nicht veröffentlicht. Er hat nur... Andeutungen gemacht. Auf Sitzungen. In Gesprächen. In einem Fall auch gegenüber der Presse – wobei er keine Namen nannte. Nur: Der Schaden war da. Der Verdacht war in der Welt. Und der Vorstand hatte Angst, dass er irgendwann doch etwas veröffentlichen würde."

„Und dann?"

„Dann haben wir ihm eine Grenze gezogen. Er durfte weiterhin spielen, aber keine Posten mehr übernehmen. Keine Anträge, keine Einsicht in Unterlagen. Kein Zugang zur Geschäftsstelle außerhalb der Öffnungszeiten. Eine Art stilles Abstellgleis. Natürlich haben wir das offiziell nie so formuliert."

Natürlich nicht.

Es war, wie so oft in Vereinen dieser Größenordnung: Konflikte wurden nicht offen beendet, sondern stumm eingeschlossen. Man sprach nicht von Schuld – man sprach von Lösungen. Und wenn einer unbequem wurde, baute man ihm einen Zaun aus Regeln. Nicht, damit er blieb, sondern damit er still blieb.

Für Schulze, der Kontrolle suchte wie andere den Applaus, muss diese Grenze wie ein Schatten gefallen sein. Er durfte spielen – aber nicht mehr gestalten. Durfte Teil der Mannschaft sein – aber nicht mehr Teil der Richtung. Für einen wie ihn: eine Demütigung.

„Warum haben Sie das nie thematisiert, als er verschwand?", fragte Erdmann.

Schimmer zuckte mit den Schultern.

„Weil wir dachten, es sei vorbei."

Aber nichts war vorbei. Schulze hatte die Demütigung gespeichert. Wie einen unbearbeiteten Entwurf. Und wenn man sich die letzten Monate ansah – seine provokanten Auftritte, die kleinen Nadelstiche gegen die Clubleitung, sein rätselhaftes Verhalten auf dem Platz – dann war klar: Die alte Geschichte hatte nie geendet. Sie war nur verschoben worden. Auf ein neues Kapitel.

Erdmann stand auf, bedankte sich, ließ die Listen zurück. Draußen roch es nach gemähtem Gras. Ein paar Kinder schlugen Bälle gegen die Ballwand, der Hofhund lag schnaufend im Schatten der Bank. Nichts deutete darauf hin, dass hier ein Mensch verschwand – und mit ihm ein ganzes Stück unbequemer Wahrheit.

Schulze hatte nie gedroht. Nicht offiziell. Er hatte nur beobachtet. Gedeutet. Die Andeutung zum Werkzeug gemacht. Und die Clubleitung hatte daraus eine Bombe konstruiert – aus Angst, dass sie hochgehen könnte.

Jetzt, wo er verschwunden war, stand die Bombe plötzlich wieder im Raum. Nur wusste keiner mehr, ob sie schon explodiert war – oder noch tickte.

13. DAS TENNISFOTO

Es war einer dieser Nachmittage, an denen die Zeit sich zäh über die Stunden legte. Kein Wind, kein Schatten, kein Spiel auf den Plätzen. Der Club lag wie ausgestorben, nur der Kühlschrank summte in der Geschäftsstelle. Lina hatte sich dort eingeschlossen, eine Wasserflasche, ein altes Notizbuch, ihr Aufnahmegerät – und einen Karton voller Vereinsdokumente. Nicht aus Recherchepflicht, sondern aus Unruhe. Der Fall Schulze ließ sie nicht los. Und wenn es eine Wahrheit gab, dann versteckte sie sich nicht im Jetzt, sondern in dem, was längst als erledigt galt.

Der Karton war beschriftet mit einem Datum: Jubiläum 2020 – 90 Jahre Tennisclub Birkeneck. Darin: Flyer, alte Rundschreiben, ein Protokoll zur Vorbereitung der Feierlichkeiten, eine Mappe mit Entwürfen zur Festschrift – und ein Stapel Fotodrucke. Hochglanz, gestochen scharf, offenbar extra für das Jubiläumsbuch neu aufbereitet. Sie griff den Stapel, ließ die Bilder durch die Finger gleiten. Mannschaftsaufnahmen, Doppelbilder, Grillabende. Ein Club im Rückblick – aufgeräumt, frisiert, stolz.

Dann ein Bild, das sie innehalten ließ.

Ein Finale. Zwei Spieler am Netz. Pokal in der Mitte. Jahr: 2015. Das stand auf der Rückseite, handschriftlich, mit einem dünnen Kugelschreiber notiert. Lina drehte das Bild wieder um, betrachtete die Gesichter. Rechts: Udo Grewe, frisch rasiert, leicht erschöpft, aber lächelnd. Links: Matthias Schulze. Nur sah man das kaum. Denn da, wo Schulzes Hand zum Handschlag ansetzte, fehlte etwas. Die rechte untere Ecke des Bildes war fein säuberlich beschnitten – nicht willkürlich, sondern mit chirurgischer Genauigkeit. Kein Riss, kein Knick, kein alter Schaden. Die Linie war sauber, die Kante glatt. Jemand hatte die Aufnahme bewusst verändert.

Lina zog ihre Brille ab, lehnte sich zurück. Das Bild erzählte eine Geschichte – und gleichzeitig verheimlichte es eine. Wer immer den Schnitt gesetzt hatte, wollte Schulze nicht entfernen, aber reduzieren. Ihm den Arm nehmen. Den Gestus. Die Geste des Sieges oder der Versöhnung. Ihn nicht auslöschen – nur zum Rand machen.

Sie suchte das Pendant. Denn wenn es ein geschnittenes Foto gab, musste es auch eine ursprüngliche Version gegeben haben. Vielleicht in einer Mappe, vielleicht in der Festschrift selbst. Sie griff zum dünnen Jubiläumsband, der neben dem Karton lag. Blätterte durch die Seiten, fand das Kapitel „Die Finals der letzten Dekade". Dort: das gleiche Foto. Aber in voller Größe. Schulzes Arm war da – ausgestreckt, die Hand halb geöffnet. Und in dieser Geste lag nichts Versöhnliches. Kein sportlicher Handschlag, keine noble Geste. Es war eine Bewegung, eingefroren im Moment, halb Drohung, halb Triumph. Eine Geste, die mehr sagte als ein Interview.

Sie verglich beide Versionen. Der Unterschied war subtil, aber wirkungsvoll. In der gedruckten Fassung schien das Bild harmlos, ein Match wie viele. In der beschnittenen Variante bekam es eine andere Spannung. Es ließ Raum für Interpretation. Für Schweigen. Für Verdrängung.

Lina dachte an die bisherigen Beobachtungen zurück. An den merkwürdigen Spielverlauf, die neun Minuten Pause, die doppelte Abrechnung, die verschwiegene Vergangenheit. Und nun: ein Foto, das offenbar nicht passte.

Nicht zu dem Bild, das man vom Verein zeichnen wollte. Und ganz sicher nicht zu dem, was Schulze darstellte – oder wofür man ihn hielt.

Wer hatte das Bild bearbeitet? Und warum?

Sie nahm ihr Handy, suchte die Kontaktdaten der Layouterin, die 2020 die Festschrift gesetzt hatte. Eine ehemalige Spielerin, heute Grafikerin. Der Anruf ging durch, wurde nicht angenommen. Lina schrieb stattdessen eine Nachricht: „Gab es beim 2015er-Finalfoto Retuschen? Wer hat entschieden, welches Bild in den Druck ging?"

Dann wandte sie sich wieder der Mappe mit den Rohfassungen der Festschrift zu. Unter einem Klebezettel mit der Aufschrift „Redaktionsvorschläge" fand sie einen handschriftlichen Kommentar:

„Bild Schulze / Grewe nur beschränkt verwenden – alternative Aufnahme bevorzugt (Grewe solo)".

Daneben: zwei Initialen. K.K.

Lina musste nicht lange überlegen. K.K. – das war keine Layouterin, kein Redakteur. Das war Karin Kliemann, langjährige Vorsitzende des Vereins, bekannt für ihren Hang zur Kontrolle. Und ihre Abneigung gegenüber Schulze war kein Geheimnis.

Kliemann war es also, die das Bild beschneiden ließ. Nicht aus Vergesslichkeit, sondern aus Kalkül. Der finale Schnitt einer Geschichte, die zu kompliziert, zu konfliktgeladen, zu unbequem geworden war. Und in der Schulze – wie so oft – zwischen Triumph und Isolation stand. Mittendrin und doch draußen.

Lina legte das Bild zurück in die Mappe, machte eine Notiz: „Wer Geschichte schreibt, tilgt manchmal Gesichter." Und darunter: „Aber wer Gesichter tilgt, hinterlässt Spuren."

Draußen hatte es begonnen zu regnen. Ein leiser, gleichmäßiger Regen, wie er nur auf leeren Tennisplätzen zu hören ist. Vielleicht war es Zeit, das nächste Kapitel zu schreiben. Nicht im Jubiläumsband. Sondern in der Aufklärung.

14. ERDMANNS LISTE

Es war der vierzehnte Tag seit Schulzes Verschwinden. Die Sonne stand schräg über dem Westhang des Clubgeländes, als Erdmann sich an einen der alten Holztische auf der Terrasse setzte. Der Platz war leer, die Linien blass, als hätte das Spiel endgültig aufgehört. Nur der Automat neben der Geschäftsstelle blinkte müde. Erdmann trank einen Schluck aus seiner Thermoskanne, dann holte er seinen Block hervor. Ein dicker, abgewetzter Notizblock mit Seiten voller Kringel, Pfeile, Fragen. Heute aber würde er eine Liste schreiben – nicht, um zu sammeln, sondern um auszuschließen.

Oben auf dem Blatt notierte er in Großbuchstaben: SPUREN, DIE NICHTS BEWEISEN.

Dann begann er, Zeile für Zeile, jede vermeintliche Erkenntnis zu prüfen – wie ein Platzwart, der nach einem Gewitter die Linien abzieht, obwohl er weiß, dass niemand mehr spielt.

1. Grewe
   Das Match war hart, das Verhältnis gespannt. Doch Grewe hatte keine sichtbare Motivation, einen Menschen verschwinden zu lassen. Er wirkte nervös, ja – aber auch hilflos. Ein Mann, der zu viel redete, um zu verbergen, dass er nichts wusste. Oder?
2. Die Zuschauerin
   Ein möglicher Krampf. Eine vage Erinnerung an einen Mann am Parkplatz. Doch je öfter Lina ihr Gespräch wiederholte, desto unsicherer klang es. Am Ende war es nicht mehr als ein Schatten im Rückspiegel.
3. Der Schiedsrichter
   Ein Platzwart, der unter seinem Kürzel ein Spielprotokoll ergänzte. Fragwürdig, ja. Aber kein Verbrechen. Kein Blut, kein Streit, keine Anzeige.
4. Der Container
   Ein zerrissener Trainingsbeutel, nasse Kleidung,

ein Fragezeichen auf einer Kiste. Aber kein Beweis. Kein Fingerabdruck, kein Hinweis auf Schulze. Nur Spuren – wie ein Bild, das man deutet, weil man es deuten will.

5. Der fremde Anruf
   Eine Stimme, vermutlich Schulze. Eine kryptische Nachricht. „Bin nicht tot." Aber das sagte nichts darüber, was tatsächlich geschehen war. Ein Bluff? Eine Finte? Eine Flucht nach Plan?
6. Das alte Spielprotokoll
   Der Streit von damals. Die Parallelen zu heute. Aber Vergangenheit ist kein Indiz – nur ein Echo.
7. Die Mahnung
   Schulzes Schulden – und deren plötzliche Begleichung. In bar. Warum? Kein Mensch, der gehen will, zahlt vorher noch seine Getränke. Oder war das genau der Trick?
8. Der Jugendliche
   Ein einziger Satz: „Er hat den Ball absichtlich out gegeben." Und selbst dieser Satz war mehr Zweifel als Zeugnis.
9. Das Tennisfoto
   Ein beschnittenes Bild, eine getilgte Geste. Symbolisch vielleicht. Aber nicht justiziabel.

Erdmann strich sich mit dem Finger über die Stirn. Alles deutete auf ein Spiel, das nie zu Ende gespielt wurde. Eine Inszenierung, deren Regisseur sich aus dem Staub gemacht hatte, bevor der letzte Vorhang fiel. Schulze war verschwunden. Und zurückgeblieben war nichts – außer Fragen.

Bis Erdmann sich die Frage stellte, die zu oft übersehen wird: „Woher stammt das Papier?"

Es war ein unscheinbarer Zettel gewesen, auf dem der angebliche Spielverlauf notiert war – ergänzt von einem Kürzel, versehen mit einem Ergebnis, das niemand bestätigen konnte. Erdmann erinnerte sich an den Zettel.

Grau, leicht faserig. Recyclingpapier. Kein Druckerpapier, kein Blockblatt. Sondern exakt jenes Format, das in der Geschäftsstelle für interne Listen verwendet wurde – er kannte es. Schon oft hatte er sich darüber geärgert, weil die Seiten nicht glatt, sondern rau waren und seine Tinte verlief.

Er nahm seinen Block, blätterte zurück, suchte das Foto, das Lina vom Protokoll gemacht hatte. Dort: die Ecke des Blatts. In der Vergrößerung war der Papiercode erkennbar – ein schwacher Wasserzeichenrest in der unteren linken Ecke: eco2021 / Bln.

Er sah zur Geschäftsstelle hinüber. Nur ein Raum im ganzen Club nutzte dieses Papier. Und nur wenige Personen hatten Zugriff darauf: die Geschäftsführerin, zwei ehrenamtliche Helfer – und einer, der stets hinter den Kulissen agierte.

Der Mann, der die Kasse machte. Der die Listen druckte. Der das Material bestellte. Der, über den niemand sprach – weil er immer da war. Nicht auffällig. Aber überall.

Erdmann schrieb einen letzten Punkt auf die Liste.

10. Der Mann hinter dem Tresen.

Dann legte er den Block zur Seite, goss sich einen weiteren Schluck Kaffee ein – und sah zu, wie die Schatten der Bäume sich langsam auf Platz 7 legten. Dort, wo das Spiel geendet hatte, das nie eines war.

Am Rand des Blocks notierte er, fast beiläufig:

„Vielleicht war der letzte Ballwechsel nie gespielt. Vielleicht war er geplant."

15. DER ZWEITE NAME

Schröder war nie ein Freund von Metadaten gewesen. Zu viele Zahlen, zu viel Kontext, zu wenig Kaffee. Aber als er an diesem späten Nachmittag noch einmal die Postfächer des Verbandsystems durchsuchte – auf der Suche nach irgendeinem Hinweis, irgendeiner Nachricht, die der verschwundene Schulze vielleicht doch hinterlassen hatte –, da blieb er an einem Eintrag hängen, der zunächst unscheinbar, fast banal wirkte.

Eine automatisierte Protokollzeile. Zeitstempel: 04:12 Uhr, drei Tage nach dem letzten Match. Betreff: „Neues Konzept Jugendförderung". Anhang: leer. Der Absender: m.sandor@freenet.de.

Der Name ließ ihn zusammenzucken.

Michael Sandor.

Nicht nur ein Name. Sondern einer, der in der Tennisvereinigung früher leise Ehrfurcht auslöste. Sandor war Schulzes langjähriger Doppelpartner gewesen – ein harter Aufschläger, aber noch härter im Urteil. Galt als Strategiekopf, als jemand, der auf dem Platz nur Augen für die Schwächen des Gegners hatte – und außerhalb davon für die Lücken im System. Ein Mann mit Haltung. Und mit Geschichte.

Doch Sandor war tot.

Gestorben vor zwei Jahren, laut Nachruf an einer Hirnblutung, völlig überraschend. Der Verband hatte ein kurzes Porträt veröffentlicht, Schulze hatte einen langen Kommentar darunter geschrieben. „Michael war der Beste von uns", stand dort.

Und jetzt schrieb dieser Michael Sandor aus dem Jenseits eine E-Mail an den Verband?

Schröder ließ den Laptop offen, ging zum Fenster des Clubbüros und starrte hinaus auf den halb leeren Parkplatz. Es war früher Abend, die Grillkohle hinter der Terrasse glomm noch, ein paar Jugendliche schlenderten mit Schlägern über den Rand des Courts, lachend, unbeschwert. Irgendwo knallte ein Ball gegen das Metallgitter. Alles Alltag. Alles normal. Und doch: Irgendetwas stimmte nicht. Schon lange nicht mehr.

Er kehrte zurück zum Bildschirm. Öffnete die Quellansicht der Mail. Und da war sie: die IP-Adresse. Eine Berliner Adresse, spezifisch. Schröder war kein IT-Experte, aber das System half weiter. Der Vermerk war deutlich: Zugang über WLAN_Clubhaus, Routerkennung der Tennisvereinigung Rot-Weiß Am Horn. Absenderzeit: vier Uhr früh.

Niemand saß um diese Zeit freiwillig im Clubhaus – außer vielleicht jemandem, der nicht gefunden werden wollte. Oder der wollte, dass man ihn gerade nicht fand.

Er scrollte weiter. Keine weiteren E-Mails vom selben Absender. Keine Antwort. Keine Signatur. Nur diese Nachricht. Schröder druckte sie aus. Las sie noch einmal. Las sie laut. Und plötzlich spürte er, dass da etwas nicht stimmte – nicht nur inhaltlich, sondern sprachlich. Der Ton war zu formal, zu sauber. Keine der typischen Schulze-Floskeln. Kein Trotz, kein Spott. Nur glatte Sätze, in klarer Reihenfolge.

Fast wie von jemandem, der wusste, wie man eine offizielle Mail schreibt. Aber nicht, wie Schulze sprach.

Er legte das Blatt beiseite und griff zu einem dicken Umschlag, den er vor Tagen aus dem Archiv geholt hatte: Pressemitteilungen der letzten Jahre. Darin: alte Vereinshefte, Fotoseiten, auch die Nachrufe. Er schlug den des Verbandes auf. Da war es. Schwarz auf weiß. Der Tod von Michael Sandor. Bestätigt, gedruckt, veröffentlicht.

Und Schulzes Nachruf darunter. Voller Adjektive. Voller Pathos.

„Er war mehr als ein Partner. Er war mein Korrektiv."

„Ich war der, der aufschlug. Er war der, der wusste, wohin."

Und jetzt? Dieselbe Person, deren Name durch die Verbandszeile geisterte, war zwei Jahre tot – und wurde als Sprachrohr eines angeblichen Schulze-Konzepts genutzt?

Erdmann hörte sich Schröders Bericht ruhig an. Saß im Halbschatten der Geschäftsstelle, die Thermoskanne auf dem Tisch, der Deckel offen. Dann sagte er nur: „Totgeglaubte schreiben keine Förderpläne."

Schröder nickte. „Also jemand benutzt den Namen.

Aber warum Sandor?“

Erdmann ließ sich Zeit mit der Antwort. Blätterte durch seine Notizen. Dann sagte er: „Weil er der letzte war, der ihm etwas bedeutet hat. Wenn du verschwinden willst, nimm den Namen eines Geistes mit dir – nicht den eines Freundes. Geister hinterfragt niemand.“

Der Gedanke schob sich wie ein Nebel durch die Akte. Wenn jemand die Identität von Sandor nutzte, um unter dem Radar etwas zu platzieren – dann war das nicht nur eine Täuschung. Es war ein Spiel mit einem toten Mann.

Und wenn Schulze selbst dahinter steckte? War es eine Geste? Eine Botschaft? Ein Rückzugsmanöver?

Oder – und das war das Verstörendste – war es gar nicht Schulze?

War es jemand, der sein Verschwinden lenken wollte?

Jemand, der die Fährte legte – mit Absicht.

Erdmann strich sich über die Stirn. Dann sagte er leise: „Das ist keine Nachricht. Das ist ein Schlüssel.“

Und Schröder begriff. Wenn der Name „Michael Sandor“ fiel, dann hatte das einen Zweck. Keine Zufälligkeit. Keine Spätfolgen von Trauer. Sondern die bewusste Konstruktion eines Mythos. Einer Rückkehr durch die Hintertür. Einer Geschichte, die man glauben sollte – weil man sie glauben wollte.

Am Abend, als die Clubhauslichter bereits aus waren, schrieb Schröder in sein Notizbuch:

„Der zweite Name ist der erste Hinweis auf den, der gar nicht mehr da sein will.“

Und plötzlich wurde aus dem Verschwinden mehr als ein Rätsel. Es wurde eine Inszenierung.

16. DAS VERGESSENE INTERVIEW

Es war einer dieser Links, wie sie täglich in Linas Postfach landeten. Ohne Absender, ohne Betreff. Nur eine URL und ein kurzer Satz: „Ich glaub, das gehört zu eurem Fall.“ Kein Name, keine Signatur. Normalerweise wäre sie weitergeklickt. Aber irgendetwas an der Formulierung, an der beiläufigen Trockenheit, ließ sie zögern. Sie klickte.

Die Seite lud langsam. Ein YouTube-Channel, kaum Abonnenten. Ein Dutzend Videos. Meist Matches aus unteren Ligen, mit klapperndem Ton und zitterndem Bild. Handy auf Stativ, Kommentar aus dem Off, irgendwo zwischen Begeisterung und Blende 8. Aber dieses Video war anders.

Titel: „Endspiel Herren 40 – Platz 7“

Dauer: 38 Minuten.

Datum: der Tag von Schulzes Verschwinden.

Lina setzte sich. Startete das Video.

Die Kamera stand leicht schräg zur Grundlinie, rechts von der Bank. Man sah das Netz, die Stirnseiten der Spieler, keine Nahaufnahmen. Es war, bei aller Unruhe des Bildes, nüchtern – fast dokumentarisch. Schulze im grauen Shirt, Grewe im Dunkelblau. Erste Ballwechsel, Aufschläge, kurze Pausen. Keine besonderen Vorkommnisse. Kein Streit. Kein Bruch in der Stimmung.

Aber dann, bei Minute 27:14, ein seltsamer Moment.

Der Ball rollt ins Aus, Grewe bückt sich, Schulze dreht sich zum Zaun – und geht. Nicht abrupt, nicht fluchtartig. Ruhig, fast beiläufig. Er schiebt sich am Rand der Zuschauerbank entlang, hinter der Hecke, verschwindet für einen Moment aus dem Bild. Die Kamera schwenkt nicht. Der Hobbyfilmer kommentiert: „Kurze Pause, Seitenwechsel.“

Doch Schulze kommt nicht zurück.

Der Seitenwechsel dauert ungewöhnlich lange. Grewe steht unschlüssig an der Bank, schaut in Richtung Hecke. Die Kamera zittert kurz. Dann ein Schnitt.

Im nächsten Bild: Diskussion am Netz. Eine dritte Person tritt ins Bild – später identifiziert als G.v.H., der Platzwart. Dann plötzlich: Handshakes. Spielabbruch. Keine sichtbare Verletzung. Kein medizinischer Eingriff. Nur ein Schulterzucken – und dann endet das Video.

Lina friert das Bild ein. Macht einen Screenshot. Schulzes letzter Auftritt – ein Nebenschauplatz im Video eines Amateurs, dessen Channel ansonsten aus Einzelspielen der Bezirksliga bestand. Es ist grotesk. Und zugleich präzise.

Sie rief Erdmann an.

Als er kommt, sitzen sie nebeneinander vor dem Laptop. Ohne ein Wort spielen sie die Szene noch einmal ab. Dieselbe Bewegung, derselbe Rhythmus. Kein Laut, kein Aufschrei, kein sichtbarer Grund. Nur dieser Schritt hinaus aus dem Sichtfeld – und dann: nichts.

Erdmann sagte nichts. Nur sein linker Zeigefinger bewegt sich langsam an der Thermostasse entlang. Nachdenklich, wie tastend. Dann lehnt er sich zurück und fragt: „Wer ist der Kameramann?“

Lina hatte schon recherchiert. Ein gewisser Felix Mengert, Anfang fünfzig, Medienlehrer an einer Schule in Tempelhof, seit Jahren Hobbyfilmer bei kleineren Tennisturnieren. Sie schreibt ihm. Und bekommt umgehend Antwort.

„Klar erinnere ich mich. Ich hab Schulze noch aufgenommen, wie er vor dem Match rumgebrüllt hat wegen der Linien. War so sein Stil, oder? Dachte erst, der filmt sich selbst.“

Dann, nach kurzer Pause: „Hatte ihn danach noch gesehen – meine ich zumindest. In der Nähe vom Parkplatz. Aber sicher bin ich mir nicht mehr. Wollt ihr das Interview auch haben?“

Interview?

Felix hatte – das war seine Eigenart – nach dem Match ein paar Stimmen eingefangen. Keine journalistischen Interviews, mehr so Plaudereien fürs Vereinsleben. Grewe war dabei. Zwei Zuschauer. Und, wie sich herausstellt: Schulze. Vor dem Spiel.

Lina bat um die Datei. Er schickt sie am selben Abend.

Darin: ein unscharfes Bild, schlechte Tonqualität, aber klar verständlich. Schulze, leicht schwitzend, Blick in die Kamera.

„Heute geht's um Haltung. Auf dem Platz und daneben. Ich spiel nicht für Punkte. Ich spiel, damit was bleibt."

Pause. Dann:

„Grewe denkt, er kann mich austricksen. Aber heute ist Schluss mit der Farce."

Es klang wie eine Kampfansage – oder ein Abgesang. Erdmann hört es dreimal. Dann sagt er leise: „Das ist keine Drohung. Das ist ein Abgang."

Lina nickte. „Aber warum?"

Warum jemand wie Schulze, der sonst jeden Vereinsabend dominierte, sich plötzlich dem Sichtfeld entzog – freiwillig, mit Kalkül, fast mit Stil. Und warum sich seither keiner mehr sicher war, ob er überhaupt wirklich weg war – oder nur woanders.

Erdmann stand auf. Ging zum Fenster. Draußen flackerten die Platzlichter. Ein Ball knallte gegen den Zaun. Leben. Alltag. Und irgendwo in dieser Kulisse: das Echo eines Spielers, der beschlossen hatte, nicht mehr mitzuspielen – zumindest nicht auf dem Platz, den alle im Blick hatten.

„Ein Interview vor dem Verschwinden", murmelt Erdmann. „Nicht für die Zuschauer. Für die Chronik."

Denn wer sich filmen ließ, so knapp vor dem Verschwinden, der wollte nicht einfach vergessen werden. Sondern kontrollieren, wie er in Erinnerung blieb.

Und das war vielleicht Schulzes letztes Spiel: nicht gegen Grewe. Sondern gegen das Verschwinden selbst.

17. DIE PRESSEKONFERENZ

Es war einer dieser Tage, an denen das Clubhaus mehr Kulisse war als Begegnungsstätte. Die Tische im großen Saal waren in einer Reihe gestellt, weiße Tischtücher, Wasserflaschen, ein paar Mikrofone. Auf den Stühlen: Funktionsträger, in Hemden, die sonntäglicher wirkten als nötig, mit Händen, die an Gläsern klebten, und Gesichtern, die nichts verraten wollten. Das Banner des Clubs hing im Hintergrund, leicht schief, als sei selbst das Gewebe nicht sicher, ob es bei diesem Auftritt dabei sein wollte.

Erdmann saß weit hinten. Schröder neben ihm, mit seinem Notizblock auf dem Schoß, bereit, so zu tun, als hätte er je ein Protokoll aus so einem Anlass wirklich gebraucht. Lina stand etwas abseits, die Kamera der Verbandsredaktion vor sich, Blick streng, wach. Die Presse war eingeladen – besser gesagt: gebeten worden – nicht zu viele Fragen zu stellen.

Vorne am Tisch saßen fünf Männer und eine Frau. Der Vorstand. Vorsitzender, Stellvertreter, Schatzmeisterin, Sportwart, Jugendwart, Schriftführer. Sechs Positionen, sechs Perspektiven – aber heute nur eine Botschaft.

Der Vorsitzende begann.

„Im Namen des Vorstandes möchten wir den Mitgliedern mitteilen, dass die internen Untersuchungen zum Fall Matthias Schulze abgeschlossen sind. Wir gehen nach intensiver Abwägung davon aus, dass sich Herr Schulze freiwillig vom Spielbetrieb und vom Club zurückgezogen hat. Es gibt keine Hinweise auf ein Verbrechen. Keine weiteren Fragen der Strafverfolgung. Wir bedauern die Irritationen, die in den letzten Tagen entstanden sind, und danken allen, die zur Klärung beigetragen haben."

Die Stimme war ruhig. Einstudiert. Nichts daran ließ Emotion zu – oder Unsicherheit. Nur ein leichtes Zucken der linken Hand, als er das Glas Wasser anhob, verriet, dass hinter der Fassade doch noch etwas vibrierte.

Einige Mitglieder nickten. Andere schauten zu Boden.

Einer flüsterte: „War ja klar.“ Ein Club funktioniert nicht über Wahrheit. Er funktioniert über Konsens. Und der sollte nun hergestellt werden. Jetzt. Mit einem offiziellen Schlussstrich.

Lina hob die Hand.

Sie wartete nicht auf ein Nicken, nicht auf ein Zeichen. Sie stellte ihre Frage einfach – ruhig, klar, mit dieser Stimme, die immer dann leiser wurde, wenn sie etwas sagte, das laut nachhallte.

„Warum wurde das Video nicht veröffentlicht?“

Stille.

Die Frage war nicht auf dem Zettel. Nicht im Plan. Nicht vorgesehen.

Der Vorsitzende blinzelte. Dann setzte er an: „Welches Video?“

Lina blieb ruhig. „Das Match auf Platz 7. Es wurde gefilmt. Der Mitschnitt zeigt Schulze – und wie er verschwindet. Warum wurde das nie öffentlich gemacht?“

Der Sportwart räusperte sich. „Uns war nicht bekannt, dass… also, wir hatten kein offizielles Material…“

„Doch“, sagte die Schatzmeisterin. Leise. Kaum hörbar.

Alle Köpfe drehten sich.

„Wir… wir haben es bekommen. Per USB. Vor vier Tagen. Es lag in der Geschäftsstelle. In einem Umschlag. Ohne Absender.“

Der Vorsitzende schloss die Augen. Nur für einen Moment. Dann sagte er: „Das war nie Thema im Vorstand. Wir wollten keine Unruhe.“

„Also wurde es bewusst zurückgehalten?“, fragte Lina.

Niemand antwortete.

Erdmann rutschte auf seinem Stuhl nach vorn. Schröder notierte etwas. Die Luft war dicker geworden, die Fenster beschlagen vom kollektiven Unwohlsein.

Dann, ganz links am Tisch, der Schriftführer – Herr Marczinek, ein schmaler Mann mit schütterem Haar und Augen wie ausgebleichtes Glas – begann zu zittern. Erst leicht, dann sichtbar. Seine Hände griffen nach dem Glas, verfehlten es. Der Vorsitzende wollte etwas sagen – zu spät.

Marczinek stand auf. Oder besser: Er versuchte es. Die Knie gaben nach, der Stuhl rutschte, jemand sprang auf, hielt ihn fest.

„Ich… ich kann das nicht mehr", stammelte er. „Ich war dabei. Ich hab… ich hab das Protokoll geschrieben."

„Welches Protokoll?", fragte Erdmann.

„Das vom Abbruch. Ich hab's ergänzt. Auf Anweisung. Es sollte sauber aussehen. Ohne Lücke. Ohne Fragen. Damit Ruhe einkehrt."

Er atmete schwer. Sah niemanden direkt an. Dann flüsterte er: „Aber er war nicht mehr da. Niemand wusste, wohin er gegangen ist. Wir… wir haben einfach weitergemacht."

Die Schatzmeisterin senkte den Blick. Der Jugendwart stand auf und verließ den Raum. Der Vorsitzende schwieg.

Erdmann erhob sich nun ebenfalls. Nicht dramatisch. Nur langsam. Dann trat er nach vorn, nicht bis zum Tisch, aber nah genug, dass ihn alle hören konnten.

„Sie wollten einen Abschlussbericht. Jetzt haben Sie einen."

Dann ging er. Lina folgte. Schröder blieb noch einen Moment, machte einen Strich unter seine Notiz.

Draußen war es kühl geworden. Die Nachmittagssonne hatte sich verzogen, als hätte auch sie keine Lust mehr auf das, was drinnen verhandelt wurde. Auf dem Platz wurde gespielt. Zwei Jugendliche, viel zu laut, viel zu hektisch. Leben. Weiter. Weiter.

Lina blieb neben Erdmann stehen. Sagte nichts. Er auch nicht.

Denn was sollte man sagen, wenn die Wahrheit nicht verborgen war – sondern verdrängt?

Wenn der Club lieber schweigt, als Fragen zuzulassen?

Und wenn am Ende einer zusammenbricht, weil er genau das nicht mehr kann?

18. DER VERSTECKTE RAUM

Es war nicht die Suche, die zum Ziel führte. Es war die Wiederholung. Die immer gleiche Runde, das Kreisen durch ein Gebäude, das Erdmann längst kannte. Zu gut. Das Clubhaus der Tennisvereinigung war keine Festung. Es war eine Bühne mit Kulissen, ein Organismus mit toten Winkeln. Räume, die niemand mehr betrat. Türen, die offen standen, aber hinter sich verschlossen blieben.

Erdmann war an diesem Morgen früh dort. Vor den Spielern. Vor Schröder. Vor dem Licht, das durch die hohen Fenster fiel. Er ging nicht direkt hinein. Er umrundete das Gebäude, zum dritten Mal in dieser Woche. Und blieb wieder am Anbau stehen – dort, wo früher die Sauna gewesen war, dann der Massageraum, später der Geräteschrank, der nie richtig katalogisiert wurde.

Die Wand war frisch gestrichen. Nicht auffällig, aber glatter als der Rest. Und dort, auf Kniehöhe, war der Putz nicht richtig nachgezogen. Ein Riss. Kein großer. Kein Beweis. Nur ein Hinweis.

Erdmann holte niemanden. Er rief auch nicht Schröder. Er suchte den Hausmeister. Gustav von Hegemann. „G.v.H." – das Kürzel, das Wochen zuvor unter einem Protokoll gestanden hatte.

„Diese Wand hier", sagte Erdmann. „Gab's die schon immer?"

Der Mann schwieg. Dann sagte er: „Nicht ganz."

Mit Hammer und Brecheisen öffneten sie das, was kein Türrahmen hatte. Nur eine aufgedoppelte Trockenbauwand, dahinter ein schmaler Spalt, kaum mannshoch, aber tief genug, um sich darin zu verlieren. Kein Fenster. Kein Licht. Nur abgestandene Luft und ein Geruch nach Blech und Körper.

Sie fanden ihn im hintersten Winkel.

Matthias Schulze.

Lebendig.

Sitzend auf einer Isomatte, zusammengesunken, das

Gesicht ausdruckslos. Um ihn herum: zwei leere Dosen Ravioli, ein zerlesenes Taschenbuch, eine Flasche Wasser, halbvoll. Daneben: ein kleiner Gaskocher, der längst erkaltet war. Und ein Rucksack mit Notizheft, Stiften, einem alten Handy. Ausgeschaltet.

Er sah nicht überrascht aus. Auch nicht erschrocken. Als Erdmann sich in den Raum schob, blickte Schulze nur kurz auf – dann wieder weg. Kein Wort. Kein Aufschrei. Nur ein leises Atmen. Gleichmäßig. Mechanisch.

„Wie lange?“, fragte Erdmann.

Keine Antwort.

„Warum?“, fragte er dann. Und wusste, dass er auch darauf nichts hören würde.

Denn Schulze war nicht geflohen. Nicht vor dem Club. Nicht vor dem Spiel. Er war abgetaucht – in ein Vakuum, das er selbst geschaffen hatte. Ein Exil auf Zeit, mit nur einem Zweck: sich selbst zu entziehen.

Erdmann ließ ihn nicht sofort holen. Er kniete sich hin, betrachtete die Umgebung. Die Bücher waren alt. Vereinschroniken, alte Jahrbücher, ein Heft mit Notizen. Alle Seiten voll, alle in derselben Handschrift. Schulze hatte geschrieben. Nicht über sich. Über andere. Namen, Daten, Beobachtungen. Ein privates Archiv der Ressentiments.

„Er lebt in einem Archiv seiner Verletzungen“, sagte Erdmann später zu Schröder, der schließlich dazugekommen war.

Die Polizei wurde gerufen. Formalitäten. Keine Anzeige. Kein Verbrechen. Kein Entführungsfall. Kein Mord. Nur ein Mensch, der sich entschieden hatte, still zu verschwinden – um gesehen zu werden.

Sie führten ihn hinaus. Er ließ es zu. Kein Widerstand. Kein Blick zurück. Als hätten die Wochen in der Kammer gereicht, um jede Form von Reaktion zu verlernen.

Im Clubhaus war es inzwischen laut. Das nächste Turnier lief an. Die Plätze waren gebucht, das Buffet eröffnet. Die Presse war informiert, aber noch nicht eingetroffen.

Nur Lina wartete am Rand. Mit Notizblock. Ohne Kamera.

„Was machst du daraus?“, fragte Erdmann.

„Gar nichts“, sagte sie. „Vielleicht später. Vielleicht nie.“

Und sie meinte es ernst.

Denn manche Geschichten wollen nicht veröffentlicht werden. Manche drängen sich nicht auf. Sie driften zurück ins Schweigen, aus dem sie kamen.

Am Abend saß Erdmann wieder am Rand. Auf der Bank unter dem Kastanienbaum, Thermosbecher in der Hand. Der Schatten wanderte über den Platz. Die Linien glänzten vom Abziehen. Ein neues Match begann.

Keiner sprach mehr von Schulze.

Aber niemand hatte ihn vergessen.

Denn wer sich selbst verschwinden lässt, bleibt in den Köpfen – als Lücke. Als Echo. Als Fragezeichen auf einem Deckel, das keiner mehr erklären konnte.

19. DAS GESPRÄCH

Das Zimmer war kahl. Nicht leer – aber kahl. Es roch nach Desinfektionsmittel und dem, was man in keiner Liste aufführt: Scham, Stille, Vergangenheit. Eine Decke lag über dem Stuhl, der zu tief war für einen aufrechten Rücken. Der Blick durch das vergitterte Fenster ging ins Licht – aber Schulze sah ihn nicht. Seine Augen waren offen, doch nicht aufnahmebereit.

Erdmann saß ihm gegenüber. Nicht als Ermittler. Nicht als Sieger. Als Zeuge. Vielleicht auch als einer, der längst wusste, dass dieses Gespräch kein Protokoll füllen würde, sondern einen Zwischenraum – jenen, der bleibt, wenn ein Mensch sich selbst verliert und niemand es merkt.

Kein Recorder lief. Keine Thermoskanne auf dem Tisch. Nur eine Stimme, die wartete. Und eine andere, die sich langsam sammelte.

„Ich habe aufgehört, etwas zu wollen“, sagte Schulze.

„Irgendwann. Vielleicht war es an einem Dienstag. Oder mittwochs, kurz nach dem Training. Es war nichts Spektakuläres. Ich war nur müde von mir selbst."

Erdmann sagte nichts. Er schrieb nicht mit. Er ließ das Schweigen stehen wie ein Bild.

„Sie haben mich nicht gehasst. Sie haben mich nicht gemocht. Ich war einfach da", fuhr Schulze fort. „Ein Name auf dem Spielbogen, ein Punkt in der Tabelle. Aber kein Mensch. Nur eine Funktion. Ersatzspieler. Quälgeist. Chronist, wenn man so will. Ich wusste alles, aber ich zählte nicht."

Er senkte den Kopf. „Ich dachte, wenn ich verschwinde, merken sie es. Wenn ich ein Vakuum schaffe, muss jemand reagieren. Muss jemand etwas fühlen."

Erdmann beugte sich leicht vor. „Und hat jemand reagiert?"

„Ja", sagte Schulze. „Ihr."

Dann schwieg er wieder.

Die Kammer hinter der Wand war kein Fluchtpunkt gewesen. Sie war ein gebautes Echo. Eine Bühne ohne Publikum. Schulze hatte nicht gelebt, aber auch nicht aufgegeben. Er hatte gewartet, ob jemand den Vorhang hob.

„Ich wollte nicht sterben", sagte er. „Ich wollte nur aufhören, gegen mich zu spielen. Kennen Sie das? Wenn man jeden Ballwechsel verliert, obwohl man ihn gar nicht begonnen hat?"

Erdmann nickte nicht. Aber in ihm bewegte sich etwas. Eine Ahnung vielleicht. Ein Echo aus alten Tagen.

„Was war der Auslöser?", fragte er schließlich.

Schulze lächelte. Ein schmaler Zug, nicht hämisch, nicht bitter. Fast sanft.

„Ein Blick", sagte er. „Beim Seitenwechsel. Grewe hat mich nicht mehr angesehen. Nur durch mich hindurch. Als wäre ich schon weg."

Erdmann lehnte sich zurück. Nicht, weil es bequem war. Sondern weil er verstand: Der Fall war keiner gewesen. Kein Verbrechen. Keine Schuld, die man nachweisen konnte. Aber eine Wahrheit – schwerer als ein Urteil.

„Ich war immer der, der stört", sagte Schulze leise. „Der stichelt. Der provoziert. Nicht aus Bosheit. Aus Angst, nicht gesehen zu werden. Und jetzt war ich still. Drei Wochen lang. Und es hat niemand etwas bemerkt. Nicht wirklich."

Erdmann ließ den Satz fallen wie eine Münze in einen Brunnen: „Doch. Jemand hat es bemerkt."

Schulze blickte auf. Zum ersten Mal wirklich.

„Sie."

Erdmann zuckte kaum merklich mit den Schultern. „Ich lese Risse. Keine Gesichter."

Schweigen.

Dann, nach einer Weile, Schulze: „Ich wollte wissen, ob ich noch ein Echo habe."

„Du bist nicht das Echo", sagte Erdmann. „Du bist der Ton, der zu früh abgebrochen ist."

Und dann, leise, fast unhörbar: „Und du warst nie mehr du selbst."

Der Satz blieb stehen. Wie eine Markierung auf dem Sandplatz. Kein Ball konnte sie verwischen.

Es gab keine Tränen. Kein Finale. Nur das stille Begreifen, dass eine Selbstverleugnung, wenn sie lange genug dauert, irgendwann ein zweites Ich erzeugt – und das erste verschluckt.

Erdmann erhob sich. Kein Händedruck. Kein „Alles Gute".

Nur ein Blick. Lang. Wach. Und voller einer Ruhe, die Schulze nicht mehr hatte – aber vielleicht wiederfinden konnte.

Draußen war es windig geworden. Ein paar Blätter flogen durch den Hof. Irgendwo wurde ein Ball geschlagen. Alltag kehrte zurück.

Doch im Innern hallte etwas nach.

Kein Fall.

Aber eine Wahrheit.

Und eine leise Wunde, die vielleicht nie ganz verheilte – aber endlich sichtbar war.

20. DER LETZTE PUNKT

Es war kein Geständnis. Kein Brief mit Tränenflecken. Keine dramatische Videoaufnahme. Was Erdmann in den Händen hielt, war ein schmaler Notizblock mit karierten Seiten. Die ersten zwei Drittel leer. Der Rest: eine dichte Handschrift, eng, gedrängt, fast wie ein inneres Flüstern, das sich selbst nicht stören wollte.

„Tie-Break am Abgrund" stand oben auf der ersten beschriebenen Seite. Kein Titel – ein Urteil.

Erdmann saß in der Geschäftsstelle, allein. Das Licht war grell, das Mobiliar müde, und die Kaffeemaschine tropfte mechanisch, als hätte auch sie ihre Wiederholungen satt. Das Heft war gefunden worden hinter der Verkleidung in der Kammer – unter einer leeren Müslipackung, einem Buch über Stoizismus und einem Filzstift, der nicht mehr schrieb. Und doch: jeder Satz darin war eine Spur. Kein Beweis im juristischen Sinn. Aber ein Seismograph eines inneren Bebens.

Seite für Seite las Erdmann – und las nicht nur Worte, sondern einen Menschen, der sich selbst abschälte. Schulze hatte nicht einfach ein Spiel abgebrochen. Er hatte sich selbst aus dem Spiel genommen. Nicht aus Trotz. Aus Überdruss.

„Sie nennen es Teamgeist, wenn man schweigt. Sie nennen es Führung, wenn man drängt. Ich war nie beides. Ich war das Geräusch, das stört, weil es nicht ins Bild passt."

Was sich zunächst wie eine Flucht inszeniert hatte – mit Detailtreue, zeitlich getakteten Abläufen und einer fast makabren Bühnenreife – entpuppte sich als eine Art literarisches Psychogramm. Schulze hatte minutiös aufgeschrieben, wie er das Spiel geplant hatte. Nicht den

Matchverlauf – sondern seinen Ausstieg.

Er hatte den Streit mit Grewe angestachelt, die Auswechslung des Linienrichters provoziert, das Spielprotokoll durch einen Vertrauten manipulieren lassen – G.v.H., der Platzwart, ein stiller Mitläufer, der Schulze etwas schuldete aus alten Tagen. Alles war Teil der Choreographie.

„Die beste Täuschung ist die, bei der niemand etwas verliert – außer dem, der sie ausführt."

Der Moment des Abgangs: exakt 17:48 Uhr. Eine Pause im Spiel, vermeintlicher Krampf, dann das Wegdrehen, das Abtauchen in den Randbereich der Anlage – an jenem schmalen Seitenweg, der zu den Technikräumen führte. Kein Blick zurück.

„Ich wollte sehen, was passiert, wenn ich verschwinde, ohne zu sterben."

Und es war viel passiert.

Die Mannschaft hatte getuschelt, der Vorstand verdrängt, Grewe geschwiegen. Nur Lina hatte gesucht. Schröder gezweifelt. Erdmann gewartet.

Die Auflösung traf nicht wie ein Hammerschlag. Sie sickert. Sie tropfte. Und doch: sie war stärker als jede Enthüllung. Denn sie zeigte nicht nur, was Schulze tat – sondern was alle anderen nicht taten.

„Man hört erst auf zu existieren, wenn keiner mehr fragt, wo man ist."

Das Heft endete nicht mit einem Schlusswort. Es brach einfach ab. Nach einem letzten Satz:

„Vielleicht kommt jetzt der Punkt, den keiner mehr spielt."

Erdmann schloss das Heft. Legte es vor sich. Atmete tief durch. Kein Täter, kein Opfer. Kein Fall für die Presse. Nur eine Verdichtung dessen, was man in keinem Regelbuch findet: das stille Verschwinden eines Menschen, der zu lange übersehen wurde.

Doch eine Frage blieb.

Wieso der Name Sandor? Wieso die Mail an den Verband unter einem toten Namen?

Die Antwort kam spät, in einem unscheinbaren Satz auf Seite 16:

„Ich benutze deinen Namen, Michael. Nicht aus Verrat. Sondern aus Erinnerung. Du warst der Letzte, der mich gesehen hat – ohne Urteil."

Schulze hatte die Mail nicht geschrieben, um zu täuschen – sondern um sich zu erinnern. Sandor, der alte Doppelpartner, war der letzte Mensch gewesen, der Schulze ohne Angst, ohne Spott, ohne taktisches Kalkül begegnet war. Sein Name war ein Echo in einer Welt voller Ausblendungen.

Und Erdmann begriff:

Manche Spuren führen nicht zu Tätern. Sondern zu Rissen.

Er nahm das Heft. Steckte es ein. Nicht für den Bericht. Für sich selbst.

Denn manchmal ist der letzte Punkt kein Matchball.

Sondern ein Punkt. Einfach so.

Sie nannten es „ein Wochenende wie jedes andere". Der Club spielte wieder Heimrunde. Die Plätze waren gewalzt, die Markierungen gerade, das Wetter trocken. Die Ballkinder trugen Kappen mit Logo, der Grill war angeschlossen, und die Getränkeliste auf Kreidetafel geschrieben. Niemand sprach über Schulze. Niemand erwähnte die Kammer. Niemand fragte nach dem Protokoll, dem Video, dem Notizbuch.

Der Vorstand hatte entschieden, nichts zu entscheiden. Keine Stellungnahme, kein Eintrag ins Archiv, kein Kommentar auf der Webseite. Die Dinge sollten „sich legen". Und tatsächlich: Nichts blieb so still wie etwas, das nie laut werden durfte.

Erdmann saß am Rand von Platz 3, auf einer Bank aus Kunststoff, deren Beine im Sand sanken. Neben ihm: die Thermoskanne, dampfend wie immer. In der Hand: der

Spielplan. Zwei Paarungen waren gestrichen. Ersatzspieler, kurzfristige Umbesetzungen. Schröder stand ein paar Meter entfernt, führte Gespräche mit einem Jungtrainer, tippte dann auf seinem Handy. Als er zu Erdmann rüberblickte, hob der leicht das Kinn. Kein Gruß, nur ein Zeichen: Ich sehe dich.

Matthias Schulze war nicht mehr in der Kammer. Nach dem Fund war er zunächst im Krankenhaus, dann in psychologischer Betreuung, später in einem stillen Ort am Rand der Stadt. Keine Presse wusste davon, kein Artikel erschien. Lina hatte sich entschieden, zu schweigen. Ihr Bericht über den Fall endete vor dem Verschwinden – als Erzählung über mentale Belastung im Amateurtennis. Kein Name, kein Foto, keine Auflösung.

Das war das Ohnmächtige an der Wahrheit: Sie hatte keinen Ort. Nur Gewicht.

Erdmann ließ den Blick über die Plätze wandern. Die Spieler kämpften. Die Zuschauer gaben Tipps, riefen Zwischenstände, lachten über Netzroller. Es war wie immer – oder wie das, was man aus etwas machte, das wie immer sein sollte. Die Vereinsgaststätte servierte Filterkaffee und Streuselkuchen. Der Platzwart mähte Rasenstücke, die schon kurz waren. Und eine Frau sammelte Bälle ein, die niemand verloren hatte.

Nur Schröder schien nicht loslassen zu können. Er hielt das Notizbuch, das Erdmann ihm überlassen hatte, als wäre es ein Gegenstand, der zerbrechlich war, obwohl er fest gebunden war. „Das war keine Flucht", hatte er gesagt. „Das war ein Experiment."

Erdmann hatte genickt. „Aber nicht seins."

„Wie meinen Sie?"

„Er wollte nicht verschwinden. Er wollte wissen, ob er je da war."

Die Worte blieben im Raum, wie Staub im Gegenlicht. Und Schröder schwieg.

Am späten Nachmittag, als die Sonne die Linien schräg

traf, als die Schatten der Netzpfosten länger wurden als das Spiel selbst, wurde das Match auf Platz 3 abgebrochen. Muskelzerrung. Kein Drama. Kein Verdacht. Nur ein leiser Abgang in ein Clubhaus, das immer wieder auffing – oder auffressen konnte, je nach Haltung.

Erdmann blieb sitzen, bis die Bänke leer waren.

Er erinnerte sich an einen Satz aus dem Notizbuch, den Schulze geschrieben hatte, vielleicht als Witz, vielleicht als letzter Halt:

„Ich habe nie Tennis gespielt, um zu gewinnen. Ich habe gespielt, damit einer zuschaut."

Und keiner hatte geschaut.

Der Abend kam. Die Plätze wurden gesprengt. Die Anlage schloss. Nur Erdmann saß noch immer dort, mit der Thermoskanne auf dem Schoß und dem Spielplan unter dem Arm. Kein Applaus. Kein Gespräch. Keine Gedenkminute.

Das war das Ende eines Falls, der keiner sein durfte.

Er stand langsam auf. Blick zum Clubhaus. Die Fenster dunkel. Die Tür geschlossen.

Ein leiser Wind wehte Sand auf die Linie. Erdmann trat darüber, ohne sie zu berühren. Und dachte:

Manche verschwinden nicht, weil sie weg wollen.

Sondern weil keiner je da war.

FAZIT

Am Ende war nichts passiert – und doch war alles anders. Kein Verbrechen, kein Täter, kein Blut im Sand. Nur ein Mensch, der ging, ohne wirklich wegzugehen. Der nicht verschwand, sondern sich selbst entzog. Nicht aus Trotz. Nicht aus Kalkül. Sondern weil ihm die Welt zu laut geworden war und er selbst darin zu leise. Matthias Schulze hatte nicht verloren, er hatte einfach aufgehört zu spielen. Nicht das Match – das Leben in seinem alten Takt. Der Tie-Break war nur das Symbol. Der letzte Punkt, den er sich nicht mehr geben wollte. Vielleicht aus Erschöpfung. Vielleicht aus einem tiefen Wunsch, bemerkt zu werden – nicht für seine Siege, nicht für sein Spiel, sondern schlicht für sein Dasein.

Manche Menschen gehen nicht, weil sie woanders hinwollen. Sondern weil sie müde sind, an Ort und Stelle übersehen zu werden. Und wenn einer wie Schulze geht, bleibt keine Lücke – nur eine Frage. Nicht an ihn. Sondern an uns.

Warum hat niemand gemerkt, dass er längst fort war?

Ein Club kann viel verwalten: Beiträge, Ergebnisse, Termine. Aber Nähe, das kann er nicht. Schulze wurde nicht ausgeschlossen. Er wurde schlicht: nicht einbezogen. Und irgendwann – abgezogen, wie eine alte Linie im Sand.

Als ich ihn fand, sprach er nicht vom Warum. Nur davon, dass er das Echo hören wollte. Und dann verstand ich: Manche Menschen müssen verschwinden, damit der Lärm kurz verstummt. Damit das, was keiner hören wollte, einmal still nachhallen kann.

Der Fall ist abgeschlossen.

Aber das Echo bleibt.

Fallakte 4: Asche auf sein Haupt

PROLOG

Es war einer dieser Sommerabende, an denen die Sonne sich weigert, unterzugehen. Das Licht blieb wie festgehakt zwischen Wipfeln und Dachkanten, als hätte der Tag noch etwas zu sagen. Eine letzte Geschichte, die sich nicht zwischen Tür und Angel erzählen ließ. Die Hitze des Nachmittags hing noch immer zwischen den Plätzen, zäh und flimmernd, und der Sand speicherte sie wie ein schlechtes Gewissen. Auf Platz zwei wurde noch gespielt, obwohl niemand mehr zuschaute. Zwei Männer. Zwei Schatten ihrer selbst.

Der Club war fast leer. Die meisten hatten sich längst in Richtung Terrasse verzogen, wo der Hauswein langsam zur Neige ging und das Grillbuffet versuchte, die verbrannten Würste mit Aioli zu tarnen. Erdmann saß noch auf der Tribüne. Nicht aus Pflicht. Nicht aus Neugier. Es war sein Ort, wenn der Lärm abebbte. Wenn die Gespräche flach wurden

wie abgestandene Weinschorlen und nur noch der Klang des Balles blieb. Dieses rhythmische Schlagen. Präzise, unbestechlich. Wie ein Herzschlag, der sich nicht täuschen lässt.
Auf dem Platz kämpften sie weiter. Es war kein offizielles Match. Kein Finale. Nur ein Trainingsspiel, wie es so viele gab. Aber es hatte etwas. Nicht wegen der Technik. Nicht wegen der Länge. Sondern wegen der Stille dazwischen. Der langen Pausen vor dem Aufschlag. Des verhaltenen Blicks nach jedem Punkt. Als würde jeder Schlag mehr verhandeln als nur den nächsten Punkt.

Die beiden Männer hießen Andreas Mühlen und Carsten Bieler. Zwei Namen, die in diesem Club lange Gewicht hatten. Früher Erste Herren, Landesliga, gefürchtet wegen ihrer Nervenstärke, ihrer blind abgestimmten Spielzüge - und ihrer Unnahbarkeit. Ein Doppel, das zusammengewachsen war wie verwittertes Mauerwerk: stabil, unflexibel, und nur mit Gewalt zu trennen. Jetzt standen sie sich gegenüber. Zwei Gegner. Zwei Männer, die einander lange nichts mehr zu sagen hatten.

Erdmann wusste um ihre Geschichte. Jeder kannte sie hier. Wie sie jahrelang alles gewonnen hatten, was es zu gewinnen gab. Wie sie sich dann zurückgezogen hatten - zuerst gemeinsam, dann jeder für sich. Und wie plötzlich alles verstummte. Kein Streit, kein Zerwürfnis, zumindest keines, das offen ausgetragen wurde. Nur diese Stille. Wie bei einem Riss in der Wand, der erst harmlos wirkt, dann das Fundament zersetzend.

Sie spielten, als ginge es um etwas, das größer war als ein Sieg. Es war kein gutes Spiel. Zu fahrig, zu wütend, zu müde. Aber es hatte Wucht. Jedes verfehlte Ass klang wie eine verpasste Entschuldigung, jeder Netzroller wie ein nicht gestellter Vorwurf. Als der Ball beim Match-Tie-Break ins Aus segelte und der Punkt entschieden war, blieben beide stehen. Kein Handschlag. Kein Blick. Nur eine Sekunde zu langes Schweigen.

Dann verließ Andreas Mühlen den Platz. Langsam, mit schwerem Schritt. Er schulterte seine Tasche wie eine Schuld, die zu groß war für Worte. Carsten blieb noch, kniete sich hin, strich eine Furche im Sand glatt, als wollte er etwas Unauslöschbares tilgen. Erdmann trank seinen Kaffee aus, kalt wie die letzten Sätze in einem Brief, den niemand abschickt.

Drei Tage später war Andreas Mühlen tot.

Im Spindtrakt, zwischen sauberen Handtüchern, abgestellten Tennistaschen und dem Geruch nach Desinfektionsmittel und Liniment. Keine Kampfspuren. Keine Einbruchsspuren. Ein Herzinfarkt, sagte man. Oder doch nicht?

Denn es war Erdmann, der als Erster auf einen kleinen Zettel in Mühlens Hosentasche stieß.

Nur ein Satz.

„Revanche ist kein Spiel."

Darunter: keine Unterschrift. Kein Hinweis. Aber auf der Rückseite des Zettels: das Logo des Clubs. Handschriftlich ergänzt: „Platz 2."

Das war der Moment, in dem Erdmann aufstand, langsam seine Tasche holte, den Reißverschluss schloss - und wieder ermittelte.

Nicht für das Protokoll.

Nicht für die Zeitung.

Sondern für ein Kapitel, das zu lange offen geblieben war. Und für einen Schatten, der sich nicht einfach wegbesen ließ wie Sand nach dem Regen.

1. DER ABDRUCK IM SAND

Es war noch früh, als Erdmann sich den Platz ansah. Nicht offiziell, nicht im Auftrag, einfach nur aus Neugier - oder dem, was bei ihm darunterlief: einem Gefühl, das er nicht ignorieren konnte. Platz zwei lag im Schatten des Clubhauses, der Sand noch feucht vom nächtlichen Tau. Keine frischen Spuren, keine neuen Abziehbewegungen. Nur ein einzelner Abdruck, knapp außerhalb der Grundlinie, wie eingefroren im Ausfallschritt. Als hätte jemand dort einen Moment zu lang gestanden - oder gezögert, bevor er zurückwich. Erdmann beugte sich nicht herunter, machte kein Foto, markierte nichts. Er prägte sich das Bild ein, so wie früher. Die besten Spuren erkennt man nicht im Detail, sondern im Gesamtbild.

Der Club war still. Noch waren keine Mitglieder da, kein Polieren der Schlägerrahmen, kein Klackern der Bälle im Ballkorb. Nur das Rauschen der Blätter über dem Court, dieses milde Rascheln, das an Sommertage erinnerte, die nie hielten, was sie versprachen. Erdmann ließ den Blick über die Bänke schweifen. Einer saß dort oft, regelmäßig, immer dieselbe Haltung: Mühlen. Linkes Bein leicht vorgestreckt, der Arm über der Lehne, der Blick weit - nicht ins Spiel, sondern durch es hindurch. Als würde er nicht zusehen, sondern zuhören.

Jetzt war die Bank leer. Kein Geräusch, keine Bewegung. Nur eine Zigarette, halb geraucht, im Aschenbecher, noch mit einem Hauch Lippenstift. Nicht Mühlens Stil. Er rauchte nicht. Und er küsste niemanden mehr, seit seine Ehe vor Jahren lautlos verpufft war wie eine verirrte Sektkorkenfeier im Regen.

Erdmann trat näher. Die Zigarette war ungewöhnlich - keine klassische Marke, sondern eine jener schlanken Sorten, die man eher in den Händen von Frauen sah, die mehr wussten, als sie sagten. Er nahm ein Papiertuch, wickelte die Zigarette ein, steckte sie in seine Jackentasche. Nicht als Beweismittel. Sondern als Fragezeichen mit Tabakduft.

Im Büro des Clubmanagers war das Licht gedimmt. Der Computer lief, die Fenster waren gekippt, und der Duft nach Druckertoner vermischte sich mit dem säuerlichen Rest eines alten Müsliriegels. Jörg Wendler, der Mann, der offiziell nichts wusste, wusste inoffiziell meistens alles - außer, was wichtig war. Erdmann klopfte nicht. Er trat ein.

Es war diese Art von Raum, die niemand schützen konnte, weil sie nichts enthielt, das es wert gewesen wäre.
„Mühlen war ein stiller Typ“, sagte Wendler, ohne dass Erdmann gefragt hatte. „Kam, spielte, ging. Kein Vereinsmeier. Kein Plauderer. Sie wissen schon.“
Erdmann nickte nicht. Er hörte nur.
„Das mit dem Zettel - das wussten Sie nicht von mir.“
„Natürlich nicht“, sagte Erdmann.
„Er hat ihn wohl kurz vor seinem Tod aus der Tasche gezogen. Jemand hat ihn wieder zurückgesteckt. Vielleicht war's auch ein Scherz. Ein alter. Unter Tenniskollegen.“
„Wie alt war der Scherz?“
Wendler zuckte die Schultern. „Alt genug, um weh zu tun.“
Erdmann trat hinaus, ließ die Tür offen. Die Gespräche, die man nicht führt, sagen oft mehr als die, die man führt. Und dieser Fall - falls es einer war - war kein Fall für Akten. Sondern für Menschen, die zu lange in ihren eigenen Geschichten steckengeblieben waren.

Hinter dem Clubhaus, auf der schmalen Bank am Rande des Parkplatzes, saß jemand, der dort nie saß: Carsten Bieler. Das Gesicht im Profil, die Augen unter einer Sonnenbrille verborgen, obwohl es noch nicht richtig hell war. Die Hände verschränkt. Die Haltung ruhig, aber zu ruhig - wie bei einem Spieler, der auf den Aufschlag des anderen wartet, obwohl er längst weiß, wohin der Ball fliegt.

Erdmann trat nicht näher. Noch nicht. Stattdessen wandte er sich dem Spindtrakt zu. Es war der Ort, an dem alles aufgehört hatte. Oder vielleicht: angefangen.

Der Boden war frisch gewischt. Die Fliesen glänzten, die Schränke standen offen, als wollte man zeigen, dass nichts zu verbergen sei. Doch genau das war das Problem. Die Sauberkeit wirkte nicht ordentlich - sondern panisch. Als hätte jemand zu gründlich geputzt, um nicht mehr gesehen zu werden.

Im Spind von Andreas Mühlen: ein zweites Paar Tennisschuhe, sorgfältig aufgereiht. Drei Handtücher, zwei davon unbenutzt. Und ein Umschlag. Kein Absender. Nur ein Name, der nicht Mühlens war. „Anna Bieler." Handschriftlich. Altmodisch. Mit Druckbuchstaben, die zu langsam geschrieben waren, um beiläufig zu sein.

Erdmann steckte ihn nicht ein. Noch nicht. Stattdessen schloss er die Spindtür leise.

Draußen begann der Club zu erwachen. Stimmen, die zu laut waren für den frühen Morgen. Ein Ball, der irgendwo über ein Blechdach sprang. Und der Wind, der plötzlich ein einzelnes Wort durch die Bäume trug: „Revanche." Aber vielleicht hatte Erdmann sich das auch nur eingebildet. Wie so vieles in diesem Fall.

2. DIE SCHATTEN DER GEWINNER

Es gab eine Zeit, in der Carsten Bieler und Andreas Mühlen mehr als nur Doppelpartner waren. Sie galten als unschlagbar. Nicht, weil sie schneller liefen oder härter schlugen als andere. Sondern weil sie einander kannten wie zwei Hälften eines Satzes, der erst im Zusammenspiel Sinn ergab. Sie lasen das Spiel nicht - sie sprachen es. Ohne Worte. Mit einem Blick, einer Geste, einer minimalen Bewegung des linken Fußes. Sie waren kein Team. Sie waren ein Text.

Doch jeder Text hat ein Ende. Und manchmal beginnt es dort, wo der Leser noch nicht ahnt, dass es zu Ende geht.

Im Archiv der Clubzeitungen, das man im Keller des Clubhauses so stiefmütterlich behandelte wie ein überflüssiges Familienalbum, fand Erdmann das, was er nicht gesucht hatte - aber was ihn nicht mehr losließ: ein Bild aus dem Jahr 2009. Mühlen und Bieler, Sieger der Verbandsmeisterschaft. Arm in Arm, strahlend, aber nur mit dem Mund. Die Augen zu weit geöffnet, die Körper zu weit voneinander entfernt, um wirklich einander zu gehören. Zwischen ihnen - unscheinbar, aber unübersehbar

- stand eine Frau. Dunkelblondes Haar, schmaler Blick, ein Lächeln, das nicht zu wissen schien, wo es hinwollte. Auf der Rückseite des Fotos: „Siegerehrung, Sommer 2009. Andreas, Carsten, Anna.“

Erdmann ließ das Bild in der Jackentasche verschwinden. Nicht weil es belastete, sondern weil es erzählte. Und Geschichten waren immer sein stärkstes Beweismittel.

Anna Bieler war offiziell nie Mitglied des Clubs. Inoffiziell kannte sie jeder. Sie war die Frau, die Carsten heiratete, obwohl viele dachten, sie sei näher bei Andreas. Oder umgekehrt. Je nachdem, wen man fragte - und wann. Was blieb, war Schweigen. Ein Schweigen, das sich über Jahre dehnte, als wäre es ein Dehnband, das irgendwann reißen würde.

Als Erdmann sie am Nachmittag im Stadtpark traf - nicht zufällig, sondern weil man ihn auf sie hingewiesen hatte -, war sie älter, als er sie sich vorgestellt hatte. Nicht in Jahren. In Haltung. Sie trug ein Buch unter dem Arm, das sie nicht las. Und Schuhe, die zu sauber waren für den Weg, den sie gegangen war.

„Sie sind also der ehemalige Kommissar“, sagte sie, ohne aufzusehen.

„Sie sind also die ehemalige Siegerin“, entgegnete Erdmann.

Ein leichtes Lächeln. Ohne Wärme.

„Ich war nie Siegerin“, sagte sie.

„Doch“, sagte Erdmann. „Aber vielleicht im falschen Spiel.“

Sie gingen ein paar Schritte. Keine Unterhaltung. Nur zwei Menschen, die nebeneinander hergingen, als müssten sie sich aneinander gewöhnen, bevor sie etwas austauschen durften.

„Haben Sie den Umschlag gefunden?“, fragte sie irgendwann.

„Ich habe ihn gesehen“, sagte Erdmann.

„Dann wissen Sie, dass es nicht vorbei ist.“

„Es war nie vorbei“, erwiderte er. „Nur unterbrochen.“
Sie blieb stehen. Der Wind blies ihr Haar ins Gesicht, als wolle er ihre Worte vorwegnehmen. „Ich habe Andreas nie vergessen. Aber ich habe auch nie bereut, Carsten geheiratet zu haben.“
„Und jetzt?“, fragte Erdmann.
„Jetzt bin ich allein. Und das ist vielleicht gerechter, als es klingt.“

Er ließ sie stehen. Nicht aus Unhöflichkeit, sondern weil es nichts mehr zu sagen gab. Manchmal ist Schweigen die höflichste Form der Wahrheit.

Zurück im Club traf er Schröder. Der junge Assistent, der sich noch immer wunderte, wie man Fälle löst, ohne Protokolle zu schreiben.
„Der Arzt sagt, Herzinfarkt“, begann Schröder.
„Und der Zettel?“, fragte Erdmann.
„Keine Fingerabdrücke. Kein Zusammenhang. Vielleicht ein Scherz.“
„Oder eine Botschaft“, sagte Erdmann.
„Aber an wen?“
„An den, der ihn gelesen hat.“
Schröder wollte noch etwas sagen, aber Erdmann hob die Hand.
„Hören Sie das?“, fragte er.
„Was?“
„Das Klacken. Platz 2.“
Sie lauschten. Da war es. Kein Spiel, kein Match. Nur ein einzelnes Geräusch. Regelmäßig, stoisch.
„Jemand übt den Aufschlag“, sagte Schröder.
„Nein“, sagte Erdmann. „Jemand erinnert sich.“

Und damit gingen sie zurück. Zurück auf Platz zwei. Zurück zu einem Spiel, das nie endete. Und vielleicht - auch nie richtig begann.

3. RÜCKHAND AUS DER VERGANGENHEIT

Die Rückhand, so hatte Andreas Mühlen einmal gesagt, sei keine Technik, sondern ein Reflex auf das, was hinter einem liege. Kein Schlag nach vorn, sondern ein Nachschlag auf das, was schon vorbei sei. Und vielleicht war es das, was ihn von anderen Spielern unterschied - sein Spiel richtete sich nie auf den Gegner vor ihm, sondern auf die Geister, die ihm im Nacken saßen.

Erdmann stand am Rand des Platzes und beobachtete Carsten Bieler, wie er gegen die Ballwand spielte. Ein Bild der Einsamkeit, das sich selbst nicht bemitleidete. Der Rhythmus der Schläge war präzise, fast kalt. Immer dieselbe Bewegung, dieselbe Geschwindigkeit, derselbe Winkel. Ein Trainingsritual, das an Meditation erinnerte - oder an ein Schuldbekenntnis ohne Worte. Bieler spielte nicht gegen die Wand. Er spielte gegen eine Erinnerung, die ihn nicht losließ.

Erdmann trat nicht näher. Er wusste, wann ein Mensch nicht beobachtet, sondern nur verstanden werden wollte. Und dieses Verstehen war still, unaufdringlich, geduldig wie der Kaffee, der in seiner Thermoskanne langsam kalt wurde, ohne sich zu beschweren.

Später, als der Abend über das Gelände fiel wie ein Vorhang über eine Szene, die keiner mehr sehen wollte, saß Erdmann auf der Bank neben dem mittleren Platz. Dort, wo die Schatten der Flutlichtmasten länglicher wurden als die Spieler selbst. Neben ihm: Lina Berg. Nicht offiziell als Reporterin, nicht in ihrer Funktion, sondern als die, die mehr sah als der durchschnittliche Zuschauer.

„Es war keine spontane Tat", sagte sie, mehr zu sich als zu ihm. „Ich habe das Turnierheft von damals gelesen. 2009. Die Ergebnisse, die Fotos. Ein halbes Drama auf acht Seiten."

Erdmann schwieg.

„Und dann die Randnotiz: ‚Finale kampflos, Mühlen gab verletzt auf.'"

„Ein Klassiker", sagte Erdmann.
„Oder eine Ausrede", erwiderte sie.
„Was wollen Sie wissen?"
„Was damals wirklich passiert ist. Zwischen den beiden. Zwischen Andreas und Carsten. Zwischen Anna und dem Pokal."

Erdmann atmete tief ein. Es war die Art von Moment, in dem man nichts aufschreiben konnte, weil jedes Wort zu klein war für das, was sich über Jahre aufgestaut hatte.

Damals, das wurde nun klarer, war mehr passiert als eine aufgegebene Finalrunde. Es war ein Bruch. Ein Riss im Gefüge eines eingespielten Systems, das so lange funktioniert hatte, weil keiner daran gezweifelt hatte. Bis einer zu viel wollte. Oder zu wenig geben konnte.

Erdmann erinnerte sich an eine Randbemerkung aus der Personalakte eines alten Kollegen: „Das Motiv ist selten neu. Nur die Verpackung wechselt." Und auch hier ging es um Besitz. Um Stolz. Um eine Frau, die zu oft gelächelt hatte, wenn beide Männer sie ansahen. Um einen Pokal, der mehr war als Metall. Und um einen Schmerz, den keiner aussprach - weil er nicht sauber genug war für die Welt der weißen Shorts und roten Asche.

Am nächsten Tag stand Erdmann früh auf. Zu früh für einen, der offiziell nichts mehr zu ermitteln hatte. Aber seine innere Uhr war nicht an Pensionierungsakten gebunden. Sie tickte nach dem Schattenwurf eines Tennisschlägers, der falsch in der Ecke lag.

Er betrat erneut das Clubhaus. Diesmal nicht die Verwaltung, nicht die Umkleide - sondern die alte Vitrine mit Pokalen. Dort, zwischen den silbernen Zeugen längst vergessener Matches, stand der Pokal von 2009. Verbandsmeister Doppel Herren 40. Darunter: „C. Bieler / A. Mühlen". Doch jemand hatte den Schriftzug mit einer winzigen Nadel angeritzt. Kaum sichtbar. Und doch lesbar für den, der suchte: „Falsch."

Falsch. Ein einziges Wort. Ohne Datum, ohne Absender.

Und doch: ein Schuldeingeständnis. Oder eine Anklage.

Am Abend, als die Lichter auf dem Platz verloschen und nur noch die Grillen das Spiel der Erinnerungen begleiteten, ging Erdmann ein letztes Mal an den Ort, wo alles begonnen hatte. Der Abdruck im Sand war längst verschwunden. Vom Wind verweht, vom Alltag überdeckt. Doch in seinem Kopf blieb er bestehen. Wie ein Mahnmal für das, was nicht gesagt wurde. Für die Rückhand, die nie gespielt wurde. Und für ein Finale, das niemals stattfand - weil einer von beiden nicht mehr weitermachen konnte.

4. DER LETZTE AUFSCHLAG

Der Platz war leer, als Erdmann ihn betrat. Kein Ball, kein Spieler, kein Geräusch, das auf eine bevorstehende Partie hindeutete. Nur die Spuren im Sand - halb verwischt, halb erhalten -, die sich wie eine heimliche Schrift durch die Rötung des Platzes zogen. Die Linien noch nicht frisch gezogen, das Netz leicht durchhängend wie ein müder Gedanke. Und doch: genau hier hatte es begonnen. Und vielleicht auch geendet.

Aufschläge, hatte Erdmann einmal gelesen, seien eine Frage des Mutes. Man stand allein da, in Erwartung, beobachtet, berechnet. Kein Partner, kein Rückhalt. Nur der Ball, der Arm und das Zittern im Magen, das man nicht zugeben durfte. Der erste Aufschlag sei Ehrgeiz, der zweite Angst. Und manchmal sei beides tödlich.

Er ging an die Grundlinie, kniete sich nieder und fuhr mit dem Zeigefinger eine Vertiefung im Sand nach. Nicht größer als eine Schuhsohle, aber tiefer als gewöhnlich. Kein Abdruck eines Tennisschuhs. Eher etwas Rundes. Erdmann erinnerte sich an die kleine Sauerstoffflasche, die man neben der Leiche gefunden hatte. Mühlen hatte sie nicht in der Hand gehalten, als er starb. Sie lag daneben. Penibel platziert, wie von jemandem, der wusste, wie so etwas aussehen sollte - oder wie es eben nicht aussehen durfte.

Was wäre, wenn der Tod gar nicht während des Spiels eingetreten war, sondern davor? Wenn jemand ihn hineingelegt hatte - mit inszenierter Pose, mit offenem Blick, mit der Flasche als suggestivem Hinweis? Es wäre nicht das erste Mal, dass jemand einen natürlichen Tod künstlich aufpolierte - oder umgekehrt.

Erdmann griff zum Handy. Kein Anruf. Keine Eile. Nur eine ruhige SMS an Schröder: „Lass die Obduktion noch nicht abschließen. Und finde raus, wer vor dem Spiel zuletzt mit Mühlen allein war." Kurz. Klar. Kein Bedarf für Blabla.

Die Antwort kam rasch, wie immer zu rasch bei Schröder. „Bieler war zuerst da. Hat Schläger verteilt. Platz aufgeschlossen. Danach kam Lina - zum Interview. Dann niemand."

Lina. Erdmanns Gedanken wanderten zurück zu dem Gespräch im Park. Ihre Fragen waren zu gezielt gewesen, ihr Schweigen zu dosiert. Nicht verdächtig - aber redaktionell vorbereitet. Sie wusste mehr, als sie preisgab. Und das bedeutete in ihrem Fall: Sie wartete auf etwas. Auf ein Detail, das alles zusammenfügte. Oder alles auseinanderfallen ließ.

Erdmann beschloss, sie nicht zu konfrontieren. Noch nicht. Stattdessen fuhr er zurück, an den Stadtrand, wo das Haus von Andreas Mühlen lag. Ein schmuckloser Bungalow, einst gebaut in den Jahren, als man Tennis mit Trophäen gleichsetzte und Ruhm mit Reihenhaus.

Die Haustür war versiegelt. Schröder hatte an alles gedacht. Doch das Fenster im Nebenraum stand auf Kipp - ein Fauxpas der Spurensicherung oder ein stiller Gruß von jemandem, der wusste, dass Erdmann sowieso wiederkommen würde.

Innen roch es nach abgestandenem Kaffee und gescheiterten Aufräumversuchen. Nichts deutete auf Kampf, auf Panik, auf Flucht. Aber etwas fehlte. Nicht physisch. Atmosphärisch. Der Raum war zu neutral. Zu geleckt für einen

Menschen, der jahrelang allein lebte. Auf dem Tisch ein einziges Bild: Bieler und Mühlen. Wieder dieses Foto von 2009. Aber diesmal eingerahmt. Und auf der Rückseite, per Hand geschrieben: „Ich habe dir verziehen. Aber nie vergessen."

Erdmann nahm das Bild mit. Nicht als Beweismittel. Als Schlüssel.

Am nächsten Morgen stand Bieler am Tresen des Clubhauses. Er trug wie immer ein frisches Poloshirt, das den Eindruck erwecken sollte, er sei gerade vom Spielplatz zurück. Dabei wusste jeder, dass er seit Tagen keinen Ball geschlagen hatte. Nicht aus Trauer. Aus Angst, dass man ihn beobachtete.

Erdmann setzte sich wortlos neben ihn. Der Blick des ehemaligen Partners zuckte kurz. Dann senkte er sich wieder auf die Espressotasse. Klein. Stark. Wie seine Reaktionen, die nie ganz ehrlich wirkten.

„Er hat Ihnen verziehen", sagte Erdmann ruhig.

Bieler sagte nichts.

„Aber nicht sich selbst."

Noch immer Schweigen.

„Sie waren nicht am Platz, als er starb. Sie waren bei ihm zuhause. Sie haben den Abschiedsbrief gelesen. Und Sie wollten nicht, dass jemand weiß, wie es wirklich war. Weil es Ihnen nicht zustand."

Bieler nickte kaum merklich. Keine Träne. Kein Wort. Nur die leise Bewegung eines Mannes, der endlich nicht mehr lügen musste.

„Es war seine Entscheidung", flüsterte er.

„Aber Ihre Schuld", sagte Erdmann.

5. DIE BRUCHSTELLE

Sie hatte es nie gemocht, am Rand des Platzes zu stehen. Zu nah dran, zu weit weg. Man hörte jedes Ächzen, jedes verzogene Wort - und sah doch nur die Bewegung, nicht die Bedeutung. Als Reporterin hatte sie sich an Interviews gewöhnt, die wie Konserven wirkten. Aussagen in Plastik verpackt: „Wir haben alles gegeben“, „Der Gegner war heute einfach besser“, „Das Wichtigste ist, gesund zu bleiben.“ Es war ein Ritual. Und Rituale waren selten ehrlich.

Doch bei Andreas Mühlen war es anders gewesen. Er sprach wenig - aber das, was er sagte, hatte Substanz. Kein Zitat für die Startseite, eher ein Randton, der erst nachhallte, wenn man schon längst weitergeblättert hatte. Es war bei einem jener Turniere gewesen, an denen der Verband kaum Interesse hatte, aber sie darauf bestand, trotzdem zu berichten. Landesmeisterschaften Herren 40 - keine Kameras, keine Prominenz. Nur Männer mit Knien voller Salbe und Ambitionen, die nicht vergehen wollten.

Sie hatte Mühlen damals nach dem verlorenen Halbfinale erwischt. Kein Pokal, kein Foto, keine Pflicht. Und doch hatte sie gefragt: „Wie lange wollen Sie das noch machen?“ Er hatte gelächelt, nicht arrogant, sondern müde. Dann hatte er nur gesagt: „Bis das Zittern nachlässt.“ Sie verstand es erst Jahre später.

Jetzt saß sie wieder am Schreibtisch, den sie sich mit den anderen Redakteuren teilte, in einem Büro mit Fenstern zum Innenhof. Auf dem Bildschirm: eine leere Datei, betitelt mit dem Fallnamen. Kein Text. Kein Einstieg. Nur die Recherchen: Ausdrucke, E-Mails, Notizen, alte Spielberichte, ein Interviewprotokoll, das nie veröffentlicht wurde. Andreas Mühlen - fünfzehn Minuten Tonspur, aufgenommen vor zwei Jahren, bei einem Vorbereitungsturnier in Zeuthen. Damals hatte er sie gebeten, es nicht zu senden. „Nicht jetzt“, hatte er gesagt. „Vielleicht später.“ Sie klickte auf Play.

„Ich glaube nicht, dass man verliert, wenn man zu schlecht spielt. Man verliert, wenn man sich selbst nicht mehr versteht. Wenn du rausgehst auf den Platz und nicht weißt, ob du noch deiner bist - dann ist jeder Schlag ein Risiko. Carsten war nie mein Gegner. Er war mein Spiegel.

Irgendwann hat er angefangen, anders zu gucken. Nicht nach vorn, sondern weg. Ich weiß nicht, ob's Anna war oder der Pokal oder einfach das Gefühl, allein zu sein, auch zu zweit. Vielleicht alles."

Die Datei endete nicht mit einem Knall, sondern mit einem Rauschen, das nachdenklich machte. Wie ein Satz, den man aussprach, obwohl man wusste, dass ihn niemand mehr hören würde.

Lina ließ den Blick durch den Raum wandern. Ihre Kollegen tippten, telefonierten, planten den nächsten Medientermin beim Verband. Sie war die Einzige, die in diesem Fall keine Zeile schrieb. Noch nicht. Denn was sie jetzt wusste, konnte sie nicht einfach in einen Text pressen. Es war zu brüchig. Zu menschlich. Es war kein Skandal. Kein Triumph. Es war der Moment, in dem aus zwei Partnern zwei Fremde wurden. Der Augenblick, in dem Vertrauen unter der weißen Asche verschwand, ohne dass es jemand bemerkte.

Lina griff zum Hörer. Nicht für ein Zitat. Nicht für eine Nachfrage. Sondern für eine Wahrheit, die besser bei Erdmann lag als in der Redaktion. Sie sprach nur einen Satz auf die Mailbox:

„Andreas hat sich nicht umgebracht. Er hat aufgegeben. Weil er wusste, dass er es war, der Carsten damals gebrochen hat."

Und dann legte sie auf.

6. SCHRÖDERS VERDACHT

Er hatte Erdmann dreimal angerufen, bevor er sich traute, überhaupt zu sprechen. Beim ersten Mal war nur das Besetztzeichen zu hören gewesen - Erdmanns alter Trick, um seine Ruhe zu haben. Beim zweiten Mal war es Erdmanns Mailbox, deren Begrüßung so klang, als hätte er sie 1997 aufgenommen und seither nie wieder abgehört. Und beim dritten Mal hatte Schröder dann einfach ein Foto geschickt. Kein Text. Nur ein Bild.

Es zeigte die Sauerstoffflasche, die neben Andreas Mühlens Leiche gefunden worden war. Genauer: das Etikett. Darauf in verblasster Schrift eine Chargennummer, und darunter handschriftlich ein Datum - 2020. Drei Jahre alt. Und laut Sicherheitsdatenblatt nur für zwei Jahre zugelassen.

Als Erdmann das Bild schließlich betrachtete, tat er das, was er selten tat: Er rief zurück.

„Was soll das?"

„Die Flasche war alt", sagte Schröder. „Zu alt. Kein Sportler würde das riskieren. Nicht bei dem Krankheitsbild. Zu gefährlich. Wenn das Ding versagt, kollabierst du."

„Oder jemand wollte, dass es so aussieht."

„Eben nicht! Wenn du's inszenieren willst, nimmst du eine neue Flasche. Eine, die funktioniert. Damit niemand fragt. Eine alte Flasche legt man nur daneben, wenn man will, dass sie gefunden wird. Als Signal."

„Oder als Täuschung", murmelte Erdmann.

„Aber wozu? Wer täuscht mit einer defekten Flasche einen natürlichen Tod vor? Es passt nicht."

Es war nicht der Inhalt, der Erdmann innehalten ließ - sondern der Ton. Schröder klang zum ersten Mal nicht wie ein Assistent, sondern wie ein Ermittler. Er hatte nicht nur Daten gesammelt, sondern daraus etwas gespürt. Eine Unstimmigkeit, keine spektakuläre Enthüllung - aber eine, die zu knistern begann, je länger man sie betrachtete.

Erdmann ging gedanklich zurück in den Moment am Tatort. Die Flasche lag nicht exakt neben der Hand, sondern leicht versetzt. Nicht wie fallen gelassen, sondern abgelegt. Der Winkel war merkwürdig. Fast wie in einem Pressebild. Und niemand hatte sich darüber gewundert. Weil man Mühlen für krank hielt, für vorerkrankt, für jemanden, der eben ein Risiko trug. Und genau das war der Fehler gewesen. Man hatte das Offensichtliche akzeptiert - und das Zweifelhafte nicht hinterfragt.

Schröder hatte recht. Nicht weil er etwas bewies, sondern weil er etwas störte. Ein Kratzer im Lack der perfekten Erzählung: tragischer Einzelgänger, Tod auf dem Platz, natürliche Ursache, schönes Ende.
„Und was ist mit Bieler?" fragte Erdmann.
„Der hat nichts mit der Flasche zu tun. Aber mit dem Bild auf Mühlens Nachttisch. Es fehlt."
„Fehlt?"
„War im Obduktionsbericht als Kontext erwähnt. Rahmen, Abdruck, Staubumriss. Aber kein Bild mehr im Haus."
„Das bedeutet, jemand war nach uns dort."
„Oder vor uns. Und hat es platziert."

Erdmann stand am Fenster seines Wohnzimmers. Draußen zogen Wolken auf, so gleichförmig wie Tennisspieler auf der Rangliste. Die Flasche, das Bild, das Interview von Lina - alles war da. Und doch ergab es noch keine vollständige Wahrheit. Nur ein Gefühl. Ein Unbehagen. Und das reichte ihm. Noch nicht für einen Haftbefehl, aber für eine Rückkehr.

Er griff zum Mantel. Schröder wartete nicht mehr am Telefon, sondern schon vor dem Haus. Nervös. Aber mit Blick.
„Wohin fahren wir?"
„Zu Bieler", sagte Erdmann.
„Schon wieder?"
„Diesmal zum zweiten Satz."

7. DAS LETZTE SPIEL

Bieler öffnete die Tür in einem Pullover, der an Sonntage erinnerte. Kein Club-Logo, keine Marke, nur ein matter Blauton, wie ausgewaschene Erinnerung. Seine Augen verrieten, dass er wenig geschlafen hatte - oder zu viel über das nachgedacht, was keiner aussprach.

Erdmann trat ein, ohne zu grüßen. Er hatte gelernt, dass man auf Höflichkeit verzichten durfte, wenn man sich ent-

schloss, ehrlich zu sein. Schröder blieb an der Garderobe zurück, zog sein Notizbuch, ohne etwas hineinzuschreiben. Nur als Geste.
„Wir haben das Bild nicht gefunden“, begann Erdmann.
„Welches Bild?“
„Das vom Nachttisch. Der Rahmen war da. Der Abdruck. Aber das Foto - weg.“
„Ich weiß nicht, wovon Sie reden.“
„Dann lassen Sie mich anders fragen. Was stand auf der Rückseite?“

Ein Moment Stille. Kein Protest. Kein Fluchtversuch. Nur ein leichtes Senken der Schultern. Und dann die Antwort - so klar, dass sie fast überhört worden wäre.
„‚Es war nicht der Sieg, es warst du.‘“
„Mühlens Handschrift?“
„Nein“, sagte Bieler. „Meine.“

Sie saßen nicht im Wohnzimmer, sondern auf dem kleinen Balkon mit Blick auf den Innenhof. Erdmann mochte diese Zwischenräume. Sie sagten oft mehr als jedes Geständnis im Verhörzimmer. Bieler hatte das Bild in der Hand, das er aus einer Schublade geholt hatte, nachdem er aufgehört hatte zu leugnen. Es zeigte ihn und Mühlen beim ersten gemeinsamen Titelgewinn. Verschwitzt. Verlegen. Glücklich.
„Ich habe es ihm untergeschoben. Als Erinnerung. Oder als Mahnung. Ich weiß es nicht. Ich wollte, dass er versteht, dass ich ihn nie als Gegner gesehen habe. Sondern als das, was er mir nie sagen konnte. Und ich ihm nicht.“
„Sie wussten, dass er gehen wollte?“
„Ich wusste, dass er es nicht mehr aushielt. Nicht den Sport. Nicht sich selbst. Aber vor allem nicht das Schweigen.“
Erdmann schwieg. Nicht aus Höflichkeit, sondern aus Respekt. Manche Wahrheiten hatten kein Verhör verdient. Nur einen Platz im Gedächtnis.
„Hat er sich das Leben genommen?“

„Nein“, sagte Bieler. „Er hat es beendet.“
„Ein Unterschied?“
„Für mich schon.“
Schröder hatte inzwischen den Balkon verlassen. Nicht, weil er musste. Sondern weil er spürte, dass dies kein Moment war, den man auf Papier bannte. Es war einer jener Augenblicke, für die man kein Protokoll schrieb.
Als Erdmann ging, fragte er nicht nach der Flasche, nicht nach der Obduktion, nicht nach Beweisen. Er wusste, dass nichts davon eine Rolle spielte. Der Fall war nicht abgeschlossen, aber beendet. Ein Unterschied, den nur versteht, wer zwischen den Zeilen lebt.

FAZIT

Am Ende war es kein Mord. Kein Verbrechen, das nach Strafmaß verlangte. Es war ein Abgang - geplant, gewollt, vielleicht sogar gebilligt. Aber nicht inszeniert. Kein Täter. Kein Komplize. Nur zwei Männer, die ein Leben lang miteinander gespielt hatten - und am Ende nicht mehr wussten, wie man aufhört, wenn man sich nicht mehr zuhören kann.
Mühlen war nicht gefallen. Er hatte sich hingelegt. Und Bieler hatte ihm das Bild dagelassen, wie ein letzter Aufschlag, der nicht kam, um zu treffen - sondern um verstanden zu werden.
Manchmal war die Wahrheit kein Urteil. Sondern nur ein Satz, den niemand laut sagen konnte, weil er nur zwischen zwei Menschen passte.
Wie eine Doppellinie auf einem Platz, der längst verlassen war.

Fallakte 5: Goldene Zeiten, blanke Nerven

PROLOG

Es war ein stiller Morgen im Tennisclub Schwarzgold Charlottenburg – stiller, als man ihn für einen Tag erwarten durfte, an dem Geschichte geschrieben werden sollte. Der Tau lag wie ein zurückhaltender Schleier auf den Linien der Plätze, der Wind rauschte sacht durch die alten Linden, die das Gelände einrahmten, und das Vereinsheim trug mit seinem leicht abblätternden Anstrich und den von der Morgensonne beschienenen Fensterscheiben den Stolz vergangener Jahrzehnte wie ein vergilbtes Gruppenfoto im Inneren einer Schublade.

100 Jahre Clubgeschichte – das war die Parole. Mit goldener Folie geprägt auf dem Einladungsschreiben, mit viel Pathos angekündigt auf der Homepage, und in Vereinsprotokollen von altgedienten Ehrenmitgliedern liebevoll als „Meilenstein bürgerlicher Freizeitkultur" betitelt. Eine Gala sollte es geben. Mit Lachsbrötchen, Livemusik,

Lichtbildervortrag. Und als Höhepunkt die feierliche Übergabe eines Medaillensets – goldene Anstecknadeln, eigens angefertigt, für Mitglieder mit über 40 Jahren Vereinszugehörigkeit.

Dass die Medaillen verschwunden waren, bemerkte zunächst niemand.

Sie lagen nicht auf dem Tisch in der Clubvitrine, wo sie am Vorabend noch platziert worden waren, zwischen Sektkühler und den verblassten Siegerurkunden aus den Achtzigern. Niemand hatte sie bewegt, angeblich. Kein Einbruch, kein Hinweis, kein Protokoll über Fremdzugriff. Die Tür war verschlossen, das Fenster verriegelt. Und doch – der kleine schwarze Samtkoffer mit den zehn goldenen Nadeln, sorgfältig durchnummeriert und graviert, war nicht mehr dort.

Ein Detail, das zunächst unterging. Inmitten der Reden, des nostalgischen Schmunzelns über Anekdoten aus der Bezirksliga, inmitten der Melancholie alter Rivalitäten. Doch dann, um 12:17 Uhr, bemerkte man es. Erst ein Achselzucken, dann ein Schulterheben. Schließlich wurde leise diskutiert, ob es vielleicht ein Missverständnis sei, ein Fehler des Caterers, oder – wie man hinter vorgehaltener Hand murmelte – ein vergesslicher Vorsitzender, der die Box womöglich im Auto liegengelassen habe.

Aber als der Vorsitzende, Herr Borchert, mit einem roten Gesicht und einer Erklärung ins Mikrofon atmete, die keine war, wurde aus dem peinlichen Moment ein dunkler Schatten über dem Jubiläum.

Denn nicht nur waren die Nadeln weg – jemand hatte an ihrer Stelle eine Einzelmedaille in der Vitrine hinterlassen. Unscheinbar, aber falsch. Der Gravur Stil passte nicht. Und auf der Rückseite prangte in krakeligen Lettern: „Nicht verdient."

Kommissar Erdmann, an jenem Tag offiziell nur als „ehrenhafter Jubilar" geladen, bemerkte die Veränderung nicht sofort. Erst als das Stimmengewirr lauter wurde, als jemand versuchte, die Situation mit einem Toast zu übertünchen und eine Kellnerin leise fragte, ob sie den Saal schon räumen dürfe – da wusste er, dass dies kein gewöhnlicher Vereinsnachmittag war. Und dass etwas im Fundament dieses Clubs kräftig bröckelte.

Erdmann lehnte sich zurück, nahm einen Schluck aus seiner mitgebrachten Thermoskanne und sah durch die Scheibe der Clubveranda hinaus auf den Platz. Platz 2, um genau zu sein. Dort hatte einst ein legendäres Match stattgefunden. Und vielleicht, so ahnte er, begann genau dort die Geschichte, die jetzt ihren Schatten auf die Medaillen warf.

1. DER ERSTE RÜCKSCHLAG

Manchmal roch es im Clubhaus des TC Schwarzgold Charlottenburg nach frisch gebohnertem Parkett, manchmal nach aufgewärmtem Ehrgeiz. Heute roch es nach beidem – und einem Hauch von Panik. Kommissar Erdmann, a.D., betrat das Gebäude nicht wie ein Gast, sondern wie ein Seismograph, der leise Vibrationen im Boden spürte, bevor andere sie wahrnahmen. Der Abend war noch jung, aber in der Luft lag bereits ein Knistern, das nicht vom Sektempfang kam.

Der Empfangsbereich war festlich geschmückt. Goldene Schleifen, weiße Lilien, ein roter Teppich, der sich wie ein Versprechen bis in den Saal zog. Ein Jubiläum, hundert Jahre Clubgeschichte, das sollte gefeiert werden – mit allem Glanz, der sich aus Mitgliedsbeiträgen und Sponsorenverträgen herauskitzeln ließ. Doch unter dem Glanz: Nervosität, geputzt wie das Silberbesteck, aber nicht zu übersehen für jemanden wie Erdmann.

„Kommissar!“, rief eine Stimme, die er zu gut kannte. Herr Borchert kam auf ihn zu – das Lächeln straff wie ein Netz nach dem letzten Aufschlag. Seine Hand schoss ihm entgegen wie ein Matchball im Tie-Break, fest, kalkuliert, leicht feucht. „Wie schön, dass Sie gekommen sind. Wir... nun ja, wir könnten vielleicht... also, rein hypothetisch..."

Erdmann hob eine Augenbraue. „Wenn Sie mir jetzt noch erzählen, dass rein hypothetisch ein besonders wertvolles Stück rein hypothetisch beim Juwelier vergessen wurde, dann sage ich Ihnen: Ich bin hier nur wegen des Kanapees mit Pastete. Nichts Offizielles."

„Natürlich. Nichts Offizielles", sagte er, zu schnell. „Nur... nun ja. Die Ehrenmedaillen – die für die feierliche Übergabe heute Abend vorgesehen waren – sind... im Moment noch nicht ganz... nun... zurück."

Erdmann sah ihn an. Kein Wort zu viel, kein Satz zu wenig. Dann drehte er sich langsam zur Seite und ließ den Blick über die Gäste im Foyer wandern. Die Festgesellschaft war hochkarätig: Ehemalige Clubgrößen, ein paar Funktionäre vom Tennisverband, lokale Größen aus Politik und Wirtschaft. Viele Hände, die geschüttelt wurden, viele Schultern, auf die man sich gerade jetzt gern klopfte. Doch Erdmann wusste: Je mehr Schulterklopfer im Raum, desto größer die Wahrscheinlichkeit, dass einer davon ein Messer führte.

„Und dieser Juwelier", fragte er beiläufig, während er sein Jackett zurechtrückte, „ist der zufällig namentlich bekannt, oder eher so eine Legende wie die Heilige Dreifaltigkeit der Clubchronik?"

Borchert wich dem Blick aus. „Selbstverständlich ist der Juwelier bekannt. Wir... ich... also, ich habe die Medaille vor zwei Wochen zur Aufbereitung gegeben. Eine kleine Gravur, zur Feier des hundertjährigen Bestehens. Nichts Kompliziertes. Aber heute Mittag dann – keine Lieferung. Kein Paket. Kein Anruf. Und die Boutique ist seit gestern wegen Renovierung geschlossen."

Erdmann nickte langsam. Ein Fall wie ein alter Tennisschuh: man weiß, er stinkt, bevor man ihn in die Hand nimmt.

„Haben Sie schon bei dem Juwelier nachgefragt?"

„Natürlich! Der Anrufbeantworter sagt, dass man sich auf unbestimmte Zeit im Umbau befinde. Aber… es gab keine Nachricht. Keine Verzögerung. Nichts."

„Und die Medaille – wie wertvoll ist sie?"

Borchert zögerte. „Ideell unbezahlbar. Materiell – 18 Karat Gold, gestiftet von einem ehemaligen Clubpräsidenten, mit eingraviertem Wappen und einem kleinen Rubin. Es geht um Prestige. Der Verband ist heute Abend da, Kommissar. Wir wollten das in der Presse groß aufziehen. Und jetzt…"

Er verstummte, als eine Dame mit Cocktailglas und extravagantem Hut neben ihnen stehen blieb und einen Moment zu lange lauschte. Erdmanns Blick begegnete dem ihren – und sie ging weiter.

„Also gut", murmelte Erdmann. „Ich bleibe. Aber nur als Mitglied. Ohne Dienstmarke. Und Sie erzählen mir in Ruhe, wer sonst noch Zugriff auf die Medaille hatte."

„Niemand. Sie war in meinem Büro eingeschlossen."

„Und der Schlüssel?"

„Nur ich habe einen."

Erdmann runzelte die Stirn. Der erste klassische Widerspruch, noch vor der Vorspeise. Denn wenn nur er den Schlüssel hatte, dann müsste auch nur er wissen, warum die Medaille weg war – und das bedeutete, entweder er log, oder er hatte ein anderes Problem.

Er ließ den Blick durch das Foyer schweifen. Schröder stand schon an der Bar – natürlich, der Jüngere mit dem schnelleren Reflex auf Häppchen. Lina Berg, die Sportjournalistin mit der Spürnase für das Unbequeme, hatte sich bereits ein Notizbuch gezückt und führte ein erstes Gespräch mit einem älteren Herrn, der sich auffallend unauffällig vom restlichen Trubel fernhielt.

Erdmann dachte an das, was man ihm in der Polizeischule nie beigebracht hatte: Dass Verbrechen nicht immer wie Verbrechen aussahen. Manchmal trugen sie Frack und Fliege. Manchmal rochen sie nach Politur und Champagner. Und manchmal begannen sie mit einem Protokolleintrag, der nie geschrieben wurde.

Der erste Rückschlag war erfolgt – nicht auf dem Platz, sondern im Vertrauen.

Und Erdmann wusste: Wer auch immer die goldene Medaille verschwinden ließ, hatte nicht nur den Glanz gestohlen, sondern ein Zeichen gesetzt. Ein Zeichen, das er lesen würde – zwischen den Zeilen der Festrede, hinter dem Glimmer der Pokale, unter dem Lack der Fassade.

2. DIE GOLDENE LÜGE

Die drückende Spätsommerhitze hatte sich wie ein feuchter Vorhang über das Klubhaus gelegt, als Lina Berg sich durch die niedrige Flügeltür des Archivs schob – einem Raum, der in seiner Mischung aus Aktenmief, Möbelpolitur und altem Linoleumboden den Charme eines verwaisten Behördenflurs ausstrahlte. Der Archivraum des Schwarzgold Charlottenburg war eigentlich kein richtiger Raum, sondern ein umgewidmeter Gerätekeller unterhalb des alten Flügels. Regale voller Ordner, lose Kartons mit Namensschildern, eingerahmte Mannschaftsfotos mit vergilbten Passepartouts – alles sorgfältig katalogisiert, aber dennoch umwoben von der Aura der Vergessenheit.

Lina hatte sich im Protokoll des Vorstands vom vergangenen Monat festgelesen. Kein Eintrag zur Medaille. Nicht einmal eine Andeutung. Der Name des Juweliers tauchte nirgends auf, kein Lieferschein, keine Empfangsbestätigung, kein Terminvermerk zur Übergabe. Und das war merkwürdig. Denn laut einer ihrer Quellen – eine aufmerksame Verkäuferin aus einem Juweliergeschäft in der Leibnizstraße, mit dem Lina zufällig ins Gespräch gekommen war – hatte der Verein die Medaille bereits vor Tagen in Empfang genommen. Die Goldschmiedin, ein bekanntes Gesicht in der Berliner Handwerkszene, hatte sogar mit Stolz von der Gravur gesprochen: „Hundert Jahre Schwarzgold – Zeit vergoldet Siege".

Ein solches Detail war kein Hörensagen. Und erst recht kein Zufall.

Sie notierte sich das Datum der angeblichen Auslieferung und verglich es mit den Protokollen. Der Tag war ein Dienstag – am Abend hatte der Vorstand getagt. Doch im Protokoll: nichts. Lediglich ein müder Beschluss über neue Platzbespannungen und die Frage, ob man beim Jubiläumsabend vegane Alternativen anbieten müsse.

Ein unangenehmer Verdacht kroch in Lina hoch, wie ein Luftzug, der unter der Tür hindurch in den Nacken zieht: Was, wenn die Medaille längst ausgeliefert worden war – und jemand sie verschwinden ließ? Nicht gestohlen von außen, sondern entnommen von innen? Aus dem Büro, aus dem Tresor, womöglich sogar aus dem Umschlag, der laut Erdmann an jenem Abend im Sekretariat lag – leer.

Ein Diebstahl – nicht von irgendeinem Pokal, sondern von dem Symbol schlechthin. Dem goldenen Kern des Jubiläums.

Als sie wieder an die Oberfläche trat, die schmale Wendeltreppe hoch und zurück ins Licht, blendete sie die Nachmittagssonne kurz. Auf dem Platz nebenan wurde Doppel gespielt, als sei nichts geschehen. Senioren-Doppel, gelbe Kappen, weiße Socken bis unters Knie, ein gemächlicher Rhythmus. Alltag im Club.

Aber über diesen Alltag hatte sich ein Schleier gelegt.

Zurück im Klubhaus suchte Lina das Büro von Herrn Borchert auf. Der Vorsitzende, ein Mann mit der Ausstrahlung eines ehemaligen Feuilletonredakteurs und dem Bedürfnis, stets die Kontrolle über die Satzung zu behalten, war gerade damit beschäftigt, eine Liste für die Tischordnung des Galaabends zu überarbeiten. „Frau Berg", sagte er ohne aufzublicken, „wenn Sie wegen der Pressekarten kommen – die sind noch in Arbeit."

„Ich komme wegen der Medaille", erwiderte Lina ruhig. „Der Juwelier hat sie vor Tagen ausgeliefert. Ich habe es aus zuverlässiger Quelle. Warum fehlt das in Ihrem Protokoll?"

Borchert blinzelte. Dann räusperte er sich. „Das kann nicht sein. Ich meine – sicher, der Auftrag wurde bestätigt, aber… ich habe keinerlei Mitteilung über die Lieferung erhalten."

„Oder jemand hat sie abgefangen."

Es entstand eine jener Pausen, in denen sich das Gewicht der Worte erst entfaltet. Wie ein Tropfen Zitrone auf frischer Milch.

„Das ist ein schwerer Vorwurf, Frau Berg."

„Es ist eine Frage."

Borchert schob die Liste beiseite. Seine Stimme war nun leiser. „Hören Sie. Dieser Abend bedeutet alles für den Club. Es gibt Stimmen, die ihn für den Eintritt in den Landesverband nutzen wollen. Wenn jetzt etwas schiefläuft – ein Skandal – das würde alles zunichtemachen."

„Und wenn jemand genau das will?"

„Dann sollten Sie es beweisen, bevor Sie damit hausieren gehen."

Als Lina das Büro verließ, hörte sie, wie Borchert wieder zur Tischordnung griff. Es war, als wolle er die aufkommende Unruhe mit den Namenskärtchen ordnen.

Draußen traf sie Erdmann, der aus einem Styroporbecher den ersten Nachmittagskaffee trank. Sein Blick ging über den Platz, aber seine Gedanken waren längst im Maschinenraum des Clubs. „Wie lange dauert es eigentlich, bis eine Medaille schmilzt?", fragte er beiläufig.

Lina hob die Augenbraue.

„Nur so. Rein rhetorisch."

„Vielleicht liegt sie längst in einer Westentasche", sagte Lina. „Oder im Altgoldtopf."

Erdmann nickte. „Oder sie glänzt noch – bloß im falschen Licht."

Und dann schwieg er. Wie immer, wenn er wusste, dass es jetzt erst losgeht.

3. DIE LISTE DER EITELKEITEN

Der Morgen nach dem ersten Gewitter war trügerisch still. Die Markise des Klubhauses tropfte noch, während auf Platz 6 zwei Frühaufsteher ihre Aufschläge in den nassen Sand warfen, als wollten sie vergessen machen, dass sich unter der Oberfläche des Vereins längst mehr bewegte als eine verschobene Medaille. Erdmann war früh gekommen – wie immer, wenn er wusste, dass man ihm eigentlich nicht beim Suchen zusehen wollte. Mit einer Thermoskanne unterm Arm und dem Mantel über der Schulter hatte er sich durch den Hintereingang ins Büro des Geschäftsführers geschoben, noch bevor der erste Kaffee aus der Gastro durch die Maschine fauchte.

Was ihn erwartete, war keine Schlachtordnung – eher ein Schlupfwinkel der Vereinspolitik: aufgeschlagene Ordner, Haftnotizen mit Initialen, ein überfüllter Ablagekorb und ein Bildschirm, der noch in der Ruheanzeige blinkte.

Er ließ sich Zeit. Sein Blick streifte durch das Regal, an dem in alphabetischer Ordnung Sponsorenverträge der letzten zehn Jahre aufgereiht waren. Fast jeder Name war ihm bereits bei irgendeiner Festrede begegnet. Die üblichen Verdächtigen der Berliner Mittelklasseförderung: eine Autowerkstatt mit nostalgischem Logo, ein Hörakustiker mit Slogan in Reimform, eine Privatbrauerei, deren Inhaber auf jedem Foto wie ein älterer Schwippschwager von sich selbst wirkte.

Doch was Erdmann interessierte, war nicht die Liste der Gönner. Sondern die Liste derer, die sich dabei gern in Szene setzen ließen.

Er fand sie, versteckt in einem unscheinbaren Unterordner auf dem Rechner – „intern_kassenbelege_2022_23.xlsx". Wer sie so benennt, denkt nicht, dass je jemand reinschaut. Doch gerade da liegt oft das Gold. Oder der Lack, der drübergelegt wurde.

Zunächst wirkte alles wie erwartet: Zahlungen an Dienstleister, Cateringrechnungen, Platzinstandhaltung,

Prämien für die Junioren. Dann aber stolperte Erdmann über eine Rückerstattung an einen ehemaligen Schatzmeister – ohne Verwendungszweck, ohne Gegenbuchung. Weiter unten ein Bonusposten „Sonderzuschuss Gala", verbucht auf das Konto der Vorsitzenden. Ohne Datum. Ohne weiteren Beleg.

Er öffnete die zugehörige E-Mail-Korrespondenz, die offenbar noch im Postfach des Geschäftsführers gespeichert war. Der Betreff: „Sponsoring Gala – Aufschlüsselung bitte nicht weiterleiten". Darin: ein unbedarfter Ton, der sich als vertraulich ausgab, aber den Ernst hinter den Zeilen nicht kaschieren konnte. Eine Rückfrage des Geschäftsführers, ob die Überweisung aus dem Fördertopf „Jugend & Entwicklung" wirklich so gemeint gewesen sei. Die Antwort der Vorsitzenden, knapp: „Selbstverständlich. Im Sinne der Außendarstellung."

Erdmann ließ sich in den Stuhl sinken. Außendarstellung. Ein Wort, das im Polizeijargon selten fiel, aber wenn, dann meist kurz vor einer Suspendierung.

Er öffnete ein weiteres Dokument, einen Entwurf für die Sponsorenbroschüre zur Gala. Großformatige Bilder, viele Schlagworte: „Tradition trifft Zukunft", „Berliner Tennis mit Herz", „Ein Jahrhundert – ein Versprechen". Auf der Rückseite prangte der Hinweis auf die exklusive Jubiläumsmedaille, handgefertigt, aus echtem Gold, gestiftet von den „Freunden des Clubs".

Wessen Freunde genau?

Erdmann schloss die Datei. Er wusste nun, dass die Medaille nicht nur ein Erinnerungsstück war. Sie war Symbol und Beweisstück zugleich – für eine Inszenierung, die nicht jedem schmeckte. Und vielleicht genau deshalb jemanden dazu veranlasst hatte, sie verschwinden zu lassen. Um sich zu rächen. Oder um sich zu retten.

Draußen knarzte das Gartentor. Lina trat ein, mit einem Klemmbrett unter dem Arm und der Entschlossenheit im Blick, die Erdmann kannte. „Ich war beim Juwelier", sagte sie ohne Begrüßung. „Sie haben unterschreiben lassen. Für den Empfang. Aber die Unterschrift – sie ist nicht von Borchert. Und nicht von jemandem aus dem Vorstand."

Erdmann schaute auf. „Sondern?"

„Ein Name, den ich noch nie gehört habe. ‚E. Lemke'."

Erdmann stand auf. In seinem Blick lag kein Erstaunen. Nur das langsame, methodische Zusammenrücken der Puzzle-Stücke. Lemke also. Ein Name aus der zweiten Reihe. Einer, der nicht gefragt, aber auch nicht aufgehalten wurde.

„Und wer hat den Zugang zum Schrank mit den Unterlagen?", fragte Lina.

Erdmann sah sie lange an. Dann sagte er: „Das ist der Vorteil der Eitelkeit, Lina. Sie macht sich immer breit. Und irgendwann braucht sie Platz."

Er trat an das Fenster. Der Club war still wie in einem Moment, kurz bevor jemand laut wird. Und Erdmann wusste: Dieser Fall war wie die Medaille selbst. Glänzend nach außen. Zerbrechlich innen.

4. DAS PROTOKOLL VON DAMALS

Der Name des Clubs war wie aus dem Guss einer besseren Zeit: Tennisclub Schwarzgold Charlottenburg. Man stellte sich darunter Herren mit Einstecktuch vor, Damen mit Strohhut und Ballkinder mit Scheitel. Doch wer durch das Archiv im hinteren Teil des Klubhauses trat, merkte schnell: Nostalgie hatte hier ein Verfallsdatum. Und zwar ein staubiges. Die Regale, krumm und grau, trugen ihre Papierlast wie stille Diener eines Vereins, der sich an Geschichte labte, solange sie nicht störte.

Lina hatte sich früh aufgemacht. Erdmann hatte ihr nur zugeraunt: „Such nach 1985. Da stand mehr zwischen den Zeilen als auf dem Platz."

Im Clubarchiv roch es nach kaltem Leim, feuchtem Karton und einem Hauch von Desinfektionsmittel, wie ihn nur übermotivierte Reinigungsaktionen hinterließen. Der Raum war schmal, niedrig, fensterlos – und bot genau die Art von Stille, in der man Dinge findet, die eigentlich vergessen bleiben sollten.

Sie arbeitete sich vor: Jahr für Jahr, Ordner für Ordner. 1999, 1992, 1987. Und dann: ein schiefer Rücken mit abgeriebenem Etikett. „'85", stand in krakeliger Kugelschreiber-Hand, halb verwischt. Sie zog ihn heraus, mit dem vorsichtigen Griff einer Reporterin, die wusste, dass zwischen zwei gelochten Seiten manchmal mehr Wahrheit lag als in hundert Pressemitteilungen.

Das Protokoll des außerordentlichen Mitgliederabends im März 1985 war handschriftlich ergänzt worden – wahrscheinlich von einem damaligen Schriftführer, der lieber mit Füller als mit Maschine arbeitete.

Seite vier: TOP 7 – Jubiläumsordnung.

Ein unscheinbarer Abschnitt, eingerahmt von Diskussionen über Getränkeauswahl und Platzpflegekosten. Aber dann – fast beiläufig, doch mit klarer Sprache – der Satz:

„Die von Familie Kaltenstein gestiftete Medaille (Gold 750, Einzelstück, graviert) verbleibt im Besitz des Clubs bis zur Auflösung oder bis zur ausdrücklichen Rückforderung durch die direkten Nachfahren, schriftlich zu stellen bei der Geschäftsstelle."

Lina stockte. Sie las den Satz noch einmal, diesmal lautlos, als müsste sie ihn verinnerlichen, nicht nur verstehen. Kaltenstein. Ein Name, der in den neueren Papieren nicht mehr auftauchte. Kein Preisgericht, kein Sponsor, kein Ehrenmitglied.

Ein Nachtrag am Rand, offenbar später ergänzt, mit anderer Tinte: „Letzter Kontakt mit der Familie Kaltenstein im Mai 1994 – keine Reaktion auf das Jubiläumsschreiben." Daneben ein roter Punkt, wie ein stummer Hinweis.

Lina griff zum Handy, wollte Erdmann anrufen, zögerte. Er mochte es nicht, wenn man ihn mitten in einer Beobachtung störte – und er hatte am Vortag angedeutet, dass er „mal auf dem Platz nach alten Bekannten schnüffeln" wolle. Also scannte sie die Seiten ab, speicherte sie doppelt, dreifach, und notierte: Kaltenstein – Erben?

Sie ging noch tiefer. Ein Nachruf im Clubjournal von 1979: „Abschied von Ludwig Kaltenstein – Mitgründer, Förderer und Ehrenpräsident unseres Hauses." Dann, im Archiv des Bezirksblatts von 2003: ein Leserbrief von Richard Kaltenstein, dem Sohn. Thema: Die Kommerzialisierung des Tennissports. Ein scharfer Ton, voller Distanz. Kein Wort über den Club.

Wieder im Tageslicht legte Lina ihre Unterlagen auf den Tisch in der Clubbibliothek – direkt neben einem gerahmten Foto von Ludwig Kaltenstein in klassischem Weiß, flankiert von zwei Damen mit Tennisschlägern wie aus einem Wes Anderson-Film. Ein Foto, das nichts von dem zeigte, was unter der Oberfläche gärte. Kein Streit, keine Verbitterung. Nur Vergangenheit in Sepiatönen.

Als Erdmann kam, nahm er den Ausdruck des Protokolls in die Hand, las still und langsam – und nickte nur einmal. „Kaltenstein. Hatte damals nicht jeder zweiten Linie seinen Namen gegeben, aber bei dieser hier…", er tippte mit dem Finger auf den Absatz, „… ging's wohl um mehr als Ehre."

„Der Sohn lebt noch", sagte Lina. „Kein Kontakt seit Jahrzehnten. Kein Mitglied geworden. Wohnt in einer Altbauwohnung in Moabit. Gibt Interviews über Sportethik."

Erdmann lächelte schief. „Sportethik. Und jetzt ist seine Medaille weg. Entweder, weil er sie will. Oder jemand meint, er hätte ein Recht drauf."

„Oder weil jemand nicht wollte, dass er sie bekommt", fügte Lina hinzu.

Erdmann antwortete nicht. Stattdessen öffnete er sein Notizbuch und schrieb mit krakeliger Hand:

„1985 – Rückgabe möglich. Kaltenstein = Schlüssel?"

Er schloss das Buch. Dann stand er auf. „Lina, wir machen jetzt was Unanständiges."

„Und das wäre?"

„Wir laden uns bei einem Mann zum Kaffee ein, der vermutlich seit 40 Jahren sauer auf den Club ist."

„Und was sagst du ihm?"

Erdmann grinste. „Dass der Club jetzt sauer auf ihn ist. Könnte also passen."

5. GESPRÄCH HINTER GLAS

Das Büro des ersten Vorsitzenden war wie eine dieser Miniaturen aus dem Architekturbüro: alles hatte Platz, nichts stand im Weg, und kein Mensch konnte sich vorstellen, dass hier je etwas wirklich gelebt hatte. Die Glaswand zum Flur, der Mahagoni-Tisch, die akkurat gestapelten Unterlagen – es wirkte wie ein Versprechen an den Steuerberater. Ordentlich. Unberührbar. Und gefährlich sauber.

Herr Borchert stand am Fenster. Die Hände auf dem Rücken verschränkt, der Blick nach draußen, wo die Frühlingssonne versuchte, den Sand auf Platz eins in ein goldbraunes Bühnenlicht zu verwandeln. Erdmann trat ein, ohne sich anzukündigen. Das war seine Art – und seit seinem Abschied von der Behörde auch sein Privileg.

„Herr Borchert", begann er, nicht laut, aber mit diesem Ton, bei dem sich Menschen umdrehten, selbst wenn sie ihn nicht kannten.

Der Vorsitzende wandte sich um. Maß ihn mit einem Blick, der höflich blieb, aber die Grenzen absteckte. „Herr Erdmann. Immer ein Vergnügen. Wie ich höre, haben Sie sich… wieder einmal nützlich gemacht."

Erdmann blieb stehen, zwei Meter vor dem Tisch. Er nahm keinen Platz. „Es soll Leute geben, die sagen, ich sei unersetzlich. Andere sagen, ich sei überflüssig. Ich persönlich halte mich für notwendig."

Borchert lächelte. Kurz. „Eine charmante Selbstdiagnose. Was kann ich für Sie tun?"

Erdmann hob das Kinn. „Es geht um die Medaille. Und darum, wer sie zuletzt gesehen hat. Laut Protokoll war sie noch beim Juwelier. Aber der Juwelier sagt, sie sei längst zurück."

„Missverständnisse dieser Art sind in der Hektik der Vorbereitung nicht ungewöhnlich." Borchert setzte sich nun doch. Legte die Fingerspitzen aneinander, als wolle er die Antwort gleich mit dazu servieren. „Wir haben viele Partner, viele Beteiligte. Da kann schon mal etwas... verzögert werden."

„Verzögert, ja", sagte Erdmann. „Aber Sie wissen, was Verzögerung ist? Kein Diebstahl. Kein Verschwinden. Keine nächtliche Reinigung."

Jetzt zuckte es kurz in Borcherts Mundwinkel. Kaum merklich. Aber Erdmann war in seiner Karriere für weniger schon Hausdurchsuchungen beantragt worden.

„Es wurde viel geputzt in der Nacht vor dem Galaabend", fuhr er fort. „Ich habe mit dem Hausmeister gesprochen. Oder besser: er mit mir. Im Vertrauen. Es sei ungewöhnlich gewesen, sagte er. Frau Brandenstein habe Putzkräfte organisiert, die sonst nie auftauchten. Und alles sei... wie neu gewesen."

„Wir wollten, dass der Club glänzt, Herr Erdmann. Sie wissen, was der Abend für uns bedeutet hat."

„Ich weiß, was er gekostet hat. Und ich weiß auch, dass man keine Medaille polieren kann, die nicht da ist."

Ein Moment der Stille. Dann stand Borchert auf. Langsam. Schritt um den Tisch herum. Blieb vor Erdmann stehen. Keine zehn Zentimeter zwischen ihnen. Zwei Männer, die wussten, wie man schaut, ohne zu blinzeln.

„Was genau unterstellen Sie, Herr Erdmann?"

„Nichts", sagte dieser. „Noch nicht. Aber ich frage mich, warum ein Objekt, das als Herzstück des Abends galt, so sang- und klanglos untergeht. Kein Hinweis bei der Begrüßung. Keine Lücke in der Vitrine. Keine Erwähnung bei der Pressekonferenz. Und dann – plötzlich – ist sie gar nicht mehr Thema."

„Weil wir keine Panik wollten."

„Oder weil jemand wusste, dass die Wahrheit Panik auslöst."

Borchert schloss die Augen, nur für einen Sekundenbruchteil. Dann drehte er sich wieder zum Fenster. „Ich habe nichts zu verbergen, Herr Erdmann. Ich habe eine Verantwortung. Und ich werde ihr gerecht."

„Dann lassen Sie mich meine übernehmen", sagte Erdmann. „Und stellen Sie mir alles zur Verfügung, was ich brauche. Listen. Übergabeprotokolle. Sicherheitsaufzeichnungen. Und ein paar Namen."

„Wessen Namen?"

„Die derer, die Zugang hatten – und derer, die sich plötzlich sehr für Sauberkeit interessieren."

Als Erdmann das Büro verließ, kam ihm der alte Hausmeister auf dem Gang entgegen. Ein Mann mit Schultern wie ein Kleiderschrank und einem Blick, der mehr gesehen hatte als jeder Überwachungsspiegel.

„Na, haben se rausgekriegt, wat se wissen wollten?", murmelte er, während er scheinbar ziellos einen Staubwedel an einer bereits blanken Vitrine vorbeiführte.

Erdmann nickte kaum merklich. „Noch nicht ganz. Aber die Glaswand da oben – die war nicht immer so durchsichtig, wie man glaubt."

Der Hausmeister grinste. „Ick sach ja – wenn det hier jemand auffliegt, dann nich wegen dem Gold. Sondern weil er zuviel gewischt hat."

6. DER FEHLENDE EINTRAG

Die Sonne neigte sich flach über den Westplatz, als Erdmann sich erneut in die Schatten des Clubhauses zurückzog. Auf dem Vorplatz hörte man das rhythmische Schlagen eines neuen Matches, ein jugendliches Kräftemessen, das mit der Gelassenheit der Älteren im Verein wenig zu tun hatte. Erdmann streifte an der Vitrine vorbei, die nun – dekorativ, glänzend, leer – wie ein stilles Mahnmal mitten im Foyer stand. Als hätte sie nie ein Objekt enthalten, das Bedeutung trug.

Die Medaille war weg. Nicht offiziell verschwunden, aber faktisch entkoppelt von jeder nachvollziehbaren Spur. Der Galaabend hatte sie gebraucht, als Symbol, als Mythos, als goldener Anker für eine hundertjährige Geschichte. Doch sie war nicht da gewesen. Und keiner hatte es gemerkt – oder wollte es merken.

Schröder saß im Büro nebenan, vertieft in einen Stapel Ausdrucke, die mehr Staub als Klarheit enthielten. Der junge Assistent hatte sich freiwillig zur Auswertung des Schlüsselbuchs gemeldet – ein Dokument, das penibel von der Clubverwaltung geführt wurde, angeblich. Jeder Zugriff auf die gesicherten Bereiche – darunter auch der kleine Raum hinter der Glasvitrine – war dort vermerkt. Mit Uhrzeit, Namen, Anlass.

„Also gut“, murmelte Schröder, als Erdmann die Tür öffnete, „wir haben Einträge für den Nachmittag vor der Gala – Aufbau, Technik, Catering. Dann ein letzter Zugang um 21:10 Uhr, einer der Platzwarte, laut Buch wegen Reinigung. Danach... nichts.“

Erdmann runzelte die Stirn. „Nichts?“

„Nichts. Bis zum nächsten Morgen. 06:45 Uhr, erste Reinigungskraft.“

„Und die Nacht?“

„Gähnende Leere. Als hätte der Club geschlafen.“

Erdmann trat näher. Warf einen Blick auf die Handschrift, die mal kantig, mal schräg, dann wieder fast zitternd über die Zeilen lief. Echte Eintragungen, handschriftlich geführt, in einem Protokollbuch, das seine Blätter wie Altpapier roch.

„Das war nie digital?“, fragte er.

„Doch, inzwischen gibt's ein Kalendersystem für die Zugangsberechtigungen. Die Handschrift ist nur noch Backup. Ich hab mir auch da mal Zugriff geben lassen.“

„Und?“

Schröder drehte den Laptop zu ihm. Auf dem Bildschirm: eine tabellarische Übersicht mit Zeitstempeln, Benutzerkennungen, Kommentarfeldern. Wieder das Muster: Aktivitäten bis etwa 21:15 Uhr. Dann ein auffälliges Loch – bis zum frühen Morgen.

„Das Interessante ist hier", sagte Schröder und klickte in die tiefere Protokollansicht, „dass es eine gelöschte Zeile gab. Irgendein Zugriff am 22:05 Uhr. Der Kalendereintrag wurde entfernt – aber nicht spurlos. Das System schreibt sogenannte Schatteneinträge."

„Und was steht da?"

„Nur: Benutzer ‚R.B.', keine weitere Info. Kein Eintrag im physischen Buch."

„R.B.?"

Schröder zuckte mit den Schultern. „Im Clubverzeichnis kein Eintrag mit diesen Initialen. Ich frag mich, ob das vielleicht jemand war, der temporär Zugriff hatte. Ein Dienstleister? Oder jemand, der unter einem fremden Login gearbeitet hat."

Erdmann kaute nachdenklich auf der Unterlippe. Der Name kam ihm nicht bekannt vor. R.B. – das war entweder jemand, der sich gut auskannte, oder jemand, der versuchte, genau das vorzutäuschen. Beides war nicht beruhigend.

„Hat der Club externe Dienstleister, die nachts kommen? Sicherheitsfirma, IT, Facility Management?", fragte Erdmann.

„Ja. Hab ich schon rausgesucht. Die meisten Verträge laufen über Standardfirmen. Aber..." Schröder griff in eine Mappe. „Hier ist ein Vertrag mit einem IT-Betreuer. Unterschrieben von Frau Brandenstein. Die Firma heißt ‚RB Solutions'. Sitz: Potsdam. Kein fester Ansprechpartner, nur ein Sammelkonto."

„RB."

„Genau das dachte ich auch."

Erdmann legte den Kopf schief. „Und diese Firma hat

wann das letzte Mal offiziell etwas gemacht?"

„Laut Kalender? Zwei Tage vor dem Galaabend – ein Softwareupdate für das Kassensystem im Bistro."

„Zufällig spät abends?"

„20:00 Uhr. Bis angeblich 20:45 Uhr."

„Und wer hat das bestätigt?"

„Nur Frau Brandenstein selbst."

Erdmann seufzte leise. Die Spuren verfestigten sich nicht – sie zerbröselten unter den Schuhsohlen. Und doch waren da Indizien. Zu viele Zufälle. Zu viel Schweigen zur falschen Zeit.

Er trat zurück in die Halle. Die Vitrine reflektierte sein Spiegelbild, verzerrt durch das gebogene Glas. Ein goldener Kreis hatte hier liegen sollen. Stattdessen: Leere. Und eine Geschichte, die einer Lücke glich.

Ein Putzwagen rollte am Rand vorbei. Der Hausmeister, wortlos wie immer, nickte knapp. Erdmann hob die Hand zum Gruß – und wandte sich dann dem nächsten Puzzlestück zu.

Denn wenn jemand Zugriff auf die Systeme hatte, der dort nicht hingehörte, dann war das kein einfacher Diebstahl. Es war ein Signal. Einer hatte entschieden, dass diese Medaille verschwinden musste.

Und dass niemand wissen sollte, wann genau.

7. DAS GESICHT AUF DEM BILD

Es war einer dieser regnerischen Vormittage, an denen der Club leiser wurde. Der Sand auf den Plätzen lag wie schlafend da, die Linien glänzten vom Wasserfilm, das Netz hing leicht durch, als würde es sich ausruhen. Nur vereinzelt hallten Schritte durch das Hauptgebäude, gedämpft vom Holz und den Erinnerungen, die sich hier angesammelt hatten wie die Staubschichten im Vereinsarchiv.

Lina Berg, die ihre Recherchen meist mit spitzem Bleistift und scharfem Blick betrieb, hatte sich an diesem

Morgen einen ungewöhnlich unspektakulären Ort ausgesucht: den Gemeinschaftsraum im Obergeschoss, der von den meisten nur als „Clubchronik-Ecke“ bezeichnet wurde. Zwischen Vitrinen, die alte Bälle, zerbröselte Pokale und vergilbte Spielpläne beherbergten, war eine Wand mit Mannschaftsfotos bestückt. Jahrzehnte an Gesichtern blickten ihr entgegen. Stolz, jung, manchmal mit Schnurrbart. Manchmal mit Vergangenheit.

Sie hatte eigentlich nach Hinweisen auf das Gründungsjahr gesucht, die Verbindung zum Stifter der Goldmedaille, dem legendären Wilhelm Fromm. Doch ihr Blick blieb an einem Bild hängen, das unscheinbar in der dritten Reihe hing – Jahrgang 1989, Herren 30, Aufstieg in die Verbandsliga. Zwölf Männer in weiß, einer kniete vorn mit einem besonders breiten Lächeln. Und genau dieses Lächeln war es, das sie aufmerken ließ.

Sie beugte sich näher. Runzelte die Stirn. Holte ihr Handy aus der Tasche und zoomte hinein. Der Mann hatte sich kaum verändert, auch wenn die Jahre an den Wangenlinien gezogen hatten. Heute trug er eine Trainerjacke, war beliebt bei den Jüngeren, hatte sich in den letzten Monaten still wieder eingegliedert in den Verein – als wäre er nie weg gewesen.

Doch Lina erinnerte sich.

Ein Gespräch im Bistro, Monate zuvor. Ein Altmitglied, leicht beschwipst, hatte etwas genuschelt von einem alten Skandal: „...wegen der Sache mit dem Sohn vom Vorsitzenden damals... du weißt schon... der Trainer, der sich dann ins Ausland verkrümelt hat...“

Sie hatte es damals nicht ernst genommen. Jetzt sah sie dem Mann ins Gesicht – und es war eindeutig. Kein Zweifel.

Karl-Heinz Löschner.

Heute Techniktrainer im Nachwuchsbereich. Freundlich, unauffällig, unpolitisch. Aber laut Clubchronik 1990 suspendiert – wegen unsportlichen Verhaltens, wie es hieß. Offiziell. Inoffiziell? Es gab keine Details. Nur die Andeutung, dass sein Verhalten während eines Trainingscamps „vereinsschädigend“ gewesen sei.

Lina notierte sich den Namen. Ihre journalistische Intuition hatte sich selten geirrt. Irgendetwas stimmte nicht mit der Geschichte dieser Rehabilitierung. Und warum jetzt? Warum gerade im Jahr des Jubiläums?

Sie schloss das Notizbuch und machte sich auf den Weg zur Geschäftsstelle. Dort lagen, mit etwas Glück, noch alte Ausschlussschreiben, Vorstandsbeschlüsse, Protokolle. Nicht digital, sondern handschriftlich. So, wie man es früher machte, wenn man wollte, dass etwas nicht zu leicht auffindbar war.

Der Sekretär ließ sie widerwillig hinein. „Nur zehn Minuten“, maulte er. „Wir bereiten den Galaabend nach – Protokollnachtrag, Sie wissen schon.“

Sie lächelte. „Zehn Minuten reichen. Fürs Erste.“

In einem Archivkarton, abgeheftet unter „Disziplinarisches – 1980–1995“, fand sie ihn. Ein Schreiben vom 23. Oktober 1990, unterschrieben vom damaligen Vorsitzenden. Betreff: Ausschluss Karl-Heinz Löschner. Grund: „Wiederholte Verstöße gegen die Verhaltensregeln des Clubs sowie unangemessener Umgang mit jugendlichen Mitgliedern.“ Kein Gerichtsverfahren, keine Presse. Aber klar: Man wollte ihn loswerden.

Und nun war er wieder da. Leise, mit Lizenz, mit Netzwerken. Jemand hatte ihn zurückgeholt. Rehabilitiert. In einer Phase, in der der Club jeden Schatten vermeiden wollte.

Lina schloss die Mappe. Sie spürte das Kribbeln. Diese Mischung aus Verdacht und journalistischer Wachsamkeit. Vielleicht hatte der Mann nichts mit dem Verschwinden der Medaille zu tun. Vielleicht aber doch. Er war auf jeden Fall ein Gesicht, das wieder aufgetaucht war – und das Fragen aufwarf.

Als sie zurück auf den Flur trat, begegnete sie Erdmann.

Der hatte das Gespräch mit dem Hausmeister hinter sich und wirkte nachdenklich.

„Ich hab da was“, sagte Lina.

„Ich auch“, entgegnete Erdmann. „Ein Kalendereintrag, der fehlt – aber ein Name, der auftaucht.“

Sie gingen wortlos nebeneinander her, zurück Richtung Bistro. Der Regen hatte aufgehört. Und über dem Club lag eine seltsame Stille.

Nur die Geschichte rührte sich. Und sie roch nach vergilbtem Papier und einem alten Bild.

8. SCHWARZE KASSE

Es war ein Samstagmittag, der sich unter die Haut legte – nicht wegen des Wetters, sondern wegen der Stille. Die Plätze lagen leer, als hätte man ihnen für einen Moment den Atem genommen. Nur das entfernte Klacken eines vereinsamten Balls hallte über die Ziegelmehlflächen, begleitet vom Summen eines Laubbläsers, das sich wie ein nervöses Flüstern über die Anlage legte.

Erdmann war an diesem Tag früher aufgebrochen als sonst. Nicht, weil er in Eile gewesen wäre – Eile war ihm nach vierzig Dienstjahren so fremd wie vegane Wurst. Aber etwas in ihm nagte. Nicht dramatisch. Eher wie ein kleiner Stein im Schuh, der sich weigert, sich in die Ecke zu verziehen. Ein Satz aus dem gestrigen Gespräch mit dem Hausmeister hatte sich festgehakt: „War irgendwas mit dem alten Spind im Geräteraum... hat schon ewig keiner mehr angerührt.“

Erdmann kannte den Raum. Früher Lager für alles, was der Club nicht wegwerfen, aber auch nicht mehr benutzen wollte: alte Linienbesen, kaputte Schläger, eine eingerissene Trennwand mit Sponsorenaufdruck von 1997. Nichts, was ein Mensch mit klarem Verstand freiwillig betrat. Außer man suchte etwas, das nicht gefunden werden sollte.

Der Schlüssel war offiziell nicht mehr im Umlauf. Inoffiziell hatte der Platzwart eine kleine Sammlung an rostigen Schlüsseln in seiner Werkzeugkiste, beschriftet mit abgewetzten Etiketten. Erdmann hatte sich einen davon ausgeliehen – und fand das Schloss auf Anhieb.

Es roch nach altem Kunststoff, nach Leinöl und abgestandener Eitelkeit. Der Spind, den der Hausmeister erwähnt hatte, stand in der hintersten Ecke, halb verdeckt von einer Plane, die früher wohl ein Ballfangnetz gewesen war.

Erdmann öffnete die Tür. Kein Knarren, kein dramatisches Geräusch. Nur die Gewissheit, dass hier lange niemand war.

Innen lag ein Umschlag.

Nicht beschriftet, aber prall. In altmodischer Handschrift war auf die Innenseite des Spindblechs ein einziges Wort geschrieben: „Erbstück".

Erdmann öffnete den Umschlag. 50er. 100er. Gezählt vielleicht 4.000 Euro, lose gebündelt mit einem Gummiband, das schon bröselte. Kein Absender. Keine Quittung. Nur ein kleiner Zettel, beigelegt, ebenfalls handschriftlich:

„Wie besprochen. Bleibt unter uns."

Erdmann schob die Tür wieder zu. Schloss nicht. Der Spind hatte das gesehen, was andere verdrängten. Jetzt hatte er genug erzählt.

Zurück im Clubhaus traf er auf Schröder, der mit einer Tasse Instantkaffee und einem Stapel ausgedruckter E-Mails in der Hand auf der Terrasse saß – sein Versuch, digitalem Material mit analoger Hartnäckigkeit beizukommen.

Erdmann legte den Umschlag kommentarlos auf den Tisch. Schröder hob die Augenbrauen.

„Ist das...?" – Er öffnete. „Das ist Schweigegeld, oder?"

Erdmann nickte nicht. Aber auch nicht das Gegenteil.

„Wer zahlt denn heute noch bar – in einem Spind?" Schröder schaute ratlos. „Und wer benutzt das Wort Erbstück, wenn's um Geld geht?"

Erdmann antwortete nicht sofort. Er roch an seiner Tasse, verzog das Gesicht und trank dann trotzdem. Es war nicht der Kaffee, der ihn nachdenklich machte.

„Ein Erbstück ist kein Geld. Aber manchmal wird Geld zum Ersatz. Für Schweigen. Für Schuld. Oder dafür, dass etwas nicht zurückkehrt."

„Also doch Schweigegeld?", bohrte Schröder weiter.

Erdmann sah ihn an. „Oder ein Alibi in Scheinen."

Der Gedanke saß. Schröder starrte auf die Scheine, als könnten sie sich in Geständnisse verwandeln. Aber sie lagen nur da. Regungslos. Wie eine Lüge, die es sich bequem gemacht hatte.

Lina stieß später zu ihnen. Sie hatte ein Clubmagazin von 1985 mitgebracht, darin ein Interview mit dem damaligen Vorsitzenden – eine glorreiche Rückschau auf die 60er-Jahre, mit einem Nebensatz über die Medaille, der Erdmann auffiel:

„...wurde als Dauerleihgabe dem Club überlassen, auf dass ihr Glanz uns ewig mahne..."

„Dauerleihgabe", murmelte Erdmann. „Nicht Schenkung. Nicht Besitz."

Lina verstand sofort. „Heißt: Die Medaille gehörte nie dem Club?"

„Rein juristisch? Vielleicht. Rein menschlich? Das ist die Frage, um die sich alles dreht."

Und irgendwo dazwischen: ein Umschlag voller Scheine in einem Spind, den keiner mehr benutzte – außer, wenn das Vergangene kurz anklopfte.

9. DIE LÜCKE IM LEBENSLAUF

Manchmal genügt ein einziger Satz, um die Fassade eines Menschen bröckeln zu lassen. Und manchmal genügt nicht einmal das – dann braucht es eine stille Stunde im Archiv, eine sorgfältig geführte Excel-Tabelle und eine Portion Misstrauen, die nur jemand wie Lina Berg mit sich herumtrug wie andere ihre Schlüssel.

An diesem Tag hatte sie sich am frühen Nachmittag in den kleinen Raum der Vereinsredaktion zurückgezogen. Ein Raum mit zu vielen Ordnern, zu wenigen Steckdosen und einem leicht muffigen Geruch nach Papier, der sie seltsamerweise beruhigte. Es war der Geruch vergangener Geschichten, aufbewahrt in Plastikmäppchen, abgeheftet in staubgrauen Registern, wartend auf jemanden, der ihnen wieder Bedeutung schenkte.

Sie hatte sich die Personalunterlagen des Trainers kommen lassen – offiziell zur „Erstellung eines Porträts für das Clubmagazin“. Inoffiziell, weil ihr Erdmann beim letzten Treffen einen dieser halb ausgesprochenen Hinweise zugesteckt hatte, die klangen wie beiläufige Bemerkungen, aber wie kleine Sprengsätze in der Recherche explodieren konnten.

Der neue Trainer – von den Kindern gemocht, bei den Damen beliebt, von den Herren respektiert – hatte einen Lebenslauf, der makellos wirkte. Fast zu makellos. Alles stimmte: Ausbildung, frühere Stationen, Referenzen. Alles chronologisch, sauber formatiert. Und doch war da eine Lücke. Kein Eintrag zwischen 2010 und 2015. Kein Club, kein Verband, kein Turnier. Nur ein Fünfjahres-Loch zwischen zwei fast identischen Formulierungen: „Engagiert in der Nachwuchsförderung“.

Lina war misstrauisch geworden.

Sie suchte. Erst online, dann tiefer. Alte Artikel, Vereinsarchive, vergilbte Berichte aus Regionalzeitungen. Ein Name, der früher einmal in Saarbrücken aufgetaucht war. Dann wieder gelöscht. Und plötzlich stieß sie auf einen Artikel, datiert auf den 18. Oktober 2011. Überschrift: „Sportmuseum ausgeraubt – Exponate von historischem Wert gestohlen“. Darunter ein Foto des zerstörten Vitrinenglases, ein Kommentar des Museumsdirektors – und ein Zeugenhinweis auf einen verdächtigen Besucher, Tage vor dem Einbruch.

Der Name des Zeugen: Jan M. – ehemaliger Tennistrainer mit Bezug zur Szene, derzeit ohne feste Anstellung.

Lina lehnte sich zurück. Ihr Blick blieb an einem Detail hängen. Der Artikel erwähnte unter den gestohlenen Exponaten auch eine goldene Siegernadel aus dem Jahr 1923, gestiftet von einem Berliner Tennisclub. Schwarzgold? Kein Beweis. Aber ein Wink, der einem Reporterauge reichte.

Sie rief Erdmann an. Kurz, knapp, wie immer. Und als sie auflegte, war klar: Die Lücke im Lebenslauf war keine Panne. Sie war Absicht.

Erdmann hatte in der Zwischenzeit den Spind noch einmal überprüft. Dieses Mal mit Handschuhen. Kein Fingerabdruck, nichts Greifbares – aber das Papier des beiliegenden Zettels war ungewöhnlich dick. Büttenpapier. Etwas, das man nicht mal eben aus dem Drucker zieht. Etwas, das Stil andeuten will – oder alte Gewohnheiten.

Er verglich die Handschrift auf dem Zettel mit einem Eintrag im Clubbuch. Nicht identisch, aber ähnlich. Möglich, dass jemand geübt hatte, unauffällig zu bleiben.

Und plötzlich fügte sich etwas: Die Rückgabeverpflichtung im Protokoll von 1985. Die goldene Medaille. Das Geld im Spind. Und nun ein Trainer mit Vergangenheit – und einer Lücke, die mehr sagte als ein ganzer Absatz.

Lina kam mit einer Kopie des Artikels ins Clubhaus. Sie sprach nicht sofort, legte nur das Blatt auf den Tisch. Erdmann las. Dann nickte er. Schröder schaute ratlos von einem zum anderen.

„Ich versteh's nicht", sagte er. „Was hat ein Museumseinbruch mit unserer Medaille zu tun?"

Erdmann antwortete nicht sofort. Er sah auf den Artikel, dann auf das Fenster, durch das der Tennisplatz wie ein aufgeschlagenes Buch lag – bereit, gelesen zu werden.

„Manche Geschichten", sagte er schließlich, „sind wie alte Bilder. Wenn man zu nah dran ist, sieht man nur Farbtupfer. Aber mit Abstand erkennt man das Muster."

Schröder nickte langsam – ohne zu verstehen. Aber das war in Ordnung. Nicht jeder Satz war für den Moment bestimmt. Manche waren ein Angebot. Wie eine Spur, die sich erst mit dem nächsten Schritt zeigte.

10. DIE AUFSTELLUNG DER SCHATTEN

Wenn Erdmann eines gelernt hatte in all den Jahren zwischen Verhörraum und Vereinsbank, dann dies: Die Wahrheit drängte sich nicht auf. Sie duckte sich. Sie spielte Verstecken. Und manchmal trug sie ein Lächeln, das zu gut saß, um ehrlich zu sein.

An diesem Nachmittag saß er nicht auf der Terrasse, nicht auf Platz 3, auch nicht in der Nähe eines Brötchens. Sondern in einem kleinen Raum über dem Clubbüro, mit Blick auf die ehrwürdige Stirnseite der Clubvitrine, die leer stand wie ein vergessenes Schaufenster. Neben ihm eine dampfende Tasse, vor ihm ein Notizblock. Kein Computer. Kein Tonband. Nur Gedanken, Tinte und das müde Licht eines Sommertages, der seine besten Stunden schon hinter sich hatte.

Er begann, Namen zu notieren. Keine offiziellen Listen. Nur Kürzel, Gesten, Verdächtigungen. Die Präsidentin Brandenstein, die am liebsten schweigt, wenn es zu laut wird. Der Trainer mit dem vergessenen Kapitel. Der erste Vorsitzende Borchert, kontrolliert bis in die Fingernägel. Und dann diese alte Geschichte mit dem Gründer-Sohn, der nie offiziell aufgenommen wurde, aber in Interviews gerne betonte, dass ihm „das Erbe ohnehin zustünde". Auch der Hausmeister mit seinen kryptischen Bemerkungen. Und nicht zuletzt die Schatzmeisterin, deren Handschrift seltsam an jenen Zettel erinnerte, den Schröder im Spind entdeckt hatte – jene krakelige Mischung aus Großbuchstaben und feinem Groll.

Erdmann schrieb nicht nach Sympathie. Sondern nach Wahrscheinlichkeiten. Und Wahrscheinlichkeiten rochen oft nach alten Rechnungen, nach gekränkter Eitelkeit oder nach Geld.

Er notierte drei Spalten. Motiv. Gelegenheit. Verhalten seit dem Vorfall. Und allmählich entstand etwas, das aussah wie eine Schachpartie – kurz vor dem Matt, aber mit genug Figuren auf dem Brett, dass jeder Zug eine Überraschung sein konnte.

Gegen 17:30 Uhr klopfte es. Ein Zögern in der Bewegung. Kein energisches Pochen. Sondern die Art von Klopfen, mit der jemand sein eigenes Anliegen nicht ganz für legitim hält.

Brandenstein trat ein. Elegant, die Frisur ein wenig zerzaust, als hätte sie sich in Gedanken durch die Haare gestrichen, ohne es zu merken.

„Herr Erdmann", sagte sie. „Darf ich einen Moment stören?"

Er nickte, ohne aufzusehen.

„Ich habe mit dem Vorstand gesprochen. Natürlich nur informell." – Sie setzte sich, ohne eingeladen worden zu sein. „Wir sind dankbar, dass Sie sich der Sache annehmen. Aber… nun ja…"

Erdmann ließ sie zappeln. Er hatte ein Talent dafür, dass Menschen von selbst sagten, was sie eigentlich nicht sagen wollten.

„Es wäre schön, wenn… also, falls sich etwas ergeben sollte – etwas Unangenehmes…" Sie suchte nach dem richtigen Wort, als sei es auf dem Boden gefallen. „Dann vielleicht nicht unbedingt öffentlich. Der Club… Sie verstehen… Jubiläum, Gäste, Presse…"

Erdmann sah sie nun an. Still. Länger als höflich. Nicht feindlich, nur nüchtern wie ein leerer Teller.

„Sie möchten eine elegante Lösung", sagte er.

Sie nickte.

„Eleganz ist relativ", sagte Erdmann. „Kommt auf den Blickwinkel an. Und auf die Beleuchtung."

Sie schwieg.

„Ich mach's auf meine Art", fügte er hinzu. „Ohne Show. Aber auch ohne Zensur."

Sie erhob sich. Kein Widerwort. Nur ein kurzes, fast tonloses „Verstanden."

Als sie gegangen war, drehte er die Kaffeetasse auf dem Unterteller, als ob er im Sud lesen könnte. Und vielleicht tat er genau das.

Dann strich er zwei Namen von seiner Liste. Nicht aus Nachsicht. Sondern weil sich ihr Schatten zu offensichtlich aufdrängte. Und ein zu offensichtlicher Schatten war meist nur ein Sonnenschirm.

Die anderen blieben stehen. Namen wie Figuren. Figuren mit Motiven. Mit offenen oder verschlossenen Türen.

Erdmann sah auf seine Liste und murmelte leise:

„Es sind nicht viele. Aber es reicht für ein ganzes Drama."

11. DIE FÄLSCHUNG

Es war der Moment, in dem das Spiel kippte. Nicht laut. Nicht mit einem Knall. Sondern mit einem leisen Klicken, wie wenn ein Schlüssel ins Schloss fällt – oder ein falscher Zahn im Getriebe knirscht. Erdmann hatte viele solcher Wendepunkte erlebt. Sie kamen selten spektakulär daher, aber sie hatten Gewicht. Dies hier war so einer.

Am späten Vormittag – die Clubanlage noch im Dämmerschlaf zwischen Morgengymnastik und Mittagsschnitzel – lag ein unscheinbares Päckchen auf dem Empfangstresen. Braunes Papier, ordentlich verschnürt, kein Absender. Nur ein handgeschriebener Zettel: „Für den Vorstand. Persönlich."

Die Empfangsdame, mit dem Instinkt einer Sekretärin, die schon mehr Ehen und Erbschaften überlebt hatte als der Club Jahreshauptversammlungen, übergab es schweigend an Brandenstein. Die Präsidentin öffnete es im kleinen Sitzungszimmer, allein. Doch lange blieb es nicht dort.

Denn keine dreißig Minuten später stand sie bei Erdmann. Die Medaille in den Händen. In einer Samtbox. Wie aus dem Bilderbuch.

„Sie ist zurück“, sagte sie. Ihre Stimme nüchtern, fast klinisch. „Ein anonymer Rückläufer. Offenbar ein schlechtes Gewissen.“

Erdmann nahm die Box entgegen, so vorsichtig, als trüge sie Sprengstoff. Er musterte das Stück. Goldglanz. Fein graviert. Das Vereinslogo im Zentrum, kunstvoll umrundet von Lorbeer und Jahreszahlen. Doch irgendetwas stimmte nicht.

Er rief Schröder.

„Hol mir bitte die Kopie der Fotodateien von der Ausstellung“, sagte er. „Die Nahaufnahmen. Auch die vom Jubiläumsheft.“

Als Schröder ging, drehte Erdmann die Medaille zwischen Daumen und Zeigefinger. Nicht zum ersten Mal in seiner Laufbahn verließ er sich weniger auf forensische Spurensuche als auf seine Erinnerung – und sein Bauchgefühl.

Es war nicht der Glanz. Nicht das Gewicht. Es war eine Kleinigkeit. Die Gravurkante des Eichenblatts. Die leicht versetzte Platzierung der Jahreszahl. Die feine Linie, die auf dem Original wie von Hand gezogen wirkte – und hier perfekt rund erschien. Zu perfekt.

Als Schröder zurückkam, reichte er ihm das Tablet.

„Zoom mal rein. Das Bild vom Heftcover.“

Erdmann verglich die Linien. Die Kurve der Signatur. Das innere Muster der Punze.

Dann stand er auf. Mit einer Langsamkeit, die nichts mit Alter zu tun hatte, sondern mit Entschlossenheit.

Im Büro der Präsidentin war es kühl. Absichtlich. Wie das Lächeln der Frau hinter dem Schreibtisch. Sie hatte die Arme verschränkt, die Lippen leicht gespitzt. Eine Geste, die sie sich wahrscheinlich beim Rhetorikseminar für Führungskräfte angeeignet hatte.

„Die Medaille ist ein Duplikat", sagte Erdmann. Keine Floskeln. Kein Einstieg. Nur der Satz.

„Pardon?" fragte Brandenstein.

„Nicht das Original. Nicht das, was damals 1925 gefertigt wurde. Ein sehr gutes Replikat, keine Frage. Wahrscheinlich privat in Auftrag gegeben. Aber es ist nicht das Stück, das unser Gründer einst gestiftet hat. Und es ist auch nicht das, was in der Vitrine lag, bevor es verschwand."

Sie schwieg. Ihre Finger bewegten sich auf dem Schreibtisch, als würden sie nach einem Stift suchen, den es nicht gab.

„Wer es gemacht hat, hat sich Mühe gegeben", fuhr Erdmann fort. „Aber auch ein gutes Duplikat hat Schwächen. Kleine Fehler. Fehler, die nur jemand sieht, der das Original kannte. Oder es gesehen hat. So wie ich."

Sie hob den Kopf. Ihr Blick war nicht trotzig. Eher müde. Als hätte sie genau gewusst, dass dieser Moment kommt – und gehofft, er bliebe aus.

„Und was bedeutet das?" fragte sie schließlich.

Erdmann zuckte mit den Schultern. „Kommt drauf an. Ob das Original noch irgendwo ist. Wer es getauscht hat. Warum. Und was Sie davon wissen."

Brandenstein stand auf. Ging zum Fenster. Sah hinaus auf die Platzanlage, wo ein älterer Herr gerade mit einem viel zu neuen Racket Aufschläge trainierte.

„Sie wissen, wie wichtig dieses Jubiläum für uns ist", sagte sie, ohne sich umzudrehen. „Die Stadt. Die Sponsoren. Die Geschichte des Clubs…"

„Die Wahrheit", ergänzte Erdmann, „wäre auch wichtig. Für die, die den Club aufgebaut haben. Und für die, die ihm heute vertrauen."

Sie schwieg.

Erdmann trat näher. Nicht bedrohlich. Nur spürbar.

„Sie müssen mir nichts sagen. Noch nicht. Aber überlegen Sie gut, wie lange Sie schweigen wollen. Die Medaille ist nicht einfach verschwunden. Sie wurde ersetzt. Und das war kein Zufall."

Als er ging, hörte er hinter sich das Geräusch eines Atemzugs, der schwerer war als Worte.

Und draußen, im Schatten der alten Buchen, schrieb er in sein Notizbuch ein einziges Wort:

„Wendepunkt."

12. SCHRÖDERS STOLPERSTEIN

Der Tag begann, wie Tage in einem Berliner Tennisverein an Sommerdonnerstagen eben begannen: mit frühem Rasenschnitt, müden Schultern in der Frühschicht, und einem Filterkaffee, der den Begriff „Aroma" für sich neu definierte – von unten her. Erdmann hatte sich einen Platz am Fenster des Vereinsraums gesichert, dort wo die Gardinen in vergilbtem Beige schon lange kein Licht mehr abhielten, aber immerhin Blick boten. Auf das, was passierte. Und auf das, was sich darunter verbarg.

Er hatte den gestrigen Abend noch nicht ganz aus dem Kopf. Die Duplikatsmedaille lag sicher verwahrt, ihre Echtheit zweifelsfrei widerlegt. Doch was blieb, war die Frage nach dem Warum – und nach dem Wer. Und manchmal auch: nach dem Wann.

Schröder stürmte herein, mit einer Mischung aus Überzeugung und Erregung, die Erdmann misstrauisch machte. Denn wenn sein Assistent so wirkte, als habe er etwas gefunden, dann hatte er es meist nicht wirklich gefunden – sondern sich auf etwas gestürzt, das gefunden werden wollte.

„Chef, ich hab was!"

Erdmann nahm einen Schluck vom Kaffee, der sich anfühlte, als beiße er zurück. „Wenn's wieder der Gärtner war, setz ich dich auf die Mitgliederverwaltung an."

„Erinnern Sie sich an den alten Platzwart? Edgar Miersch? Der hat doch vor ein paar Jahren plötzlich aufgehört. Wegen Rücken, hieß es."

Erdmann nickte vage. Er erinnerte sich vage an viele, die plötzlich aufgehört hatten. Berlin war eine Stadt voller plötzlicher Abgänge.

„Der Miersch", fuhr Schröder fort, „hat wohl bei einer Entrümpelung neulich geplaudert, er wisse, was damals wirklich mit der Medaille passiert sei. Und: dass sie längst weg sei – verkauft, ins Ausland. Ich hab das von einem von den Jungs aus dem Bauhof, der mit seinem Cousin wiederum im selben Dartclub wie Miersch ist."

Erdmann sah auf. „Wenn du noch einmal den Satz ‚Cousin vom Bauhof' in einem Ermittlungsbericht verwendest, kriegste Schreibverbot."

„Ich bin da hingefahren. Miersch wohnt jetzt draußen in Karow. Kleine Datsche, viel Rasen, wenig Gesprächsbedarf."

Erdmann stellte die Tasse ab. Jetzt wurde es interessant. Nicht wegen des Rasen. Sondern wegen des Schweigens.

„Und?"

„Er hat mich zwar erst rausgeschmissen. Aber als ich ging, kam er mir doch noch nach. Hat mir einen Zettel zugesteckt. Darauf: ein Kontoauszug. Und ein Brief. Handschriftlich."

Erdmann nahm den Brief. Seine Augen glitten über die Zeilen. Die Schrift war fahrig, aber lesbar. Miersch beschrieb, wie ihm vor fünf Jahren jemand aus dem Vorstand 2.000 Euro angeboten hatte – wenn er bei einer bestimmten Umräumaktion nicht so genau hinschaute. „Alte Sachen in neue Kisten", stand da. Und: „Nicht meine Aufgabe zu wissen, was Gold ist und was nicht."

„Sieh dir die Überweisung an", sagte Schröder. „Absender: ein Privatkonto, auf den Namen einer Frau – aber die Adresse gehört zu einem der Beisitzer."

Erdmann runzelte die Stirn. „Und du glaubst, Miersch hat die Medaille verscherbelt?"

„Naja… klingt so, oder?"

Erdmann schüttelte den Kopf. „Nee, Schröder. Das ist keine Beichte. Das ist ein Alibi."

„Ein… was?"

„Miersch will nicht, dass sein Name in die Zeitung kommt, wenn der Fall auffliegt. Also inszeniert er sich als der, der bloß bezahlt wurde fürs Wegschauen. Nicht fürs Tun. Du merkst doch, wie sauber er formuliert. ‚Nicht meine Aufgabe zu wissen' – das ist kein Geständnis. Das ist eine Versicherungspolice gegen Ermittlungen."

Schröder setzte sich langsam, wie jemand, der merkte, dass sein Kartenhaus aus Gerüchten und Vermutungen gerade eine Etage eingebüßt hatte.

„Aber warum jetzt? Warum kommt das gerade jetzt raus?"

Erdmann lehnte sich zurück. „Weil jemand nervös wird. Weil das Duplikat zu früh auftauchte. Und jemand dachte, das reicht, um uns ruhig zu stellen."

„Miersch ist also nicht der Verkäufer?"

„Vielleicht nicht mal der Mitwisser. Vielleicht nur ein nützlicher Name. Einer, der den Verdacht kanalisiert. Du denkst, der Alte mit dem Rücken war's – dabei war's jemand, der viel näher an der Vitrine saß. Oder gar den Schlüssel hatte."

Schröder schwieg. Das tat er selten. Aber Erdmann wusste diesen Moment zu schätzen.

„Es wird enger", sagte er schließlich. „Wir kommen näher ran."

Er nahm den Brief erneut zur Hand. Dachte an die feinen Unterschiede zwischen Geständnis und Konstruktion. Und an das, was Menschen taten, wenn sie aus der Geschichte gestrichen werden wollten – oder aus der Verantwortung.

„Schreib Miersch von der Liste", sagte er. „Aber heb sie auf. Als Fußnote. Die Geschichten, die sich die Leute erzählen, sind manchmal interessanter als die Wahrheit. Weil sie zeigen, was sie fürchten."

Als er später, allein im Archivraum, durch alte Protokolle blätterte, stieß er auf einen Eintrag aus dem Jahr 2002. Es ging um eine Sonderversammlung. Thema: Sicherheitsvorkehrungen bei wertvollen Erinnerungsstücken. Protokolliert von: E. Miersch. Beschlossen: Eine Alarmvitrine. Nie installiert.

Und da war sie wieder – diese unscheinbare Notiz, die größer war als jedes Bekenntnis.

13. LINAS FUND

Die Luft im Archiv roch nach altem Papier, nach Klebestreifen vergangener Jahrzehnte, nach abgestandener Ordnung. Nicht muffig – eher ehrfürchtig. Lina hatte schon viele Vereinsarchive durchforstet, vom fauligen Keller eines Bowling-Clubs in Lichtenrade bis zum fensterlosen Aktenschrank einer Fechtgemeinschaft in Lichterfelde. Doch das hier war anders. Es war zu sauber, zu aufgeräumt. Als hätte jemand versucht, Vergangenheit nicht nur zu dokumentieren, sondern zu kuratieren. Wie ein Museum, in dem die Unordnung der Geschichte weggespült worden war.

Sie stand vor einem abschließbaren Rollschrank, der mit einem brummenden Geräusch zur Seite glitt. Jahrgänge von Ordnern: „Protokolle“, „Kassenberichte“, „Jubiläen“. Ihre Finger glitten über die Rücken der Mappen, blieben an „1985“ hängen. Das war das Jahr, in dem der Club erstmals hundert Mitglieder überschritt. Damals sei eine große Spendenaktion gelaufen, hieß es. Auch das Jahr, in dem es eine Satzungsänderung gegeben haben musste. Borchert hatte das beiläufig erwähnt, mit einem Gesichtsausdruck, als wolle er gleichzeitig nicken und alles vergessen.

Lina zog den Ordner „Protokollauszug Vorstandssitzungen 1985“ heraus und legte ihn vorsichtig auf den grauen Tisch. Das Licht war schwach, sie knipste eine alte Schreibtischlampe an, die sich mit einem leichten Klacken in Position bringen ließ. Ihre Augen huschten über die maschinengeschriebenen Zeilen, die Namen klangen wie aus einer anderen Welt: Seidel, Bröckelmann, Lenz. Da, in der Märzsitzung: ein Beschluss über eine „langfristige Leihgabe von Clubwerten an die institutionalisierte Nachfolgegeneration des Gründers, mit Rückgabeverpflichtung im Fall struktureller Umwidmung oder auf Wunsch der Erbfolge".

Ein sperriger Satz. Aber Lina verstand. Die Medaille, um die sich hier alles drehte, war nie Eigentum des Clubs gewesen. Sie war eine Leihgabe – mit Bedingungen. Und diese Bedingungen waren verletzt worden. Schwarz auf weiß.

Sie blätterte weiter. Im Anhang: eine Kopie eines handschriftlichen Briefes, leicht vergilbt, auf Französisch. Beauforts Handschrift? Nein. Zu altmodisch. Der Brief war nicht unterzeichnet, nur mit Initialen versehen: „C.G." Sie kannte den Namen. Camille Gautier – der damalige Präsident und Schwiegersohn des Gründers. Das ergab ein neues Bild.

Die letzten Zeilen des Briefes ließen sie innehalten. „… und sollten sie den Verein je nicht mehr als das Andenken an einen Mann und seine Werte führen, dann geben Sie, bitte, was ihm gehörte, zurück. Es ist nur Gold. Aber in seinem Glanz liegt Erinnerung."

Lina lehnte sich zurück. Ihr Blick wanderte zum Fenster, wo sich das fahle Licht des Spätnachmittags gegen die Milchglasscheiben drückte.

Auf dem Weg nach draußen fiel ihr Blick auf ein kleines Ablagefach mit der Aufschrift „Postausgang – ungeklärt". Verstaubt. Sie zog den obersten Brief heraus. Ein Umschlag, beschriftet mit Jean-Louis Gautier, Bad Homburg. Kein Absender, kein Datum. Sie öffnete ihn vorsichtig. Ein Ausdruck, offenbar aus den frühen Nullerjahren. Eine Kopie des Medaillenbeschlusses. Und ein kurzer Vermerk: „Die Medaille steht Ihrer Familie zu. Bitte kontaktieren Sie uns, bevor die Presse..."

Der Brief war nie verschickt worden.

Zurück im Clubhaus tippte Lina Erdmanns Nummer ein. Als er sich meldete, sagte sie nur: „Wir haben ein Problem. Oder eine Lösung. Kommt drauf an, ob man im Club noch denken kann."

Erdmann sagte nichts. Aber er war schon auf dem Weg.

14. DER GOLDENE HANDSCHLAG

Die Nachricht erreichte den Club am späten Nachmittag, in einer Zeit, in der normalerweise nur noch die Ballkinder des Lebens ihre Kreise auf den Nebenplätzen zogen und die Geschäftsstelle langsam ihre Fenster schloss. Ein Brief – diesmal tatsächlich verschickt, frankiert, signiert und mit einem betont geschäftsmäßigen Ton versehen. Der Inhalt jedoch schlug ein wie eine Rückhand longline: „Wir sehen uns gezwungen, unser Sponsoringverhältnis mit sofortiger Wirkung zu beenden. Die vertrauensvolle Grundlage ist durch jüngste Entwicklungen nicht mehr gegeben."

Absender: LEMAX-Sports, ein mittelständisches Unternehmen mit Ambitionen im Premiumsegment, vor allem bekannt für seine ergonomisch designten Tennisschuhe, die angeblich auf Weltniveau mitspielen sollten, aber bisher hauptsächlich in Bezirksligen zirkulierten.

Und: Es war genau dieser Sponsor gewesen, der noch vor wenigen Wochen auf einer exklusiven Pressekonferenz angekündigt hatte, die legendäre Goldmedaille des Clubs in eine PR-Kampagne einzubinden – als Symbol für Beständigkeit, Werte, Erfolg. Ein Handschlag hatte damals genügt, das Lächeln der Präsidentin war so gewinnend gewesen wie ihre Rhetorik. Und jetzt: Abgang. Still, aber mit Paukenschlag.

Erdmann saß im Aufenthaltsraum des Platzwarts, wo der Duft von Kaffeesatz und Schuhcreme ineinander überging, wie Erinnerungen in einem alten Notizbuch. Vor ihm auf dem Tisch lag der Ausdruck des Sponsorenschreibens. Er las ihn erneut, langsam, als würde jedes Wort ihm etwas verschweigen wollen.

Schröder trat ein, zwei Tassen in der Hand, dampfend. „Der Typ von LEMAX war doch noch beim Sommerempfang da. Hat allen erzählt, wie wichtig Tradition sei. Und dass er extra wegen der Medaille hier…“

„Genau“, unterbrach Erdmann ruhig, „wegen der Medaille.“

„Und jetzt das? Was weiß der, was wir noch nicht wissen?“ Schröder klang ungeduldig.

Erdmanns Blick wanderte zum Fenster. Unten auf Platz 6 spielte ein Jugendlicher gegen die Ballwand – wieder und wieder derselbe Schlag. Stur. Unermüdlich. Fast trotzig.

„Vielleicht gar nicht, was er weiß“, murmelte Erdmann, mehr zu sich selbst. „Sondern was er gesehen hat.“

Denn es war keine Woche her, da hatte LEMAX noch großspurig angekündigt, die Medaille für eine exklusive Fotostrecke zu nutzen – angeblich als Mittelpunkt einer Retro-Kampagne. Ein Mitarbeiter der Agentur war dafür extra mit einem mobilen Fotostudio angereist, hatte im Clubsaal alles aufgebaut. Nur: Die Medaille war plötzlich nicht auffindbar gewesen.

Stattdessen habe man, so sagte der Clubwart, ein „ähnliches Stück aus dem Archiv“ verwendet. Das alles sei intern geklärt worden, keine große Sache, alles wie besprochen. Aber vielleicht hatte jemand damals bereits bemerkt, dass etwas nicht stimmte. Vielleicht war genau das der Moment gewesen, in dem die Fassade Risse bekam.

Lina schickte eine Sprachnachricht aus dem Archiv. „Hab den Original-Vertrag zwischen LEMAX und dem Club. Da steht ausdrücklich drin, dass die Medaille authentisch und traditionsbegründet sei. Und dass eine Verwendung nur im Originalzustand erfolgen dürfe. Sonst

Rücktrittsrecht."

Erdmann ließ das Handy sinken.

Ein goldener Handschlag – der sich als vergoldete Ohrfeige entpuppte.

Und was, wenn dieser Ausstieg nicht bloß Reaktion war – sondern Taktik? Was, wenn der Sponsor selbst gemerkt hatte, dass er in etwas hineingeraten war, das stank wie ein altes Paar Hallenschuhe?

Der Platzwart, der eben hereinschneite, brachte neue Informationen. „Die vom Aufbauteam von LEMAX – die haben damals was geflüstert von einer ungleichen Gravur. Dass die Rückseite der Medaille... naja... irgendwie anders wirkte. Nicht wie gegossen, sondern wie gelasert."

Erdmann notierte sich das. Es passte. Alles fügte sich zu einem Mosaik aus Nachlässigkeiten, Täuschungen und einem überraschend schnellen Rückzug. Und mittendrin: ein Sponsor, der lieber elegant verschwand als öffentlich zu platzen.

Als Erdmann wenig später im Vorraum des Präsidiums saß, die Absage in der Tasche, fragte er sich, wer hier wem zuerst misstraut hatte. Und was schlimmer wog: die Fälschung – oder das Wissen darum.

15. DIE UNTERSCHRIFT

Es war eine dieser Listen, wie sie in Traditionsvereinen gerne durch die Reihen gereicht werden. Im Ton sachlich, im Zweck symbolisch, im Resultat meist harmlos: Zustimmungserklärungen, Einverständniserklärungen, Unterstützungsbekundungen. Mal für eine Satzungsänderung, mal für eine Ehrenmitgliedschaft, mal für das neue Sommerfest-Konzept. Doch diese hier war anders.

Die Liste, die Lina eines späten Vormittags auf dem Kopierer der Geschäftsstelle fand – unter einem Stapel älterer Trainerabrechnungen – trug das Datum vom 4. Mai. Überschrift: „Zustimmung zur öffentlichen Präsentation der

Jubiläumsmedaille im Rahmen des Galaabends".

Drei Seiten, 46 Namen, jeweils mit Unterschrift. Auffällig sauber geschrieben. Auffällig einheitlich. Fast zu einheitlich.

Erdmann beugte sich über die Kopie. Die Unterschriften schienen auf den ersten Blick handschriftlich – und doch, bei genauerem Hinsehen, war eine gewisse Regelmäßigkeit nicht zu leugnen. Kein Zittern. Keine individuellen Schwünge. Keine Variationen bei jenen, die man über Jahre kannte und deren Krakelkunst ein Markenzeichen war.

„Dit riecht nach Schreibtraining", murmelte er. Schröder, der sich hinter ihm auf das Sofakissen plumpsen ließ, verzog das Gesicht. „Wie bitte?"

„Ich kenn da eine Dame aus dem Vorstand. Hat vor Jahren mal ein Kalligrafie-Seminar besucht – war 'ne Geschenkidee ihres Mannes. Seitdem unterschreibt sie wie mit dem Geodreieck."

Schröder wollte kontern, ließ es aber. Erdmann hatte diesen Tonfall, den er nur anschlug, wenn der Verdacht sich zu einer inneren Gewissheit verdichtete.

Die Vereinssekretärin – eine Frau mit Dutt und der Arbeitsmoral eines Standmixers auf Stufe fünf – hatte keine Ahnung, wie die Liste entstanden war. „Ist von oben gekommen", sagte sie und zeigte dabei vage Richtung Vorstand. „Ich hab das nur zum Versand vorbereitet."

Noch am selben Tag kontaktierte Lina eine Handvoll Mitglieder, deren Unterschriften auf der Liste prangten. Drei antworteten prompt – und alle drei hatten nichts unterschrieben. „Ich war im Urlaub", schrieb eine. „Nie gesehen", sagte ein anderer. Und einer, ein älterer Herr mit preußischer Klarheit, antwortete: „Ich unterschreibe nichts mehr, seit ich aus dem Beirat raus bin. Prinzip."

Ein Zufall? Schwerlich.

Am Nachmittag saßen Erdmann, Schröder und Lina in der Vereinsbibliothek, die mehr nach Mief als nach Wissen roch. Auf dem Tisch lagen verschiedene Versionen von

Vorstandsprotokollen, abgestempelte Einladungen zu den Galaabenden – und zwei alte Mitgliederverzeichnisse, fein säuberlich geführt.

Erdmann fuhr mit dem Finger die Spalten entlang. Schreibstilvergleich. Zeilenanalyse. Er wusste, worauf er achten musste: Der charakteristische Schlenker am „f“, das zu weit gezogene „r“, das akribisch geschlossene „a“.

„Da“, sagte er leise. „Vergleich mal diese vier Namen – und jetzt hier.“

Lina nahm die Lupe. Schröder beugte sich vor. Einmal gesehen, war es eindeutig. Dieselbe Handschrift. Nicht vierzig, sondern vielleicht drei oder vier echte Unterschriften – der Rest stilisiert, variiert, aber doch aus einer Hand.

Und diese Hand? Hatte Macht. War nah am Vorstand. Und hatte vermutlich ein Interesse daran, dass der Galaabend nicht durch demokratische Prozesse verzögert wurde.

Denn was, wenn ein Mitglied gegen die öffentliche Präsentation der Medaille gewesen wäre? Was, wenn jemand die Eigentumsfrage gestellt hätte – oder auf die alte Rückgabeverpflichtung pochte? Dann wäre aus Glanz schnell Groll geworden. Aus Gold: Ärger.

„Was du brauchst“, sagte Erdmann, während er die Liste einrollte, „ist nicht die Tinte, sondern der Grund, warum sie fließt.“

Der Kreis der Verdächtigen verengte sich. Die Fälschung war kein Kunststück, sondern Kalkül. Und sie zeigte: Irgendjemand im Club hatte nicht nur die Unterschriften manipuliert – sondern das Bild der Einigkeit, das den Abend tragen sollte.

Eine Einigkeit, die es nie gegeben hatte.

16. EINBRUCH IM ARCHIV

Es war die Art von Nacht, in der man nichts Gutes erwartet. Kein Sturm, kein Donner – nur diese lautlose Schwüle, bei der sich die Luft wie abgestandenes Wasser anfühlte. Die Straßenlaternen warfen flache, gelbliche Kegel über die Kieswege des Tennisclub Schwarzgold Charlottenburg, und irgendwo in der Ferne summte ein Motor. Berlin schlief – oder tat zumindest so.

Doch im hinteren Trakt des Clubhauses, hinter dem gekachelten Flur, der zur Küche führte, hinter dem Wirtschaftsraum und dem kopfsteingepflasterten Innenhof, da war Bewegung. Die Tür zum Archiv war nur angelehnt – das Schloss beschädigt, die Klinke schief. Schröder, der an diesem Morgen als Erster vor Ort war – „früher Vogel" auf Geheiß Erdmanns –, hatte den Schaden entdeckt. Er hatte nicht die Tür geöffnet, nicht das Licht angemacht, sondern den Kommissar angerufen. Altgedienter Instinkt.

Als Erdmann wenig später eintraf, trug er seine Thermoskanne wie eine Beweissicherungstasche und seine Stirn in Falten wie ein altes Protokollblatt. „War klar", brummte er, „dass irgendwer noch nervös wird."

Das Archiv des Clubs war keine Festung, eher eine Sammelstelle für Vergessenes: Protokolle, Urkunden, Medaillenboxen, Fotos aus den Siebzigern mit Haarnadeln und Holzschlägern. Es roch nach Papierstaub, Lösungsmittel und dieser unbestimmten Note von Vergangenheit, die einem in den alten Bezirksämtern entgegenschlägt.

Der Schaden war schnell zu erkennen: Zwei Schubladen offen, Akten umgeworfen, ein Ordner fehlte – der schmale mit dem Aufkleber „Wertgegenstände / Stiftung".

Erdmann zog seine Liste aus dem Mantel. Nicht zum ersten Mal, denn der Ordner war ihm schon vor Tagen aufgefallen. Darin befand sich unter anderem die Originalurkunde zur Medaille – handschriftlich, signiert von einem Herrn Dr. Wulfert, dem Notar aus Charlottenburg, datiert auf den 2. April 1985. Mit dem Hinweis: „Diese

Medaille ist Eigentum des Clubs, solange der Club seiner satzungsgemäßen Aufgabe gerecht wird. Im Falle von Auflösung, Zweckentfremdung oder öffentlicher Entwürdigung ist sie zurückzugeben an die Familie des Stifters."

Diese Formulierung hatte Erdmann stutzig gemacht. Zweckentfremdung? Entwürdigung? In einem Club, dessen Mitglieder die Medaille zuletzt als Marketinginstrument auf Cocktail-Einladungen abdruckten?

Erdmann hatte Kopien gemacht. Mehrere. Eine davon trug er in der Innentasche seines Mantels, wie einen Trumpf. Denn er wusste: Wenn etwas verschwindet, dann nicht aus Interesse, sondern aus Angst.

Schröder starrte auf die aufgeworfenen Akten. „Meinen Sie, der Dieb war auf genau das aus? Nur die Urkunde?"

„Det war keen Dieb", knurrte Erdmann. „Det war Panik mit Schlüsselbund."

Die Tür hatte keine Einbruchspuren im klassischen Sinne – eher ein amateurhaftes Aufhebeln mit flachem Werkzeug. Kein Profi. Keine Gewalt. Aber Eile. Und die klare Absicht, nur dieses eine Dokument zu entfernen.

Wer wusste davon? Wer hatte in den letzten Tagen Zugang gehabt? Erdmann zählte still durch. Die Präsidentin. Der Hausmeister. Der Trainer. Vielleicht noch zwei, drei Mitglieder mit Altlasten in der Verwaltung. Nicht viele. Aber einer davon hatte offenbar begriffen, was diese Urkunde bedeutete: Dass die Medaille, selbst wenn sie wieder auftauchte, nicht dem Club gehörte – zumindest nicht moralisch. Und dass ihre Verwendung als Gala-Glanzlicht nicht nur geschmacklos, sondern satzungswidrig war.

„Einmal mit den falschen Fingern aufs Gold gezeigt – und schon schmilzt der Lack ab", murmelte Erdmann.

Er blickte auf die leere Schublade. Die Medaille war nicht nur ein Symbol. Sie war Beweisstück, Besitzfrage, Identitätsfrage. Ein Denkmal, das zur Waffe geworden war – von denen, die sie behielten, und gegen die, die sie nutzten.

Noch war der Täter unbekannt. Doch Erdmann wusste: Wer nachts ins Archiv schleicht, der hat Angst vor Tageslicht. Und wer ein Dokument verschwinden lässt, hat meist schon eine Geschichte, die nicht mehr zu retten ist.

Es war nicht mehr nur ein Fall von Diebstahl. Es war der Versuch, eine Wahrheit zu löschen. Doch Erdmann hatte sie längst kopiert.

Jetzt musste sie nur noch auf den richtigen Tisch gelegt werden – zum richtigen Zeitpunkt.

17. RÜCKHAND AUS DER VERGANGENHEIT

Der Himmel über Zehlendorf war von der Sorte Grau, die keine Entscheidung treffen will – weder Regen noch Klarheit, weder Trost noch Bedrohung. Erdmann stand vor einem Reihenhaus mit verblichenem Efeu, das sich hinter einem weißen Metallzaun ducken wollte. Ein Klingelschild mit brüchiger Gravur: W. Grützmann. Kein Hinweis auf Tennis, keine Erinnerung an Medaillen oder Galaabende. Nur ein Name, der im Protokoll von 1985 wie ein Nachhall geblieben war.

Erdmann trat einen Schritt zurück, betrachtete das Haus wie einen Tatort. Keine Dekoration, kein Leben an den Fenstern. Aber ein Geräusch, kaum hörbar – das rhythmische Ticken einer alten Wanduhr, das selbst durch doppelverglastes Glas seinen Weg fand.

Er hatte sich angekündigt. Schriftlich, in seinem Ton. Keine Bitte, kein Bedauern – nur ein Satz: „Ich möchte über etwas sprechen, das nie zurückgegeben wurde." Die Antwort kam in drei Worten: „Kommen Sie vorbei."

Die Tür öffnete sich, bevor Erdmann klingelte. Ein alter Mann, aufrecht, mit einem Gesicht, das nicht bitten konnte. Walter Grützmann, Sohn des Gründers, letzte lebende Verbindung zu einer Idee, die einmal Tennis bedeutete – und heute: einen Skandal.

„Kommen Sie", sagte er, als wäre Erdmann ein Kellner

mit Verspätung. Keine Hand, kein Lächeln. Nur ein Nicken ins Hausinnere.

Die Wohnung war alt, aber nicht verfallen. Jedes Möbelstück schien genau dort zu stehen, wo es seit Jahren stand – als ob jede Veränderung ein Verrat an der Vergangenheit gewesen wäre. Eine Vitrine mit Büchern, Fotos in Schwarzweiß. Keine Trophäen. Kein Tennis.

Sie setzten sich in zwei Lehnsessel, zwischen ihnen ein Tisch mit Spitzendecke. Darauf eine leere Zuckerdose und eine angeschlagene Kaffeekanne. Grützmann schenkte nicht ein.

„Sie wissen, warum ich hier bin", begann Erdmann.

„Wegen des Diebstahls. Oder der Wahrheit?" Die Stimme war brüchig, aber klar.

Erdmann nickte langsam. „Die Medaille. Sie galt als Leihgabe. Für eine Idee. Für einen Club."

„Für Anstand", sagte Grützmann. „Nicht für Marketing."

Es folgte eine Stille, in der nur das Ticken der Wanduhr zu hören war – ein Klang, der wie ein Metronom der Schuld wirkte.

„Mein Vater hat diesen Club wieder neu aufgebaut, als die Nachkriegszeit noch roch. Er wollte etwas schaffen, das bleibt. Kein Gebäude. Eine Haltung." Grützmanns Blick wanderte zu einem alten Foto an der Wand – drei Männer mit Schlägern, einer davon in Militärjacke. „Als er starb, haben sie sein Lebenswerk vergoldet – im Wortsinn. Und mir gesagt: Danke für alles."

„Aber keine Mitgliedschaft", sagte Erdmann.

„Nein", erwiderte Grützmann, fast spöttisch. „Ich sei zu politisch gewesen. Und zu direkt. Mein Vater hätte das nicht gewollt, sagten sie."

Erdmann zog den Umschlag aus der Manteltasche. Eine Kopie der Urkunde, die in der Nacht verschwunden war. Grützmann las sie nicht. Er kannte sie auswendig.

„Sie haben versucht, es verschwinden zu lassen", sagte

Erdmann. „Nicht das Gold. Die Verpflichtung."
Grützmann nickte kaum sichtbar. „Weil sie wussten, dass sie nie das Recht hatten, damit zu glänzen."
„Und doch taten sie es."
„Natürlich. Menschen lieben Symbole. Solange sie nicht erinnern."
Es folgte eine lange Pause. Dann sagte Grützmann: „Die Medaille war nie für Vitrinen gedacht. Sie war Mahnung. Dass ein Club nur so viel wert ist wie sein Umgang mit den Schwächeren."
Erdmann lehnte sich zurück. „Und jetzt?"
„Jetzt ist es zu spät für Rückgaben. Aber nicht zu spät für Wahrheit."
Ein Satz, der in der Luft blieb. Wie eine Rückhand, die nicht auf Punktgewinn zielte – sondern auf Haltung.
Erdmann stand auf, reichte keine Hand. Er wusste: Manchmal war Schweigen das höflichste Angebot.
Als er das Haus verließ, blickte er noch einmal zurück. Kein Licht im Fenster, keine Bewegung. Nur der Klang der Uhr – und die Ahnung, dass die Vergangenheit sich selten stehlen lässt. Aber manchmal zurückkehrt. Mit Schwung. Und Wucht.

18. DIE NACHT DER WAHRHEIT

Der Galaabend hatte begonnen wie ein gut inszeniertes Theaterstück: mit Glanz, Gläserklirren und einer großzügigen Begrüßungsrede des Vorstands. Der Saal, umfunktioniert aus der alten Tennishalle, war in goldenes Licht getaucht – Licht, das über Staub hinwegtäuschte, über Schulden und über die eigentliche Lücke: die Geschichte, die fehlte. Oder besser gesagt: die Wahrheit, die man nicht eingeladen hatte.
Erdmann stand nicht im Rampenlicht. Er lehnte an einer Säule, ein Glas Wasser in der Hand, beobachtete. Schröder war nervöser als sonst, knetete ein Cocktailserviette, als

sei darin ein Verdächtiger versteckt. Lina hatte sich strategisch an den Pressetisch platziert, den Rücken zur Wand, das Gesicht offen für den nächsten Knall. Sie wusste, dass einer kommen musste. Und Erdmann – er wusste, dass er kommen würde.

Die Rede der Präsidentin begann mit einem eleganten Schulterzucken in Richtung Geschichte: „Hundert Jahre Schwarzgold – das ist mehr als ein Club. Es ist ein Versprechen an Qualität, an Werte, an Gemeinschaft." Ihre Stimme war geölt wie das Parkett unter ihren Absätzen, der Applaus höflich, aber nicht herzlich. Sie sprach von Erfolgen, vom Neubau des Jugendzentrums, von kommenden Fördergeldern. Kein Wort zur Medaille. Kein Wort zur Nacht.

Bis plötzlich das Licht flackerte.

Ein kurzes Sirren durchzog den Saal, als hätte jemand die Spannung regulieren wollen – im elektrischen wie im atmosphärischen Sinne. Dann war der Bildschirm an der Stirnseite der Halle plötzlich nicht mehr leer. Sondern lebendig.

Ein Video. Ohne Ton. Körnig, leicht unscharf. Aber deutlich genug.

Eine Überwachungskamera. Flurperspektive. Uhrzeit eingeblendet: 22:13 Uhr. Das Clubhaus bei Nacht. Die Vitrine im Eingangsbereich. Und eine Gestalt.

Langsam, fast bedächtig tritt sie ins Bild. Ein Schlüssel wird gezückt, das Schloss geöffnet. Keine Hast. Keine Handschuhe. Kein Versuch, unbemerkt zu bleiben. Nur eine Selbstverständlichkeit, die verstörte.

Dann der Moment, der die Luft aus dem Saal sog: Das Kleid.

Schwarz, bodenlang, mit goldenem Besatz. Es war dasselbe, das die Präsidentin jetzt trug. Exakt dasselbe.

Im Saal war es still wie auf einem Friedhof bei Windstille. Nur das flackernde Licht des Beamers war noch in Bewegung. Die Aufnahme zeigte, wie die Person aus der

Vitrine einen kleinen Gegenstand entnahm, ihn in die Tasche gleiten ließ, den Schlüssel drehte – und verschwand.

Erdmann blickte nicht zur Präsidentin. Er sah in die Menge. Suchte Gesichter, Reaktionen, nervöse Bewegungen. Aber es war, als hätten alle dieselbe Haltung angenommen: die des Unwissenden, der genau weiß, dass Wissen jetzt gefährlich werden könnte.

Dann sprach endlich jemand. Nicht laut. Nicht ins Mikrofon. Aber klar.

„Das ist ein Skandal." Es war nicht Schröder. Auch nicht Lina. Es war ein älterer Herr mit Clubabzeichen, der sich erhob, als hätte er lange auf diesen Moment gewartet.

Die Präsidentin blieb stehen. Kein Zittern. Kein Versuch, das Bild zu erklären. Sie blickte nur in den Saal und sagte: „Wir sollten alle genau hinschauen. Manches ist nicht, wie es scheint."

Ein Satz wie ein Zündholz, das auf feuchtes Papier fällt: Es brannte nicht sofort, aber es roch nach Gefahr.

Erdmann wusste: Die Wahrheit hatte sich gezeigt. Noch nicht in Worten. Aber in der Wirkung. Das Kleid war zu viel. Zu eindeutig. Und doch – vielleicht genau deshalb: zu einfach.

„Sie hat das Kleid doch heute zum ersten Mal angezogen, oder?", flüsterte Schröder, fast triumphierend. „Das war der Fehler!"

Erdmann nickte nicht. Er sah Lina. Die ihrerseits bereits auf dem Weg zur Technik war, das Video zu sichern.

Der Abend war gelaufen. Die Gala war vorbei. Und das Spiel – es hatte gerade erst begonnen.

Denn das Kleid war ein Hinweis. Aber kein Geständnis.

Und Erdmann wusste: Wer gesehen werden will, hat oft etwas zu verstecken.

19. DIE DEMONTAGE

Am nächsten Morgen war das Wetter entschieden schlechter als die Stimmung im Club. Wolken wie zusammengeknüllte Servietten hingen über Charlottenburg, und der Wind schob die Fahnen vor dem Vereinsheim in einen trägen Flatterlauf – als wüssten sie nicht, ob sie sich noch zum Fest bekennen sollten oder lieber schon kapitulieren.

Erdmann trat ein wie immer: ohne Eile, ohne Ankündigung, aber mit einem Ziel. Die Präsidentin erwartete ihn bereits. Nicht im Büro, sondern im Besprechungsraum. Kein Personal, kein Protokoll, kein Kaffee. Nur zwei Stühle, ein Tisch, ein leerer Ordner. Erdmann stellte seine Aktentasche ab, setzte sich – und schwieg.

Sie trug heute Grau. Kein Gold. Kein Glanz. Und auch kein Make-up. Vielleicht war das schon das erste Geständnis.

„Ich nehme an, Sie sind nicht wegen des gestrigen Caterings hier", sagte sie schließlich.

Erdmanns Blick ruhte auf dem Ordner. „Mir reicht, wenn Sie heute nicht wieder mit Bildern arbeiten."

Sie lächelte matt. Es war das Lächeln einer Frau, die weiß, dass die Eleganz abgeräumt wurde wie leere Teller nach einem zu langen Dinner. „Ich hätte es Ihnen sowieso erzählt. Aber der Zeitpunkt... war mir aus der Hand geglitten."

„Wie die Medaille?"

Sie nickte. „Ich habe sie nicht genommen."

Erdmann ließ den Satz stehen wie ein offenes Fenster im Durchzug.

„Aber Sie haben sie bewegt."

Ein Moment des Zögerns. Dann ein kurzes, fast dankbares Nicken.

„Ich wollte das Original sichern", sagte sie leise. „Wir wussten, dass es Diskussionen gibt – wegen des Eigentums, der Rückgabeklausel, der Altlasten. Und dann dieser Sponsor, der sie plötzlich ins Zentrum stellen wollte.

Ich hatte Angst. Vor Fragen. Vor alten Geschichten."

„Und dachten, eine gute Kopie sei ein besseres Andenken als eine schlechte Vergangenheit?"

„Es war eine pragmatische Entscheidung."

„Es war Vertuschung."

Sie sah ihn an. Zum ersten Mal nicht als Präsidentin, sondern als jemand, der einen Schatten mit sich trägt. „Ich habe das Duplikat herstellen lassen. Hochwertig. Kaum zu unterscheiden. Sollte nur geliehen sein, fürs Jubiläum. Niemand sollte es merken."

„Hat aber jemand."

„Jemand war schneller. Oder schlauer."

Erdmann zog einen kleinen USB-Stick aus der Tasche. „Das Video von gestern. Ich habe es mir mehrfach angesehen. Sehr aufschlussreich – nicht wegen des Kleids, sondern wegen der Uhr."

Sie runzelte die Stirn. „Wie bitte?"

„22:13 Uhr war die Aufnahmezeit. Sie sagen, Sie wollten die Medaille nur sichern. Aber das Original war da schon weg."

Die Farbe wich aus ihrem Gesicht. „Das kann nicht sein. Ich war sicher..."

„Sie waren zu spät."

Stille. Nur das entfernte Summen eines Staubsaugers im Flur, als würde jemand die Spuren tilgen wollen, bevor sie jemand zählt.

„Ich habe ein Duplikat entnehmen wollen, das es nicht mehr gab", sagte sie schließlich. „Was heißt das?"

„Dass Sie nicht die Erste waren. Und nicht die Einzige, die ein Interesse hatte, Geschichte umzuschreiben."

Sie atmete flach. „Ich dachte, ich kontrolliere das Narrativ."

Erdmann stand langsam auf. „Geschichten lassen sich nicht polieren. Sie kommen irgendwann ans Licht. Ob mit Goldrand oder Staubschicht."

„Was tun Sie jetzt?"

„Dem Club helfen, sich nicht noch tiefer zu vergraben."

Er griff nach dem Ordner. Leer. Wie viele Seiten des Clubs, die in den letzten Jahren absichtlich leer geblieben waren.

„Ich werde den Saal noch einmal durchqueren", sagte er. „Aber diesmal nicht als Zuschauer."

Die Präsidentin sah ihm nach, als wüsste sie, dass dies kein Abschied, sondern nur ein Rückzug vor dem Finale war.

20. DER FALSCHE SIEGER

Es war ein kühler Morgen nach dem Galaabend, und der goldene Glanz der Jubiläumsfeier war schon wieder stumpf geworden, als Erdmann durch das schmiedeeiserne Tor des Tennisclubs Schwarzgold Charlottenburg trat. Die Festzelte standen verlassen auf dem Rasen wie vergessene Dekorationen eines zu lange andauernden Traums, und in der Frühluft hing der Geruch von vergossenem Sekt, kaltem Rauch und einem Abend, der mehr versprach als er hielt.

Erdmanns Mantelkragen war hochgeschlagen, seine Schritte langsam. Das Klubgelände wirkte entzaubert, wie ein Schauplatz, auf dem ein letztes, unsichtbares Spiel gespielt worden war. Nur dass dieses hier nicht nach Regeln verlief. Er blieb am Rand des alten Platzes stehen, dort, wo einst der erste Centre Court des Clubs gelegen hatte, mittlerweile verwildert, mit bröckelndem Betonrand und wild wucherndem Gras zwischen den Rissen des Asphalts.

Hier hatte man die Medaille gefunden. Erdmann wusste es, noch bevor Schröder ihn per SMS benachrichtigt hatte. Nicht weil er hellsehen konnte, sondern weil alle Spuren, alle Motive und alle Lügen genau auf diesen Punkt zuliefen. Auf diesen Ort, der Geschichte in sich trug – und Groll.

Die Medaille war nur halb vom Erdreich befreit gewesen, als man sie in einem groben Leinentuch eingewickelt fand. Der Regen hatte die Erde weich gemacht, fast wie ein nachgiebiger Komplize. Und wer auch immer sie vergraben hatte, hatte es nicht in Eile getan. Es war ein geplanter Akt. Ein stiller Abgang. Eine symbolische Entfernung.

Erdmann stand still. Er brauchte keinen Tatortabsperrung, kein Blaulicht. Nur ein Motiv. Und das hatte sich in der Nacht zuvor in zwei Momenten offenbart: erst im Gesicht der Präsidentin, das zuckte, als sie das Duplikat präsentieren sollte. Und dann in den Blicken des Trainers, der inmitten des Applauses zu lange auf die leere Vitrine geschaut hatte. Nicht aus Neugier. Sondern aus Kontrolle.

Der Mann war ein Schattenläufer. Immer einen Schritt hinter dem Geschehen, nie im Zentrum, aber stets in Reichweite. Seine Rückkehr in den Club war offiziell als Versöhnung gefeiert worden, als Geste des Neubeginns. Doch wer Erdmann kannte, wusste: Versöhnung ist selten uneigennützig. Vor allem, wenn sie in der Vereinschronik wie ein Neuanfang erscheint, dabei aber ein schiefes Kapitel bleibt.

Die Vitrine war der Schlüssel gewesen. Und das Schlüsselbuch der Hinweis. Eine Lücke um 22:00 Uhr, keiner wollte sie verantworten. Kein Eintrag, kein Zugriff, kein Hinweis auf eine Entnahme. Und doch war genau zu dieser Stunde das Original verschwunden. Die Kamera im Flur zeigte nur Silhouetten, Schatten hinter Milchglas. Aber die Figur, die sich dort bewegte, war nicht in Eile. Kein Einbrecher. Kein Zufall.

Erdmann hatte den Fehler im System erkannt, als Schröder ihm von der gelöschten Kalendereintragung erzählte. Ein Termin ohne Titel. Gelöscht am nächsten Morgen. Nur: Die digitale Spur war träger als der Lügner. Und so blieb ein Zeitstempel. 21:58 Uhr.

Die Präsidentin hatte sich in Schweigen geübt. Nicht aus Schuld. Aus Scham. Denn sie wusste, dass sie das Duplikat in Auftrag gegeben hatte. Sie wusste auch, dass jemand davon erfahren hatte. Und sie wusste, dass dieser Jemand in der Gala-Nacht eine Erpressung vorbereitete. Mit einem Hinweis. Anonym.

Erdmann hatte den Zettel gesehen. „Wieviel ist Erinnerung wert, wenn sie gelogen ist?“ stand darauf. Handschriftlich. In Blockbuchstaben. Kein Name, kein Absender. Aber ein Ort: das Archiv. Dort, wo die Originalurkunde zur Medaille lag. Lag. Denn sie war verschwunden. Und nur Erdmann hatte eine Kopie gemacht.

Der Plan war raffiniert. Die Präsidentin als Buhfrau. Der Skandal als Druckmittel. Die Medaille als Faustpfand. Und das Schweigen als Ware. Doch was der Trainer nicht wusste: Erdmann handelte nicht mit Schweigen. Sondern mit Geduld. Und Beobachtung.

Am Morgen nach der Gala stand der Trainer erneut auf dem Platz. Korrigierte die Haltung eines Jugendlichen, gab Anweisungen, lobte. Ganz der engagierte Coach. Erdmann trat an ihn heran. Kein Wort. Nur ein kurzer Blick. Dann überreichte er ihm einen Umschlag. Kein Haftbefehl. Nur ein Ausdruck.

Ein vergrößerter Screenshot des Videos. Darauf: die Konturen des Trainers, der um 21:58 Uhr das Clubhaus betritt. Der Schatten einer Medaille in der Hand. Und der Beginn einer Wahrheit, die länger im Boden lag als es gut war.

Erdmann stand im ehemaligen Clubhaus, das heute nur noch als Lager diente. Staub auf allem, was hier einmal glänzte. Ein einzelner Pokal, schief im Regal, eine verwaiste Ballmaschine in der Ecke. Und dort – direkt unter dem Fenster – die Stelle, an der der Boden frisch aufgeworfen war. Nicht professionell. Eher panisch. Spatenstich auf Spatenstich, krumm und eilig, als habe jemand nicht vergraben, sondern verstecken wollen. Erdmann hockte sich hin, zog das Fundstück mit bloßen Händen aus der Erde: ein schmaler Holzkasten, sorgfältig verschlossen. Darin: die Originalmedaille, leicht zerkratzt, aber unversehrt.

Mit einem vergilbten Etikett auf der Innenseite: „Zur Erinnerung – nicht zum Verkauf".

Erdmann nickte leise. Es war nie um das Gold gegangen. Sondern um das, wofür es stand.

Am Abend saßen alle im kleinen Saal zusammen. Der Vorstand, die Präsidentin, der Trainer – und Erdmann, still wie immer. Er hatte um diese Uhrzeit eigentlich Besseres zu tun: Eine Thermoskanne leeren. Ein Stück Streuselkuchen jagen. Doch jetzt war es Zeit für Aufklärung. Und für eine Demontage, wie sie leiser nicht sein konnte – und treffender auch nicht.

„Sie alle haben gelogen", begann Erdmann, „aber nicht alle aus denselben Gründen." Er ließ das Wort fallen wie einen vergifteten Bonbon auf ein feines Dessert.

Zuerst die Präsidentin: Ihre Rolle war eindeutig. Sie hatte das Original verschwinden lassen – aus Angst. Angst vor dem Bruch mit dem Gründersohn, vor dem Imageverlust, vor einem Club, der seine eigene Geschichte nicht mehr im Griff hatte. Der Brief an den Sohn, den Lina gefunden hatte, war nie abgeschickt worden. Und sie hatte gehofft, dass das Duplikat genügen würde. „Ein symbolischer Akt", hatte sie es genannt. Symbolisch war daran nur, wie sehr sie an der Wahrheit vorbeiplaniert hatte.

Doch sie war nicht die Täterin. Sie war nur eine, die vertuschen wollte.

Der Trainer, Herr Linder – graumeliert, tadelloser Sitz der Kleidung, ruhige Hände – hatte sich für klüger gehalten. Für übersehen. Für nicht erinnerlich. Doch das Mannschaftsfoto von 1985 sprach eine andere Sprache. Er war jener junge Spieler, der damals unter Verdacht stand, den Griff eines Schlägers manipuliert zu haben, um einen Rivalen im Finale aus dem Turnier zu drängen. Danach: Ausschluss aus dem Club. Lebenslang, hieß es damals. Aber der Vorstand hatte das irgendwann revidiert – weil der Club neue Trainer brauchte, und alte Sünden so praktisch vergessen werden konnten.

Nur: Linder hatte nie vergessen. Und als er von der Medaille erfuhr, von dem Galaabend, von der Präsidentin, die plötzlich als Symbolfigur herhalten sollte – da war sein Moment gekommen. Er kopierte einen Schlüssel, ließ sich spätabends im Archiv einschließen, stahl das Original, vergrub es – und wartete. Er schickte anonym ein Duplikat zur Präsidentin und platzierte das Gerücht, es sei vom Juwelier gekommen. Und dann setzte er zum letzten Aufschlag an: eine Erpressung. „Zehntausend Euro – oder die Wahrheit kommt raus."

Doch die Wahrheit kam schneller. Erdmann hatte das Dokument kopiert, Schröder hatte den Ort des Anrufs zurückverfolgt – ein öffentlicher Park, von wo aus Linder das Ultimatum gestellt hatte. Lina hatte eine alte Rechnung des Duplikatherstellers aufgestöbert, die an Lindners private Mailadresse gegangen war. Die Kette war lückenlos. Und der Schlussstein lag nun auf dem Tisch: das Original, ausgegraben, mit Fingerabdrücken, die sich nicht abstreiten ließen.

Der Club schwieg. Nicht aus Anstand, sondern aus Erschöpfung.

Linder versuchte es mit Haltung. „Ich wollte nur, dass Gerechtigkeit geschieht", sagte er. Aber sein Blick fiel, als Erdmann sagte: „Gerechtigkeit ist kein Hobby, Herr Linder. Und kein Kalorienarmer Nachtisch, den man nur serviert, wenn er passt."

Es war keine große Geste, kein Wutausbruch, kein Spektakel. Es war eine stille Enthüllung. Und genau deshalb wirkte sie.

Linder wurde vorläufig suspendiert. Die Präsidentin trat zurück. Die Medaille – gereinigt, aber nicht restauriert – wurde dem Gründersohn übergeben. Der hatte sie nie zurückverlangt. Aber nun nahm er sie mit, in einem alten Leinenbeutel, ohne ein Wort. Vielleicht, dachte Erdmann, war das die würdevollste Form der Abrechnung, die dieser Club je erlebt hatte.

Später saß Erdmann auf der Bank vor dem Clubhaus. Schröder kam mit zwei Bechern Kaffee. „War das jetzt ein Happy End?" fragte er.

Erdmann trank einen Schluck, zog die Luft langsam ein. „War'n Ende. Und das reicht."

FAZIT

Am Ende war's wie so oft: Keener wollte det gewesen sein, aber alle hatten ihre Finger im Spiel. Mal aus Angst, mal aus Eitelkeit, mal aus verletzter Vergangenheit. Und während die einen sich auf Galaabende vorbereiten, graben die anderen die Wahrheit ein wie ein altes Paar Schuhe.

Die Medaille war nie wirklich weg – nur falsch behandelt. Wie Erinnerung so oft in diesen Zeiten. Man putzt sie, poliert sie, hängt sie in eine Vitrine, damit sie hübsch aussieht. Aber wehe, sie zeigt auf das, was man lieber vergessen hätte. Dann wird's plötzlich ungemütlich. Dann schiebt man, vertuscht man, ersetzt man. Und wundert sich, wenn die Geschichte trotzdem zurückkommt – mit Dreck unter den Nägeln und Wahrheit im Gepäck.

Ich sach mal so: Nicht das Gold war das Problem. Sondern die Menschen, die dachten, man könne damit was kaufen, was nicht zum Verkauf steht. Respekt zum Beispiel. Oder Würde.

Und der Club? Der macht jetzt weiter, mit neuem Vorstand, ohne Präsidentin – aber mit derselben alten Eitelkeit im Mitgliederbrief. Dit wird sich nich ändern. Muss es auch nicht. Solange einer da ist, der hinsieht. Und einer, der fragt, wenn keener mehr reden will.

War kein Mord. Nur eine Medaille. Und trotzdem: ein Fall fürs Gedächtnis.

Nachwort – „Zwischen Glanz und Gulasch"

Tennis war früher mal ein Sport mit weißen Linien, weißen Socken und einer sauberen Trennung zwischen Spiel und Gesellschaft. Heute? Da ist das Netz längst nicht mehr das Einzige, das zwei Seiten trennt. In den Clubs geht's ums Prestige, um Fördertöpfe, um Ehrennadeln und Ehrensuppe – und ganz selten noch um den zweiten Aufschlag bei Einstand.

Dieser Fall – eine verschwundene Medaille, ein vergoldeter Galaabend, ein Verein am Rande des Bedeutungsverlusts – war exemplarisch. Für das, was aus Erinnerungen wird, wenn Menschen sie zu Werkzeugen machen. Für das, was bleibt, wenn das Gold abgekratzt ist. Und für das feine Zittern, das durch eine alte Vereinsakte geht, wenn einer wie Erdmann plötzlich wieder auftaucht – mit Thermoskanne und unbestechlichem Blick.

Denn das Verbrechen versteckt sich nicht immer in dunklen Gassen oder schattigen Parks. Manchmal trägt es Poloshirt und hat einen Spind im Vorstandstrakt. Und wenn dann auch noch jemand wie Schröder mit feuchten Händen und zu viel Elan durchs Archiv stürzt, während Lina mit dem Kugelschreiber in der Hand die Chronik neu schreibt – dann kommt am Ende doch wieder alles ans Licht.

Goldene Zeiten sind selten das, was sie versprechen. Aber genau deshalb lohnt es sich, nach ihnen zu graben. Auch wenn man sich dabei mal die Hände schmutzig macht.

Fallakte 6: Die weiße Liste

PROLOG

Wenn Berliner Frühling ein Gesicht hätte, dann vermutlich das eines schlecht gelaunten Platzwarts: grau, verkniffen und mit einer latenten Drohung versehen. Paul stand an diesem Morgen um 6:43 Uhr auf Platz 4, kratzte mit dem Metallschieber über den noch feuchten Sand, und fluchte leise, als sich wieder ein Kiesel unter der Linie festsetzte. Der Wind roch nach brennender Rinde vom Nachbargrundstück und nach dem, was in Berlin nie ganz verschwindet: dem Winter in den Knochen.

Platzöffnung war kein Feiertag. Sie war Pflichtprogramm mit Muskelkatergarantie. Und sie war, im Idealfall, ein stiller Moment zwischen sich ablösender Dunkelheit und dem ersten hellen Streifen am Himmel. Nur Paul und sein Geräusch. Nur Paul und seine Gedanken.

Er war kein geselliger Mensch. Noch nie gewesen. Vielleicht deshalb war er auch seit zwölf Jahren zuverlässig im Frühdienst. Man ließ ihn machen. Und das war gut so.

Heute jedoch war etwas anders.

Er bemerkte es nicht sofort. Erst, als er beim letzten Schieberlauf gegen die Nordostecke kam, wo das Laub sich über den Winter wie in einer Verschwörung gestapelt hatte, fiel sein Blick auf etwas, das dort nicht hingehörte. Ein Papier. Zusammengefaltet, grau-braun vom Boden, aber nicht verwest genug, um als altes Fundstück durchzugehen.

Paul bückte sich, hob es auf, blies den Staub weg.

Ein DIN-A6-Zettel. Geknickt, unscheinbar. Darauf: sieben Namen. In blockiger, leicht gedrückter Handschrift. Keine Anrede. Keine Unterschrift. Kein Datum. Nur eine Reihung. Schwarz auf schmutzigem Weiß.

Er blinzelte.

Die ersten fünf der Namen kannte er. Mitglieder. Teils langjährig, teils eher Neuzugänge. Eine war die Tochter eines Ehrenmitglieds. Einer spielte Bezirksliga. Zwei waren beim Frühjahrsputz dabei gewesen. Der fünfte war... Moment mal. War der nicht ausgetreten? Oder wurde er ausgeschlossen?

Der sechste Name sagte ihm nichts. Nie gehört. Und der siebte – ja, der siebte. Den Namen kannte er. Zu gut. Und genau das machte ihm eine Gänsehaut, die nichts mit der kalten Morgenluft zu tun hatte.

Er schaute sich um.

Nur die Amseln waren schon wach. Irgendwo klimperte eine Kette am Zaun. Das Vereinsheim lag noch im Schatten. Der Club war noch geschlossen. Noch.

Paul faltete den Zettel und schob ihn in seine Jackentasche. Dann nahm er den Linienbesen zur Hand. Der Sand musste eben verteilt sein. So war das immer. So sollte es sein.

Was er nicht wusste: Der Zettel würde später zwischen die Thermosflasche und seinen rechten Handschuh rutschen – und dort im Lagerraum verschwinden. Erst als der Wind Wochen später das Fenster aufdrückte und eine Pappkiste samt Inhalt vom Regal fegte, tauchte er wieder auf.

Aber da war es längst zu spät.

Denn was als Zettel im Wind begann, war nie ein Zettel.

Es war eine Warnung.

Und sie war angekommen.

1. OFFENE PLÄTZE, GESCHLOSSENE REIHEN

Die Einfahrt zum Tennisclub Blauvogel Lichtenrade war so unauffällig, wie es ein Ort nur sein konnte, an dem sich Macht, Mittelmaß und Mitgliedsbeiträge die Hand gaben. Ein unscheinbares Tor, dahinter eine bucklige Asphaltstraße, die mehr Schlaglöcher als Intention hatte. Und doch: Wer durch diese Einfahrt ging, hatte meist etwas zu verlieren. Oder zumindest zu verbergen.

Kommissar Erdmann – a.D., aber nicht abgemeldet – schob sich mit seiner Thermoskanne in der Hand durch den Morgennebel. Seine Schritte auf dem Kiesweg klangen wie ein Stenogramm für Geduld. Keine Eile, kein Zweckoptimismus. Er war nicht eingeladen worden. Aber wenn sich ein Tennisclub plötzlich so aufführte, als hätte er etwas zu verheimlichen, dann fühlte sich Erdmann eingeladen genug.

Die Saisoneröffnung stand bevor. Ein Frühlingsturnier, ein neuer Vorstand, ein alter Platz – und eine Atmosphäre, als hätte jemand eine Murmel aus Misstrauen in den Vereinskaffee geworfen. Erdmann hatte es schon am Tor gespürt. Dieses subtile Zögern, das sich durch Gespräche frisst, durch Blicke zieht, durch Gesten schleicht. Wenn Leute sich nicht grüßen, obwohl sie es sonst täten. Wenn der Hausmeister sich zweimal umdreht. Wenn jemand beim Blumengießen über die Schulter schaut.

Er ging am Clubhaus vorbei, dessen Fensterläden noch geschlossen waren, wie die Augen einer beleidigten Diva.

Nur ein einzelner Spalt ließ Licht durch – flackernd, künstlich. Strom war da, Offenheit nicht.

Am Zaun zu Platz 1 lehnte Schröder. Die Hände tief in den Taschen, der Blick rastlos. Erdmann trat neben ihn.

„Irgendwas ist faul, Chef", sagte Schröder, ohne ihn anzusehen. Erdmann nickte nur. Wenn Schröder das schon sagte, war es meist längst gärig.

Sie schauten gemeinsam auf den Platz. Zwei Jugendliche schlugen sich ein, unbeeindruckt vom Drama, das in den Wänden des Clubhauses waberte. Vielleicht, dachte Erdmann, war das das einzig Wahre am Tennis: der Ball, der zurückkam, egal wie die Welt drumherum taumelte.

„Wer fehlt?", fragte Erdmann.

„Niemand offiziell. Aber das Büro ist zu, obwohl Frau Mielke eigentlich Dienst hätte. Der Platzwart wirkt, als hätte er einen Geist gesehen. Und irgendwer hat letzte Nacht im Eingangsbereich gewischt – obwohl der Reinigungsplan sagt: Dienstag."

Erdmann runzelte die Stirn. Spuren verwischt. Nichts Konkretes – aber ein Geruch, den nur er kannte. Der von Unruhe unter Parfüm.

„Was ist mit dem Vorstand?", fragte er.

„Borchert ist da. Aber er wirkt... wie soll ich sagen... kontrolliert. Zuvorkommend. Fast zu viel davon."

„Und?"

„Er hat gesagt, die Medaillen seien noch beim Juwelier. Aber ich habe gesehen, wie er gestern ein Paket angenommen hat – aus genau der Ecke von Charlottenburg, wo dieser Juwelier sitzt. Es war flach, länglich. Und er hat's sofort im Büro eingeschlossen."

Erdmann sagte nichts. Er drehte sich um, betrachtete das Clubhaus. Es war frisch gestrichen. Zu frisch. Die Fassade war nicht nur geweißt, sie war wie gelöscht. Nichts deutete auf 90 Jahre Geschichte hin. Kein Schild, keine Auszeichnung. Als hätte man alles heruntergeholt, was man nicht mehr erzählen wollte.

„Noch was?“, fragte er.

Schröder zögerte. Dann zog er ein gefaltetes Papier aus der Jacke.

„Heute früh anonym eingeworfen. Kein Briefumschlag. Nur das hier.“

Erdmann nahm es entgegen. Sieben Namen, in zwei Spalten. Blockschrift. Ohne Kontext.

„Hast du's schon abgeglichen?“, fragte Erdmann.

„Teilweise. Zwei der Namen stehen nicht mehr in der Mitgliederliste. Einer ist seit drei Jahren raus – angeblich auf eigenen Wunsch. Der andere... naja, der war mal Trainer. Und ist dann... einfach verschwunden.“

Erdmann faltete das Papier wieder zusammen.

„Wer noch davon weiß?“

„Nur wir.“

„Gut.“

Er steckte den Zettel ein. Dann nahm er einen tiefen Schluck aus seiner Thermoskanne. Der Kaffee war stark, bitter – genau wie die Wahrheit, die sich in den kommenden Tagen durch den Club fressen würde.

Denn eines war klar: Wenn sich Mitglieder nicht mehr anlächeln, wenn Vorstände zu viel wissen und wenn Namen auf Zetteln auftauchen, die keiner geschrieben haben will, dann war's Zeit für Erdmann.

Und für die erste Frage:

Was zum Teufel steht wirklich auf dieser Liste?

2. EIN NAME ZU VIEL

Die Liste lag da, als sei sie nie verschwunden. Sauber kopiert, in neutraler Klarsichthülle, eingelegt in das Postfach der Geschäftsstelle. Schröder hatte sie beim morgendlichen Routinegang entdeckt, zwischen einem Bestellschein für neue Griffbänder und einer Mahnung der Stadtwerke, die dem Club noch aus besseren Tagen entstammte.

Erdmann stand daneben, als Schröder den Umschlag

öffnete. Keine Zeile, kein Absender, keine Notiz. Nur das, was bereits einmal durch die Hände eines jugendlichen Platzhelfers gerutscht war: sieben Namen, handschriftlich notiert, nicht alphabetisch, nicht nach Alter oder Rang sortiert – einfach in Reihe, wie zufällig zusammengestellt. Und doch war jedem mit geübtem Auge klar: Zufall war hier nichts.

Erdmann lehnte sich gegen den Aktenregalrahmen der Geschäftsstelle, als wolle er der Liste erst einmal zuhören, bevor er sie las. Schröder hingegen stand kerzengerade, als müsste er sie gleich weiterreichen zur Beweisaufnahme. Er las sie leise vor, mehr für sich als für den alten Kommissar:

„Tobias Frenzel – Anja Kolberg – Dirk Behrend – Simone Trattner – Karl-Heinz Röhm – M. Danner – Joachim Schweng."

Ein Moment lang blieb es still. Nur der Drucker im Hintergrund surrte in regelmäßigen Intervallen, als müsse er die Leere füllen, die sich zwischen den Namen auftat. Dann klappte Erdmann sein Notizbuch auf. Nicht, weil er etwas notieren wollte – sondern weil es ihm half, das Schweigen zu durchbrechen.

„Sechs von denen sind noch Mitglied, ja?", fragte er, ohne aufzusehen.

Schröder nickte. „Soweit ich das überblicke – ja. Zumindest laut der letzten Mitgliederliste."

„Und der siebte?", Erdmanns Stimme war kaum mehr als ein Ausatmen.

„Joachim Schweng – der ist nicht mehr dabei. Offiziell seit letztem Jahr abgemeldet. Kein Abschiedsbrief, kein Austrittsgespräch. Einfach still verschwunden."

Erdmann zog die Stirn in Falten. Der Name klang, als würde er ihn kennen. Aber vielleicht verwechselte er ihn. In Berliner Tennisclubs klangen viele Namen wie Nachbarn, von denen man nie ganz wusste, ob sie nun im ersten oder zweiten Hinterhof wohnten.

„Schweng… war das nicht der, der früher bei den Herren 40 gemeldet war? Linkshänder, ein bisschen aufbrausend?"

Schröder blätterte durch die interne Chronik, die er sich angelegt hatte – ein handgeschriebenes Heft voller Beobachtungen, Rückennummern von Spielständen, unkommentierter Seitenhiebe aus Vorstandssitzungen.

„Genau der", murmelte er. „Und da wird's interessant: Bei seinem Austritt ist kein Antrag dokumentiert. Nur ein Vermerk: ‚Mitgliedschaft ruhend – auf unbestimmte Zeit.' Keine Unterschrift. Kein Vorstandsbeschluss."

Erdmann hob die Brauen. In einem Club wie dem Blauvogel Lichtenrade, der sich für einen der korrekt geführten hielt – zumindest auf dem Papier –, war ein solcher Vermerk fast schon ein Geständnis.

„Also hat jemand ihn entfernt, ohne ihn zu löschen."

Schröder wollte etwas erwidern, aber Erdmann hob nur die Hand. „Lass mal. Sag lieber: Wer hätte ein Interesse daran, seinen Namen wieder auf eine Liste zu setzen – wo er doch gar nicht mehr dazugehört?"

Schröder blätterte, blätterte zurück, tippte auf seinem Handy. „Ich finde nichts zu ihm im internen Mitgliederportal. Keine E-Mails, keine letzten Zahlungen. Nichts. Und das Merkwürdige: Seine Spielberechtigungen laufen immer noch."

Erdmann sog die Luft ein, als hätte er gerade den ersten Schluck Kaffee eines neuen Morgens genommen – bitter, aber belebend.

„Dann ist es keine Liste von Mitgliedern", sagte er. „Sondern eine von… was? Verdächtigen? Verschworenen? Geschützen?"

Die Sonne fiel durch die Lamellen der Geschäftsstelle, schräg auf das Papier. Erdmann trat näher, beugte sich über die Namen, als könne er die Absicht darin riechen.

Und dann fiel ihm etwas auf. Kein inhaltliches Detail. Kein Name. Sondern die Handschrift selbst. Ein leichter

Rechtszug, ein zu hohes Mittelkreuz beim „t“, die gewohnte Schräglage eines Schreibstils, der einmal von einer Vorlage abwich und seither nie korrigiert wurde.

Erdmann hatte diese Schrift schon einmal gesehen. Nicht auf einem offiziellen Formular. Auch nicht in einer Akte. Sondern bei einer Einladung zu einem Clubabend, bei dem der Rotwein zu früh geöffnet und der Protokollant zu spät gegangen war.

„Ich weiß, wer das geschrieben hat“, murmelte er. „Und ich weiß, wo wir jetzt hingehen.“

Schröder schaute auf. „Ins Büro der Vorsitzenden?“

„Nein“, sagte Erdmann knapp. „Auf Platz 7. Da spielt heute einer, der zu früh aufgehört hat – und zu spät gelöscht wurde.“

Er nahm die Liste, faltete sie exakt in drei gleiche Teile, steckte sie in sein Notizbuch und verließ das Büro ohne ein weiteres Wort. Schröder folgte ihm – mit einem mulmigen Gefühl und der Ahnung, dass das Frühjahrsturnier des Tennisclubs Blauvogel Lichtenrade ein anderes Finale nehmen würde als geplant.

3. AUFSCHLAG VERWALTUNG

Es war ein sonniger Tag, wie gemacht für erste Matches auf Sand – doch das Clubhaus roch mehr nach Aktenstaub als nach Frühlingsbeginn. Erdmann ließ den Blick durch das Büro der Geschäftsstelle wandern, ohne sich zu setzen. Das Mobiliar war zweckmäßig, die Ordner beschriftet, die Fensterbänke zu sauber, um zufällig zu sein. Hier wurde Ordnung inszeniert – nicht gelebt.

Schröder hatte sich bereits an den Computer gesetzt. Mit einer Mischung aus Neugier, Gewissenhaftigkeit und leiser Nervosität klickte er sich durch die digitale Mitgliederverwaltung. „Alles, was nicht gesperrt ist, ist offen“, hatte er dazu gesagt – ein Satz, der nach Schlupflöchern roch. Erdmann sagte nichts. Er ließ seinen Assistenten machen und beobachtete stattdessen den Bildschirm, der seine Sprache sprach: Listen, Reiter, Kontrollkästchen.

„Guck mal hier“, begann Schröder. „Die Aufnahmeanträge aus dem letzten Jahr – März bis Juli. Siehst du das?“

Erdmann trat näher. Die Tabellenansicht war schlicht: Name, Geburtsdatum, Antragsdatum, Status, Vermerk. Doch bei vier Einträgen war das Antragsdatum deutlich nach dem Zeitpunkt gesetzt, an dem die Mitgliedsnummer bereits vergeben worden war. Die Reihenfolge stimmte nicht.

„Zurückdatiert?“, fragte Erdmann.

„Sieht so aus. Die Nummern laufen durch – aber die Zeitstempel sagen was anderes. Und das Beste: Drei dieser vier Personen stehen auf der Liste vom Platz. Die andere ist Tobias Frenzel, der ehemalige Kassenwart.“

Erdmann schwieg. Frenzel war ein alter Bekannter. Ein Mann mit Spuren in vielen Clubbüchern, nicht immer dort, wo sie hingehörten. Er hatte die Kasse verwaltet wie ein Tennismatch mit zu viel Risiko – mit langen Linien und zu wenig Netzspiel.

„Und was ist mit den Anträgen selbst?“, fragte Erdmann.

„Keine Scans vorhanden. Nur die Einträge im System.“ Schröder tippte weiter, klickte, zog Fenster auf.

Erdmann ließ die Augen über die Wand mit den Ablagen wandern. „Was ist mit der Papierform?“

Schröder schüttelte den Kopf. „Nichts. Keine Kopien. Kein Formular. Nicht mal eine Eingangsbestätigung.“

„Na dann“, murmelte Erdmann, „gehen wir doch ein bisschen weiter zurück.“

Er öffnete die Schublade mit dem altmodischen Rollregister, griff wahllos hinein und zog ein abgegriffenes Aufnahmeprotokoll von 2017 heraus. Das Papier war vergilbt, die Handschrift akkurat, mit Kugelschreiber in Blau. Kein Vergleich zu dem, was Schröder auf dem Bildschirm hatte.

„Was fällt dir auf?“, fragte Erdmann, mehr für sich.

Schröder trat näher. „Alle Anträge von Hand unterschrieben, jeweils mit dem Bearbeitungsvermerk eines Vorstandsmitglieds. Und… Moment mal…“ Er zog ein weiteres Protokoll, diesmal aus dem Jahr 2019.

„Hier ist es anders. Ab 2019 sind plötzlich viele Unterschriften digital eingescannt. Kein Name mehr mit erkennbarem Stil – nur Initialen, PDFs, Mails ohne Anhänge.“

Erdmann tippte mit dem Zeigefinger auf ein Formular, auf dem unter der Aufnahmebestätigung der Name „Kolberg“ stand – einer der Namen auf der Liste. Kein Eintrag im Protokoll von 2019, aber im System mit Aufnahme zum 1. April.

„Und siehst du den Bearbeiter?“, fragte Schröder.

Erdmann nickte. „Immer dieselbe ID. Drei Buchstaben: BRN.“

„Brandenstein? Die Geschäftsstellenleitung?“

„Genau. Und das wirft Fragen auf.“ Erdmann trat zurück, als hätte er genug gesehen. In Wirklichkeit aber begann sein Kopf gerade erst, die Puzzlefragmente zusammenzufügen.

„Was, wenn diese Liste nicht einfach eine Erinnerung ist – sondern ein Ergebnis? Eine Konsequenz?“

Schröder runzelte die Stirn. „Meinst du…“

„Ich meine, dass da jemand systematisch Mitgliedsanträge manipuliert hat – mit dem Ziel, bestimmte Namen auf die Liste zu bekommen. Und mindestens einen Namen, der nie da hätte stehen dürfen.“

Draußen fegte der Wind trockene Blüten über den Platz. Drinnen klickte Schröder auf „Letzter Login“. Brandenstein war gestern um 23:08 Uhr eingeloggt gewesen. Ein Samstag. Niemand arbeitet freiwillig um diese Uhrzeit im Clubsystem – es sei denn, es gibt etwas zu verschleiern.

„Ich will wissen, wer von den Namen auf dieser Liste wie oft eingeloggt war“, sagte Erdmann. „Und wann zuletzt. Aber vorsichtig. Kein Alarm. Kein offizieller Zugriff.“

„Verstanden", antwortete Schröder. „Und was machst du?"

„Ich?" Erdmann nahm sein Notizbuch, schloss es langsam. „Ich geh mal rüber zu Frenzel. Wenn einer nicht gut verlieren kann, dann ist es der ehemalige Kassenwart eines Clubs mit sauberem System – der aber in keiner Akte mehr vorkommt."

4. DIE FRAU AUS DER VIERTEN REIHE

Es war ein Montagmorgen, wie gemacht für das, was man im Clubkalender als „Woche des Nachwuchses" titulierte. Auf Platz 2 standen zwei Jugendliche mit leuchtenden Schuhen und schwindendem Respekt vor der Grundlinie, während ihr Trainer – ein drahtiger Typ mit zu viel Pfeife im Ton – ihnen erklärte, dass Geduld keine Tugend, sondern ein Trainingsziel sei. Auf der Bank am Rand saßen vier Erwachsene. Drei davon wirkten so, als seien sie dort, um gesehen zu werden. Die vierte nicht.

Erdmann beobachtete sie aus der Ferne. Nicht, weil sie auffällig gewesen wäre – sondern weil sie es nicht war. Eine Frau mittleren Alters, mit unscheinbarer Frisur, blasser Jacke, blickloser Haltung. Sie applaudierte nicht, sprach mit niemandem, trug keine Vereinskleidung. Sie saß einfach da, so wie jemand sitzt, der nicht Teil des Geschehens sein will – aber sehr wohl Teil der Geschichte ist.

Erdmann blieb auf Abstand, trat nicht näher. Er setzte sich auf eine Bank schräg hinter ihr, sodass sie ihn nicht sehen konnte, er sie jedoch im Profil hatte. In ihren Händen lag ein schmaler Block, darauf Notizen in winziger Schrift. Kein Smartphone. Kein Kaffee. Keine Gesellschaft. Nur der Blick, der sich an den Ballwechseln festhielt, als wären sie ein Code, den nur sie verstand.

Nach zehn Minuten stand sie auf. Nicht abrupt, sondern mit einer ruhigen Selbstverständlichkeit. Sie schob den Block in ihre Tasche, zog den Reißverschluss zu und verließ den Zuschauerbereich in Richtung Clubterrasse – nicht ohne ein letztes Mal über die Schulter zu blicken. Genau in dem Moment begegneten sich ihre Augen mit Erdmanns. Nur ein Bruchteil einer Sekunde. Doch es reichte.

Sie hielt inne, als wolle sie sich vergewissern, ob sie sich geirrt hatte. Erdmann erhob sich langsam, wie zufällig, und trat neben sie. Kein Händedruck. Kein Name. Nur ein Satz: „Sie kennen mehr Namen auf dieser Liste, als Sie zugeben würden."

Ein Zucken in ihren Mundwinkeln, dann Schweigen.

„Sie sind die Schwester von Carsten Lode, richtig?", fragte Erdmann. „Ehemaliger Trainer hier im Club. 2004 suspendiert. Unsportliches Verhalten."

„Er war ein schlechter Verlierer", sagte sie leise.

„Und jemand hat ihm verziehen. Sonst wären Sie heute nicht hier."

Sie nickte kaum sichtbar. Dann zog sie den Block aus ihrer Tasche und blätterte auf. Auf der Rückseite des Einbands klebte ein kleiner Zeitungsausschnitt – vergilbt, schlecht ausgeschnitten, aber lesbar. „Trainer wirft Schläger – Club trennt sich überraschend."

„Er hat Fehler gemacht", sagte sie. „Aber andere auch."

Erdmann sah sie an. „Wen meinen Sie?"

„Die Namen auf Ihrer Liste", antwortete sie. „Die meisten davon waren damals schon Teil der Jugendförderung. Ein paar davon unter meinem Bruder. Einer war sein bester Schüler. Der wurde dann Trainer. Der andere hat seinen Posten übernommen. Und einer… der hat die Auflösung der Jugendabteilung vorangetrieben, damit keine alten Rechnungen mehr offen waren."

„Und die Liste?"

„Sie ist kein Zufall. Sie ist ein Echo."

Erdmann wollte mehr erfahren. Doch sie klappte den Block zu. „Mehr sage ich nicht. Ich bin keine Zeugin. Ich bin nur jemand, der nicht vergessen kann."

Er nickte. Kein Druck. Keine Belehrung. Manchmal war

Schweigen die beste Form der Kooperation.

Er drehte sich um, nahm einen anderen Weg zurück zum Clubhaus. Dabei fiel ihm ein Detail auf, das er zuerst übersehen hatte. Neben dem Platz, auf dem das Jugendmatch gespielt worden war, stand ein verwaister Getränkewagen. Davor: ein alter Plastikstuhl mit Initialen. „C.L."

Ein Souvenir? Ein stilles Mahnmal? Oder eine Erinnerung, die jemand absichtlich dort gelassen hatte?

Erdmann ging weiter, doch das Bild ließ ihn nicht los. Die Frau mit dem Notizblock. Der Stuhl. Die Namen. Und irgendwo dazwischen: eine Rechnung, die nie beglichen worden war.

Im Büro wartete Schröder mit hochgezogenen Brauen. „Ich habe mir die Zugänge zu den Akten noch mal angesehen. Und rate mal, wer letzten Donnerstag zwischen 20:00 Uhr und 22:00 Uhr Zugriff hatte."

„Brandenstein?"

„Nein. Lode. Der neue Trainer. Mit Gästezugang. Irgendjemand hat ihm das Passwort gegeben. Und zwar nicht zufällig."

Erdmann nahm Platz. Diesmal in der hintersten Ecke, ohne Blick auf den Platz. Stattdessen schaute er auf die Wand, an der ein einziges Bild hing: Eine Aufnahme der Clubmannschaft von 1999. Elf Personen, eng aneinander, mit Pokal in der Mitte.

Drei der Gesichter erkannte er. Zwei davon standen heute auf der Liste.

5. DER SPONSOR OHNE LOGO

Es war ein Name, der in keinem aktuellen Aushang mehr auftauchte. Kein Banner an der Bande, kein Aufdruck auf Trainingsjacken, keine Danksagung im Clubheft. Und doch war er nie ganz verschwunden – zumindest nicht aus den Überweisungslisten.

Erdmann hielt den Kontoauszug in der Hand, den

Schröder ihm mit verschwörerischem Blick überreicht hatte. „Durch eine alte Excel-Datei, versteckt im Backup-Ordner eines Vorstands-PCs. War mit Passwort geschützt. Nichts Hochkomplexes: ‚Blauvogel2020'."

Schröder grinste schief. „So viel zur digitalen Sicherheit im Clubwesen."

Der Auszug zeigte eine monatliche Zahlung über 1.500 Euro. Absender: „NOVA Treuhand GmbH", Empfänger: „Förderkonto Jugend TC Blauvogel Lichtenrade". Bemerkung: „Förderung gemäß Vertrag 2019."

Erdmann tippte mit dem Zeigefinger auf die Zeile. „Und wer oder was ist diese NOVA Treuhand?"

„Eine Art Finanzvehikel. Gehört einem Herrn Rademacher – der war Geschäftsführer der Brillux-Sportgeräte GmbH. Die hatten früher die Ballmaschinen gestellt und waren einer der Hauptsponsoren des Clubs."

„Früher", wiederholte Erdmann.

„Ja. Laut Clubnachrichten ist die Zusammenarbeit 2021 offiziell beendet worden. Aber die Zahlungen liefen weiter. Immer aufs gleiche Konto."

„Und dieses Konto existiert noch?"

„Theoretisch ja. Praktisch..." Schröder verzog das Gesicht, „… hat da niemand einen Überblick. Die letzte ordentliche Kassenprüfung liegt zwei Jahre zurück. Der damalige Kassenwart ist gestorben, der neue weiß von nichts, sagt er."

Erdmann schwieg. Das tat er oft, wenn er zu viele Puzzleteile hatte, aber noch kein Bild. Eine Firma, die nicht mehr Sponsor ist, zahlt weiter. Auf ein Konto, das keiner prüft. In einen Verein, der alte Namen löscht, aber Listen auftauchen lässt. Und mittendrin ein Trainer, der früher fiel – und heute wieder tanzt.

Er machte sich zu Fuß auf den Weg durch das Clubgelände, vorbei an den neuen Courts mit automatischer Beregnung, dem fast fertigen Jugendhäuschen mit Glasfassade und dem steinernen Ehrenmal für verstorbene

Clubmitglieder, das irgendwann mehr Schatten war als Denkmal.

Im Untergeschoss des Altbaus stand noch ein alter Schrank. Die Farbe blätterte ab, das Schloss war offen. Drinnen lagen ausgediente Sponsorenmappen, eingerollte Plakate, ein Satz T-Shirts mit dem Logo: „Brillux fördert Jugend – Weil Leistung zählt."

Daneben ein laminiertes Schreiben. „Kooperationsvereinbarung 2019–2023". Unterzeichnet von: Dr. Rademacher und der damaligen Clubpräsidentin, sowie einem dritten Namen: „S. Brandenstein".

„Na hallo", murmelte Erdmann.

Er nahm das Schreiben mit, legte es in seinen Leinenbeutel und kehrte ins Clubhaus zurück. Die Präsidentin war nicht da. Sie sei „heute auswärts bei einem Verbandstermin", sagte die Rezeptionistin. Lina hingegen war da – mit zerzausten Haaren, einem Notizbuch in der Hand und dem typischen Blick, den sie bekam, wenn sie etwas witterte.

„Du hast was", sagte Erdmann, bevor sie etwas sagen konnte.

„Ich war gestern bei Rademacher. Rein zufällig, natürlich. Er wollte nicht sprechen. Aber sein Assistent war redseliger als gut für ihn ist. Die Firma hat damals auf ausdrücklichen Wunsch des Clubs eine stille Weiterzahlung vereinbart – zur ‚Wahrung des Images', wie es hieß. Es ging wohl um eine undurchsichtige Geschichte im Jugendbereich. Keine Details. Nur der Hinweis, dass es interne Spannungen gab."

„Und das war es?"

„Noch nicht ganz." Lina blätterte um. „Brillux war nicht allein. Es gab einen zweiten Geldgeber. Die Schönleben-Stiftung. Privat, aber mit Ambitionen im Sportmarketing. Der Kontakt lief damals über – rate mal – Brandenstein. Sie hat beide Partner akquiriert. Und beide haben bis heute keinen offiziellen Exit vollzogen."

Erdmann ließ sich in einen der Ledersessel sinken, die klangvoller waren als bequem. „Wenn ein Verein über Jahre Geld bekommt, ohne Gegenleistung, ohne Kontrolle – dann ist das kein Sponsoring mehr. Dann ist das Verschleierung."

„Oder Schweigegeld", sagte Lina.

Erdmann dachte an die Liste. An die Namen. An den Trainer, der zurückkam, obwohl niemand ihn wirklich zurückhaben wollte. Und an eine Frau, die in der vierten Reihe saß und nur zusah.

Der Verein hatte aufgehört, über seine Vergangenheit zu sprechen – und begonnen, sie zu bezahlen.

6. SCHWARZER KAFFEE, WEISSE AKTEN

Die Thermoskanne war heute nicht nur Lebensversicherung, sondern auch moralisches Rückgrat. Erdmann balancierte sie auf dem schmalen Fensterbrett des Vereinsbüros, während draußen ein Trupp Jugendlicher im Slalom um heruntergewehte Blätter servierte, als stünde das Clubturnier unmittelbar bevor – nicht im sportlichen, sondern im symbolischen Sinne.

Im Inneren des Tennisclub Blauvogel Lichtenrade jedoch herrschte das Gegenteil von Dynamik. Der Geruch von altem Toner, durchgelegenen Linoleumböden und einem Papiermuff, der nur in Räumen entsteht, deren Fenster zu selten geöffnet werden, legte sich wie eine zweite Tapete über die Szene.

Erdmann stand vor einem Metallregal, das offenbar zu den Dingen gehörte, die niemand mehr verantwortlich betreute. Vier übervolle Ordner, beschriftet mit Kugelschreiber in jener Handschrift, die von Rentnerhänden gezeichnet worden war, als EDV noch eine Zukunftsvision war, bildeten die Frontlinie dieser staubigen Dokumentenschlacht. Dahinter: weitere Schichten Archivsedimente. Nichts war katalogisiert. Alles roch nach Verschleppung.

Er griff den ältesten Ordner heraus. Beige, Leitz, verblichenes Etikett. „Mitglieder Alt – vor 2010“. Darunter ein dünnerer Streifen: „Nur Papier – nicht digitalisiert“. Schon dieser Hinweis klang wie ein Abwehrversuch gegen die Gegenwart.

Erdmann blätterte. Es knisterte, wie wenn man Seiten in einem Buch umschlägt, das zu lang geschwiegen hat. Namenslisten, Monatsbeiträge, in Klammern vermerkte Zahlungsziele. Eine Kasse, geführt mit Lineal und Bleistift. Und dann ein Abschnitt, der ihn aufmerken ließ: eine Seite, betitelt mit „Interne Vormerkungen – Neuzugänge auf Vorstandsvorschlag“. Sie war handschriftlich, aber nicht in der gleichen Schrift wie der Rest. Schnörkelloser, gedrungener Duktus. Die Buchstaben schienen eher gesetzt als geschrieben, fast als wolle man keine Identität preisgeben.

Sieben Namen standen darauf.

Die ersten drei waren unauffällig. Erdmann kannte sie von der aktuellen Liste – aktive Mitglieder, häufig auf Platz 2 oder 5 anzutreffen, unverdächtig in jeder Hinsicht. Doch dann folgte ein Name, der ihm bereits aus einem anderen Zusammenhang begegnet war. Ein ehemaliger Trainer, vor Jahren gegangen – oder gegangen worden? Damals war nur von atmosphärischen Störungen im Jugendbereich die Rede gewesen, man hatte ihn „in gegenseitigem Einvernehmen“ verabschiedet. Ein Satz, der in der Vereinswelt so zuverlässig lügt wie ein Wetterbericht im November.

Der Name stand in Druckbuchstaben.

Darunter: zwei weitere Einträge, die ihm fremd waren. Keine Erwähnung in der aktuellen Mitgliederdatei. Kein Foto an der Wand der Jubilare. Kein Echo bei der letzten Vorstandssitzung, bei der er als Gast zugegen gewesen war.

Erdmann lehnte sich zurück, ließ die Finger über die vergilbte Seite gleiten. Kein Datum, keine Initialen. Nur:

Namen. Und der Titel der Liste.

Was ihn stutzig machte: Der letzte Name auf der Seite war mit rotem Kugelschreiber durchgestrichen worden. Nicht mit einem kräftigen Strich, sondern mit vier dünnen, beinahe zaghaften Linien – als hätte jemand den Namen ungeschehen machen wollen, ohne sich ganz zu trauen. Kein Kommentar am Rand. Nur ein winziges Sternchen hinter dem Nachnamen.

Er griff zum nächsten Ordner. „Kassenvorgänge 2009–2014“. Zwischen Abrechnungen für Bälle, neue Netze und Getränkeabrechnungen für Vereinsabende – alles fein säuberlich aufgeklebt oder eingetackert – fand sich ein Umschlag. Darauf stand nichts. Innen: eine Kopie genau jener Liste, allerdings ohne Streichung. Und: ein Zettel, maschinengeschrieben.

„Handschrift nicht veröffentlichen. Interner Vorstandsbeschluss vom 4. März“

Erdmann schloss die Augen. Es war wie eine kleine Explosion der Stille in seinem Kopf. Das hier war keine Mitgliedsverwaltung. Es war ein Kartenspiel mit gezinkten Karten. Und jemand hatte sich die Mühe gemacht, Regeln zu schreiben, ohne sie je zu veröffentlichen.

Er erinnerte sich an Schröders Kopie der anonym eingeworfenen Liste. Die Reihenfolge der Namen stimmte. Fast. Nur der durchgestrichene Name fehlte auf Schröders Zettel. Dafür war ein anderer hinzugefügt worden – der eines noch aktiven Spielers, der sich seit Monaten über seine Einteilung in unterklassige Mannschaften beklagte. Zufall?

Oder ein gezielter Austausch?

Lina betrat das Büro leise. Sie hatte ein Bündel Ausdrucke aus dem Verbandsarchiv unter dem Arm. Alte Meldelisten, Turnierberichte, ein ausgedrucktes E-Mail-Protokoll aus einem Forum, das 2011 für die Jugendförderung eingerichtet worden war.

„Ich hab hier was über einen internen Streit um Fördermittel", sagte sie und reichte ihm ein Blatt, das mit einem pinken Marker versehen war. „Ein gewisser W. soll Gelder umgeleitet haben. Inoffiziell. Der Vorstand wusste angeblich Bescheid."

Erdmann nahm das Blatt, las die Passage zweimal, sagte aber nichts. Er tippte nur auf das Sternchen neben dem Namen im Leitzordner.

„Guck mal, Lina. Da hat einer versucht, jemanden aus der Liste zu radieren. Aber nicht aus dem Gedächtnis. Nur aus dem Register."

Sie sah ihn an, dann auf das Blatt.

„Vielleicht war das die erste weiße Liste", sagte sie leise.

Erdmann stellte die Thermoskanne zurück auf die Fensterbank. Draußen klatschte ein Ball gegen die Plane. Der Wind frischte auf. Es war kein Tag für Klarheit. Aber einer für Spuren.

Und diese Spur war alt. Viel älter als sie erwartet hatten.

7. DIE KORREKTUR

Es war kein guter Tag für Entschuldigungen. Und schon gar keiner für subtile Eingeständnisse. Der Himmel über Lichtenrade hatte das Grau eines Faxgeräts aus den 90ern angenommen, das Vereinsheim müffelte nach feuchtem Filz, und im Bürotrakt des Tennisclubs Blauvogel kroch die Nervosität wie Kaffeedunst aus den Ritzen.

Erdmann war früh da – nicht aus Pflichtbewusstsein, sondern aus der Gewohnheit heraus, dem Tag zuvorzukommen. Wenn es irgendwo krachte, dann nicht am Nachmittag, wenn alle auf dem Platz standen, sondern morgens. Wenn sich Vorhänge in Fensterrahmen bewegten, Telefone nicht klingelten, aber dreimal gecheckt wurde, ob sie stummgeschaltet waren. Heute war so ein Morgen.

Ein Schritt auf dem Gang ließ ihn kurz aufsehen. Es war Maren Krämer, zweite Schriftführerin im Vorstand – eine jener unauffälligen Kräfte, die in der Hierarchie zwar keine Rolle, in der Verwaltung aber den Schlüssel zu allem hatten. Ihre Schultertasche war zu schwer für einen einfachen Tagesbesuch, und der Blick, den sie ihm im Vorbeigehen zuwarf, zu flüchtig für einen Zufall.

„Frau Krämer, darf ich kurz stören?“, fragte Erdmann, ohne aufzustehen.

Sie blieb stehen, zuckte kaum merklich zusammen – ein Bruchteil einer Sekunde, aber er kannte solche Bewegungen. Es waren Signale aus dem Körper, bevor der Kopf intervenierte.

„Natürlich. Ich wollte eh gerade ...“, begann sie, blieb dann aber vage.

Erdmann bot ihr den Stuhl gegenüber an. Sie setzte sich, legte die Tasche auf den Schoß wie ein Schutzschild.

„Es geht um die Mitgliederverwaltung“, begann er beiläufig. „Alte Listen, Handschriften, widersprüchliche Namen. Ich nehme an, Sie kennen sich damit aus?“

Sie lächelte müde, als hätte sie gewusst, dass es irgendwann dazu kommen würde. Aber sie schüttelte den Kopf.

„Ich bin nur für die Jahresprotokolle zuständig. Also, offiziell.“

„Und inoffiziell?“

Sie schwieg.

Erdmann ließ den Satz wirken wie ein Tee, der noch ziehen musste.

„Frau Krämer, jemand hat eine Liste manipuliert. Handschriftlich. Und jemand hat entschieden, dass gewisse Namen nicht mehr auftauchen sollen. Aber das geht nicht stillschweigend – nicht in einem Club mit Satzung.“

Sie sah zur Seite, auf die vergilbte Tapete über dem Heizkörper.

„Damals lief nicht alles ideal“, murmelte sie schließlich. „Es gab Druck. Von oben. Einiges sollte schnell gehen. Ein paar Namen... na ja. Man hat das so gemacht. Ich war neu.“

Erdmann nickte langsam.

„Haben Sie zufällig Unterlagen aus der Zeit? Oder Notizen?"

Wieder dieses Zögern. Dann griff sie in die Tasche und reichte ihm ein zusammengefaltetes Blatt.

„Ich sollte das vernichten. Aber... ich dachte, es könnte mal wichtig sein."

Erdmann klappte das Blatt auseinander. Es war ein interner Vermerk, durchgestrichen, überkritzelt, doch die Worte waren noch zu lesen.

„Name gestrichen auf Anweisung. Nicht weiter vermerken. Rücksprache Vorstand."

Keine Initialen. Kein Datum. Nur der Nachsatz:

„Verbleib anonym sichern. Liste angepasst. Kopie bei S."

„Wer ist ‚S'?", fragte Erdmann.

„Der alte Kassierer. Sie nennen ihn nur Sander. Seit Jahren raus. Aber seine Akten... ich glaube, da liegt noch was."

Erdmann stand auf.

„Danke, Frau Krämer. Das war... ehrlich."

Sie nickte. Es war kein Stolz in dieser Geste. Eher Erleichterung, dass sie endlich ausgesprochen hatte, was ihr seit Jahren querlag.

Im Archivtrakt roch es nach Staub, Karton und verschüttetem Aktenkaffee. Schröder wartete bereits, über einen Leitzordner gebeugt, einen Stempel in der Hand, der vor Jahrzehnten noch benutzt worden sein mochte.

„Ich habe was", sagte er, ohne aufzusehen. „Ordner ‚Sander – intern'. Da ist eine Kopie der ominösen Liste drin. Und was noch besser ist: Eine Notiz auf der Rückseite."

Erdmann trat näher. Der Zettel war mit Tesafilm an den Deckel des Ordners geklebt. Jemand hatte ihn vergessen – oder bewusst dort versteckt, wo niemand mehr schaute.

Die Notiz war kurz:

„Anweisung aus Präsidium: X streichen. Rücksicht auf Sponsor. Kein Eintrag im digitalen System."

„Sponsorenschutz also“, murmelte Erdmann. „Das ist eine interessante Form von Integrität.“

Schröder blätterte weiter. „Hier ist noch eine Liste – aber diesmal handschriftlich, andere Schrift als die offizielle. Ich hab sie gerade mit der letzten abgeglichen.“

„Und?“

„Ein Name wurde ersetzt. Erst stand hier der, den wir durchgestrichen gefunden haben – jetzt ein neuer. Nur dass der Neue nie auf dem Platz war. Nie auf Fotos. Kein Mensch kennt ihn.“

Erdmann nickte langsam. „Ein Phantom also.“

„Oder ein Deckname. Für jemanden, den man verstecken wollte.“

Im Flur hörte man Stimmen. Eine Diskussion, gedämpft, dann Schritte, die sich entfernten. Erdmann sah auf die Uhr. Es war 11:38 Uhr. Noch Zeit. Aber nicht mehr viel, bis der Vorstand zur Sitzung zusammentrat, die längst kein Gremium der Planung mehr war, sondern eine Verteidigungslinie gegen das Kommende.

„Wir müssen rausfinden, wer den Namen ausgetauscht hat“, sagte Erdmann. „Und wer davon profitiert.“

„Vielleicht war das gar nicht die Initiative eines Einzelnen“, überlegte Schröder. „Sondern ein Kompromiss. Damit jeder sein Gesicht wahren konnte.“

Erdmann sah ihn an.

„Oder ein Bluff. Damit niemand merkt, dass das Gesicht längst gewechselt wurde.“

Draußen setzte Regen ein. Ein feiner, beständiger, leicht schräg fallender Nieselregen, der wie ein unsichtbarer Radiergummi wirkte – er wusch Spuren weg, machte Gespräche leiser, ließ Schuld in feuchtem Schweigen verdunsten.

Aber auf Papier blieb alles. Wenn man nur lange genug suchte.

8. SCHATTEN ÜBER PLATZ 4

Die Nachmittagssonne brannte auf den roten Sand, als wäre der Platz selbst ein Speicher für unausgesprochene Erinnerungen. Es war still an diesem Tag, als Erdmann beschloss, seinen Weg nicht direkt zum Clubhaus zu nehmen, sondern einen Schlenker über Platz 4 einzulegen. Der Platz war leer, der Sand unberührt, nur ein paar Laubblätter hatten sich in den Ecken gesammelt wie stumme Zeugen.

Er blieb an der Grundlinie stehen. Es war diese Ahnung, die ihn stets leitete – ein inneres Ziehen, wenn sich die Dinge noch nicht erklären ließen, aber spürbar waren. Platz 4. Ausgerechnet dieser.

Ein Schatten huschte an ihm vorbei. Kein Mensch, sondern ein Gedanke: Hatte nicht Schröder kürzlich von einem Jugendlichen gesprochen, der etwas erwähnt hatte? Ein Name auf der Liste, der nicht mehr im Club sein sollte, aber auf Platz 4 häufig gesehen wurde? Erdmann setzte sich auf die Umrandung, zog sein Notizbuch hervor und schlug es in der Mitte auf. Er hatte den Namen damals nicht notiert. Ein Fehler.

Er wandte sich zur Anlage, suchte mit den Augen das Nebengebäude, wo die Jugendkabinen untergebracht waren. Vielleicht war jetzt jemand da. Es war ein milder Freitag, das Frühlingsturnier warf seine Schatten voraus, und die Jugendlichen, die sich auf kommende Medenspiele vorbereiteten, nutzten jede freie Minute zum Training.

Tatsächlich: ein Junge, nicht älter als vierzehn, stand mit dem Rücken zur Anlage und spielte Aufschläge gegen eine Wand. Der Ball tippte trocken gegen die Platte, dann auf den Boden, dann wieder gegen die Wand. Monoton, fast meditativ. Erdmann wartete, bis der Junge den Ball verlor und sich bückte. Dann sprach er ihn an.

„Schöner Rhythmus. Wie oft triffst du die Ecke?"

Der Junge drehte sich um. „Fast immer. Wenn niemand zusieht."

Erdmann lächelte. „Ich bin nicht niemand, ich bin Erdmann. Sag mal, du hattest doch neulich was gesagt, als Schröder mit dem Zettel kam. Dass du einen Namen erkannt hast."

Der Junge zögerte. „Ich soll eigentlich nicht..."

„Nicht reden? Oder nicht denken? Beides schadet auf Dauer dem Spiel."

Ein leises Lachen. Dann kam der Satz, leise, als wolle er sich selbst davor schützen: „Knut. Knut Rabe. War mein Trainer früher. Aber dann war er plötzlich weg. Einfach so. Keiner hat was gesagt."

Knut Rabe. Der Name fiel wie ein alter Staub von der Decke der Erinnerung. Erdmann erinnerte sich dunkel an ihn. Ein Eigenbrötler, ein Mann mit festen Ansichten, nicht unbedingt beliebt im Club, aber bei den Kindern mochte man seine klare Linie. Bis er verschwunden war. Ohne Dankesrede, ohne offizielle Verabschiedung, ohne einen Aushang im Schaukasten. In einem Verein, in dem selbst ausgeschiedene Vorstandsassistentinnen noch einen Blumenstrauß bekamen, war das ungewöhnlich.

„Hast du ihn seitdem gesehen?"

Der Junge nickte. „Er saß neulich hier. Genau da. Auf Platz 4. Einfach so. Hat geguckt. Fast ne Stunde lang. Dann ist er gegangen."

„Geredet hat er nicht?"

„Nur mit sich selbst. Oder mit dem Platz. Ich weiß nicht."

Erdmann tippte mit dem Stift gegen sein Notizbuch. Rabe auf Platz 4. Eine Liste mit seinem Namen. Kein offizieller Status. Aber präsent. Wie ein Schatten.

Er bedankte sich, ging zurück zum Clubhaus und klopfte bei Schröder an, der über einem Ausdruck der Mitgliederlisten hing. Als er den Namen hörte, runzelte er die Stirn. „Rabe? War da nicht mal was?"

„Find's raus. Aber diskret. Und frag nicht die Präsidentin."

Schröder warf ihm einen Blick zu. „Weil du es willst?"

„Weil sie es nicht wollen würde."

Noch am selben Abend suchte Erdmann die alten Jahresberichte im Archiv der Verbandszeitschrift auf. Lina hatte ihm einen Zugang gewährt, nicht offiziell, aber auch nicht ganz inoffiziell. Dort, in einem Nebensatz eines alten Artikels, fand er es: „Trainer Knut R. wurde nach internen Differenzen vom Spielbetrieb freigestellt." Keine Details. Keine Erklärung. Kein weiteres Wort in den folgenden Ausgaben.

Freigestellt. Nicht gekündigt. Kein Austritt. Kein Ehrenverlust. Einfach nur: Stille. Wie ein Schatten, der nicht verschwindet, sondern nur mit der Sonne wandert.

Und nun stand dieser Name auf einer Liste, die jemand anonym in Umlauf gebracht hatte. Eine Liste mit sieben Namen. Rabe mittendrin.

Erdmann lehnte sich zurück. Er wusste jetzt, wo er graben musste. Nicht im Sand von Platz 4. Sondern in dem, was man damals unter den Teppich gekehrt hatte.

9. UNTER DER LINIE

Es war ein Dienstag, wie er im Tennisclub Blauvogel Lichtenrade nicht untypischer hätte sein können: die Plätze frisch gewässert, die Bankbesetzungen dünn, der Wind zu träge, um Gespräche zu vertreiben. Erdmann stand nicht auf der Tribüne, auch nicht wie sonst mit dampfendem Becher in Reichweite der Eingangstür. Heute hielt er sich an die kühle Wand der Umkleide – nicht aus Neugier, sondern weil ihm der scharfe Ton eines Gesprächs durch das geöffnete Fenster aufgefallen war. Zwei Stimmen. Eine männlich, trocken, etwas zu schnell. Eine weiblich, zu vorsichtig, als wolle sie sich vor dem eigenen Gesagten schützen.

„Also, wir waren uns doch einig, oder? Das musste einfach vom Tisch."

„Aber es gab kein Protokoll, keine offizielle Entscheidung. Das... war doch nur..."

„Ein Beschluss ist ein Beschluss, auch wenn keiner ihn aufschreibt. Willst du's etwa aufrollen?"

Erdmann notierte keine Namen. Er merkte sich Klangfarben, die Sätze, das Zögern. Das war sein Protokoll.

Später – mit Schröder im Gepäck und der Aura eines Mannes, der nie mit der Tür, aber stets durch den richtigen Eingang kam – ließ er sich im Geschäftszimmer nieder. Frau Konrad war heute ausnahmsweise anwesend. Eine dieser Vorstandsmitgliederinnen, die bei öffentlichen Anlässen durch diskretes Nicken auffielen und bei internen Fragen durch plötzliche Nichterreichbarkeit. Heute jedoch, so schien es, war sie bereit zu plaudern. Oder zu plaudern gezwungen.

„Herr Erdmann, ich weiß, es läuft vieles nicht ideal hier, aber das liegt... an alten Strukturen, verstehen Sie?"

„Ich verstehe, dass Strukturen nicht sprechen, Frau Konrad. Aber manchmal hinterlassen sie Spuren."

Er bat um die Unterlagen der letzten Mitgliederversammlung. Konrad zögerte, reichte aber schließlich einen schmalen Ordner über den Tisch. Schröder blätterte. Er fand: nichts. Keine Liste, kein Protokoll, kein Hinweis auf eine offizielle Abstimmung. Nur ein ausgedruckter Tagesordnungspunkt mit dem Titel „Neuordnung passive Mitgliedschaften" – ohne weiteren Eintrag. Und doch war es genau jener Punkt, der laut Erdmanns Beobachtungen Wirkung gezeigt hatte.

Denn die Liste – die ursprüngliche, der Zettel mit den sieben Namen – enthielt ebenjene Mitglieder, die seit jener stillen „Neuordnung" als Karteileichen galten. Ohne offizielle Mitteilung, ohne Antrag, ohne Eintrag. Aber mit Wirkung: gestrichen aus Turnierlisten, ohne Stimmberechtigung, entfernt aus internen Verteilern. Und einer davon – der achte Name – war, wie sich nun zeigte, seit dieser Aktion plötzlich „nicht mehr auffindbar". Im System gelöscht. Auf Rückfrage beim Verband: nie offiziell abgemeldet. Eine Lücke im Netz. Und eine Lüge im Club.

Erdmann erinnerte sich an einen Satz, den er einmal bei der Wirtschaftskriminalität aufgeschnappt hatte: „Was nicht dokumentiert wird, kann auch nicht kontrolliert werden.“ Oder, wie er es gern übersetzte: „Wer nicht schreibt, hat was zu verbergen.“

Lina, die kurz darauf mit einem Schmierzettel auftauchte – aufgelesen aus dem Pausenraum, halb durchgekritzelt, halb gelöscht –, reichte ihm die fehlende Note: „Sitzung, 12. Februar, 5:1 Stimmen, Liste durchgewunken – keine Diskussion eintragen.“ Darunter: ein Name mit Fragezeichen. Wieder durchgestrichen. Und wieder lesbar.

Erdmann schwieg. Schröder runzelte die Stirn.

„Wenn das keine geheime Abstimmung war, dann weiß ich auch nicht.“

Erdmann antwortete nicht. Er ließ Schröder denken. Das war Teil seiner Methode. Wer alles sofort erklärt bekommt, stellt keine eigenen Fragen mehr.

Am Abend – die Plätze längst leer, das Clubhaus in Halbdunkel, nur das Surren des alten Kühlschranks im Hintergrund – saß Erdmann mit Blick auf die Platzordnung. Sie hing neben der Wand mit den Fotos der Ehrenmitglieder. Und darunter, unscheinbar, eingerahmt: das Gründungsstatut.

Ein Satz sprang ihm ins Auge: „Der Club verpflichtet sich zu Transparenz, Fairness und gleichberechtigtem Zugang aller Mitglieder zu Spiel, Beteiligung und Entscheidung.“

Erdmann schloss die Augen. Er hörte den Wind. Und dann wieder die Stimme aus dem Vormittag.

„Ein Beschluss ist ein Beschluss – auch wenn keiner ihn aufschreibt.“

Aber nicht, wenn er unter der Linie verläuft.

10. DIE RÜCKKEHR DER EHEMALIGEN

Es war ein Dienstagmittag, an dem die Sonne sich zaghaft durch die zerfransten Wolken schob, als Erdmann zum zweiten Mal an diesem Tag über den Parkplatz des Tennisclubs Blauvogel Lichtenrade schlenderte. Nicht, weil er etwas vergessen hatte. Nicht, weil er zu einem bestimmten Termin verabredet gewesen wäre. Sondern weil sich der Rhythmus der Ermittlungen nicht immer nach Kalendereinträgen richtete. Manchmal, das wusste er nach all den Jahren, waren es die Stunden zwischen zwei Gesprächen, zwischen zwei offiziellen Hinweisen, in denen die Geschichte zu atmen begann. Und in denen sich ihre Richtung entschied.

Der Parkplatz war fast leer. Nur ein paar verbliebene SUV, eine vergilbte A-Klasse, ein gut polierter Oldtimer mit Bremer Kennzeichen. Erdmann ließ seinen Blick schweifen, blinzelte gegen das Licht und sog die leise Unruhe ein, die über dem Gelände hing wie der Staub über dem Nebenplatz. Es war dieser Zustand zwischen Vorfreude und Verdrängung, den er so gut kannte. Die Turnierwoche rückte näher – und mit ihr die Angst, dass nicht nur die Ballwechsel, sondern auch die Gerüchte in Serie gingen.

Er bog um die Ecke zum Clubhaus, dort, wo die Kaffeeterrasse in diesem Frühjahr überraschend viele Gäste anzog. Vielleicht lag es an den neuen Loungemöbeln, vielleicht an der überambitionierten Milchaufschäumtechnik des neuen Clubwirtes. Vielleicht aber auch daran, dass der Ort mehr bot als Cappuccino – nämlich Blickkontakt, Gesprächsstoff und die wohldosierte Möglichkeit, sich sehen zu lassen, ohne gesehen zu werden.

Dort saßen sie.

Zwei Gesichter, die auf keiner offiziellen Liste mehr auftauchten, und doch ganz selbstverständlich Platz genommen hatten. Der eine mit grauem, zurückgekämmtem Haar, das ein wenig zu akkurat frisiert wirkte für einen

Freizeittag. Der andere mit einem markanten Kinn und der entspannten Körpersprache eines Mannes, der wusste, dass viele ihn nicht mehr auf dem Zettel hatten – und gerade das für sich arbeitete.

Erdmann erkannte beide sofort. Es war wie ein Echo aus einer Zeit, die im Club nur noch hinter vorgehaltener Hand zitiert wurde. Rolf Döring und Jens Gladow. Ehemals Spieler der ersten Herrenmannschaft, irgendwann dann selbsternannte Talentscouts, zuletzt – still entsorgt, nach einem Zwischenfall, über den niemand je offen gesprochen hatte. Döring war der Theoretiker gewesen, Gladow der Strippenzieher. Sie hatten eine Weile die Nachwuchsarbeit mitgeprägt, dann war plötzlich Schluss gewesen. Es hieß damals, es sei zu „Meinungsverschiedenheiten mit dem Vorstand" gekommen. Was übersetzt in etwa bedeutete: zu viel Eigeninitiative, zu wenig Rücksicht auf Hierarchien. Inoffiziell war von Manipulation die Rede gewesen. Fördergelder, Turniernominierungen, sogar gestohlene Bälle. Nichts war bewiesen worden. Aber alles hatte einen Nachgeschmack hinterlassen.

Und nun waren sie wieder da. Lässig zurückgelehnt, mit Latte Macchiato in der Hand und dem unüberhörbaren Kommentar zur Vorhand eines 14-Jährigen, der gerade auf Platz 2 servierte.

„Nur mal gucken", hatten sie gesagt, als man sie ansprach. Gäste, interessiert an der neuen Jugendarbeit. Alte Hasen, die schauen wollten, was aus dem Verein geworden war, den sie einst mitgeprägt hatten. Nichts weiter.

Erdmann beobachtete sie eine Weile aus der Entfernung. Kein Zettel. Keine Kamera. Keine direkte Ansprache. Nur dieser kurze Moment des Erkennens, als Gladow ihm zunickte, als hätte man sich vor drei Wochen zuletzt gesehen. Erdmann erwiderte den Gruß nicht. Stattdessen ging er zum Rande der Anlage, dorthin, wo die hinteren Plätze in sanftem Licht lagen und der Wind aus dem Gebüsch manchmal leise flüsterte.

Schröder wartete bereits. Mit einem Stapel Ausdrucke, die er wie Trophäen unter dem Arm trug. „Ich hab nochmal ins alte Pressearchiv geguckt", sagte er, während er sich umständlich auf der Bank neben Erdmann niederließ. „Die beiden da vorne – Döring und Gladow – waren 2007 in irgendeine Sache verwickelt. Streit um Fördergelder. Damals hat man das intern geregelt, aber in einem Artikel aus dem Bezirksblatt steht: ‚Der Vorstand des Clubs Blauvogel Lichtenrade äußert sich nicht zu Vorgängen aus der Vergangenheit.' Klingt nicht gerade wie ein Freispruch."

Erdmann zog die Stirn in Falten. „Und jetzt stehen ihre Namen auf der Liste. Ganz ohne Erklärung."

„Vielleicht hat jemand sie zurückgeholt", überlegte Schröder. „Oder sie haben selbst Wind bekommen, dass hier was läuft – und wittern eine Chance."

„Oder jemand will sie reinreiten", murmelte Erdmann.

Es war zu früh für Gewissheiten. Aber nicht zu früh für ein neues Muster. Denn mit dem Auftauchen der beiden ergab die Liste auf eine andere Art Sinn. Nicht nur als Drohmittel. Sondern als Signal.

Ein Signal an Eingeweihte.

Wer auch immer den Zettel geschrieben hatte – er wusste, dass er damit etwas auslösen würde. Eine Kettenreaktion. Eine Rückkehr. Eine Konfrontation mit Altlasten, die nie wirklich entsorgt, sondern nur gut verpackt worden waren.

In den folgenden Stunden veränderte sich die Stimmung im Clubhaus spürbar. Alte Mitglieder tuschelten. Jüngere fragten sich, wer die beiden Fremden seien. Der Vorstand schwieg. Und irgendwo zwischen dem Geräusch von aufplatzenden Tennisbällen und dem Kreischen der Möwen über dem nahen Kanal entstand eine Spannung, die man nicht messen, aber spüren konnte.

Am späten Nachmittag beobachtete Lina, wie Döring sich in der Geschäftsstelle einen Mitgliedsantrag mitnahm. „Nur so", sagte er, als man ihn darauf ansprach.

Und grinste.

Gladow verließ das Gelände wenig später. Sein Blick streifte kurz die Kamera über dem Clubtor. Dann verschwand er. Ohne Kommentar. Ohne Aufhebens.

Doch das Kribbeln blieb.

Erdmann wusste: Es war nicht der letzte Auftritt gewesen. Sondern erst der Anfang.

11. SCHRÖDERS FALSCHER BALL

Manche Irrwege kündigen sich leise an. Wie ein Aufschlag ins Netz, den niemand so richtig ernst nimmt – bis sich zeigt, dass das Spiel längst in die falsche Richtung läuft. Schröder, der sich in den letzten Tagen eifrig durch alte Protokolle, Excel-Tabellen und Archivausdrucke gewühlt hatte, fühlte sich am Morgen dieses Mittwochs wie ein Detektiv im Endspurt. Alles schien auf einen Punkt zuzulaufen. Die Liste mit den Namen, die Rückkehr der ehemaligen Mitglieder, das rätselhafte Überweisungsschema im Sponsorenbereich. Und nun: ein neuer Hinweis, frisch in seinem Postfach, anonym.

Die E-Mail kam von einem Account mit dem charmanten Namen „slicer1982@web...".

Kein Absendername, kein Betreff, nur eine angehängte PDF-Datei und ein lapidarer Satz: „Hier geht's weiter. Viel Glück." Schröder hätte sie fast gelöscht. Doch irgendetwas an der Sache ließ ihn innehalten. Die Datei war eine Kopie eines Vereinsregisterauszugs – eingetragen war ein „Tennisclub Lichtenrade-West e.V.", gegründet vor zwölf Jahren, aber inaktiv seit mindestens acht. Vorsitzender: ein gewisser J. Gladow.

Der Name traf Schröder wie ein Rahmenbruch am Rand. Gladow – der Rückkehrer vom Clubhaus, der vor wenigen Tagen noch mit Latte Macchiato auf der Terrasse saß und sein Comeback wie einen Kurzurlaub inszenierte. Hatte er also doch mehr mit der Sache zu tun?

Schröder wollte es genau wissen. Und das war sein Fehler.

Ohne Erdmann zu informieren, stieg er gegen Mittag in die S-Bahn Richtung Süden. Lichtenrade-West, das klang nach etwas, das nicht mehr existierte, aber Spuren hinterließ.

Der Auszug nannte eine Adresse: Teerofenweg 14.

Kein Clubhaus, keine Website, kein Kontaktformular. Nur eine Zeile im Register. Schröder stieg an der Endstation aus, schulterte seinen Rucksack, in dem er die ausgedruckten Unterlagen sorgfältig verstaut hatte, und marschierte los.

Die Straße war still. Einfamilienhäuser mit Jalousien, hinter denen keine Bewegung zu erkennen war. Vorgärten mit akkurat geschnittenen Buchsbäumen. Dazwischen: das Objekt seiner Hoffnung. Oder besser gesagt: der Ort seiner Ernüchterung.

Teerofenweg 14 war eine Lagerhalle. Verwinkelt, verwildert, mit vergilbtem Plexiglasschild und einem rostigen Briefkasten, der aussah, als hätte ihn zuletzt jemand zu D-Mark-Zeiten geleert. Kein Hinweis auf Tennis. Keine Spur eines Vereins. Nur ein Stück Wellblech, das im Wind klapperte, und eine Klingel, die nicht funktionierte.

Schröder versuchte es trotzdem. Klopfte. Wartete. Nichts.

Er lief ums Gebäude herum, tastete sich an Zäunen vorbei, entdeckte eine Nebentür – abgeschlossen. Und dann, in der Ecke, fast unter einer Plane versteckt: ein alter Roll-Up mit dem Logo des „Tennisclub Lichtenrade-West“. Eine gelbe Filzkugel vor stilisierter Silhouette. Es schien wie der letzte Beweis, dass dieser Ort tatsächlich einmal sportliche Ambitionen gehabt hatte.

Aber was hatte das alles zu bedeuten?

Er machte Fotos, notierte Details und wollte gerade wieder Richtung S-Bahn zurücklaufen, als ein Mann hinter ihm auftauchte. Dunkle Jacke, Baseballcap, Sonnenbrille. Unauffällig, fast zu unauffällig.

„Kann ich Ihnen helfen?“, fragte er. Schröder drehte sich

um, hob beschwichtigend die Hand.

„Recherche“, sagte er. „Ich schreibe über die Geschichte der Tennisvereine im Süden Berlins.“

Der Mann musterte ihn, dann die Kamera.

„Hier gibt's nichts mehr. Der Verein ist dicht. Seit Jahren.“

„Kennen Sie jemanden, der früher aktiv war? Gladow? Oder Döring?“

Ein Zucken im Gesicht des Mannes. Dann ein knapper Satz: „Nie gehört.“

Und weg war er. Schröder ließ sich nicht anmerken, wie sehr ihm das Gespräch den Puls in den Hals trieb. Es war nicht nur der abrupte Ton, es war der Eindruck, dass hier mehr verborgen wurde, als bloß eine eingestaubte Vereinsadresse.

Zurück im Club Blauvogel, zwei Stunden später, wartete Erdmann bereits in der Teeküche. Die Kaffeekanne war halb leer, seine Stirn ebenfalls. Schröder begann sofort zu berichten, holte aus, schilderte alles bis ins Detail. Als er beim Roll-Up angekommen war, hob Erdmann den Zeigefinger.

„Und warum genau bist du alleine losgezogen?“

„Weil es schnell gehen musste. Und weil ich dachte, das könnte der Durchbruch sein.“

Erdmann stand auf, ging zum Fenster. Schaute lange auf das träge flackernde Vereinswappen, das im Gegenlicht fast durchsichtig wirkte.

„Du bist einem Lockvogel gefolgt“, sagte er dann. „Gladow ist zu schlau, um seinen Namen in einem Briefkastenverein stehen zu lassen, wenn er hier still auftaucht. Jemand wollte dich raus aus dem Spiel bringen.“

„Aber wozu? Ich hab doch nichts entdeckt.“

„Doch“, sagte Erdmann. „Du hast entdeckt, dass du lenkbar bist. Dass du Spuren folgst, wenn man sie dir nur hübsch genug aufbereitet. Und das ist gefährlich – für uns. Und für den Fall.“

Schröder schwieg. Er wusste, dass der Alte recht hatte. Er hatte einen falschen Ball gespielt – und beinahe einen Satz verloren, bevor das Match überhaupt richtig begonnen hatte.

„Wir gehen jetzt anders vor", sagte Erdmann schließlich. „Nicht mehr hinterherlaufen. Sondern rausfinden, wer uns was zeigen will – und warum. Ab sofort kein Schritt mehr ohne Gegenschlag."

In diesem Moment vibrierte Schröders Handy. Eine neue E-Mail. Kein Absender. Kein Text. Nur ein Foto: eine Detailaufnahme aus dem Mitgliederbuch. Ein Name war mit Rotstift durchgestrichen – darunter: „Wiedervorlage 21. Mai – Vorstand".

Erdmann beugte sich über die Anzeige. Und lächelte.

„Na siehste", murmelte er. „Jetzt wird's ein Spiel auf Augenhöhe."

12. LINAS STIMME

Lina Berg hatte nicht geschlafen. Nicht wirklich. Sie war eine dieser Menschen, die im Liegen nach Worten suchten. Während andere Schäfchen zählten oder Serien streamten, tastete sie sich gedanklich durch Satzanfänge, Überschriften und Gedankensprünge. In der Redaktion nannte man das „kreatives Überdrehen". Lina nannte es: Arbeit. Und an diesem Morgen saß sie bereits um 6:45 Uhr mit einem Thermobecher vor dem geöffneten Laptop auf dem Balkon, während unter ihr die ersten Hundebesitzer müde durch Lichtenrade trotteten.

Der Artikel war fertig. Nicht vollständig, aber fertig genug. Für eine Veröffentlichung auf Seite 3 der nächsten Verbandsausgabe. Titel: „Die Liste, die keiner lesen wollte." Unterzeile: „Anonyme Einwürfe und ein seltsames Schweigen – was der Berliner Tennisverein Blauvogel Lichtenrade plötzlich nicht mehr so genau wissen will." Es war kein Knaller. Noch nicht. Aber ein Anfang. Einer mit Widerhaken.

Sie wusste, was sie tat. Die Geschichte war sensibel. Nicht, weil es um Korruption oder Kriminalität im großen Stil ging. Es war die Mischung aus Provinzpathos und vorsichtig gestapelter Macht, die so gefährlich war. Tennisclubs lebten nicht von ihrer Transparenz. Sie lebten von Tradition, Beziehungen, Gerüchten – und von der stillen Übereinkunft, dass alles schon irgendwie seine Ordnung hatte, solange niemand zu genau nachfragte.

Erdmann hatte nichts dagegen gehabt, dass sie den Text schrieb. Er hatte nur kurz genickt, als sie ihm zwei Tage zuvor den Arbeitstitel gezeigt hatte. „Wenn du was veröffentlichst, dann so, dass sie entweder zurückrudern – oder ganz ins Wasser springen", hatte er gesagt. Und dann hatte er sich wieder seinem Espresso gewidmet, als wäre das schon die gesamte redaktionelle Absegnung gewesen.

Der Text war sachlich, fast vorsichtig formuliert. Keine Namen, keine direkten Anschuldigungen. Aber deutlich genug, um Panik auszulösen bei denen, die etwas zu verlieren hatten. Und das tat er auch.

Bereits gegen 9:30 Uhr erhielt sie einen Anruf von einem der Vorstandsmitglieder – ein Herr mit unangenehm warmer Stimme und der rhetorischen Feinmotorik eines alten Versicherungsvertreters. Er habe den Artikel „gelesen, oder besser: erahnt" und wolle sich gern zu einem Gespräch treffen. Noch vor dem Erscheinen. Am besten heute. Am besten gleich.

Lina lehnte freundlich ab. „Ich berichte nicht über ungelegte Eier – und meine Texte lassen sich ungern rückwirkend korrigieren." Sie hörte, wie der Mann schluckte. Dann Stille. Dann ein Räuspern. „Sie wissen ja sicher, wie schnell solche Andeutungen falsch verstanden werden können." Lina nickte, obwohl der Mann sie nicht sehen konnte. „Deshalb formuliere ich sie ja so klar."

Sie legte auf, ohne sich zu verabschieden.

Es dauerte keine vier Stunden, bis der Club in Aufruhr

war. Erst flatterte eine E-Mail durch den Verteiler mit dem Betreff „Bitte vertrauliche Vorgänge intern halten“, dann kursierten Screenshots ihres Artikels, obwohl der noch nicht einmal veröffentlicht war. Offenbar hatte jemand Zugriff auf das Redaktionssystem – oder einen gut vernetzten Maulwurf. Lina war das egal. Es bedeutete nur: Sie war nah dran.

Erdmann hingegen ließ sich nicht aus der Ruhe bringen. Er saß – nicht auf seiner Bank, nicht in der Clubgastronomie, sondern diesmal in der alten Schiedsrichterkabine, die seit Jahren niemand mehr betreten hatte. Schröder hatte sie aufgeschlossen. „Ich dachte, Sie wollten mal einen Ort ohne Zuschauer.“ Erdmann hatte nur gemurmelt: „Wenn hier niemand hinschaut, kann man manchmal am besten sehen.“

Von dort beobachtete er, wie die Präsidentin des Clubs durch die Reihen ging – nicht panisch, aber auffallend präsent. Wie sie Hände schüttelte, Schulter klopfte, Gespräche begann und sofort wieder abbrach. Sie war auf der Suche nach etwas. Oder nach jemandem. Und sie wusste, dass es knapp wurde.

Denn Lina hatte nicht nur geschrieben. Sie hatte auch gefragt. Diskret, aber bestimmt. Sie hatte die Namen auf der Liste mit alten Turnierauswertungen abgeglichen. Wer war wann im Club aktiv gewesen, wer plötzlich verschwunden, wer unter anderen Namen wieder aufgetaucht? Es war eine mühselige Kleinarbeit, aber sie zeigte erste Risse im offiziellen Vereinsnarrativ.

Besonders auffällig: Zwei der Namen auf der Liste hatten einst als Förderkandidaten gegolten – junge Talente mit Trainervertrag, Medaillenhoffnung und Instagrampräsenz. Dann: plötzlicher Rückzug. Keine Abschiedsmeldung, kein Dankeschön für die schöne Zeit. Einfach verschwunden. Als hätte es sie nie gegeben.

Lina fand alte Trainingspläne, Fotos von Auswärtsfahrten, ein Interview mit dem damaligen Jugendwart. Und sie fand: nichts Offizielles zum Austritt. Keine Kündigung, kein Transfer, keine Erklärung. Dafür ein handschriftlicher Vermerk auf einer alten Teilnehmerliste: „nicht mehr einsetzen – Grund: intern."

Der Ton im Club wurde schärfer. Schröder berichtete von einem flüchtigen Gespräch mit einem langjährigen Mitglied, der murmelte: „Wer zu laut fragt, sitzt plötzlich nicht mehr im Spielausschuss." Erdmann sagte nichts dazu. Er trank nur seinen Kaffee.

Am Nachmittag traf sich der erweiterte Vorstand zu einer „nicht-öffentlichen Aussprache", wie es später hieß. Erdmann und Schröder wurden nicht eingeladen. Lina auch nicht. Dafür wurde am Abend das Clubportal vorübergehend deaktiviert – wegen „technischer Wartung".

Aber Lina hatte längst Screenshots gemacht. Und ein Backup.

Sie wusste: Der eigentliche Skandal war nicht die Liste. Es war die Art, wie sie verschwand. Wie man versuchte, sie wieder in die Schatten zu schieben, aus denen sie gekommen war. Doch diesmal war sie laut geworden. Und mit ihr: Linas Stimme.

13. DER NOTIZZETTEL

Es war nicht der Spind, den man vermutet hätte. Nicht der mit dem schiefen Schloss, nicht der mit dem abblätternden Vereinsaufkleber und schon gar nicht der mit der durchgesessenen Sporttasche von Platzwart Bruno. Nein, es war Spind 27, dritter Gang links, ganz unten – einer dieser anonymen, beinahe sterilen Aufbewahrungsorte, deren Existenz man in einem Club wie dem Blauvogel Lichtenrade nur beiläufig zur Kenntnis nahm. Die meisten waren ohnehin leer. Doch dieser war es nicht.

Erdmann hatte sich nicht von einem plötzlichen Geistesblitz leiten lassen, sondern von der beiläufigen Bemerkung eines Jungen in der Umkleide, der zu seinem Freund gesagt hatte: „Da unten liegt schon seit Wochen ein Schläger drin – aber keiner holt ihn ab."

Was Erdmann jedoch in dem Spind fand, war kein vergessener Schläger. Es war ein gefalteter Zettel, eingeklemmt unter einem zerknickten Turnbeutel, vergilbt, aber lesbar. Die Schrift war kantig, mit Druckbuchstaben geschrieben – offenbar, um keine persönliche Handschrift erkennen zu lassen. Doch das Papier selbst sprach Bände. Es war kein normales Druckerpapier, sondern eine dieser gelblichen Notizzettel, die man sonst in Trainerbüros oder Kassenhäuschen fand. Und darauf stand – in zwei Spalten untereinander – eine Liste von Namen.

Sieben an der Zahl. Dieselben wie auf dem Zettel, der vor Wochen auf Platz 4 im Wind getanzt hatte. Doch diesmal waren sie nicht einfach nur aufgelistet, sondern kommentiert. Neben jedem Namen stand ein Zusatz – kurz, knapp, eindeutig: „bleibt", „fällt raus", „wackelt", „erledigt", „nicht sicher", „zu laut", „unauffällig".

Erdmann ließ den Zettel lange zwischen Daumen und Zeigefinger kreisen. Das Papier war leicht feucht, die Tinte an manchen Stellen verwischt – aber nicht unleserlich. Und was es ihm sagte, war mehr als deutlich: Hier hatte jemand eine Entscheidungsliste angefertigt. Oder ein Auswahlverfahren dokumentiert. Vielleicht beides. Die Handschrift – so wenig persönlich sie sein sollte – trug doch eine gewisse Nachlässigkeit in sich. Ein Strich durch das „t", der mal hoch, mal tief saß. Ein „a", das wie ein „o" wirkte. Ein Zeichen von Eile – oder Routine?

Schröder war euphorisch, als Erdmann ihm den Fund zeigte. „Das ist der Beweis!", rief er. „Hier wurde aktiv aussortiert. Vielleicht ein Plan, Mitglieder rauszuekeln. Vielleicht sogar inoffizielle Ausschlüsse!"

Doch Erdmann schüttelte den Kopf. „Zu früh, Schröder. Zu direkt gedacht. Wer sortiert, muss vorher wissen, nach welchen Kriterien. Und dafür fehlt uns noch das Schema."

Sie kopierten den Zettel, versiegelten das Original in

einem transparenten Umschlag und nahmen ihn mit zur Geschäftsstelle. Lina, die dazustieß, erkannte sofort zwei Namen auf der Liste – beides Mitglieder, die in den letzten Wochen unangenehm aufgefallen waren. Nicht durch Fehlverhalten, sondern durch Nachfragen.

„Sie wollten wissen, warum der Vereinsbeitrag für Fördermitglieder plötzlich gestiegen ist", sagte Lina. „Und warum man für den Antrag auf Ehrenmitgliedschaft eine Empfehlung aus dem Vorstand braucht."

Erdmann lehnte sich zurück. Er kaute auf einem Zahnstocher, den er irgendwoher hervorgezaubert hatte – eine Angewohnheit aus alten Tagen. Dann nickte er langsam. „Also keine Querulanten. Nur Fragesteller. Das ist schlecht für diejenigen, die nichts erklärt haben wollen."

Es war nicht mehr zu leugnen: Die Liste war keine zufällige Ansammlung. Sie war das Resultat eines internen Auswahlprozesses. Und wenn man genau hinsah, war der Zettel nicht nur eine Liste von Namen – sondern eine Landkarte der Unruhe. Ein Indikator für eine stille Operation.

Lina forderte Einsicht in die offizielle Mitgliederentwicklung der letzten drei Jahre. Schröder begann, Kündigungsschreiben aus dem Archiv zu sichten. Und Erdmann? Der nahm sich die scheinbar Unbeteiligten vor. Die, deren Namen auf keiner Liste standen – aber stets im Umfeld aller Entscheidungen auftauchten.

Im Clubhaus wurden Stimmen laut. Gerüchte machten die Runde. Jemand hatte gesehen, wie Erdmann den Spind geöffnet hatte. Und jemand anderes schwor, den Zettel schon einmal in einem anderen Zusammenhang gesehen zu haben – in der Nähe eines alten Trainers, der heute nur noch gelegentlich kam, aber immer noch Einfluss hatte.

Als Erdmann am Abend auf dem Balkon der Geschäftsstelle stand, den Zettel vor sich auf dem Tisch, wehte der Wind ein paar Blätter vom Nachbartisch zu ihm herüber. Einer davon war ein Spielberichtsbogen. Erdmann sah die Namen der Mannschaft, die letztes Jahr zurückgezogen hatte – aus „personellen Gründen". Vier davon standen auch auf dem Zettel.

Der Kommissar rieb sich die Stirn. Was, wenn die Auswahl nicht nur aus dem Jetzt kam? Was, wenn sie ein längeres Ziel verfolgte – eins, das über das Clubleben hinausging? Er hatte das Gefühl, die Linien würden sich langsam verbinden. Aber noch war nicht klar, wohin sie führten.

Noch nicht.

14. DAS GESPRÄCH UNTERM SCHIRM

Der Regen kam überraschend. Ein milder Sommerregen, der nur den störte, der versuchte, ihn zu ignorieren. Erdmann tat genau das nicht. Er hatte sich Zeit gelassen an diesem Morgen. Kein Platzkaffee, kein Plausch mit Schröder, keine Kontrollrunde durchs Clubhaus. Stattdessen die S-Bahn Richtung Süden, vorbei an Schrebergärten, Ausfallstraßen, Baumärkten mit Samstagsangebot. Sein Ziel: ein verwildertes Grundstück am Rand von Lichtenrade, dort, wo der Asphalt aufhört, das Gras zu sprechen beginnt – und ein Mann wohnte, der lange geschwiegen hatte.

Helmut Wensch, ehemaliger Vorsitzender des Tennisclubs Blauvogel Lichtenrade, war seit drei Jahren offiziell „aus gesundheitlichen Gründen" zurückgetreten. Inoffiziell hieß es, die Vereinsführung habe ihn zum Rückzug gedrängt – zu oft hatte er in Protokollen Dinge notiert, die andere lieber im Unklaren gelassen hätten. Ein Pedant mit Prinzipien, einer, der seine Ordner farblich sortierte und Vereinsinteressen über private Eitelkeit stellte. Ein Relikt aus einer anderen Zeit.

Erdmann kannte seine Sorte. Nicht korrupt, aber unbequem. Nicht charmant, aber verlässlich. Männer, die einem ins Gesicht sagten, was sie dachten – und dafür nur selten eingeladen wurden. Wensch wohnte heute in einem Holzhaus, das früher einmal eine Gartenlaube gewesen sein mochte. Jetzt war es seine Festung. Vor dem Fenster hingen halbhohe Jalousien, die Tür war doppelt verriegelt, und der Briefkasten trug noch immer das Vereinslogo – obwohl längst verrostet.

Erdmann klopfte nicht. Er wartete. Im Regen. Fünf Minuten, dann zehn. Schließlich bewegte sich die Jalousie. Eine Falte zuckte in einem Gesicht, das zu lange geschwiegen hatte. Dann öffnete sich die Tür einen Spalt. Wensch stand da, wie früher bei den Mitgliederversammlungen: unbeweglich, kontrolliert, mit einem leichten Zittern in der linken Hand, das er zu verstecken versuchte.

„Ich will nicht reden, Herr Erdmann."

„Dann hör ich eben zu."

„Was wollen Sie?"

„Fragen, was damals mit der Satzung passiert ist. Und mit der Liste."

„Welche Liste?"

„Sie wissen schon."

Wensch antwortete nicht. Aber er öffnete die Tür weiter.

Die Gartenlaube war vollgestellt mit Papieren, Leitzordnern, Ordnern ohne Rückenetikett, Kartons mit alten Mitgliederunterlagen, vergilbten Einladungen zu Ehrungen, Sitzungsprotokollen. Alles fein säuberlich aufgeschichtet, als ob die Vereinsgeschichte eine Chronologie des Misstrauens wäre. Es roch nach feuchtem Holz und kaltem Kaffee.

Wensch bot keinen Stuhl an. Also blieb Erdmann stehen.

„Sie haben alles aufbewahrt?"

„Fast alles."

„Und das hier?" Erdmann zog einen Ordner aus dem Regal, beschriftet mit „Sonstiges – 2019". Darin: ein Schreiben an den Vorstand, offenbar nie verschickt, handschriftlich von Wensch verfasst. Thema: Satzungsänderung. Darin der Hinweis auf die neue Wahlordnung – und der Vermerk, dass sie „in ihrer aktuellen Form nicht mit der Mitgliedermehrheit abgestimmt" worden sei.

Erdmann blätterte weiter. Es fand sich keine einzige unterschriebene Version der Satzung, nur Entwürfe. Kein Protokoll der Abstimmung. Nur ein Vorstandsbeschluss, intern – mit drei Stimmen für, zwei Enthaltungen. Ein Vorgang, der in einem Verein dieser Größenordnung nie hätte Gültigkeit erlangen dürfen.

„Sie wussten das", sagte Erdmann leise.

Wensch nickte kaum merklich.

„Warum haben Sie geschwiegen?"

„Ich wollte keinen Streit. Es hätte den Club zerrissen."

„Und die Liste?"

„Habe ich nie gesehen. Aber ich kenne die Handschrift. Es war Frau Rellin. Sie hat früher Protokoll geführt. Mit ihr wurde nie offen gestritten, aber sie hatte Einfluss. Stillen Einfluss."

Draußen hörte der Regen auf. Erdmann ließ den Ordner sinken. Dann sah er sich um. Am Fensterrahmen hingen alte Fotos – Mannschaftsaufstellungen, Clubfeiern, Sommerfeste. Auf einem Bild: sieben Männer aufgereiht. Sechs davon erkannte er von der Liste. Der siebte? War das Wensch selbst?

„Ich habe Fehler gemacht, Herr Erdmann. Ich habe weggesehen. Zu oft."

„Jetzt nicht mehr."

Er ging, ohne sich zu verabschieden. Es war nicht nötig. Die Wahrheit stand längst im Regal.

15. DIE SATZUNGSLÜCKE

Erdmann hatte sich nie für Vereinsrecht interessiert. Dienstrecht, Strafprozessordnung, Paragraphen über Betrug, Nötigung oder Unterlassung – ja, das war sein Revier. Doch was eine Satzung im Innersten zusammenhielt, was sie in Bewegung oder in den Abgrund trieb – das hatte er sich bis dahin nie genauer angeschaut.

Jetzt schon.

Denn was sich in den Akten von Helmut Wensch abzeichnete, war mehr als nur ein Formfehler. Es war ein struktureller Riss. Einer, der mit den Jahren immer weiter aufgegangen war, sich durch Beschlüsse fraß, durch Vorstandswechsel und Wahlprotokolle. Ein Riss, den alle kannten – und den keiner benannte.

Die neue Wahlordnung des Tennisclubs Blauvogel Lichtenrade war ein Phantom: Sie existierte, aber nur im Glauben der Mitglieder. Sie wurde zitiert, angewandt, gedruckt – aber nie beschlossen. Kein Mitglied hatte je seine Stimme dazu abgegeben. Kein Protokoll trug den Vermerk einer Abstimmung. Kein Datum verwies auf einen ordentlichen Beschluss.

Und doch regierte sie.

Erdmann saß in der hintersten Reihe des Clubraums, wo einst die Getränkeautomaten brummten. Vor ihm lagen drei Ausdrucke: die Originalsatzung von 1992, ein Änderungsentwurf von 2019 und eine „konsolidierte Version" von 2020, die Schröder irgendwo im internen Mitgliederbereich aufgetrieben hatte. Letztere war das, was man im Club kannte. Gedruckt. Gerahmt an der Wand der Geschäftsstelle. Aber rechtlich? Ein Trugbild.

Lina hatte sich ebenfalls eingeschaltet. Sie hatte im Verbandsarchiv nach ähnlichen Fällen gesucht – und tatsächlich: In drei Berliner Clubs war es in den letzten zehn Jahren zu Streitigkeiten über inoffiziell geänderte Wahlordnungen gekommen. Alle Fälle endeten mit Rücktritten – und einem lauten Knall. Öffentlichkeitswirksam.

Und jetzt war da dieser Club. Blauvogel Lichtenrade. Mit einer Liste von sieben Namen. Mit seltsamen Geldflüssen. Und mit einer Satzung, die in ihrer aktuellen Form auf nichts basierte außer auf Bequemlichkeit.

„Wenn man's genau nimmt", murmelte Schröder, „dann hätte der gesamte Vorstand gar nicht gewählt werden dürfen."

Erdmann schwieg. Doch sein Blick war ein anderer.

Kein Staunen mehr. Kein Unverständnis. Sondern diese stille Entschlossenheit, die er früher bei Tätern sah, wenn sie endlich begriffen hatten, dass das Spiel zu Ende war.

Am Nachmittag suchte er erneut das Vereinsbüro auf. Nicht, um Fragen zu stellen – sondern um eine Kopie zu holen. In einem abgehefteten Schnellhefter, ganz hinten im offenen Rollcontainer, lag ein Dokument mit dem Titel „Übergangsregelung Vorstandswahl 2020". Darunter drei Unterschriften: die der damaligen Präsidentin, der Schriftführerin und – ausgerechnet – einer Person, die laut Protokoll gar nicht im Wahlkomitee saß.

Keine Abstimmung. Keine Mitgliederbeteiligung. Nur ein „einvernehmlicher Beschluss in Zeiten der operativen Notwendigkeit". Was immer das hieß.

Am Abend traf Erdmann sich mit Lina auf dem Balkon des Clubhauses. Sie war blass. Nicht aus Nervosität, sondern aus journalistischer Klarheit. Der Fall nahm Fahrt auf. Und mit ihm ein Risiko. Denn wenn sich bewahrheitete, was sich hier abzeichnete, würde es nicht bei einem Aufregerartikel bleiben. Es würde Rücktritte geben. Vielleicht sogar einen Eingriff durch den Verband.

„Und was sagt dein Bauch, Erdmann?"

„Mein Bauch sagt, hier hat sich jemand jahrelang auf Unsichtbarkeit verlassen. Und jetzt steht die ganze Satzung im Scheinwerferlicht."

„Wird das reichen?"

„Nicht für eine Anzeige. Aber für eine Enttarnung."

Sie sah ihn an. Es war ein Blick, der nicht Zustimmung suchte – sondern Verbündete. Und Erdmann war bereit.

16. DOPPELSPIEL

Der Regen hatte in der Nacht auf die Terrassenplatten getrommelt, als wollte er das Pflaster aufweichen, das über die vergangenen Wochen so viele Schritte, Blicke und Mutmaßungen getragen hatte. An diesem Morgen lag der

Club still da – ein müder, nasser Organismus, der zu viel gesehen hatte. Und Erdmann, der aus der Dämmerung trat wie jemand, der nicht mehr suchte, sondern nur noch verglich, stand an der aufgeweichten Linie von Platz 4 und ließ sich den feuchten Wind ins Gesicht wehen. Schröder war noch nicht da. Vielleicht war das besser so.

In seinem Mantel hatte Erdmann eine Fotokopie. Ein Einschreibebeleg. Rückdatierter Vereinsbriefkopf. Unterschrift: M. Vogt. Dieselbe Person, die seit zwei Jahren im Vorstand des Tennisclubs Blauvogel Lichtenrade für Mitgliederangelegenheiten zuständig war. Der Brief war jedoch an den Tennisverein BSC Havelgold adressiert – ebenfalls mit Vorstandsfunktion, dort als zweiter Kassenprüfer eingetragen. Und das zum exakt selben Zeitpunkt wie bei Blauvogel. Zwei Ämter. Zwei Identitäten. Und dieselbe Schrift.

Er nahm einen Schluck aus seiner Thermoskanne und spürte, wie der Kaffee die Müdigkeit durchdrang wie ein Pflug durch feuchten Sand. Es war kein Skandal. Noch nicht. Aber eine Doppelfunktion, ein doppelter Zugang zu Mitgliederlisten, Förderanträgen, Abstimmungen – und zum System, das man so gern als „gemeinnützig" titulierte, obwohl es in Wahrheit oft nur ein Deckmantel war für Eitelkeit, Einfluss und unversteuertes Sponsoring.

Als Schröder kam, mit zerzaustem Hemdkragen und einem Aktenordner unter dem Arm, sagte Erdmann nichts. Er deutete nur mit dem Kopf in Richtung Terrasse. Dort, am Rand des überdachten Bereichs, stand M. Vogt. In Regenjacke. Allein. Er blickte ins Leere, als hätte er gewusst, dass es heute keine Einladung zum Kaffee geben würde.

„Sie sind früh", sagte Erdmann, als er sich ihm näherte.

Vogt nickte. „Ich hatte eine Ahnung."

„Dann wissen Sie auch, worum es geht."

„Nicht offiziell."

Erdmann zog den Brief aus der Manteltasche. „Doch jetzt schon."

Die Luft zwischen den beiden war nicht gespannt, sondern schal. Als sei das Entscheidende längst gesagt worden – in anderer Runde, in anderer Zeit.

„Das ist nicht verboten“, sagte Vogt leise. „Zwei Ehrenämter. Verschiedene Bezirke.“

„Aber miteinander verbunden“, entgegnete Erdmann. „Sie haben Fördermittel in beiden Clubs beantragt – mit denselben Projektbeschreibungen.“

Ein Zucken ging durch Vogts Gesicht. Kein Geständnis, eher eine Irritation über die Genauigkeit, mit der man ihm gefolgt war. „Ich habe nichts unterschlagen.“

„Aber etwas verdoppelt.“

Wieder Stille. Schröder stand nun neben ihnen, sah zwischen den beiden hin und her, als wollte er wissen, ob er hier gerade Zeuge eines Abgangs oder eines Auftritts war.

„Warum?“ fragte Erdmann schließlich. Es war eine einfache Frage. Aber sie wog schwer.

Vogt sah über den Platz, der von der Morgensonne langsam trockengelegt wurde. „Weil ich dachte, es merkt keiner. Weil ich sah, wie wenig Kontrolle herrscht, wie blind die Gremien ticken. Und weil man irgendwann glaubt, man hat's verdient. Für all die Stunden. All den Ärger. Das Ehrenamt… frisst dich. Und wenn du zurückfrisst, merkst du nicht, wie bitter es schmeckt.“

„Sie stehen auf der Liste“, sagte Schröder trocken.

„Natürlich tue ich das“, antwortete Vogt. „Ich habe sie geschrieben.“

Das saß. Erdmann blinzelte.

„Ich wollte aufräumen. Leute benennen, die... sagen wir: fragwürdig eingebracht wurden. Ohne Aufnahmeprotokoll, ohne Eintrag. Ich dachte, es braucht jemanden, der eine Art Korrektur vornimmt. Bevor der Club vor die Wand fährt.“

„Und dabei haben Sie sich selbst nicht gestrichen?“

„Ich wollte erst mal sehen, ob das jemand versteht.“

Erdmann nickte. Es war kein Verständnis in dieser Geste, nur Anerkennung für die Absurdität der Situation. Der Aufräumer als Mitverschwörer. Der Mahner als Täter.

„Sie wissen, dass das Konsequenzen hat", sagte er leise.

„Nicht, wenn niemand etwas sagt", entgegnete Vogt – und lächelte zum ersten Mal. Aber es war ein müdes, hohles Lächeln. Eines, das wusste: Die Zeit des Doppels war vorbei.

Erdmann trat zurück, ließ Vogt stehen. Schröder trat neben ihn, noch immer mit dem Aktenordner unterm Arm.

„Was machen wir jetzt?" fragte er.

„Wir schreiben den nächsten Namen auf die Liste", sagte Erdmann. Und ging.

17. DER FÜNFTE ANTRAG

Der Clubnachmittag war fortgeschritten, die Plätze belegt, das Vereinsleben schien seinen gewohnten Gang zu nehmen. Bälle prallten rhythmisch auf den Sand, Rufe hallten herüber, irgendwo lief ein Radio, das es nicht besser wusste, als laut durch die Nachmittagssonne zu scheppern. Doch Erdmann war längst nicht mehr im Modus der Gewohnheit. Er stand an der Eingangstreppe des Clubhauses, hielt eine ausgedruckte Tabelle in der Hand und starrte auf einen Namen, der sich wie ein Fremdkörper in das Papier gedrängt hatte.

Fünfmal abgelehnt. Fünfmal. Und nun stand er drin – mit Nummer, Adresse, Beitragseinzug, Zugangscode. Als wäre nie etwas gewesen.

Es war Schröder gewesen, der den Hinweis entdeckt hatte. Ein Datenbankexport, beiläufig angestoßen, während er eigentlich auf der Suche nach Überweisungen für die „Sportliche Betreuung" war. „Ich hab da was... Seltsames", hatte er gemurmelt, und Erdmann hatte nur genickt, während er die Akte übernahm. Fünf Mitgliedsanträge. Fünf verschiedene Jahreszahlen. Fünfmal schriftlich dokumentierte Ablehnung – jeweils mit unterschiedlichen

Begründungen, mal formell, mal vage. Und dann: ein Datensatz, sauber formatiert, keine Lücke, kein Kommentar.

Erdmann sog die Luft durch die Nase ein, langsam, kontrolliert. Wie ein Spieler vor dem Aufschlag. Der Name auf dem Blatt war nicht unbekannt. Im Gegenteil. Er war einer der sieben auf der ominösen Liste. Einer, den niemand offen erwähnt hatte. Aber dessen Präsenz seit Wochen in der Luft lag – wie der Geruch von Liniment im Umkleideraum.

Er verließ die Stufen und ging seitlich ums Clubhaus herum, wo die Küche ihre Fenster zur Terrasse hinaus öffnete. Durch die leicht angelehnte Tür drang das Klimpern von Geschirr. In der Ecke saß der ehemalige Jugendwart, ein Mann mit tiefen Stirnfalten und einem Teint wie ein ausgeblichener Sandplatz. Er nippte an einem kleinen Glas Apfelschorle, so behutsam, als wolle er verhindern, dass es von innen beschlug.

„War er jemals drin?“ fragte Erdmann leise.

Der Mann sah ihn an, schüttelte kaum merklich den Kopf. „Nie gewählt. Nie gewollt. Zu laut. Zu viel Meinung. Und dann dieser... Vorfall.“

„Welcher Vorfall?“

„Da war was mit einem Jungen. Nichts Strafbares. Aber... unangenehm. Vertrauensbruch. Danach war das Thema durch. Offiziell jedenfalls.“

Erdmann nickte kaum merklich und zog sich zurück. Es war eine dieser Aussagen, die weniger durch ihren Inhalt wirkten als durch ihr Timing. Kein Dementi, kein klarer Vorwurf. Nur die Ahnung eines Vorwurfs. Und das reichte oft aus, um jemanden aus dem System zu halten – oder eben genau deshalb wieder hineinzuholen.

Zurück im Büro – diesmal das von Lina, die sich für eine Stunde in einem ruhigen Seitenraum des Clubhauses eingemietet hatte – legte er den Ausdruck auf den Tisch. Sie sah kurz auf, nahm einen Bleistift zur Hand und fuhr mit der Spitze die Spalte entlang. Dann sah sie ihn an, spürbar aufgebracht, aber professionell genug, es nicht laut werden zu lassen.

„Du weißt, was das heißt, oder? Jemand hat entweder die Eintragungen gelöscht – oder sie nie dokumentiert. Und beides ist ein Hammer."

„Oder", ergänzte Erdmann, „der Eintrag wurde auf Druck einer Person gemacht, die Zugriff hat. Und die will, dass der Name nicht weiter auffällt."

Sie überlegte. „Wozu die Liste dann überhaupt?"

„Vielleicht ein Warnschuss. Vielleicht ein Erpressungsversuch. Oder ein interner Machtkampf. Aber: Wenn fünfmal abgelehnt und dann klammheimlich durchgewunken – dann gibt es mindestens zwei Parteien, die gegeneinander arbeiten."

Draußen war das Licht milder geworden. Schatten lagen quer über dem Platz, wo ein Mixed-Doppel launig sein Match austrug. Niemand hier ahnte, dass die Clubzugehörigkeit einiger Mitglieder ein komplexer Spagat zwischen Papier, Politik und persönlichen Rechnungen war. Die Aufnahme eines Namens war nie bloß Verwaltung. Sie war Geschichte, Haltung, Lagerbildung.

Erdmann stand wieder auf. „Ich will wissen, wer das damals unterschrieben hat."

„Und wenn's keiner war?"

„Dann war es jemand mit Zugang. Und mit Absicht."

Später am Abend, nach dem Grillbuffet, sprach er die amtierende Schriftführerin an – eine resolute Dame mit akkurat frisiertem Haar und der Attitüde einer Grundschulrektorin. Als sie den Namen hörte, zuckte sie unmerklich zusammen.

„Ich habe nie eine Aufnahme bestätigt. Aber... ich erinnere mich, dass irgendwann gesagt wurde, ‚der ist jetzt drin'. Ohne Beschluss."

„Von wem kam das?"

Sie zögerte. Dann, fast widerwillig: „Aus dem Vorstand. Damals. Vor meiner Zeit als Schriftführerin."

Erdmann ließ sie stehen und ging langsam Richtung Parkplatz. Der Himmel war inzwischen dunkel, erste Sterne über dem Berliner Süden. Seine Gedanken formten sich nicht zu Sätzen, sondern zu einem Muster. Aufnahmeverweigerung. Wiederholung. Interne Liste. Wiederauftauchen. Und jemand, der das System besser kannte als der Club selbst.

Am nächsten Morgen bat er Schröder, die Netzwerkprotokolle zu prüfen. Wer hatte sich wann ins interne System eingeloggt? Wer hatte die Daten geändert – und warum war der einzige digitale Fingerabdruck ein Benutzerprofil, das auf den alten, längst ausgeschiedenen IT-Beauftragten lautete?

„Ein Scheinkonto", sagte Schröder. „Das ist ja wie in einem Spionageroman."

„Nein", murmelte Erdmann. „Wie in einem Club, der glaubt, keiner merkt was. Und genau deshalb... merken wir was."

18. DAS GESPERRTE KONTO

Der Wind, der über die Plätze zog, roch nach Frühlingsversuch und altem Sand. Es war dieser typische Märztag, der weder etwas versprach noch etwas hielt. Erdmann stand am Zaun von Platz 4, wo ein verirrter Ball unter der Bank lag, vergessen wie die Antworten, die er suchte. In seinem Notizbuch klaffte eine Lücke. Genau da, wo die Finanzströme beginnen sollten. Oder enden.

„Sportliche Betreuung", hatte es auf mehreren Überweisungen geheißen. Eine nebulöse Institution, einst vielleicht ein Fördertopf, vielleicht ein cleverer Trick, vielleicht einfach nur ein Deckmantel. Offiziell war die Einrichtung längst abgemeldet. Aber jemand hatte jüngst das Konto abgeräumt – heimlich, geräuschlos, effizient. So, als habe man geahnt, dass jemand wie Erdmann bald Fragen stellen würde.

Er schlug die Autotür zu, als er wenig später in der Blankenfelder Straße vor einer vergilbten Filiale der Berliner Volkskasse stand. Der Club hatte dort jahrzehntelang seine Konten geführt. Die Dame am Empfang, Typ: freundlich-distanziert mit dezenter Lesebrille, zuckte bei dem Stichwort „Sportliche Betreuung“ nicht einmal.

„Gibt es nicht mehr. Konto aufgelöst. Vor drei Wochen.“

Erdmann nickte. „Wer hat es aufgelöst?“

Ein winziges Zögern, ein gezogener Lippenbogen. „Das darf ich Ihnen ohne entsprechende Legitimation leider nicht sagen.“

Er kannte das Spiel. Schröder hatte unterdessen versucht, über alte Auszahlungsquittungen aus den Vereinsunterlagen Näheres herauszubekommen. Doch alles, was sie fanden, war eine letzte Bewegung: eine Abbuchung über 4.000 Euro, betitelt mit „Schlussrate – März“.

„Wofür eine Schlussrate? Und an wen?“, murmelte Schröder, während er sich über das Excel-Tabellen-Ausdruck-Ungetüm beugte, das jemand notdürftig aus dem Drucker gequetscht hatte. Rechts oben trug es den Hinweis „vertraulich“ – ohne Absender.

Erdmann spürte, dass sie nah dran waren. Es fehlte nur noch ein Name. Eine Hand, die auf den Auslöser gedrückt hatte. Eine Unterschrift, die den Zugriff legitimierte.

In einer ruhigen Ecke des Vereinsheims, dort, wo einst die Schlägerrahmen aufgehängt wurden, hatte sich mittlerweile eine improvisierte Beweislage zusammengefunden: Ausdrucke, Notizen, markierte Mitgliedsanträge, überklebte Beitragslisten. Und mittendrin der Umschlag mit den letzten Kontoauszügen. Jemand hatte ihn liegen lassen – oder bewusst vergessen. Erdmann war sich nicht sicher, was ihm lieber war.

Dann kam der Anruf. Lina.

„Erdmann? Ich hab was. Kein Beweis, aber ein Mosaikstein.“

Sie hatte recherchiert, tief in den öffentlich einsehbaren Jahresberichten der Berliner Sportförderung. Ein bestimmter Name tauchte dort mehrfach als Beauftragter für „projektbezogene Mittelverwendung" auf. Und dieser Name war identisch mit einem, der auch auf der ominösen Liste gestanden hatte – und in Erdmanns Notizbuch mit einem großen Fragezeichen versehen war.

„Er war früher Platzwart, dann irgendwie wegbefördert. Jetzt taucht er als externer Berater auf – mit einem Vertrag beim Club. Ohne Honorar, aber mit Spesen."

„Und die liefen über das Konto der Sportlichen Betreuung?"

„Genau."

Erdmann lehnte sich zurück. Das Muster war da. Es hatte sich nur gut versteckt: unter Ehrenämtern, unter Deckadressen, unter dem Deckmantel des gemeinnützigen Engagements. Irgendjemand hatte das System gekannt – und genutzt. Nicht für sich allein, aber doch für eine Agenda.

Und dann fiel ihm der Satz ein, der ihm bei einem früheren Fall einmal begegnet war. In einem anderen Club, in einem anderen Zusammenhang. Aber plötzlich ganz nah: „Wer das Geld bewegt, bewegt die Regeln."

Der Verdacht wuchs, dass die Namen auf der Liste keine zufällige Reihung waren. Sondern das Resultat einer stillen Strategie: Wer fördern darf, entscheidet auch, wer dazugehören darf. Oder draußen bleibt.

Später am Abend, als die Plätze leer waren und nur das Surren der Flutlichter über den Sandkörnern hing, saß Erdmann auf der steinernen Treppe vor dem Clubhaus. Der Umschlag mit den Auszügen lag neben ihm, beschwert mit einem abgenutzten Tennisball. Schröder kam aus dem Dunkel, eine Dose Fritz-Kola in der Hand.

„Ich hab noch mal die Kontoänderungen durchgeguckt. Es gab nur eine Person, die in den letzten Monaten Zugriff hatte. Weißt du, wer?"

Erdmann sah ihn an, ruhig, konzentriert. „Du sagst es mir gleich."

„Die ehemalige Schriftführerin. Die, die vor einem halben Jahr so plötzlich zurückgetreten ist – offiziell wegen familiärer Verpflichtungen."

Erdmann nickte kaum merklich.

Die Liste hatte nicht nur Namen getragen. Sondern auch Absichten. Und das Konto war der Hebel gewesen.

Doch wer wirklich am längeren Hebel saß – das würde sich bald zeigen.

19. DIE STIMME AUS DEM OFF

Der Umschlag war unscheinbar. Kein Absender. Kein Hinweis. Nur Linas Name, maschinell getippt auf einem Etikett, das leicht schief auf der Vorderseite klebte. Er lag morgens in der Post der Verbandsredaktion, zwischen Einladungsschreiben zu Saisoneröffnungen und Werbeflyern für Tenniscamps in Kroatien. Fast wäre er ungesehen in den Papierkorb gewandert – hätte sie nicht ein leiser Instinkt zögern lassen.

Drinnen: eine Mini-CD. Und ein einzelnes Blatt Papier. Darauf, maschinenschriftlich:

„Hör gut zu. Und dann entscheide."

Lina hatte keine Lust auf Spielchen. Nicht heute. Nicht nach den letzten Wochen, in denen ihr Name häufiger hinter vorgehaltener Hand geflüstert als offen ausgesprochen worden war. Aber die CD landete trotzdem im Laufwerk ihres privaten Laptops. Nur zur Sicherheit. Nur um zu wissen, mit welchem Unsinn man sie diesmal zu ködern versuchte.

Das Rauschen kam zuerst. Dann eine Stimme.

Alt, verschnupft. Männlich.

Ein Räuspern.

Dann eine zweite Stimme.

Weiblich. Nervös.

Stille.

Und dann begann das Gespräch.

Es war keine gewöhnliche Aufnahme. Es war ein Mitschnitt. Heimlich, offenbar aus einer Ecke eines Raumes aufgenommen. Schlechte Qualität, aber mit etwas Geduld: verständlich. Es ging um eine Sitzung. Eine Vorstandssitzung – so viel wurde schnell klar. Datum: unklar. Ort: vermutlich das Clubhaus. Inhalte: brisant.

„Wir brauchen diese Liste. Sonst wird das ein Desaster beim Frühlingsturnier."

„Aber wir können doch nicht einfach Namen streichen!"

„Es ist kein Streichen. Es ist ein Filtern."

„Und was sagen wir, wenn jemand fragt?"

„Niemand fragt. Noch nicht."

Lina fror. Wortwörtlich. Der Raum um sie herum wurde still, obwohl der Verkehr draußen an der Redaktion vorbeiströmte wie eh und je. Die Stimmen – vier an der Zahl – diskutierten etwa zwölf Minuten lang. Es ging um Mitglieder, deren Wiederaufnahme nie offiziell beschlossen worden war. Um Aufnahmeanträge, die „aus politischen Gründen" durchgewunken wurden. Um ehemalige Spieler, die „dem Club einst geschadet" hätten. Und darum, dass man eine interne Liste bräuchte. „Zur Sicherheit", wie einer der Sprecher es formulierte.

Diese Liste.

Die weiße Liste.

Lina spulte zurück. Und noch einmal. Sie notierte Stellen, markierte Tonlagen, versuchte, Muster zu erkennen. Zwei Stimmen konnte sie mit hoher Wahrscheinlichkeit zuordnen: Die der früheren Schriftführerin – und die des amtierenden zweiten Vorsitzenden. Beide hatten sich in den letzten Wochen rar gemacht. Beide waren zuvor auf Rückfrage ausweichend gewesen. Beide hatten behauptet, „von nichts zu wissen".

Erdmann hörte sich die Aufnahme in seinem Wohnzimmer an. Er saß auf einem tiefen Sessel, die Kaffeetasse in der linken Hand, die rechte auf dem Notizbuch. Schröder stand am Fenster, die Stirn in Falten. Nach drei Minuten sagte er: „Das ist... krass."

Erdmann nickte langsam. „Es ist mehr als das. Es ist eine Art Beweis. Oder zumindest der Anfang davon."

Die Stimmen lieferten keine Namen – aber der Kontext war klar. Es war eine inoffizielle Sitzung. Vermutlich vor dem offiziellen Vorstandstreffen im Frühjahr. Man hatte sich vorbereitet. Informell abgestimmt. Strategisch.

„Und das da", sagte Erdmann, „ist nicht bloß ein Dokumentationsfehler. Das ist Vorsatz."

Lina schickte die Datei anonym an den Club – ohne Begleittext, ohne Absender. Nur als Zeichen, dass die Wahrheit unterwegs war. Am nächsten Morgen sagte die Präsidentin einen öffentlichen Termin ab. Und der zweite Vorsitzende ließ sich krankmelden.

Der Briefkasten vor dem Clubhaus war geöffnet, aber leer. Als Erdmann vorbeiging, wehte ein alter Turnierflyer davon, vom Wind gezogen. Vielleicht, dachte er, ist Wahrheit manchmal auch so: ein Papier, das zu Boden fällt – und von der falschen Brise fortgetragen wird.

Doch diesmal hatte jemand es aufgehoben. Und den Recorder eingeschaltet.

20. DER LETZTE EINTRAG

Es war nicht das Klackern der Filzbälle, das Erdmann an diesem Tag beschäftigte, sondern das gleichmäßige Ticken der Standuhr im Vereinszimmer, deren Zeiger seit Jahren nie synchron mit der Welt da draußen gingen. Eine stille Ironie – hier drinnen war die Zeit stehen geblieben, während draußen längst ein neuer Wind wehte. Die Clubsaison neigte sich dem Ende, das Turnier war gespielt, die Sieger gekürt, die Medaillen verteilt. Und doch lag eine Kälte in der Luft, die nicht vom Wetter kam.

Der Umschlag, den Schröder ihm überreicht hatte, war unscheinbar. Kein Absender, kein Logo, nur eine altmodische Schreibmaschinenadresse: „Für den, der es sehen will“. Erdmann hatte ihn geöffnet, langsam, mit jener Mischung aus Vorsicht und Neugier, die man sich in Jahrzehnten des Dienstes angewöhnt. Was er fand, war mehr als ein Hinweis. Es war der Schlüssel zu einem System.

Drei Seiten, getippt auf Papier, das leicht vergilbt war. Überschrieben mit: „Ergänzungen zur Liste – nicht öffentlich.“ Darunter: sieben Namen, mit handschriftlichen Markierungen, Pfeilen, Zahlen. In Klammern stand bei manchen: „Kontakt empfohlen“, bei anderen: „Aussortiert – zu kritisch“, „nicht steuerbar“, „labil, aber nützlich“. Und ganz unten, eingerückt, ein einzelnes Wort: „Gesperrt.“

Erdmann saß lange da, den Zettel in der Hand, während Schröder am Fenster lehnte und nervös die Schnur der Jalousie zwirbelte. „Das ist keine Mitgliederliste“, murmelte der Alte schließlich. „Das ist eine Matrix.“

„Eine was?“, fragte Schröder, der bei dem Wort eher an Science-Fiction dachte als an Vereinsleben.

„Eine Logik hinter der Logik“, erklärte Erdmann. „Eine Liste, die nicht die Vergangenheit dokumentiert, sondern die Zukunft steuert. Wer gefördert wird, wer auf die Plätze kommt, wer wieder verschwindet. Und wer nie eine Chance hatte.“

Der Tonfall war kühl, beinahe nüchtern. Doch Erdmanns Blick war es nicht. Da war etwas in seinen Augen – Enttäuschung, vielleicht. Oder Ärger. Oder beides. Der letzte Eintrag auf dem Zettel lautete: „M.G. – letzte Option prüfen. Ausschluss ohne Abstimmung möglich.“ Es war die Initiale eines Jugendlichen, der seit Wochen nicht mehr aufgetaucht war. Still, ohne Erklärung, ohne Protest. Einfach weg.

Sie hatten geglaubt, es gehe um alte Namen, um zurückgekehrte Ehemalige, um vergessene Spuren. Aber es ging um Kontrolle. Um Einfluss. Und um Selektion.

Erdmann bat Lina, ihn in den Besprechungsraum zu begleiten, jenen Raum mit den hohen Fenstern und dem

Wandbild aus Vereinszeiten, das den Club bei der Einweihung des vierten Platzes zeigte – feierlich, geschniegelt, wie ein Standesfoto einer gutbürgerlichen Familie. Es war ein gutes Bild, wenn man daran glaubte. Doch Lina war mittlerweile genauso wenig geneigt, an die schöne Fassade zu glauben wie er.

„Du warst auf der richtigen Spur", sagte Erdmann, als er ihr den Zettel überreichte. „Aber du hast noch nicht die ganze Geschichte."

Sie las, schweigend, langsam. Ihre Stirn zog sich in Falten. „Das ist kein Versehen. Das ist Absicht."

„So sieht's aus."

„Und was willst du jetzt tun?"

„Das kommt drauf an, ob du bereit bist, einen Namen zu veröffentlichen, den man dir übelnehmen wird."

Lina schwieg einen Moment. Dann legte sie das Blatt behutsam zurück. „Nur, wenn du mir sagst, ob es wirklich Verrat war."

„Kein Betrug", antwortete Erdmann leise. „Aber der Verrat an dem, was ein Verein sein sollte."

Am späten Nachmittag bat Erdmann zur Vorstandssitzung. Der Tagesordnungspunkt: Unregelmäßigkeiten in der Mitgliederführung – vertraulich. Die Präsidentin war sichtlich angespannt, die restlichen Mitglieder erschienen vollzählig – darunter auch Frau Nestler, deren Handschrift längst mit der Liste aus dem Leitzordner übereinstimmte, wie Erdmann in einer stillen Nacht im Archiv selbst geprüft hatte.

Erdmann wartete, bis alle Platz genommen hatten. Dann stellte er das Diktiergerät auf den Tisch. „Ich möchte, dass dies festgehalten wird. Für das Protokoll, das es bisher nicht gibt."

Er begann ruhig, beinahe sachlich. Zählte Fakten auf, erwähnte Fundstücke. Schröders Aktenvermerk. Linas Artikel. Die Tonaufnahme. Die Rückkehr der Ehemaligen. Den Notizzettel aus dem Spind. Die gesperrte Kontoverbindung der „Sportlichen Betreuung“, die man nie offiziell aufgelöst hatte. Es war keine Anklage. Es war eine Demontage – Satz für Satz, Hinweis für Hinweis.

Und dann legte er den Zettel mit dem letzten Eintrag auf den Tisch. Der Moment war still. Man hörte nur die Standuhr im Nebenraum, wie sie gerade zur halben Stunde schlug.

„Ich frage Sie“, sagte Erdmann. „Wer hat entschieden, wer auf dieser Liste steht? Und warum?“

Die Präsidentin schwieg. Der stellvertretende Vorsitzende blickte zu Boden. Frau Nestler griff nach einem Glas Wasser, das nicht da war. Niemand sagte etwas. Und genau das war die Antwort.

„Wissen Sie“, fuhr Erdmann fort, „ich habe viele Systeme gesehen. Systeme, die Leute schützen sollten. Und Systeme, die sie aussortierten. Aber ich habe selten ein System gesehen, das so viel lächelt und dabei so kalt ist.“

Später, im Schatten der Terrasse, sagte Schröder: „Das wird einen Aufschrei geben.“

„Vielleicht“, sagte Erdmann. „Vielleicht auch nicht.“

„Und wenn sie weitermachen wie bisher?“

„Dann wird Lina schreiben. Und andere werden lesen. Und irgendwann wird jemand fragen, wie es sein kann, dass sieben Namen ausreichen, um eine ganze Saison zu verändern.“

Er nahm einen Schluck vom kalten Kaffee. Dann stand er auf, ging zum Platz 4, wo alles begonnen hatte – mit einem Zettel im Wind.

Es war ein Zufall – oder das, was man im Rückblick für einen Zufall hält. Zwei Tage nach der Vorstandssitzung, früh am Morgen, trat Erdmann auf dem Parkplatz beinahe in eine Scherbe. Ein zersprungener Bilderrahmen, achtlos hinter der Mülltonne abgestellt, mit einem Bild des Gründungsvorstands und – darunter eingeklemmt – einem vergilbten Zettel mit handschriftlichen Notizen.

Erdmann bückte sich, blies den Staub fort, las. Es war

der Protokollentwurf einer außerordentlichen Sitzung – nie ins System übertragen, nie offiziell bestätigt. Doch mit dem Vereinsstempel, leicht verwischt. Darin: die Erwähnung der Liste. Und – das war neu – ein Name, der als Ideengeber genannt wurde.

Herr Rainer Mattusch. Damals zweiter Schriftführer. Heute: Trainer für die Jugendabteilung. Und: ehemaliger Funktionär in einem anderen Club, der wegen unsauberer Mitgliederdaten einmal unter Beobachtung geraten war.

Erdmann erinnerte sich an den Satz auf dem ersten Zettel: „Für den, der es sehen will." Nun sah er. Klarer denn je.

Mattusch war nicht einfach Teil des Apparats gewesen. Er hatte ihn gebaut. Nicht als Betrüger, nicht aus Habgier – sondern aus der tiefen Überzeugung, dass ein Club nur dann stabil bleibt, wenn man den Zufall ausschließt. Wenn man berechnet, wer kommen darf. Wer bleibt. Und wer nicht passt.

Die Liste war sein Instrument gewesen. Eine Mischung aus Wahrscheinlichkeiten, Bauchgefühl und alter Vereinslogik. Es ging nicht um kriminelle Energie. Es ging um Macht. Um Kontrolle durch Struktur. Und das war das Verstörende.

Erdmann suchte Mattusch auf – nicht im Büro, sondern auf dem Platz, wo dieser gerade einem Neunjährigen das Rückhand-Slice beibrachte. Ein Bild des Alltags. Nichts hätte harmloser wirken können.

„Herr Mattusch, ein Wort?"

Der Trainer nickte, schickte den Jungen zur Trinkpause.

Sie gingen am Zaun entlang, wortlos.

„Ich habe gehört, Sie kennen das Prinzip der weißen Liste", sagte Erdmann.

Ein kurzes Zucken in den Mundwinkeln. Kein Leugnen. Kein Geständnis. Nur ein Satz:

„Es war nie gegen jemanden. Es war für den Verein."

Erdmann blieb stehen.

„Das glauben Sie doch selbst nicht."
Mattusch schwieg.
„Sie haben nicht betrogen. Sie haben selektiert. Das ist der Unterschied zwischen einem Trick und einem System. Und Systeme sind gefährlicher."
Am Abend veröffentlichte Lina ihren Artikel. Kein Skandaltext. Keine Bloßstellung. Sondern eine Analyse, wie Kontrolle im Kleinen entsteht. Wie aus einem stillen Hinweis ein Netz wird. Und wie eine Idee, die ursprünglich dem Schutz galt, sich ins Gegenteil verkehren kann.
Die Reaktion? Verhaltener Aufruhr. Einige Mitglieder empörten sich. Andere wiegelten ab. Manche hatten die Liste nie gesehen. Andere sagten: „Das war doch immer so." Es gab Rücktritte. Rückfragen. Und ein Antrag auf eine außerordentliche Mitgliederversammlung.
Erdmann stand an jenem Abend lange auf dem dunklen Platz 4. Ein Lichtschein fiel aus dem Vereinsheim, aus dem gerade jemand leise klassische Musik laufen ließ. Schröder kam mit zwei Bechern Kaffee.
„Was passiert jetzt?", fragte er.
„Sie werden eine neue Liste schreiben", sagte Erdmann. „Diesmal offiziell. Mit offenen Kriterien. Vielleicht mit Feedback-Runden. Aber es wird eine Liste bleiben."
„Und was machst du?"
„Ich schau mir das an. Und warte auf den Moment, in dem sie wieder beginnt, Leute auszusortieren, nicht weil sie etwas getan haben. Sondern weil sie nicht ins Bild passen."
Er sah hinüber zur Wand mit den alten Siegerfotos. Viele Gesichter. Wenige Geschichten. „Weißt du, Schröder – manchmal ist der größte Skandal nicht der, der auffliegt. Sondern der, der funktioniert."
Am nächsten Morgen war der Spind, in dem Erdmann die erste Kopie der Liste deponiert hatte, leer. Auf dem Haken hing nur ein Zettel: „Danke für den letzten Eintrag."

Niemand hatte ihn gesehen. Niemand wusste, wer ihn aufgehängt hatte. Aber Erdmann wusste, was es bedeutete.

Ein System war gefallen. Vielleicht nicht laut. Aber hörbar. Für den, der genau hinhörte.

FAZIT

Manche Listen sind harmlos. Einkaufslisten. Gästelisten. Wunschzettel zu Weihnachten. Und doch – sobald sie still entstehen, fernab von Augen und Gegenstimmen, verwandeln sie sich. Nicht in Werkzeuge, sondern in Waffen.

Im Fall der weißen Liste ging es nie um das, was schwarz auf weiß stand. Sondern um das, was zwischen den Zeilen fehlte. Wer wurde aufgenommen? Wer nicht? Wer fiel durchs Raster – und wer definierte eigentlich dieses Raster?

Es war kein Betrug, kein Diebstahl, keine klassische Straftat. Es war schlimmer. Ein System, das vorgab zu schützen, begann zu steuern. Aus Angst vor Unruhe wurde Kontrolle. Aus Kontrolle wurde Ausschluss. Und aus Ausschluss: Macht.

Die Liste war nicht das Problem. Das Problem war, dass niemand nach ihr gefragt hatte – und trotzdem alle nach ihr lebten.

Es war eine Lektion über Vereine, über Menschen, über Strukturen. Und darüber, wie schnell sich Gemeinschaft in Gesellschaft wandelt – wenn man zu lange schweigt.

Ich habe gelernt, dass man nicht immer laut schreien muss, um etwas zu bewegen. Manchmal reicht ein Zettel. Der richtige Zettel, zur richtigen Zeit. In der falschen Schublade.

Und dieser eine Satz geht mir seither nicht mehr aus dem Kopf:

Manche Listen sagen nicht, wen du reinholst. Sondern wen du raushalten willst.

ERDMANN ERMITTELT WEITER
Die Wahrheit liegt selten im letzten Ballwechsel. Manchmal bleibt sie auf der Bank zurück, manchmal im Schweigen am Zaun.
Kommissar Erdmann a.D. beobachtet auch abseits der Seitenlinien – seine Fallakten gehen weiter.
ERDMANN-FALLAKTEN
IM PODCAST HÖREN
www.kommissar-erdmann.de
ERDMANN-FALLAKTEN

Fallakte 7: Volles Haus, leere Hände

PROLOG

Die Post in der Geschäftsstelle des Tennisclub Graurot Südwest kam meistens gegen 10:30 Uhr. Rechnungen, Werbebroschüren, einmal im Monat ein in Wattepapier eingeschlagenes Kuvert aus Österreich, in dem ein Ehrenmitglied seine Mitgliedschaft mit akkurat sortierten 5-Euro-Scheinen beglich.

Es war ein Rhythmus, wie ihn nur Vereinsbüros kannten – eine Mischung aus Gedächtnisstütze, Mahnwelle und freundlicher Gleichgültigkeit. Doch an diesem Dienstagmorgen im September steckte zwischen all dem Papier ein unscheinbarer Umschlag, Klarsichtfolie, leicht zerknittert. Handschriftlich adressiert, ohne Absender. Darin: drei Blätter, sorgfältig kopiert.

Obwohl die ehrenamtliche Mitarbeiterin die Unterlagen zunächst beiseitelegte – zwischen einem Flyer für ein Tenniscamp und der Jahresrechnung des Ballautomaten – fiel ihr die letzte Zeile auf Seite drei auf. Eine Art Notiz, mit rotem Filzstift quer über den Ausdruck gesetzt: „Volles Haus – und doch: leere Hände."

Als Erdmann am frühen Nachmittag im Club auftauchte, war er eigentlich wegen des Seniorenturniers gekommen. Altersklasse 70+, eine Mischung aus gepflegtem Ehrgeiz, medizinisch begleiteten Aufschlägen und der Frage, ob es zwischen Kaffee und Kuchen noch Platz für eine Viertelstunde Doppel gebe. Es war nicht sein Club, aber ein befreundeter Spieler hatte ihn eingeladen, und da Erdmann ohnehin auf dem Weg in den Süden der Stadt war, ließ er sich nieder – mit Thermoskanne, Notizblock und einer gewissen mürrischen Erwartung, dass das spannendste des Tages wohl der Belag unter den belegten Brötchen sein würde.

Doch kaum hatte er sich auf die Bank gesetzt, flatterte die Aufregung ins Vereinsbüro. Die Vorstandsassistentin war blass, nicht wegen des Brötchens, sondern wegen der drei kopierten Seiten. Auszüge aus der Abrechnung der Clubfeste. Eine Inventurübersicht. Eine Liste interner Veranstaltungen – mit Diskrepanzen. Veranstaltungen, die offiziell im Kalender standen, aber nie stattfanden. Barzahlungen, die nicht gebucht worden waren. Und ein Anbieter für Zeltverleih, der laut System zweimal dasselbe Event fakturiert hatte. Doppelzahlung – dieselbe Uhrzeit, derselbe Ort, dieselbe Veranstaltung.

Erdmann nippte an seinem Kaffee. Dann stellte er die Tasse ab, sah die Unterlagen durch und blieb an einem Namen hängen: Niklas Riedel, Eventmanagement. Hatte er schon mal gehört. Vielleicht beim letzten Neujahrsempfang, als zu viel Glühwein auf zu wenige Quittungen traf. Oder war es beim Sommergrillfest, bei dem die Ausschankrechnung höher war als die Zahl der Gäste?

Er sagte nichts. Noch nicht. Denn eines war klar: Wer solche Botschaften schickte, wollte nicht nur auf Unregelmäßigkeiten hinweisen. Er wollte, dass jemand sie findet –

und dass jemand wie Erdmann beginnt, ihnen nachzugehen. Leise. Geduldig. Und mit genau der Art Misstrauen, die man sich in einem Vereinswesen nur leisten konnte, wenn man längst kein Teil davon war.

Die Liste lag vor ihm. Die Namen auch. Aber noch war nicht klar, worauf genau sie verwiesen.

Doch Erdmann hatte gelernt: Manchmal beginnt ein Fall nicht mit einem Toten. Sondern mit einem Umschlag – und einer Frage, die keiner zu stellen wagt: Wo ist eigentlich das ganze Geld hin?

1. VOLLE RÄNGE, LEERE ERINNERUNGEN

Die Saisonabschlussfeier im Tennisclub Graurot Südwest war eine jener Veranstaltungen, die zwischen Tradition und Trägheit balancierten. Man wusste, was kam – und kam dennoch. Nicht aus Begeisterung, sondern aus Gewohnheit.

Der Grillduft, das Bierfass mit Vereinslogo, der DJ, der bereits im dritten Jahr nacheinander dieselbe Spotify-Playlist abspielte. Es war ein Fest, das keiner organisierte, sondern das einfach geschah – weil es eben auf dem Kalender stand. Wie das alljährliche Schleifchenturnier, bei dem Erdmann stets um eine Teilnahme herumkam, indem er sich auf die Rolle des externen Zuschauers zurückzog: freundlich, distanziert, thermosbewaffnet.

An diesem Abend aber war etwas anders. Nicht vordergründig – die Lichterketten flimmerten wie immer, die Biertische standen schräg auf dem vermoosten Rasen, und in der Nähe der Ballwand stolperten Jugendliche mit Plastikbechern über Verlängerungskabel. Aber unter der Oberfläche, dort, wo Erdmann immer zuerst hinsah, lag eine feine Spannung. Kein Streit. Kein Skandal. Nur eine diffuse Unruhe – wie ein Schatten, der keiner sein wollte.

Der Vorsitzende, ein drahtiger Mann mit dem Betonlächeln eines Berufsmoderators, stand auf dem Podest, hob sein Glas und ließ die Saison Revue passieren. Von Erfolgen war die Rede, von steigenden Mitgliederzahlen, neuen Fördergeldern und der fantastischen Kooperation mit einem Eventdienstleister, der das diesjährige Charity-Mixed-Turnier im Juli zum „emotionalen Höhepunkt des Sommers" gemacht habe. Applaus, Prosecco, zufriedene Gesichter.

Nur: Niemand in der Runde schien sich an dieses Turnier zu erinnern.

Erdmann beobachtete. Sah in Gesichter, die erst zustimmend nickten, dann zögerten, dann auffällig synchron in ihre Gläser sahen. Selbst die Jugendwartin, sonst ein wandelndes Archiv für alle sportlichen Veranstaltungen, presste die Lippen zusammen. Der Schatzmeister blickte ins Leere. Und Lina Berg, die neben Erdmann an der Absperrung stand, schüttelte sacht den Kopf. „Charity-Mixed im Juli? Ich war den ganzen Monat über in der Redaktion. Davon hätte ich gehört."

Erdmann sagte nichts. Er blinzelte nur leicht, so wie andere den Kopf neigten. Es war sein Zeichen für: Ich denke nach, aber lass mich in Ruhe dabei.

Der Abend nahm seinen Lauf. Die Gastronomie servierte Currywurst auf Porzellantellern, die Kinder schleckten Eis aus halb geschmolzenen Waffeln, und auf Platz 3 wurde spontan ein Flutlichtdoppel improvisiert, das mehr aus Scherzen als aus Schlägen bestand. Doch in Erdmanns Kopf begannen sich Zahlen und Namen zu verschieben. Das Turnier im Juli – stand es auf der Liste im Umschlag? Ja. Zweimal sogar: Einmal als Veranstaltung, einmal als Rechnung. Veranstalter: der Club. Durchführung: Niklas Riedel Eventmanagement. Teilnehmerzahl: 24. Spendensumme: 1.800 Euro. Zweck: „Förderung der Jugendabteilung".

Und doch: Kein Bild, kein Siegerfoto, keine Erwähnung im Newsletter. Kein einziger Social-Media-Post, obwohl der Club sonst jede Trophäe mit fünf Filtern versieht. Es war, als habe es das Turnier nie gegeben – nur die Abrechnung war geblieben.

„Riedel“, murmelte Erdmann in seinen Bart. Nicht zu Lina. Nicht zu irgendwem. Eher zur Thermoskanne. Die roch nach altem Kaffee und Erfahrung.

Später am Abend, als der DJ bereits die achte Schlagerfolge anstimmte und der erste Weißwein zur Neige ging, näherte sich Erdmann dem Grillstand. Nicht wegen des Essens. Sondern wegen der Helferliste, die traditionell am Pavillon hing: ein Aushang mit Vornamen, Aufgaben und Zeitfenstern. Der Juli war leer. Kein Eintrag zum besagten Charity-Mixed. Keine Helfer. Kein Grillplan. Nichts.

„Kann ja mal passieren“, sagte der Platzwart, als Erdmann beiläufig fragte. „Manche Veranstaltungen laufen außerhalb vom regulären Kalender. Gab's bestimmt, aber war vielleicht exklusiv.“ Dann wandte er sich wieder dem halbverkohlten Steak zu.

Erdmann blieb noch eine Stunde. Saß auf der Bank am Rand, sah den Spielerinnen zu, wie sie unter Flutlicht ihre Aufschläge lachten. Es war ein friedlicher Abend. Fast zu friedlich.

Denn wenn es eines gab, das Erdmann misstrauisch machte, dann war es die Stille nach einer zu lauten Zahl.

2. SCHRÖDERS STATISTIK

Es war Montagvormittag, als Schröder in seinem kleinen WG-Zimmer in Schöneberg den Ausdruck auf dem Küchentisch ausbreitete. Drei Seiten, ordentlich gelocht, fein säuberlich getackert – die Kopie des anonymen Schreibens, das Erdmann ihm tags zuvor in einer seiner wortlosen Geste gereicht hatte. Nur ein Nicken. Kein Kommentar. Aber in der Welt des Kommissars a.D. bedeutete das Nicken so viel wie: Denk du mal drüber nach, ich hab schon genug gedacht.

Und Schröder dachte. Mit bunten Textmarkern, einer

Excel-Tabelle, drei halb gegessenen Butterbrezeln und einer wachsenden Unruhe im Bauch. Die Liste der angeblichen Club-Events war lang – zu lang für einen einzigen Sommer. 23 Veranstaltungen, davon acht als „Sonderformate", vier mit angeblichem Catering durch „Riedel Eventmanagement", dazu ein ominöses „Trainingscamp Adults only" Mitte August. Das alles war fein säuberlich nummeriert, mit Beträgen versehen, die selbst Schröders Ahnung von Vereinsbudgets überstiegen.

Er begann mit dem Abgleich.

Offizielle Termine: Im internen Kalender auf der Clubwebsite waren nur 14 Veranstaltungen vermerkt. Kein „Charity-Mixed" im Juli. Kein „Sommergipfel Jugendförderung" im August. Und definitiv kein „ClubCup Night-Session" mit DJ, der mit 780 Euro gelistet war, Catering exklusive.

Schröder tippte. Er klickte sich durch die Archivseiten des Vereins, durch Newsletter, Instagram-Posts, Aushänge auf der Google-Drive-Plattform des Clubs. Nirgends ein Bild, nirgends ein Text zu diesen Events. Und das war bei diesem Verein, der sonst jede Ballpatenaktion im Kindertraining dokumentierte, mehr als auffällig.

Er legte die Eventliste auf das Bett, daneben die offizielle Veranstaltungsübersicht. Beide Blätter schienen miteinander zu streiten. Oder eher: das eine log, das andere schwieg.

Dann fiel ihm ein Name ins Auge: Riedel Eventmanagement. Der gleiche Dienstleister, der beim angeblichen Charity-Mixed involviert gewesen sein sollte. Schröder googelte. Es gab tatsächlich eine Website. Drei Seiten, schlampig programmiert. Keine aktuellen Projekte. Kein Impressum. Nur eine Handynummer und eine Mailadresse mit Freemailer-Endung.

Er rief nicht an. Stattdessen schrieb er sich die Nummer auf einen Notizzettel. Sicherheitshalber.

Dann holte er sich Kaffee, viel zu stark, viel zu heiß –

und begann die Zahlen zu summieren. Die aufgeführten Honorare, Cateringpauschalen, Organisationsbudgets, Werbekostenzuschüsse. Es ergab eine Summe von rund 18.400 Euro. In bar, wie vermerkt. „Kasse: erledigt". Kein Konto, keine Rechnungskopien, kein Zahlungsnachweis. Nur diese Liste – mit einer eigenartigen Unterschrift darunter: i. A. – gez. N. Riedel.

Schröder runzelte die Stirn. Riedel war auf keiner Mitgliederliste geführt. Nicht als Spieler, nicht als Fördermitglied. Im Verzeichnis der Honorarkräfte tauchte er ebenfalls nicht auf. Und doch hatte man ihm offenbar mehrere Tausend Euro ausgezahlt. Oder jemand hatte es behauptet.

Er griff zum Hörer. Rief Erdmann an. Der ging nicht ran. Schröder hinterließ keine Nachricht. Er wusste: Der Alte hörte sowieso nicht ab. Er wartete lieber, bis man selbst anrief, wenn es wirklich dringend war.

Also packte Schröder seine Ausdrucke ein, schulterte den Rucksack und machte sich auf den Weg nach Lichtenrade – zum Club. Vor Ort angekommen, grüßte ihn der Platzwart mit einem skeptischen Nicken. Schröder war nicht regelmäßig da, und wenn, dann eher in Jeans als in Tennisshorts.

Im Vereinsbüro war niemand. Die Tür stand offen, der Schreibtisch war leer, nur ein angebissenes Croissant lag auf einem Serviettchen. Schröder legte seine Kopien daneben, nicht ohne ein Post-it dazuzulegen: Frage: Wer hat diese Liste abgezeichnet? – S.

Dann zog er sich auf die Terrasse zurück. Bestellte einen Filterkaffee – der einzige, der nicht aus dem Vollautomaten kam – und öffnete seine Notizen. Er markierte die Differenzen in der Eventliste rot, die offiziellen Einträge grün. Dann zählte er, wie oft eine Veranstaltung doppelt abgerechnet war. Acht Mal. Teilweise mit identischer Bezeichnung, aber anderem Datum.

Die Bilanz war eindeutig: Der Club hatte offenbar Geld

ausgegeben für Ereignisse, die nicht stattgefunden hatten – oder doppelt kassiert, doppelt gemeldet, doppelt vergessen.

Erdmann kam gegen 15:45 Uhr. Keine Begrüßung. Nur ein kurzer Blick, dann ein Nicken.

„Die Statistik, die sie da haben", begann Schröder, „die hat Lücken. Oder eher: Überdeckungen."

Erdmann nahm Platz. Schröder erklärte ihm die Diskrepanzen, zeigte die Zahlen. Der Alte sagte nichts. Nur einmal hob er leicht die linke Augenbraue, als Schröder das Beispiel mit dem „Sommergipfel" erwähnte.

„Sie denken also, da hat jemand...", begann Schröder.

Erdmann unterbrach ihn nicht. Er ließ den Satz offen stehen wie ein Tor ohne Netz.

„Wieso fällt das keinem auf?" fragte Schröder schließlich.

Erdmann griff zur Thermoskanne. Goss sich langsam Kaffee in die Emailletasse. Dann sagte er: „Weil alle lieber auf den Platz schauen – nicht auf die Bücher."

Schröder nickte. Und zum ersten Mal fragte er sich, ob er nicht längst mittendrin war – in einem Spiel, das nicht auf dem Platz stattfand, sondern in Zahlen, Lücken und der trügerischen Sicherheit, dass in einem Tennisclub schon alles mit rechten Dingen zugeht.

3. LINAS ZWEIFEL

Der Spätsommer hatte sich wie ein lauer Abend an das Jahr geschmiegt – zu mild, um schon an das Ende zu denken, zu golden, um zu glauben, dass irgendetwas faul sei. Auf dem Vereinsgelände des Tennisclubs Graurot Südwest, dieser Mischung aus gewollter Moderne und geerbtem Kleingartencharme, herrschte ein seltsamer Gleichklang. Die Saisonthemen schienen auserzählt, die Clubmeisterschaften vorbei, das Protokoll zur Mitgliederversammlung geschrieben – und Lina Berg saß an einem der runden Metalltische mit Blick auf Platz 2, um ein letztes Porträt für die Herbstausgabe der Verbandszeitschrift fertigzustellen.

Eigentlich war es Routine. Die FSJlerin des Vereins – Alina, 19, freundlich, kurz angebunden, ein wenig verloren zwischen Boulekursen und Jugendtrainingsgruppen – hatte ihr zugesagt. Ein kurzes Interview, ein paar Sätze über Jugendarbeit im Verein, dann vielleicht ein kleiner Infokasten über den Weg von Schule zu Freiwilligendienst. Nichts, was den Verein aufrütteln oder das Redaktionspostfach füllen würde. Aber als Lina den Diktierrekorder schon wieder einstecken wollte, lehnte sich Alina etwas nach vorn, sah auf ihre eigenen Sneakers und sagte leise: „Ich hab viele von den Turnieren gar nicht mitbekommen. Die standen zwar im Plan, aber die sind einfach nicht passiert."

Lina hob den Kopf. „Wie meinst du das – nicht passiert?"

Alina zuckte mit den Schultern. „Na ja, das Charity-Mixed zum Beispiel. Ich war an dem Wochenende hier. Es war nix. Kein Buffet, keine Spielerlisten, kein gar nix. Und bei dem Senioren-Grill-Doppel war auch niemand – außer zwei Ehepaaren, die ihre Plätze selbst gebucht hatten. Ich dachte, das wär halt normal, dass manches einfach ausfällt."

Lina fragte nicht weiter. Sie dankte Alina, verabschiedete sich, machte sich ein paar Notizen. Und dann setzte sie sich in ihr Auto, schaltete das Radio stumm und blätterte in ihrem eigenen Papierstapel. Sie hatte sich eine Liste aus dem Clubhaus kopiert – den offiziellen Eventkalender des Sommers. Aufgeführt waren 14 Veranstaltungen, sieben davon mit Vermerk „erfolgreich durchgeführt", darunter auch das erwähnte Charity-Mixed im Juli. Die anderen sieben waren als „verlegt" oder „wegen Wetter abgesagt" markiert – aber ohne Alternativtermine. Es war der gleiche Zettel, den Erdmann ihr zwei Tage zuvor aus der Geschäftsstelle mitgegeben hatte. Ein anonymer Brief, drei Seiten, darunter eine tabellarische Übersicht mit Teilnehmerlisten, Rechnungsnummern und handschriftlichen

Vermerken. Manche Beträge doppelt. Manche gar nicht.

Am Abend saß Lina in ihrer Altbauwohnung in Prenzlauer Berg, streckte die Beine auf den Fenstersims und sortierte Zettel. Ihr Instinkt arbeitete schneller als ihr Verstand. Sie war keine Ermittlerin, aber sie kannte ihre Zahlen. Und sie wusste, wie oft in Clubs zwischen Plan und Realität eine Art Schamzone existierte. Dinge, über die man nicht sprach. Veranstaltungen, die niemand infrage stellte. Abrechnungen, die einfach als gegeben hingenommen wurden.

Sie griff zum Telefon. Erdmann ging nach dem dritten Klingeln ran. Kein „Hallo", kein „Was gibt's?", nur sein typisches „Hm?".

„Du, sag mal", begann Lina, ohne Umschweife, „das Charity-Mixed, das im Eventplan steht – warst du da?"

Kurze Pause. Dann sein Brummen. „Ich erinnere mich an einen verregneten Sonntag. Ich erinnere mich an ein Gulasch, das aus war, bevor das erste Spiel lief. Aber ein Turnier – nee. Keinen gesehen, der tatsächlich gespielt hätte."

Lina blätterte weiter. „Auf der Liste steht: 26 Meldungen, Buffet 380 Euro, Spendenziel 500 Euro. Und beim Senioren-Doppel dasselbe Spiel: Teilnehmergebühr gebucht, aber laut Alina – null Teilnehmer."

„Wie viele solcher Veranstaltungen stehen da?", fragte Erdmann.

„Vier, die laut Kalender stattgefunden haben. Aber mindestens drei davon waren in Wirklichkeit leer. Vielleicht alle."

Erdmann schwieg. Ein gutes Zeichen. Wenn er schwieg, zählte er innerlich. Rückwärts, wie er ihr einmal verraten hatte – von zehn bis null. Nur dann konnte er die Menschen ausblenden und sich auf das Prinzip konzentrieren.

Lina ging an ihr Bücherregal, holte eine alte Ausgabe des Clubmagazins. Sie schlug die Saisonberichte der letzten Jahre auf – immer dieselben Formulierungen, dieselben

Phrasen. „Tolle Atmosphäre“, „vielfältige Begegnungen“, „gelungene Veranstaltungen“. Keine Fotos. Keine Listen. Keine Namen.

„Ich will noch nichts schreiben“, sagte sie schließlich. „Aber das ist nicht nur eine Lücke. Das ist eine Erzählung, die nie stattgefunden hat.“

Erdmann räusperte sich. „Dann ist sie wie so vieles im Verein. Laut geplant, leise vergessen.“

Am nächsten Morgen schickte Lina ihm eine Mail. Betreff: „Geister-Turniere?“. Anhang: ein PDF mit farbig markierten Differenzen. Und darunter ein kurzer Satz, der für Erdmann klang wie ein Startschuss:

„Ich glaube, die Zahlen lügen nicht – aber jemand lügt mit Zahlen.“

4. BARGELD, BITTE BAR

Es war ein warmer Vormittag, der sich noch nicht entscheiden konnte, ob er zum Altweibersommer oder zum Spätherbst gehören wollte. Die Blätter der Birken raschelten trocken über den Platzrand hinweg, ein Schläger knallte auf den Beton, ein Fluch hinterher. Erdmann saß auf der Bank neben Platz 2, die Thermoskanne in Reichweite, ein Notizbuch auf dem Knie. Nicht, dass er etwas aufgeschrieben hätte. Er wartete. Und wenn Erdmann wartete, dann sah er mehr als andere beim Rennen.

Diesmal wartete er auf einen Jugendlichen mit Sommersprossen und viel zu großem Schläger, der nach seinem Training noch mit Schröder verabredet war – angeblich wegen einer Turniermeldung, inoffiziell wegen einer Frage, die Erdmann unter den Nägeln brannte. Der Junge, Henri genannt, war der Neffe einer früheren Clubgastgeberin und hatte in den Sommerferien als Helfer bei verschiedenen Veranstaltungen ausgeholfen. Erdmann hatte ihn beobachtet, nicht weil er etwas Verdächtiges tat – sondern weil er so unauffällig war, dass es schon wieder auffiel.

„Na Henri", begann Erdmann, als der Junge in seine Richtung kam, „wie war das Charity-Turnier?"

Der Blick des Jungen glitt ins Leere. „Welches?"

„Das große Sommer-Mixed. Barbecue, Tombola, Spendenlauf."

Henri verzog das Gesicht. „Ach so. Ich war da eingeteilt zum Ballkinder-Training. Aber das Turnier… war das nicht das, das abgesagt wurde wegen der Hitze?"

Erdmann schwieg. Schröder trat hinzu, mit einem Stapel Papier, der aussah wie frisch aus dem Drucker gefallen. „Ich hab die Turnierlisten. Das Charity-Mixed steht im Kalender – aber weder eine Teilnehmerliste noch ein Siegerfoto. Dafür Buchungen über Getränkebons und Grillfleisch. Alles bar."

Henri nickte. „Das war öfter so. Die haben gesagt, das mit dem Kartenterminal sei zu kompliziert. Bei den Jugendturnieren gab's auch kein Online-Check-in. Einfach kommen, zahlen – und dann weiterspielen."

„Bar?" Erdmann hob eine Augenbraue.

„Ja. Immer bar. Sonst hätte ja jemand vorher die Beträge abziehen müssen. Und wer weiß, ob dann alle auch zahlen."

Erdmann ließ den Blick über den Platz schweifen. In der Ferne rangierte ein Mitglied sein E-Bike rückwärts an die Hütte. Die Fenster der Geschäftsstelle spiegelten die späte Sonne. Und irgendwo, unter dieser Glasfassade, lag eine Wahrheit vergraben, die viel mit Vertrauen und wenig mit Technik zu tun hatte.

„Und das Geld – wer hat das kassiert?" fragte Erdmann nach einer Weile.

Henri zuckte. „Manchmal der Platzwart. Manchmal der eine Typ… der mit dem bunten Shirt. Der, der immer den Aufbau gemacht hat."

„Niklas Riedel?" warf Schröder ein.

Henri nickte langsam.

Erdmann stand auf, klopfte sich die Hose ab, als würde er Staub abschütteln, der gar nicht da war. „Gut, Schröder. Dann sehen wir uns mal die Aufbaupläne an. Und vielleicht finden wir auch heraus, wo all die schönen Scheine gelandet sind."

„Und was machen wir mit dem Jungen?" Schröder sah Henri an, der sich inzwischen wieder seinem Handy widmete.

„Nichts", murmelte Erdmann. „Er hat genug gesehen. Vielleicht zu viel. Aber eines sicher nicht: eine Quittung."

Der Rest des Tages verging in Beobachtungen. Erdmann sah zu, wie ein Vater seinen Sohn lautstark über den Platz scheuchte. Wie zwei ältere Damen sich über den neuen Belag beschwerten. Wie Schröder mit dem Fahrrad zum Copyshop fuhr, um alte Flyer zu vergleichen. Und wie ein Gastro-Aushilfskoch zwei Kisten mit „übrig gebliebenen" Bierflaschen in sein Auto lud – angeblich für den internen Stammtisch.

Am Abend, als das Clubhaus langsam zur Ruhe kam und das Licht über Platz 3 flackerte, saßen Erdmann und Schröder auf der Terrasse. Vor ihnen zwei Notizenblöcke. Zwei Kaffeebecher. Zwei Versionen derselben Wahrheit.

„Wenn bei vier Veranstaltungen bar kassiert wurde, aber im System nur zwei auftauchen..." begann Schröder.

„... dann fehlen zwei Kassenstürze", vollendete Erdmann. „Oder sie wurden nie gemacht."

„Aber wer hätte denn die Kontrolle gehabt?"

Erdmanns Blick ging hinüber zur Geschäftsstelle, wo in einem Fenster noch ein Licht brannte. „Der, der immer zuerst da ist – und zuletzt geht. Und der weiß, wo das Papier liegt."

Sie schwiegen lange. Dann, leise, der letzte Satz des Tages.

„Manche buchen bar, weil es einfacher ist", sagte Erdmann. „Andere, weil es unsichtbar ist."

5. PLAKAT UND PLASTIKSTUHL

Der Spätsommer hatte seine Zähne noch nicht ganz eingezogen, als Erdmann an jenem Vormittag in die Garage hinter dem Clubhaus trat. Es roch nach altem Filz, nach Teer und den Resten von Isostar-Pulver, das irgendwo seit Turnierbeginn in einer offenen Kiste oxidierte. Über den offenen Kartons hing eine gewisse Trägheit in der Luft – als hätte der Ort selbst vergessen, wozu er einmal diente. Plakatrollen, Biertischdecken, aufblasbare Werbebanden eines längst insolventen Sportgetränks und eine Kiste mit Kabelbindern in verschiedenen Farben: die Beweisstücke der Vergangenheit lagen ordentlich gestapelt wie Beutegut eines vergessenen Feldzugs.

Erdmann nahm sich Zeit. Er hatte keine Verabredung, keine Thermoskanne dabei und keine Lust, sich wieder den Wochenendreden des neuen Platzwarts anzuhören. Stattdessen ließ er seinen Blick durch die Garage wandern, durch den muffigen Schlauch, der nur ein Fenster zur Rückseite hatte – das wie immer mit Klebeband fixiert war, damit es nicht aufklappte. Und da sah er es. Zwischen einem aufgerollten Werbebanner mit dem Slogan „Mit Schwung zur Gesundheit“ und einem verstaubten Getränkekarton: ein DIN-A2-Plakat, angepinnt an eine Holzlatte, etwas windschief, aber noch gut lesbar.

„Sommer Charity Mixed – 22. Juli – 10:00 Uhr – alle Einnahmen für den Nachwuchsbereich“

Erdmann trat näher. Das Plakat war in diesem pastelligen Design gehalten, das vor ein paar Jahren als jugendlich durchging. Zwei Tennisspieler in Silhouettenoptik, dazu ein großes Herz, das aus zwei sich kreuzenden Schlägern geformt war. Alles daran schrie nach gut gemeintem Marketing – und nach einem Event, das Eindruck machen sollte. Nur: Niemand im Club erinnerte sich daran. Nicht beim Clubabend, nicht auf den Fotos im Saisonrückblick. Auch nicht im Kalender, den Schröder inzwischen doppelt überprüft hatte.

Erdmann löste das Plakat vorsichtig ab. Die Ecken waren mit Reißzwecken fixiert, die Holzlatte bröselte an einer Seite. Er faltete das Plakat, steckte es in seine Jackentasche – und trat hinaus in die Sonne, wo die Welt wieder geordnet war und der Duft von frisch gemähtem Rasen das Denken erleichterte. Am Geräteschuppen traf er auf den Platzwart.

„Ach, Sie schon wieder", murmelte der Mann, der aussah wie eine Mischung aus Handwerker und Vereinsphilosoph. Sein Basecap war schief, sein Rücken krumm vom Netzabziehen.

„Ich war in der Garage", sagte Erdmann ruhig.

Der Platzwart zuckte mit den Schultern. „Solang' Sie nix klauen."

Erdmann zeigte ihm das Plakat. „Sagen Sie – dieser Charity-Mix. War das gut besucht?"

Der Platzwart sah auf das Papier, dann in die Ferne, dann wieder auf das Papier.

„Charity-Mixed… Juli…?" Er kratzte sich am Hals. „Nie stattgefunden."

„Wie bitte?"

„Also nicht, dass ich wüsste", sagte der Mann. „Wenn hier ein Turnier ist, bau ich auf. Stühle, Schirme, Biertische. Ich schreib's mir sogar immer auf, wegen der Mülltonnen. Und das Ding da – das war nie. Vielleicht war's geplant. Aber gespielt hat da keiner."

Erdmann nickte langsam. „Und das Plakat?"

„Tja. Druckste halt mal vorab, wenn du denkst, es wird was. Hab ich auch mal gemacht, als ich auf meiner Hochzeit war. Einladung gedruckt, Feier nie stattgefunden. War dann doch zu spät."

Erdmann verzog keine Miene. „Wissen Sie noch, wer's aufgehängt hat?"

„Nee. Ich schau da nicht jeden Tag rein. Aber…" – der Platzwart beugte sich etwas vor – „das war die Woche, wo der Riedel so viel rumgewuselt hat. Hier mal ein Kabel gesucht, da mal ‚nen Schlüssel geholt. Hatte irgendwas mit Sponsoring erzählt."

„Riedel", murmelte Erdmann. Er hatte den Namen auf einer der Listen gesehen, die Schröder so eifrig durchgerechnet hatte. Nicht als Spieler, nicht als Mitglied. Sondern als Organisator. Offiziell „Veranstaltungsmanager für Clubprojekte". Ein Titel wie eine leere Garage: viel Raum, wenig Substanz.

Zurück im Clubhaus, öffnete Erdmann die Tür zum sogenannten Technikraum – ein ausgebautes Besenkammerl, in dem der Beamer stand, der Router blinkte und ein Plastikstuhl unter einem klapprigen Bistrotisch bereitstand, falls mal wieder „eine Vorstandssitzung digital" abgehalten wurde. Auf dem Tisch: ein Ordner mit ausgedruckten Veranstaltungsunterlagen. Schröder hatte ihn bereitgelegt, bevor er zu einem Verhörtermin musste. Erdmann blätterte.

Charity-Mixed, 22. Juli – mit Catering. Teilnehmerliste: leer. Helferplan: unausgefüllt. Einnahmen: 1.480 Euro – bar. Vermerk: „Erlös überwiesen an Jugendkonto, 25. Juli, Beleg folgt."

Nur: Es gab keinen Beleg.

Stattdessen: ein Überweisungsträger – handschriftlich ausgefüllt, aber nie abgestempelt. Und eine Notiz am Rand in anderer Farbe: „Bargeld abgeholt, Übergabe an Riedel persönlich."

Erdmann lehnte sich zurück. Der Stuhl knarzte, als wolle er sagen: „Na endlich."

Die Garage, das Plakat, der Platzwart – sie alle hatten die Wahrheit schon gewusst. Nur eben nicht erzählt. Wie so oft. Weil niemand fragte.

6. DER DRITTE VERTRAG

Das Vereinsbüro des TC Graurot Südwest roch an diesem Montagmorgen nach feuchtem Aktenstaub und altem Druckerpapier – eine Mischung, die Erdmann seit seinen Tagen im LKA fast schon nostalgisch nannte. Er saß am Rand der kleinen Kammer, die man „Archiv" nannte, obwohl sie eher aussah wie ein Abstellraum für Altpapier mit gelegentlichem Posteingang. Auf dem Schoß: ein Ordner in mausgrau, beschriftet mit „Catering – Veranstaltungen 2025". Und irgendwo zwischen Fingerfood-Kalkulationen und Bierzeltbuchungen steckte er – der dritte Vertrag.

Er war nicht auffällig gestaltet. Kein Wasserzeichen, kein Briefkopf in Gold. Nur ein Standardblatt mit dreifacher Durchschrift, unterschrieben von einem gewissen Niklas Riedel – Eventkoordination. Empfänger: „Catering Bernd & Söhne GmbH", eine Adresse in Tempelhof.

Anlass: „Sommerfest – Charity-Doppelturnier – Samstag, 12. Juli 2025, 12:00–20:00 Uhr, Teilnehmerzahl: 100, Pauschalmenü inkl. Getränke: 3.800 EUR netto."

Erdmann tippte mit dem Finger auf das Datum. „Der 12. Juli?", murmelte er, als spräche er mit dem Papier. Schröder, der mit gerunzelter Stirn in einer Exceltabelle auf seinem Laptop versank, hob den Kopf. „Gab's da nicht schon zwei andere Veranstaltungen, die auf denselben Tag gelegt wurden?"

„Laut Plan: ein Jugend-Sommercamp und das Sommer-Mixed. Beides aber auf dem offiziellen Aushang gestrichen – wegen Wetter, hieß es."

Erdmann klappte den Ordner langsam zu. „Wetter? An einem Samstag mit 32 Grad und Sonnenbrandwarnung?"

Der Ordner war das dritte Exemplar dieser Art. Zwei andere Verträge – für Juni und August – waren längst abgerechnet worden. Auch dort war Niklas Riedel als Koordinator vermerkt, auch dort war Bernd & Söhne der Caterer. Der Unterschied: Diese beiden Veranstaltungen hatte es tatsächlich gegeben. Mit Fotos auf Instagram, Presseartikeln im Verbandsblatt und Beschwerden über lauwarme Weißweinschorle. Dieses dritte Fest – das angebliche „Charity-Doppelturnier" – war dagegen ein Phantom.

Erdmann rückte den Stuhl zurecht und griff zur Thermoskanne, die wie ein alter Kollege treu auf der Fensterbank wartete. Kaffee, stark, zu schwarz für jeden Barista, aber perfekt für die Art von Loch, das sich da gerade auftat. Schröder hatte sich währenddessen in die Buchungsübersicht des Clubs gehackt – nein, nicht illegal, aber mit einem Passwort, das auf dem Monitor der Geschäftsstelle klebte: „tennis2023".

„Hier, guck mal", sagte er und drehte den Bildschirm. „Drei Rechnungen an Bernd & Söhne. Zwei bezahlt. Eine dritte: offen – mit Vermerk ‚Ausstehende Zahlung durch Projektleitung'. Aber kein Eintrag im Einnahmebereich. Das heißt: Die Rechnung steht, aber niemand hat Geld bekommen."

„Oder", ergänzte Erdmann, „jemand hat es bekommen – aber nicht da, wo es hingehörte."

Der Gedanke passte zu dem, was Lina am Vortag bei ihrem Interview aufgeschnappt hatte. Die FSJlerin hatte beiläufig erwähnt, dass „diese Turniere oft einfach ausfielen". Manchmal mit Ansage, manchmal ohne. Erdmann erinnerte sich, dass bei der Saisonabschlussrede das Wort „Eventvielfalt" gefallen war. Auch „hohe Eigenverantwortung im Organisationsteam". Und: „Wir sind stolz auf unsere Eigenständigkeit in der Abwicklung."

Jetzt wurde ihm klar, was damit gemeint sein konnte.

„Das heißt", begann Schröder langsam, „da wird ein Event aufgesetzt, angekündigt, abgesagt – aber die Catering-Leistung bleibt in den Büchern?"

Erdmann nickte. „Oder wird nie real angefragt, aber trotzdem fakturiert – und jemand gibt das Geld weiter. Nur nicht an den Verein."

Ein leiser Moment des Schweigens trat ein. Dann legte Schröder eine neue Datei an. Titel: „Sommerfeste 2025

– Vergleich Ist/Soll". Erdmann beobachtete ihn aus dem Augenwinkel. Schröder war klug, engagiert – und in seiner Naivität manchmal brandgefährlich.

„Und wenn das kein Einzelfall ist...", begann Schröder.

„...dann wurde hier eine Masche etabliert", vollendete Erdmann den Gedanken.

Die Spur war nicht spektakulär. Kein Mord, kein Drohbrief. Aber genau darin lag ihre Brisanz. Denn wie viele solcher Veranstaltungen – oder besser: Scheinveranstaltungen – hatte es gegeben? Wie viele Verträge mit Cateringfirmen, die nie aufgetaucht waren? Wie viele Pauschalen, die in bar bezahlt wurden?

Erdmann schob sich aus dem Stuhl hoch, nahm den Ordner unter den Arm und blickte in Richtung der verglasten Vorstandsbüros.

„Schröder, ich glaub, wir brauchen einen zweiten Kaffee. Und den Namen von diesem Riedel."

„Niklas Riedel. Eventkoordination. Steht hier." Schröder tippte auf den Ausdruck.

„Dann schauen wir mal, ob er auch koordiniert, wenn man ihm auf die Finger guckt."

Und damit war klar: Der Sommer war heiß gewesen. Aber die Abrechnungen – die waren es vielleicht noch mehr.

Südwest, umgeben von Kalendern, Flyern und einem Deckenventilator, der mehr Geräusch als Wirkung erzeugte. Erdmann hatte sich in die hinterste Ecke zurückgezogen – mit Thermoskanne und Notizbuch. Der Clubsekretär war unterwegs, der Vorsitzende angeblich auf Geschäftsreise. Schröder tippte. Suchte. Tackerte. Und starrte auf einen Namen, der ihm in der Veranstaltungsabrechnung immer wieder ins Auge gefallen war: DJ Roque.

Der sollte angeblich bei mindestens drei Events aufgelegt haben – unter anderem beim „Sommer-Mixed", beim „Night-Session-Kuddelmuddel" und beim großen Saisonfinale. Überall war er mit 350 Euro pauschal abgerechnet worden. Bar.

„Schon wieder Barzahlung“, murmelte Schröder und rieb sich die Stirn.

Er klickte sich durch Eventportale, Facebookseiten, sogar alte Werbeanzeigen. Doch „DJ Roque“ tauchte nirgends auf. Kein Facebookprofil. Keine Insta-Partyfotos. Kein Auftrittsnachweis auf einschlägigen DJ-Plattformen.

„Vielleicht ist er unter einem anderen Namen gelistet?“, spekulierte er und gab die Rechnungsanschrift aus der Abrechnung ein. Was kam, war ein Onlineshop für Werkzeuge. Spezialisierung: Bohrmaschinen mit japanischem Getriebe.

Schröder kniff die Augen zusammen. Noch einmal kontrollierte er die Adresse. Dieselbe wie in der Abrechnung. Der Name des Ansprechpartners: Ricardo Rockmann.

„Nicht dein Ernst“, murmelte er.

„Was isn?“, kam es von hinten, wo Erdmann mit seinem alten Handy Sudoku spielte.

„Der DJ ist ein Bohrmaschinenverkäufer.“

Erdmann klappte das Handy zu. „Dann ist er wenigstens rhythmisch präzise.“

Schröder ignorierte den Kommentar und begann, tiefer zu graben. Die Gewerbeanmeldung: Maschinenhandel. Kein Eintrag für Veranstaltungstechnik, Musikdienstleistung oder GEMA-Zahlung. Kein Impressum mit DJ-Hinweis, keine Social-Media-Aktivität, nichts. Der Mann existierte – aber nicht als Musiker.

„Wir haben einen Vertrag, der nicht nach Musik klingt“, sagte Schröder nun, lauter.

Erdmann erhob sich langsam, kam nach vorn und sah sich die Ausdrucke an. „Und warum steht er dann auf drei verschiedenen Eventlisten?“

„Weil jemand wollte, dass er dort steht. Als Alibi. Als Lückenfüller.“

„Oder als Mittel zur Umleitung“, sagte Erdmann.

Denn alle drei Veranstaltungen hatten dieselbe Struktur:

viele Teilnehmer, keine Teilnehmerlisten. Kein Turnierbaum, keine Fotos, keine Nachweise, keine Verrechnung über das Clubkonto. Alles bar. Und jetzt: ein DJ, der keiner war.

„Und was war da an Musik?“, fragte Erdmann in den Raum hinein.

Beide starrten auf die Listen. Kein Hinweis. Keine Rückmeldungen. Keine Beschwerden. Keine GEMA-Abrechnung.

Schröder schnappte sich sein Handy und rief bei der angeblichen Agentur an – der, die laut Rechnung die DJ-Leistung vermittelt hatte. Nach zweimaligem Klingeln eine blecherne Stimme vom Band: „Die gewünschte Nummer ist derzeit nicht vergeben.“

„Klassiker“, sagte Erdmann.

Eine halbe Stunde später saßen sie mit dem Platzwart auf der Terrasse. Der rauchte filterlos und sprach wenig. Aber auf Nachfrage wusste er: „Da war nie ein DJ. Ich hätte das mitbekommen. Spätestens wenn die Gören wieder zu laut geworden wären.“

„Und Musik?“, fragte Schröder.

Der Platzwart zuckte mit den Schultern. „Na, die machen sich doch ihre Playlists selber. Bluetooth und so. Ich hab einmal 'nen Ghettoblaster vom Damen-30-Team gesehen, aber das war eher Schlager.“

Schröder notierte. Erdmann schaute in die Ferne.

Es wurde still. Nur das Summen des Deckenventilators in der Geschäftsstelle hörte man noch – und den Gedanken, der langsam in Form kam.

Denn dieser DJ war mehr als nur ein Phantom. Er war ein Indikator. Für ein System, das auf Quittungen baute, die niemand kontrollierte. Auf Namen, die keiner hinterfragte. Und auf Gewohnheiten, die durch Wiederholung zu Wahrheit wurden.

„Such mal“, sagte Erdmann, „ob dieser Rockmann auch bei anderen Clubs im Umkreis mal aufgetreten ist. Vielleicht hat er einen Wanderverstärker."

Schröder nickte, begann zu recherchieren – und wurde blass. Denn nicht nur war Ricardo Rockmann in zwei weiteren Tennisclubs im Berliner Süden als „Technikpartner" aufgeführt – bei beiden war er verantwortlich für Eventlogistik. Immer ohne Foto. Immer ohne Website. Immer bar.

Und bei einem dieser Clubs war der damalige Eventmanager: Niklas Riedel.

Erdmann nahm einen tiefen Schluck aus der Thermoskanne. „Na, Schröder. Sieht aus, als hätten wir eine Verbindung."

7. DJ OHNE PLAYLIST

Es war ein grauer Dienstagvormittag, und Schröder saß in der Geschäftsstelle des Tennisclub Graurot Südwest, umgeben von Kalendern, Flyern und einem Deckenventilator, der mehr Geräusch als Wirkung erzeugte. Erdmann hatte sich in die hinterste Ecke zurückgezogen – mit Thermoskanne und Notizbuch. Der Clubsekretär war unterwegs, der Vorsitzende angeblich auf Geschäftsreise. Schröder tippte. Suchte. Tackerte. Und starrte auf einen Namen, der ihm in der Veranstaltungsabrechnung immer wieder ins Auge gefallen war: DJ Roque.

Der sollte angeblich bei mindestens drei Events aufgelegt haben – unter anderem beim „Sommer-Mixed", beim „Night-Session-Kuddelmuddel" und beim großen Saisonfinale. Überall war er mit 350 Euro pauschal abgerechnet worden. Bar.

„Schon wieder Barzahlung", murmelte Schröder und rieb sich die Stirn.

Er klickte sich durch Eventportale, Facebookseiten, sogar alte Werbeanzeigen. Doch „DJ Roque" tauchte nirgends auf. Kein Facebookprofil. Keine Insta-Partyfotos. Kein Auftrittsnachweis auf einschlägigen DJ-Plattformen.

„Vielleicht ist er unter einem anderen Namen gelistet?", spekulierte er und gab die Rechnungsanschrift aus der Abrechnung ein. Was kam, war ein Onlineshop für Werkzeuge. Spezialisierung: Bohrmaschinen mit japanischem Getriebe.

Schröder kniff die Augen zusammen. Noch einmal kontrollierte er die Adresse. Dieselbe wie in der Abrechnung. Der Name des Ansprechpartners: Ricardo Rockmann.

„Nicht dein Ernst", murmelte er.

„Was isn?", kam es von hinten, wo Erdmann mit seinem alten Handy Sudoku spielte.

„Der DJ ist ein Bohrmaschinenverkäufer."

Erdmann klappte das Handy zu. „Dann ist er wenigstens rhythmisch präzise."

Schröder ignorierte den Kommentar und begann, tiefer zu graben. Die Gewerbeanmeldung: Maschinenhandel. Kein Eintrag für Veranstaltungstechnik, Musikdienstleistung oder GEMA-Zahlung. Kein Impressum mit DJ-Hinweis, keine Social-Media-Aktivität, nichts. Der Mann existierte – aber nicht als Musiker.

„Wir haben einen Vertrag, der nicht nach Musik klingt", sagte Schröder nun, lauter.

Erdmann erhob sich langsam, kam nach vorn und sah sich die Ausdrucke an. „Und warum steht er dann auf drei verschiedenen Eventlisten?"

„Weil jemand wollte, dass er dort steht. Als Alibi. Als Lückenfüller."

„Oder als Mittel zur Umleitung", sagte Erdmann.

Denn alle drei Veranstaltungen hatten dieselbe Struktur: viele Teilnehmer, keine Teilnehmerlisten. Kein Turnierbaum, keine Fotos, keine Nachweise, keine Verrechnung über das Clubkonto. Alles bar. Und jetzt: ein DJ, der keiner war.

„Und was war da an Musik?", fragte Erdmann in den Raum hinein.

Beide starrten auf die Listen. Kein Hinweis. Keine Rückmeldungen. Keine Beschwerden. Keine GEMA-Abrechnung.

Schröder schnappte sich sein Handy und rief bei der angeblichen Agentur an – der, die laut Rechnung die DJ-Leistung vermittelt hatte. Nach zweimaligem Klingeln eine blecherne Stimme vom Band: „Die gewünschte Nummer ist derzeit nicht vergeben."

„Klassiker", sagte Erdmann.

Eine halbe Stunde später saßen sie mit dem Platzwart auf der Terrasse. Der rauchte filterlos und sprach wenig. Aber auf Nachfrage wusste er: „Da war nie ein DJ. Ich hätte das mitbekommen. Spätestens wenn die Gören wieder zu laut geworden wären."

„Und Musik?", fragte Schröder.

Der Platzwart zuckte mit den Schultern. „Na, die machen sich doch ihre Playlists selber. Bluetooth und so. Ich hab einmal 'nen Ghettoblaster vom Damen-30-Team gesehen, aber das war eher Schlager."

Schröder notierte. Erdmann schaute in die Ferne.

Es wurde still. Nur das Summen des Deckenventilators in der Geschäftsstelle hörte man noch – und den Gedanken, der langsam in Form kam.

Denn dieser DJ war mehr als nur ein Phantom. Er war ein Indikator. Für ein System, das auf Quittungen baute, die niemand kontrollierte. Auf Namen, die keiner hinterfragte. Und auf Gewohnheiten, die durch Wiederholung zu Wahrheit wurden.

„Such mal", sagte Erdmann, „ob dieser Rockmann auch bei anderen Clubs im Umkreis mal aufgetreten ist. Vielleicht hat er einen Wanderverstärker."

Schröder nickte, begann zu recherchieren – und wurde blass. Denn nicht nur war Ricardo Rockmann in zwei weiteren Tennisclubs im Berliner Süden als „Technikpartner" aufgeführt – bei beiden war er verantwortlich für Eventlogistik. Immer ohne Foto. Immer ohne Website. Immer bar.

Und bei einem dieser Clubs war der damalige Eventmanager: Niklas Riedel.

Erdmann nahm einen tiefen Schluck aus der Thermoskanne. „Na, Schröder. Sieht aus, als hätten wir eine Verbindung."

8. RABATT MIT RÜCKWEG

Der Wind pfiff schräg über das Gelände, als Lina an jenem Dienstagmittag zwischen Mülltonne und Materialraum stand. Sie hatte sich die Sponsorenwand vorgenommen – ein unscheinbarer, weiß lackierter Metallrahmen, auf dem Folien klebten, die bereits bei mäßigem Regen Blasen warfen.

„Wir danken unseren Partnern", stand oben in glänzender Serifenloser. Darunter: Logos, wie sie in jedem mittelgroßen Verein hingen. Eine Versicherung. Ein Fitnessstudio. Ein Backshop, dessen Brötchen zwar bio, aber stets am Rand der Brüchigkeit serviert wurden. Und unten links – halb überklebt von einem neuen Plakat zum Eltern-Kind-Turnier – prangte ein Logo, das ihr irgendwie bekannt vorkam. „Ratskeller & Raab – Events mit Geschmack". Dunkelblaue Schrift auf silbernem Grund. Und das Versprechen: „Catering für 10 bis 1.000 Gäste".

Lina runzelte die Stirn. Der Name hatte in irgendeiner Mail eine Rolle gespielt. Sie ging zurück ins Vereinsbüro, wo sich über die Jahre ein Gemisch aus Staub, vergessenen Kugelschreibern und Durchschlägen angesammelt hatte, das nur jemand wie sie zu durchdringen wagte. Der große, grüne Ordner mit dem Aufdruck „Turniere 2024" stand schief in der Regalwand. Zwischen den Seiten klemmte ein schief getackerter Vertrag.

Auf Seite zwei: der Name „Ratskeller & Raab". Eventdatum: 17. Juli. Anlass: Sommer-Mixed mit Abendbuffet, ca. 100 Teilnehmer. Honorar: 4.200 Euro netto. Zahlungsziel: 14 Tage. Unten: Unterschrift eines Vorstandsmitglieds.

Und das Datum: 12. Juli.

Nur: Der 17. Juli war ein Mittwoch gewesen. Und Lina erinnerte sich genau – an diesem Mittwoch hatte sie einen Artikel über das U18-Finale geschrieben und war den ganzen Tag vor Ort gewesen. Kein Buffet. Keine Veranstaltung. Kein „Ratskeller & Raab".

Sie griff zum Telefon. „Kennen Sie den Vertrag noch?", fragte sie, als eine Dame mit sonorer Stimme abnahm. Kurzes Zögern, dann: „Hatten wir nie. Wir hatten mal lose Gespräche mit dem Club vor Jahren, aber nie einen Auftrag. Und schon gar nicht für dieses Jahr."

Lina legte auf und starrte den Vertrag erneut an. Das Papier war hochwertig. Unten rechts trug es ein kaum sichtbares Wasserzeichen: eine Art Lorbeerkranz mit der Jahreszahl 2020. Kopierpapier mit Wasserzeichen – ausgerechnet in einer Branche, die längst digital unterschreibt?

Erdmann saß an Platz 6, die Füße auf einer Kiste mit gebrauchten Tennisbällen, und nippte an seinem Thermoskaffee, als sie ihm die Unterlagen hinlegte. Er las, langsam, ohne die Stirn zu runzeln. „2020er Papier für ein 2024er Turnier, das nie stattfand. Und ein Vertrag mit einem Dienstleister, der den Auftrag bestreitet." Dann sah er auf. „Was meinst du, wie viele solcher Papiere es hier noch gibt?"

Am Abend durchforstete Schröder das Online-Archiv des Vereins. Die Website war unübersichtlich, aber nicht unbrauchbar. Im Archiv fand sich eine Veranstaltungsankündigung für das Sommer-Mixed 2024. Keine Fotos. Kein Ergebnisbericht. Kein Follow-up auf Social Media. Nur eine nachträgliche Dankesnotiz: „Wir danken allen Beteiligten und besonders unserem Catering-Partner für die kulinarische Unterstützung." Dazu das Logo: Ratskeller & Raab.

Der Text war am 21. Juli hochgeladen worden – vier Tage nach dem angeblichen Event. Und exakt einen Tag nach dem Eingang der Catering-Rechnung im System.

Schröder stutzte. Der Beitrag war unterzeichnet mit den Initialen N.R.

Lina konnte sich das Lachen kaum verkneifen, als sie von Schröders Fund las. „Ein Dankeschön-Posting für ein nicht existierendes Turnier mit einem Vertrag, der nie geschlossen wurde, auf Papier aus dem Jahr vor der Pandemie, unterzeichnet von jemandem, der angeblich nur externe Projekte betreut."

Erdmann sagte nichts. Er stand am Zaun von Platz 2 und sah den Jungs der U14 beim Training zu. Einer von ihnen hämmerte die Bälle mit solcher Wucht, dass die Linien flatterten. „Wenn du den Ball sauber triffst, brauchst du keine Täuschung", murmelte Erdmann – und drehte sich um. In seinem Notizbuch, sorgfältig und unterstrichen, stand nur ein Satz: „Der dritte Vertrag war nie der erste."

KAPITEL 9: ERDMANNS NOTIZBLOCK

Es war ein verhangener Dienstag, einer von der Sorte, an denen der Wind zu laut durch die Bäume sprach und der Platzwart schweigsamer war als sonst. Erdmann saß unter der Überdachung der Clubterrasse, in seinem wettergegerbten Mantel, die Thermoskanne neben sich, der Notizblock vor ihm. Auf dem Papier: eine Übersicht über sämtliche Events der letzten drei Jahre – so weit sie rekonstruierbar waren. Schröder hatte ihm die offiziellen Kalenderblätter auf den Tisch gelegt, sauber sortiert nach Saisons, mit farbigen Markierungen, Vereinslogos, einem freundlich-großen Schriftfont, als wolle man vergessen machen, wie wenig dahinter oft steckte.

Erdmanns Schrift hingegen war klein. Präzise. Jede Zeile ein Verdacht. Jede Klammer ein Fragezeichen. Und dazwischen: Zahlen. Termine. Anmerkungen. Wiederholungen.

Er sah sich das Muster zum dritten Mal an, schob die Brille höher, trank einen Schluck kalten Kaffee, der längst keinen Widerstand mehr leistete. Dann zog er mit einem

Finger eine Linie unter den Juni. Jahr für Jahr.

Drei Mal: „Sommertagesturnier / Kategorie: LK offen / Catering: EventArt / Teilnehmer: 42 / Einnahmen: 3.780 Euro / Aufwand: 3.720 Euro". Immer gleich. Bis auf die Teilnehmerzahl, die jedes Mal exakt um drei schwankte – auf wundersame Weise jedoch nie den Ertrag veränderte.

Er legte die Stiftspitze auf die Zahl 3.780, murmelte leise: „Das ist kein Turnier. Das ist ein Muster."

Schröder kam kurz darauf mit einem Papiertablett aus der Gastro – zwei belegte Brötchen, ein Tee, zwei belegte Zweifel. „Chef, ich hab noch mal bei EventArt geschaut. Die haben auf ihrer Seite keine Bilder von den Turnieren. Nur Standardmaterial. Keine Posts, keine Danksagungen. Und der Typ, der angeblich das Buffet betreut hat, hat laut LinkedIn seit 2019 nichts mehr gemacht."

Erdmann schob ihm den Block hin. Schröder überflog die Notizen, blieb bei der Spalte „Juni" stehen, runzelte die Stirn. „Drei Jahre, immer das gleiche Datum?"

„Fast auf den Tag. Immer der zweite Samstag im Juni."

„Vielleicht Traditionspflege?"

„Vielleicht Rechnungsroutine."

In der Geschäftsstelle wurde unterdessen eine Excel-Tabelle aufgerufen, um die „Rückvergütungen für Ehrenamtsdienste" zu prüfen. Niemand fragte sich, warum dieselbe IBAN in drei Jahren jeweils denselben Betrag erhielt, obwohl die angegebenen Helfer stets wechselten.

Lina Berg saß zu dieser Zeit in einem Altbaucafé in Schöneberg, in dem der Milchkaffee so lang gezogen wurde wie die Sätze der Gäste. Sie las gerade ihren Entwurf für den nächsten Artikel. Titel: „Drei Sommer, ein Schatten". Noch wagte sie es nicht, konkrete Namen zu nennen. Noch war es ein Meinungsstück. Zwischen den Zeilen. Zwischen den Absätzen.

Erdmann blätterte weiter, jetzt zu den Cateringabrechnungen. Die Handschrift des Vermerks „bezahlt am Turniertag bar durch Veranstaltungsleitung" war jedes Jahr dieselbe. Der Kugelschreiber vermutlich auch.

Dann war da noch dieser Name: Niklas Riedel. Einmal aufgetaucht – als Veranstaltungsverantwortlicher für das Juni-Event. Nur dieses eine Mal schriftlich. Keine E-Mail, kein Vertrag. Nur ein Eintrag im internen Monatsprotokoll. Und eine Telefonnummer, die nicht mehr existierte.

Erdmann unterstrich den Namen. Schröder sah es, tippte auf seinem Handy. „Chef, der Riedel – ich glaub, den hatten wir schon mal im Zusammenhang mit 'nem anderen Club. Da war doch was mit falschen Honoraren bei einem Schultennisprojekt."

„Möglich. Alles Mögliche ist möglich."

Der Platz hinter ihnen war leer. Die Linien glänzten nass, der Schlägerschrank war verschlossen. Doch auf Erdmanns Block, auf Seite sieben, da begann sich ein System abzuzeichnen. Keins von Linien, sondern von Lücken. Keine Tennisschläge – sondern Buchungslücken, Zahlungslücken, Erinnerungslücken.

„Wissen Sie, Schröder", sagte Erdmann nach einer langen Pause, in der nur ein paar Spatzen zuhörten, „manchmal erkennt man ein Verbrechen nicht daran, was da ist. Sondern daran, was jedes Mal fehlt – und keiner vermisst es."

Schröder nickte. Dann sah er auf den Brötchenteller.

„Chef, wollen Sie das andere mit Käse?"

Erdmann winkte ab. „Geben Sie's dem Platzwart. Vielleicht erinnert er sich dann ja an den Juni."

10. DER VERSCHWUNDENE PREIS

Der Name war „Luca", 15 Jahre alt, spielstark, ehrgeizig, ein Talent, das der Club gern bei den Medenspielen vorn aufstellte, wenn es gegen die Nachbarn vom Nordring oder die aggressiv auftretenden U16er vom „TC Blinkergrün" ging. Luca war verlässlich, schüchtern, einer, der auf dem Platz dominierte, aber nach dem Match mit gesenktem Blick aus dem Vereinsheim verschwand. Einer, der sich die Schuhe nie auf dem Platzband zuband, sondern still in der Umkleide. Und einer, der das Junioren-Turnier im vergangenen Sommer gewonnen hatte – gegen einen älteren, körperlich überlegenen Gegner, bei drückender Hitze und mit sehenswerten Rückhandbällen.

Die Siegerehrung war feierlich gewesen – mit den üblichen Pappurkunden, ein paar Dankesworten des Sportwarts, dem üblichen Sekt in warmen Plastikbechern für die Zuschauer und einem weißen Umschlag für den Sieger. Nur dass in diesem Umschlag kein Gutschein steckte, sondern ein Versprechen: „Der neue HEAD Extreme – dein Preis ist bestellt, Abholung in der Geschäftsstelle ab 10. Juli.“ Unterschrieben: Clubleitung.

Das war fast ein Jahr her.

Und als Luca nun, Mitte Juni, mit leicht rot werdenden Ohren zum dritten Mal in der Geschäftsstelle stand und sich erkundigte, ob „sein Preis vielleicht inzwischen eingetroffen sei“, antwortete ihm die Vertretung hinter dem provisorischen Empfangstresen, sie könne da „leider nichts zu finden“. Der Name tauche nirgends auf, und überhaupt – ob er sicher sei, dass das kein anderer Wettbewerb gewesen sei?

Er war sich sicher. Sehr sogar. Erdmann hatte ihn beobachtet, wie er später am Rande des Center Courts stand, die Hände in den Hosentaschen, das Gesicht still, aber wach. Erdmanns Blick blieb an diesem Jungen hängen, der nicht jammerte, nicht tobte, nicht protestierte – sondern schwieg. Diese Art von Schweigen, die viel lauter ist als jedes Gezeter. Das stille Aufbegehren von jemandem, der gelernt hat, dass Protest oft nur zum müden Schulterzucken führt.

„Ick sach mal so“, murmelte Erdmann leise, während er auf seinem Notizblock einen unscheinbaren Strich machte, „wenn Preise verschwinden, liegt das selten am Versanddienst.“

Er wollte mehr wissen. Die Urkundenmappe im Geschäftszimmer lag offen auf einem der Regale, ordentlich alphabetisch sortiert, mit den Fotos der letzten Saison. Das Juniorenturnier war dokumentiert – mit Datum, Siegerliste, einem Eintrag in der Clubzeitung und einem Foto, das Lina damals geschossen hatte. Sogar der Sieger wurde im Artikel zitiert. Erdmann las: „War ein hartes Match, aber am Ende ging es um Spaß – und den neuen Schläger!"

Was fehlte: die Abrechnung. Kein Posten in der Turnierkalkulation trug die Bezeichnung „Siegprämie", kein Lieferschein, kein Wareneingang. Stattdessen: ein freier Platz zwischen dem Betrag für Medaillen und einem dubiosen Posten mit der Bezeichnung „Ausrüstungsaustausch Jugendbereich – Pauschale 179 Euro".

179 Euro. Soviel kostete der Schläger – damals.

Erdmann kramte in seinem Archiv. Nicht dem digitalen. Sondern dem aus Papier, Erinnerungen, alten Kalenderblättern. Das Juniorenturnier war regelmäßig gewesen – seit Jahren. Aber in genau jenem Jahr war das Budget laut Sportausschuss „knapp bemessen" gewesen. Statt eines Sponsorings hatte man „eine interne Lösung" gewählt. In den Protokollen war das so vermerkt – vage, unkonkret. Typisch für Entscheidungen, die niemand im Nachhinein verantworten möchte.

Ein Gespräch mit Lina brachte Licht ins Dunkel. Sie erinnerte sich an das Turnier. Nicht wegen der Spiele. Sondern wegen der Zuschauerzahl – „kaum jemand da, war irre heiß, selbst der Getränkewagen hat früher abgebaut". Und daran, dass bei der Siegerehrung auffällig wenige Erwachsene anwesend waren. „Nur die Betreuer und ein Vorstandsmitglied, glaub ich. Riedel vielleicht?" – Sie war sich nicht sicher. Aber der Name fiel.

Niklas Riedel. Eventmanager. Offizieller Ansprechpartner für alle Turniere des Sommers. Immer charmant, immer verbindlich, selten greifbar.

Erdmann notierte sich den Namen ein weiteres Mal. In

seiner Liste stand Riedel inzwischen sieben Mal. Immer in Verbindung mit Abweichungen, offenen Posten, verschobenen Terminen. Und jetzt: mit einem Preis, der nie ausgegeben wurde.

Der nächste Schritt war banal, aber notwendig. Schröder sollte sich die Lieferscheine der Saison beschaffen. Nicht durch Hacken. Sondern durch Charme. Schröder war gut mit dem Praktikanten, der für die Warenannahme zuständig gewesen war. Der Junge hatte, zwischen Tür und Angel, einen Screenshot auf dem Handy. Keine Head-Schläger im Eingang, keine Bestellung im Juni. Dafür aber eine Rücksendung im August – laut System als „nicht zugestellt" markiert. Empfänger: Clubadresse. Vermerk: „Empfänger unbekannt verzogen."

Ein Fehler? Oder Absicht?

Erdmann vermutete Letzteres. Weil Fehler sich anders anfühlen. Fehler erklären sich. Diese Geschichte aber war wie eine unsaubere Linie auf dem Platz – nicht zu übersehen, aber bewusst verwischt.

„Und was machen wir jetzt?", fragte Schröder, als er abends auf der Bank neben Erdmann Platz nahm, die Sonne tief, der Club leer, nur das Geräusch eines Balls irgendwo in der Ferne.

Erdmann schwieg. Dann sagte er leise: „Jetzt horchen wir mal, wer das Echo nicht verträgt, wenn wir den Namen laut sagen."

„Welchen Namen?"

„Riedel."

Und plötzlich wurde es sehr still.

11. DAS FALSCHE GESICHT

Es war ein kleiner Moment, kaum mehr als eine Randnotiz im Strom der Recherche. Schröder hatte sich an diesem grauen Dienstagvormittag in einen der hinteren Arbeitsplätze der Landesbibliothek zurückgezogen, ein

Tisch ohne Steckdose, aber mit Sichtschutz. Vor ihm: sein Laptop, eine Thermosflasche mit zu dünnem Automatenkaffee und ein Stapel ausgedruckter Veranstaltungspläne der letzten drei Jahre vom Club Graurot Südwest. In mühevoller Kleinarbeit hatte er begonnen, die offiziellen Termine mit jenen abzugleichen, die in Werbebroschüren, Vereinsheften und Instagram-Posts auftauchten. Dabei fiel ihm eine alte Pressemitteilung in die Hände – ein Rückblick auf ein sogenanntes „Sommerfest der Vereine", irgendwo in Kleinmachnow, vor gut zwei Jahren. Eines dieser Events, bei denen man Bratwürste grillte, sich für ein gutes Miteinander feierte und sich im Nachhinein fragte, wer eigentlich die Kosten getragen hatte.

Schröder klickte sich durch die Bildergalerie auf der Webseite des örtlichen Stadtsportbundes. Und dann blieb er hängen. Auf einem Gruppenbild vor dem Grillstand, halb verdeckt von einem flatternden Banner mit der Aufschrift „Stark durch Sport", stand ein Mann mit Sonnenbrille, schwarzem Shirt und auffällig breiter Uhr. Die Bildunterschrift nannte ihn „Niklas Riedel, Veranstaltungsleitung Tennisclub Kleinmachnow". Schröder runzelte die Stirn. Der Name kam ihm bekannt vor – zu bekannt.

Er zog das Organigramm des Clubs Graurot Südwest heran, das auf der Website veröffentlicht war. Dort war ein „Niko R. – Eventmanagement" aufgeführt, ohne Foto, ohne weitere Angaben. In einer Ecke seines Schreibtischs lag noch das Plakat vom „Jubiläumsmixed 2023", auf dem unter Partnern „Eventvision Berlin" gelistet war – ein Name, der bisher in keinem der offiziellen Finanzbelege aufgetaucht war. Schröder gab den Namen in die Suchmaschine ein – und stieß auf eine verlassene Website, ein halbfertiges Profil, nur ein Impressum mit der Adresse eines Co-Working-Spaces. Unter dem Punkt „Leitung": N. Riedel.

Er zoomte in das Gruppenbild von der Grillstation.

Dann öffnete er parallel die Instagram-Story eines Clubmitglieds von Graurot, auf der jener „Niko R." kurz durchs Bild huschte, als er bei einem Sommerturnier Pokale verteilte. Schröder hielt beide Bilder nebeneinander. Dasselbe Kinn. Derselbe Bartansatz. Dieselbe Uhr.

„Verdammt", murmelte er und machte einen Screenshot.

Zuhause legte Schröder eine private Timeline an. Auf der linken Seite: die Veranstaltungen bei Graurot Südwest. Auf der rechten: Events, bei denen Niklas Riedel in anderen Clubs auftauchte – teils als Eventmanager, teils als selbst ernannter Turnierleiter, mal mit vollem Namen, mal nur mit Initialen. Es war eine Art Nomadentum mit Plan: überall dort, wo Tennisclubs ein Sommerfest organisierten und nicht genau hinsahen, war Riedel schon dagewesen. Immer kurz. Immer charmant. Und stets bar bezahlt.

Was Erdmann daraus machen würde, wusste Schröder noch nicht. Aber sein Instinkt sagte ihm: Das war der erste echte Riss im glatten Putz.

Am nächsten Tag saßen Erdmann und Schröder auf der Tribüne von Platz 1, in ihren Händen kein Matchplan, sondern Ausdrucke und Screenshots. Die Sonne brannte unerbittlich auf das Kunststoffdach, aber Erdmann rührte sich nicht.

„Du willst mir also sagen, dass dieser Riedel mit verschiedenen Namen durch die Clubs tingelt, Feste organisiert und sich bar auszahlen lässt?", fragte Erdmann ohne den Blick vom Ausdruck zu nehmen.

„Exakt. Und bei uns steht er als ‚Niko R.' im Orga-Team. Ich habe mit dem Jugendwart gesprochen – der kennt ihn als Typen mit vielen Ideen, aber wenig Zeit. Der taucht auf, sagt was von Social Media, Catering, Bühnenlicht – und kassiert am Ende eine ‚Pauschale'. Bar, versteht sich."

„Und niemand fragt nach? Keine Quittung? Kein Vertrag?"

„Nicht offiziell. Nur diese komischen Plakate. Und ein

Briefkopf mit der Berliner Adresse von diesem Co-Working-Space."

Erdmann schwieg. Dann nahm er einen der Ausdrucke, hielt ihn gegen das Licht. „Kennste das Gefühl, Schröder, wenn dir jemand ins Gesicht lügt – und du erst Monate später merkst, dass es kein Versehen war?"

Schröder nickte. Erdmanns Stimme klang, als würde er gerade einem alten Phantom wiederbegegnen.

„Dieser Riedel – der hat ein Talent dafür, durchs System zu schlüpfen. Kein Täter im klassischen Sinn. Eher einer, der weiß, wie träge Clubs funktionieren. Wie sehr sie sich über schöne Plakate freuen – und über Leute, die ‚den Rest' einfach machen."

„Und was machen wir jetzt?"

Erdmann schloss die Augen. „Wir geben ihm eine Bühne. Nur eine andere, als er kennt."

Die Idee kam ihnen beim dritten Durchlauf der Listen. Ein Event war noch geplant: das Winterfest im Gemeindezentrum. Klein, lokal, intern. Doch mit dem Hinweis auf ein bevorstehendes „Kulturhighlight" war im Newsletter bereits ein Mann angekündigt worden, der „die Turniersaison mit einer multimedialen Überraschung verabschieden" würde.

Der Name? Nicht genannt. Aber Erdmann tippte auf Riedel.

Ein letzter Auftritt. Oder der erste, der ihn zu Fall bringen würde.

12. LINA VERÖFFENTLICHT

Lina Berg hatte lange überlegt, ob sie schreiben sollte. Nicht, ob sie es konnte – das war keine Frage. Sondern ob sie es durfte. Denn manchmal war Journalismus kein Beruf, sondern eine Gratwanderung. Zwischen berechtigter Neugier und öffentlicher Bloßstellung, zwischen Wahrheit und Wucht. In ihrer Notizmappe lagen bereits zehn Entwürfe. Zu brav. Zu direkt. Zu polemisch. Und einer, den sie aus Trotz geschrieben hatte, mit der Überschrift: „Vereine sind auch nur Menschen – mit Gedächtnislücken.“ Den hatte sie dann wieder gelöscht.

Am Ende war es nicht der Zorn gewesen, der sie zum Schreiben brachte. Auch nicht der Ehrgeiz. Sondern ein Satz von Erdmann. Dahingesagt, beim Kaffee. „Gedächtnis ist nichts, was man hat. Sondern was man pflegt.“ Und so hatte sie gepflegt. Gelesen. Verglichen. Alte Veranstaltungspläne, Social-Media-Posts, Rechnungen. Sie hatte mit einer ehemaligen FSJlerin gesprochen, die sich an keine Siegerehrung erinnern konnte. Und mit einem Platzwart, der auf einem alten Turnierplakat das Datum von einem nie gesehenen Event entdeckte. Und irgendwann hatte Lina begriffen: Nicht die fehlenden Erinnerungen waren das Problem. Sondern die absichtsvoll geschaffenen Lücken.

Sie schrieb die Kolumne an einem Samstagvormittag. Kein lauter Text. Kein Aufschrei. Eher eine sanfte, fast melancholische Reflexion darüber, wie sich Erinnerungen formen – oder gelöscht werden. „Der Club und sein Gedächtnis“ lautete die Überschrift. Darin: eine Geschichte über Verantwortung. Und über das Vergessen als Instrument. Sie nannte keine Namen. Keine konkreten Vorwürfe. Nur Fragen. „Kann es sein, dass mancher Erfolg nur auf dem Papier stattfand?“ – „Was bleibt, wenn man sich nicht erinnern will?“ – „Und wer kontrolliert eigentlich die Geschichte, wenn alle ihr vertrauen?“

Die Redaktion zögerte erst. Dann druckte sie die Kolumne. In der April-Ausgabe des Verbandsjournals, Seite 4, gleich hinter dem Interview mit dem neuen Regionalcoach. Lina ahnte, dass es Reaktionen geben würde – aber sie hatte nicht mit der Geschwindigkeit gerechnet. Bereits am Montagvormittag war ihr Postfach voll. Zuschriften von Mitgliedern, anderen Journalisten, anonymen Vereinsadressen. Einige lobten den Ton. Andere kritisierten ihre Unkonkretheit. Doch am meisten beeindruckte sie eine kurze Nachricht von einer älteren Dame aus Köpenick. „Danke, Frau Berg. Mein Mann war früher im Vorstand. Und auch er wusste, dass es da eine zweite Liste gab."

In der Geschäftsstelle von Graurot Südwest brannte in jenen Tagen länger das Licht. Die Vereinsleitung gab sich betont gelassen, sprach von einer „kolumnistischen Provokation" und einem „spekulativen Meinungsstück". Aber intern wurden E-Mails geprüft, Papierakten gewälzt, Catering-Verträge noch einmal durchgegangen. Der Vorsitzende ließ sich krankmelden. Der Schatzmeister wurde wortkarg. Und Erdmann, der eigentlich nur auf eine Einladung zum Mittagessen gehofft hatte, saß wieder mit Thermoskanne auf der Tribüne – und notierte sich, wer sich bei ihm bedankte. Und wer nicht.

Lina selbst spürte die Unruhe mehr zwischen den Zeilen als in den Kommentaren. Eine Funktionärin des Nachbarclubs schickte ihr einen Screenshot einer alten Online-Veranstaltung: dort war Riedel, der Eventmanager, unter einem anderen Namen als Koordinator aufgeführt. Das sei „bestimmt ein Versehen" gewesen, schrieb sie. Aber Lina wusste: In diesen Dingen war selten etwas versehentlich.

Und dann, an einem Mittwoch, passierte etwas, das sie nicht erwartet hatte. Eine Einladung. Handschriftlich. In ihrem Redaktionsfach. „Wir müssen reden. Bitte ohne Diktiergerät. N.R." Keine Adresse, kein Absender. Nur diese Initialen. Und das Kürzel reichte.

Sie zögerte, zeigte den Zettel Erdmann. Der nickte nur langsam und sagte: „Na dann, sehen wir mal, ob Erinnerung nicht doch steuerbar ist."

Was sie nicht wusste: Während Lina noch überlegte, ob sie hingehen sollte, war Schröder längst auf einer anderen Spur. In einem digitalen Archiv war er auf einen Artikel gestoßen. Zwei Jahre alt. „Sommer, Sonne, Schweigen – wie ein Berliner Verein mit Eventpower punktet". Mit Foto. Und einem bekannten Gesicht.

Der Club hatte sich verändert, keine Frage. Doch die Namen in den Bilanzen blieben gleich. Oder tauchten wieder auf. In anderer Funktion. Mit anderer Unterschrift.

Nur eines fehlte: eine Erinnerung daran, wann der Wandel begann. Und warum.

Lina ahnte: Diese Geschichte würde ihr länger nachhängen, als ihr lieb war.

Denn wer über Gedächtnis schreibt, wird oft Teil davon.

13. SCHRÖDERS LISTE

Es begann, wie so oft bei Schröder, mit einer technischen Laune. Während andere morgens Joggingrunden drehten oder sich mit Joghurtprodukten motivierten, öffnete er zur Entspannung Haushaltspläne. In diesem Fall: eine Excel-Datei, die ihm anonym zugespielt worden war. Unspektakulär benannt: „Veranstaltungsplanung_gesamt_final_v6.xlsx“ – das typische Endlosfinale derer, die lieber neue Versionen anlegen, statt aufzuräumen.

Zuerst hielt er es für eine harmlose Liste. Spaltenweise Turniernamen, Termine, Teilnehmerzahlen, Cateringkosten, DJ-Gagen, Raummieten, Technikpauschalen. Alles akkurat – fast zu akkurat. Denn wer Turniere organisiert, weiß, dass es bei Events nie glattläuft. Mal fehlen Teller, mal fällt der Beamer aus, mal bringt der Sponsor das falsche Banner mit. Doch hier war alles klinisch rein. Perfekt. Monat für Monat, Jahr für Jahr – über fünf volle Saisons hinweg.

Schröder zoomte in die Spalten. Die DJ-Kosten? Immer genau 450 Euro. Die Technikpauschale? 290 Euro. Die Cateringposten? Seltsam gleichmäßig – kaum Varianz, fast identische Beträge für Teilnehmerzahlen, die eigentlich stark schwankten. Besonders auffällig: Das „Sommerevent Mixed 60+“ tauchte jedes Jahr auf – mit exakt 87 Teilnehmern und identischer Budgetverteilung. Siebenundachtzig? Wer hat je siebenundachtzig Mixed-Spieler in dieser

Altersklasse gehabt? Und dann auch noch konstant, über Jahre hinweg?

Er markierte die Zeilen, ließ das Programm eine statistische Analyse laufen. Das Ergebnis: Über 84 Prozent der Werte variierten in einem Muster, das besser zu einem Skript passte als zu echter Planung. Die Änderungen zwischen den Jahren lagen bei maximal 5 Prozent – fast wie eine automatische Anpassung. Kein echter Mensch rechnet so.

Er druckte die Seite aus, kritzelte daneben. „Wie von einem Algorithmus – oder von einem Menschen, der keiner ist." Schröder spürte: Hier ging es nicht mehr nur um einen verschwundenen Tennisschläger oder ein nicht stattgefundenes Sommerturnier. Hier arbeitete jemand mit System. Mit Maske. Und mit Kalkül.

Erdmann saß zur gleichen Zeit auf der Bank vor Platz 4, trank seinen Kaffee aus der Thermoskanne und beobachtete eine Trainerstunde, in der ein Kind versuchte, einen Slice zu spielen, der keiner war. Als Schröder sich zu ihm setzte, nickte er nur und fragte: „Was hast du?" Schröder antwortete nicht sofort. Er holte seinen Laptop raus, zeigte die Datei. Und dann redete er. Schnell, aufgeregt, wie jemand, der zum ersten Mal sieht, dass die Lüge nicht in Worten liegt – sondern in Zahlen.

Erdmann ließ ihn sprechen, schaute nicht auf den Bildschirm. Er hatte gelernt, dass man Menschen besser versteht, wenn man nicht auf das schaut, worauf sie zeigen. Als Schröder geendet hatte, sagte Erdmann nur: „Dann brauchen wir jetzt jemanden, der dieses Muster kennt." Schröder runzelte die Stirn. „Was meinst du?" – „Na, jemand, der weiß, wie man sich im System bewegt, ohne aufzufallen. Jemand, der vielleicht selbst schon mal gebucht hat – oder sich hat buchen lassen."

Sie nahmen Kontakt zu einer ehemaligen Clubsekretärin auf, die vor drei Jahren in Rente gegangen war und sich auf Nachfrage „an nichts Konkretes" erinnerte – aber sich bereit erklärte, sich die Zahlen mal „aus Neugier" anzusehen. Zwei Tage später rief sie zurück. Sie klang nervös. „Ich sag Ihnen was, Herr Schröder. Diese Liste… das ist nicht einfach nur sauber. Das ist zu sauber. So hat nie jemand bei uns gearbeitet."

Lina erhielt unterdessen eine weitere Nachricht – wieder anonym, wieder kryptisch. Nur diesmal kein Zettel, kein Screenshot. Sondern ein PDF. Titel: „Die Liste lebt". Darin: ein Abgleich von Vereinskalendern mit internen Zahlungsanweisungen. Mit roten Markierungen. Mehr als dreißig Übereinstimmungen – allesamt Veranstaltungen, die auf Flyern angekündigt, aber nie durchgeführt worden waren. Und stets mit fast identischen Budgets.

Erdmann faltete die Ausdrucke, als Schröder sie ihm überreichte. Legte sie in eine braune Mappe. Schrieb auf das Deckblatt: „Graurot SW – Schattenliste". Dann lehnte er sich zurück. Und sagte, mehr zu sich selbst als zu den anderen: „Wenn du lange genug dieselbe Geschichte erzählst, glaubst du irgendwann, sie wäre passiert."

Der Vorstand des Clubs beschloss unterdessen, auf „Sicherheitskopien der Vergangenheit" zuzugreifen, wie es in einer Sitzung hieß. Man wolle „selbstkritisch überprüfen, wie es zu Doppelstrukturen kommen konnte". Ein interner Arbeitskreis wurde gegründet – besetzt mit denselben Leuten, die jahrelang unterschrieben hatten.

Und Niklas Riedel? Der tauchte in jenen Tagen nicht mehr im Club auf. Niemand sah ihn, niemand sprach über ihn. Aber sein Name tauchte auf – in einer neuen Datei. Auf Seite 7 der Excel-Tabelle. Spalte: „Projektleitung". Rolle: „extern, auf Rechnung".

Erdmann schaute Schröder an. „Du hast keine Statistik gemacht. Du hast eine Handschrift entdeckt." Schröder nickte. „Aber noch keine Unterschrift."

„Kommt noch", sagte Erdmann.

14. DIE LEERE QUITTUNG

Der ehemalige Platzwart findet einen Ordner mit Blankoquittungen – unterschrieben von „N.R.". Alles in derselben Handschrift.

Der Regen kam spät, aber dann hart. Es war einer dieser Berliner Herbstabende, an denen der Nieselregen keine Tropfen mehr bildete, sondern einen schmierigen Schleier, der sich zwischen Brillengläser und Sichtlinie legte. Erdmann hatte den Schirm vergessen. Natürlich. Aber er beschwerte sich nicht, als er auf dem abgezogenen Nebenweg hinter dem Clubhaus entlangging, dort, wo die alten Gerätecontainer standen. In einem davon: Rudi Kirchner. Platzwart a.D., Altgedienter mit Nikotinlunge, Lederhaut und einem Gedächtnis, das besser sortiert war als die meisten Vereinsarchive. Und genau deshalb war Erdmann hier.

„Rudi, du hast was gefunden", sagte er, als hätte er nicht schon im Vorfeld den Hinweis von Lina erhalten. „Ich habe nix gesucht", antwortete Rudi und reichte ihm den Pappordner, ohne aufzusehen. Die Mappe war alt, grau, abgegriffen – mit einem durchsichtigen Plastikfenster, hinter dem der Ausdruck „Turnierverwaltung 2019–2023" hervorlugte. Kein Vereinslogo, keine Initialen, keine Ablagekennzeichnung. Nur der Inhalt war eindeutig.

Blankoquittungen. Dutzendweise. Auf Formularpapier des Vereins, teilweise vergilbt, teilweise noch mit Papierstreifen dazwischen, wie man sie früher verwendete, um Durchschläge voneinander zu trennen. Alle unterschrieben. Und immer mit denselben Buchstaben am unteren Rand: N.R. In Großbuchstaben. Mal schwungvoll, mal hastig, mal fast kalligraphisch – aber immer in derselben Handschrift.

„Woher?", fragte Erdmann. Rudi zuckte mit den Schultern. „In der Besenkammer. Hinter dem alten Kühlschrank. Ich dachte, der sei leer." Erdmann nickte langsam, blätterte durch. Beträge zwischen 60 und 180 Euro. Zweck:

„Turniergastro", „DJ", „Sachpreise", „Technikpauschale". Alles vage. Alles ausfüllbar. Alles bar.

„Und wer hat unterschrieben?", fragte Erdmann. Rudi zog an seiner selbstgedrehten Zigarette und sah durch den Rauchnebel hindurch. „Naja… steht ja da. Der Riedel. War doch der Typ, der immer die Aufbauten gemacht hat, weißte? Mit der lauten Stimme und den zu kleinen Poloshirts." Erdmann erinnerte sich. Riedel. Eventkoordinator auf Zeit, angestellt über eine externe Firma, angeblich. Aber je länger man suchte, desto seltener tauchte diese Firma auf. Und desto öfter: die Initialen.

„Was passiert, wenn jemand Blankoquittungen unterschreibt, Rudi?" – Der Alte schnaufte. „Naja, dann kannst du später eintragen, was du willst. War bei uns früher auch nicht unüblich. Für die Gastro, wenn's schnell gehen musste." Erdmann schloss die Mappe.

Er wusste, dass Schröder jubeln würde, sobald er die Handschrift mit den Auftragszetteln aus dem Catering-Ordner verglich. Und dass Lina genau jetzt irgendwo am Rechner saß und versuchte, eine Verbindung zwischen Riedel, einem scheinbar fiktiven DJ und den Sommerturnieren herzustellen.

Aber das hier – das war was anderes. Das war nicht mehr nur Nachlässigkeit oder kreative Buchführung. Das hier war System. Ein Handschriftmuster, quer durch fünf Jahre, auf Unterlagen, die niemals hätten existieren dürfen. Erdmann hatte einmal gehört, dass die einfachsten Betrugsmaschen immer die wirksamsten seien: ein Gesicht, das keiner hinterfragt. Eine Quittung, die keiner liest. Und eine Signatur, die plötzlich überall auftaucht.

Er verließ den Container, der Regen hatte nachgelassen. Auf dem Platz schimmerte das Flutlicht über den nassen Linien, wie ein Vorhang vor einem letzten Akt. Erdmann stand kurz still, zückte seinen Notizblock und schrieb nur drei Worte: N.R. – immer da. Dann klappte er ihn zu. Und dachte: Vielleicht war es nie darum gegangen, neue Veranstaltungen zu erfinden. Vielleicht war es nur darum gegangen, alte Gelder unauffällig zu verschieben. In kleine Scheine. In große Taschen. Und immer schön bar.

15. DER CONTAINER

Das Licht im hinteren Winkel des Clubgeländes funktionierte nur bei gutem Willen – heute war er offenbar nicht in der Stimmung. Die Metalltür zum Lagerhaus quietschte, als Schröder sie aufzog. Staubschleier im Gegenlicht. Der modrige Geruch eingetrockneter Sommerabende, gemischt mit vergessener Logistik. Vor ihm: Regale mit Wimpeln, Aufstellern, Bierzeltgarnituren. Und Kartons. Kartons, wohin man sah.

„Wie viele Veranstaltungen muss ein Club feiern, um so viel Dekokram zu rechtfertigen?“, murmelte Schröder und zog sein Handy aus der Tasche, Lichtfunktion an. Er schritt die Reihen ab. Vieles war beschriftet: CM 2018, Sommerfest 2021, Jubiläum 75 Jahre. Doch eine Kiste in der Mitte des Raums stach heraus. Kein Label. Verschnürt, aber nicht versiegelt. Schröder beugte sich, löste das Klebeband, schlug den Deckel auf. Und erstarrte.

T-Shirts. Dutzende. Grau-orange, mit Vereinslogo, aufgedrucktem Datum, dem Slogan „Mixed am Netz – Sommerturnier 2022“. Neu. Ungetragen. Schröder griff eines heraus, rieb den Stoff zwischen den Fingern. Nichts an diesem Shirt hatte je einen Menschen gesehen, geschweige denn Sonne. Noch nicht einmal der typische Lagergeruch war daran haften geblieben – es roch nach Fabrik, nach Versandzentrum, nach nie angekommen.

Er zog die Kiste ins Licht, fand eine Lieferadresse: „TC Graurot Südwest, z. H. Eventteam.“ Kein Name. Kein Hinweis auf Bestellung oder Absender. In der Ecke des Kartons lag ein Lieferschein. 400 Stück bestellt, 380 geliefert. Datum: Juni 2022.

Schröder schluckte. Das Turnier hatte nie stattgefunden

– das war längst klar. Aber das hier war etwas anderes. Nicht nur ein Beweis für Planung, sondern für Durchführung – zumindest auf dem Papier. Die Shirts waren bezahlt worden, das ergab ein späterer Blick in die Kontobewegungen, die Lina nach ihrer Veröffentlichung noch anonym zugespielt bekommen hatte. 3.820 Euro an „PromoWear GmbH", überwiesen am 14. Juni, Rechnungsnummer 2263–RDL.

RDL. Schröder blätterte durch die restlichen Papiere. Kein Absender. Kein Kontakt. Doch der Abkürzung traute er nicht. RDL – wie Riedel?

Er fuhr zurück zum Clubhaus, Erdmann saß bereits auf der Terrasse, Tee dampfte in der Thermoskanne, die er nie benutzte, aber stets dabeihatte. Schröder legte das Shirt vor ihn. „Fällt dir was auf?", fragte er.

Erdmann nahm das Textil in die Hand, drehte es langsam, betrachtete die Rückseite. „Neue Linie?", fragte er trocken. Schröder schnaubte. „Nie verteilt. 380 Stück, unberührt. Bestellt, bezahlt, nie gebraucht. Kein Turnier, keine Teilnehmer, aber voll auf der Rechnung."

Erdmann legte das Shirt zurück. „Und wo genau hast du das gefunden?" Schröder zeigte auf den Lieferschein. „Im Lager. Ohne Dokumentation, aber mit dieser Quittung. RDL." Erdmann hob die Augenbraue. „Der Mann, der Bohrmaschinen verkauft, aber DJ sein soll? Der auf Fotos auftaucht, aber nie im Clubbuch steht?"

Schröder nickte. „Ich habe die Bankverbindung überprüft. Die Zahlung ging auf ein Konto in Spandau. Kontoinhaber: Eventdienste Berlin – eingetragen auf einen gewissen Niklas Riedel. Letzte Bewegung: zwei Wochen nach dem angeblichen Turnier."

Erdmann schwieg eine Weile. Dann nahm er seinen Notizblock aus der Tasche. „Wir sind nah dran. Aber wir brauchen mehr als Stoff. Wir brauchen Struktur." Er schlug eine Seite auf, auf der er sämtliche Eventbezeichnungen der letzten vier Jahre notiert hatte. Unterstrichen: drei

Wiederholungen mit identischen Teilnehmerzahlen, gleichen Catering-Beträgen – und nun: identischen T-Shirts.

„Was ist, wenn die Turniere nie stattfanden – aber die Rechnungen immer echt waren?" Schröder sah ihn an. „Du meinst: ein System?"

Erdmann schüttelte den Kopf. „Ich meine: ein Automatismus. Etwas, das sich selbst trägt. Jemand hat begriffen, dass Erinnerung träge ist. Dass Kalender und Kontoauszüge niemand verknüpft. Und dass im Tennisclub der Satz gilt: Hauptsache, das Wetter stimmt."

Sie schwiegen. Die Nacht brach herein. Schröder sah auf das Shirt. „380 Stück."

Erdmann nickte. „Dann wurden 20 verteilt. Wahrscheinlich an die, die nicht fragen."

16. DIE FLUCHT BEGINNT

Es begann mit einem Klingelton, der nicht beantwortet wurde. Schröder, der längst seine eigene Liste der Ungereimtheiten führte – diesmal ganz altmodisch mit Zettel und Stift, wie Erdmann es ihm einst nahegelegt hatte – hatte am Morgen einfach mal versucht, Niklas Riedel zu erreichen. Dienstlich, wie er betonte, mit einem freundlich-korrekten Tonfall und einer Nummer aus dem Impressum der Veranstaltungsseite, die laut eigenen Angaben „nicht nur Events möglich macht, sondern auch Gemeinschaft erlebbar". Es meldete sich nur die Mailbox. Zwei Mal, dann nie wieder.

Beim dritten Versuch kam: „Dieser Anschluss ist zurzeit nicht erreichbar."

Zufall? Schröder glaubte nicht an Zufälle, zumindest nicht an solche, die sich um die Mittagszeit an einem Dienstag ereigneten – just nachdem Lina ihre nächste kleine Kolumne veröffentlicht hatte: „Veranstaltungsvielfalt im Rückblick – Eine chronologische Herausforderung". In feinstem Berg-Stil zwischen polemisch und poetisch zerlegte sie die letzte Dekade der Clubaktivitäten – allerdings ohne Namen zu nennen. Doch wer lesen konnte, las zwischen den Zeilen. Und wer nicht genannt wurde, hatte umso mehr zu verlieren.

Gegen 14:00 Uhr stand Schröder in der Geschäftsstelle. Die Sekretärin – ein Wechselmodell zwischen Ehrenamt und Chaosbeherrschung – schob sich gerade die dritte Tasse Filterkaffee des Tages ein. „Riedel?“, fragte sie auf Schröders vorsichtige Nachfrage. „Nee, der hat sich krankgemeldet. Seit gestern. Magen-Darm, glaub ich.“

„Haben Sie eine Krankschreibung?“ – „Nö. Braucht er doch nicht. Ist ja Freier. Also Freelancer.“ Die Frau machte Anführungszeichen in die Luft. „Und ehrlich gesagt – der war schon länger nicht mehr hier.“ Schröder bedankte sich knapp, notierte sich Uhrzeit, Aussage, Stimme. Erdmann hatte ihm das beigebracht: „Nicht nur was, Schröder – wie.“

Dann fuhr er raus zum Bürokomplex in Tempelhof, der auf Riedels Rechnungen angegeben war. Ein sanierter Altbau mit drei Klingeln, einem verwilderten Hof und keinem einzigen Schild. Im ersten Stock roch es nach Farbe, aber nicht nach Arbeit. Die Bürotür von „Eventdienste Berlin“ war abgeschlossen. Kein Name am Briefkasten. Auf Nachfrage beim Nachbarn – einem Werbefritzen, der Schröder mit dem gleichen Blick betrachtete wie einen ungebetenen Akquisebesuch – hieß es nur: „Der war schon ein paar Wochen nicht mehr hier. Hat immer Pakete abgeholt. Sonst nichts.“

Wieder draußen, rief Schröder Lina an. „Er ist weg“, sagte er. „Und zwar nicht erst seit gestern.“

Lina atmete hörbar durch. „Ich habe gestern Nacht noch mal alles durchgesehen. Die Sponsorenverträge, die Turnierankündigungen, alles, was wir im Archiv hatten. Viele Dokumente sind aus einem Guss. Gleiche Formatierung, gleiche Sprachmuster – sogar die Rechtschreibfehler wiederholen sich.“ Sie schickte einen Screenshot. Im Vertrag für das „Sommerturnier 2023“ stand „Catering mit Buffee“. Dasselbe „Buffet“ wie im Jahr zuvor. Und im Jahr davor. „Ich glaube“, sagte sie, „wir sind an jemandem dran, der nicht nur sich selbst organisiert hat – sondern auch seine eigene Realität.“

Zur gleichen Zeit saß Erdmann im Schatten der alten Ulme am Ende von Platz 6. Nicht aus Nostalgie, sondern aus Gewohnheit. Er trank Tee aus der Thermoskanne, nicht weil er besonders gut schmeckte, sondern weil er eine Konstante war. Der Rest war ins Rutschen geraten.

Riedel war also abgetaucht. Keine Kommunikation, keine Erklärung, kein Kommentar zu den Vorwürfen, die im Club mittlerweile wie ein Lauffeuer kursierten. Die Mitglieder, lange Zeit auf Sommer eingestellt und Verwaltungsblind, wurden plötzlich unruhig. Die Schatzmeisterin hatte ein Sondertreffen einberufen, „rein zur Transparenz“, wie es hieß – aber da war es zu spät. Lina hatte veröffentlicht. Schröder hatte die Unterlagen. Und Erdmann hatte ein Bild. Kein vollständiges, aber ein klares.

Niklas Riedel war ein Phantom mit Visitenkarte gewesen. Eingeschleust durch Empfehlungen, durch Netzwerke, durch das blinde Vertrauen eines Vorstands, der Veranstaltungen wie All-inclusive-Wochen auf Teneriffa behandelt hatte: Hauptsache, es gibt Aperol. Dass die Nachweise nie vollständig waren, die Teilnehmerzahlen stets „geschätzt“, dass Rechnungen an Briefkastenfirmen gingen – alles war keinem aufgefallen. Oder: niemandem aufgefallen worden.

Denn wer Riedel war, wusste bis dahin niemand so genau. Keiner hatte je eine feste Adresse überprüft, eine Referenz eingeholt, einen Vertrag wirklich quergelesen. Riedel war einfach da gewesen. Charmant. Hilfsbereit. Und extrem gut darin, sich hinter Strukturen zu verstecken, die ihn brauchten.

Jetzt war er weg. Wahrscheinlich längst weitergezogen.

Vielleicht hatte er auch nie aufgehört, weiterzuziehen. Schröder hatte eine Recherche in Auftrag gegeben – diesmal ganz offiziell. Ein Kontakt aus seiner alten Ausbildung hatte sich der Sache angenommen. Ergebnis: Es gab einen Niklas Riedel, geboren 1985 in Berlin-Lichtenberg, aber der hatte 2009 offiziell seinen Namen geändert. Danach – keine feste Meldeadresse mehr. Nur noch temporäre Gewerbeanmeldungen, immer mit neuen Tätigkeitsbeschreibungen: Veranstaltungsberater, Systemdienstleister, später: Koordinator für Clubkommunikation.

Ein Chamäleon, das überall passte – solange niemand genau hinsah.

Am Abend trafen sich Erdmann, Schröder und Lina im Clubraum. Die Luft war dick vor Gerüchten. Die Präsidentin sprach von einem „unglücklichen Einzelfall", der Vize von „möglichen externen Tätern". Nur Erdmann blieb ruhig. „Die Wahrheit ist nicht, wer es war", sagte er leise. „Sondern wie es möglich war."

Er sah durch die Fenster nach draußen. In der Dämmerung lag der Platz wie immer: leer, gepflegt, bereit für das nächste Match. So wie der Club selbst. Bereit für die nächste Geschichte.

Doch diesmal würde Erdmann nicht mehr nur am Rand stehen.

17. ERDMANNS GESPRÄCH

Erdmann sprach mit dem Vater eines Jugendspielers. Der war mal Buchhalter – und erkannte die Masche.

Es war einer dieser Spätsommertage, an denen die Luft träge in den Bäumen hing und die Schattengrenzen auf dem Platz wie festgetackert wirkten. Kein Wind, kein Aufschrei, kein Kinderlachen vom Nebenplatz. Nur das monotone Knarzen der Bank unter Erdmanns Gewicht, als er sich ein zweites Mal setzte – diesmal unter dem großen Ahorn nahe der Ballwand. Die Thermoskanne in der linken Hand, ein alter Notizblock auf dem Oberschenkel, der Kugelschreiber schon tief in der Spirale versenkt.

Er wartete.

Der Mann kam pünktlich. Graues Hemd, saubere Schuhe, der Griff zum Gürtel etwas zu fest, als müsse er sich anständig präsentieren, auch wenn es nur ein Treffen unter vier Augen war. Er hieß Gerhard Liebich, war 61 Jahre alt, hatte einen Sohn namens Patrick, der sonntags im Training oft vergaß, den Ballwagen aufzufüllen – und war früher mal Buchhalter in einem Maschinenbauunternehmen. Bis zu jenem Jahr, als die Firma plötzlich fusionierte, sich der Standort nach Rumänien verlagerte – und Liebich in den Vorruhestand rutschte.

„Sie wollten mit mir reden?", fragte er vorsichtig, die Handflächen auf den Knien abgestützt, als müsste er gleich wieder aufspringen.

Erdmann nickte. „Ihr Junge. Der spielt doch hier im Verein. Seit wann?"

„Zweieinhalb Jahre. Kam damals vom Fußball. Die wollten ihn nicht mehr – zu langsam." Er lachte kurz, ein aufgesetztes Bellen.

Erdmann ließ die Pause absichtlich stehen. Dann zog er einen Ausdruck aus seiner Jackentasche – eine Tabelle, vier Spalten, acht Jahre. Einnahmen, Ausgaben, Turnierbezeichnungen, Beträge. Alles in Schröders übereifrigem Stil sauber aufgelistet, mit Kommentarfeld. Und einem dicken roten Kreis um die Spalte „Saison 2023".

„Haben Sie so was schon mal gesehen?", fragte Erdmann beiläufig und reichte das Blatt rüber.

Liebich schob seine Lesebrille zurecht. Er blinzelte, rückte näher an den Ausdruck heran, zog dann seinen eigenen Notizblock hervor – ungefragt – und begann, mit einem alten Taschenrechner aus der Jacke einige Summen zu tippen. Die Geräusche erinnerten an frühe 90er-Jahre: Plastikklackern, knarzendes Tastenanschlagen, dann das kurze Innehalten eines Mannes, der etwas erkennt.

„Sehen Sie hier…", sagte Liebich schließlich und zeigte auf eine Reihe von Einträgen, alle im Juni, über mehrere Jahre hinweg. „Das ist ein Muster. Jedes Jahr wird ein Event abgerechnet – aber die Beträge sind fast identisch. Geringfügige Änderungen, manchmal nur 30 Euro Unterschied."

„Und?", fragte Erdmann.

„Und das ist nicht normal. Bei realen Events – mit echten Teilnehmern, Catering, Ehrenpreisen – haben Sie Schwankungen. Mehr Spieler, weniger Catering, neue Ausrüstung, höhere Löhne. Aber hier… das ist wie aus dem Lehrbuch kopiert. Fast schon maschinell."

„Also gefälscht?"

Liebich wiegte den Kopf. „Ich sag mal so: Jemand hat sich eine Vorlage gebaut. Und die dann Jahr für Jahr recycelt. Immer wieder mit anderen Titeln, aber denselben Beträgen. Wie ein Schüler, der jedes Jahr denselben Aufsatz mit neuen Namen einreicht."

Erdmann schwieg. Er wusste, dass Schweigen bei Menschen wie Liebich mehr auslöste als Fragen. Und richtig: Der Mann war jetzt im Flow.

„Wissen Sie, ich hab in meinem alten Job mal sowas gehabt. Da hat ein Kollege aus der Buchhaltung einen Phantomkunde erfunden. Immer wieder Bestellungen, immer mit denselben Mengen, leicht abgewandelt. Hat niemand gemerkt – bis wir bei der Betriebsprüfung durchfielen."

Erdmann lehnte sich zurück. Der Ahorn über ihm raschelte zum ersten Mal.

„Was ist mit Zahlungsflüssen?", fragte er ruhig.

Liebich zuckte mit den Schultern. „Keine Bankauszüge gesehen. Aber wenn das hier stimmt… dann hat jemand Bargeld generiert. Regelmäßig. Und wenn's keiner kontrolliert – bleibt es unbemerkt. Bis heute."

Erdmann nickte langsam. Dann klappte er den Notizblock zu. „Und was würden Sie tun, Herr Liebich?"

Der Ex-Buchhalter sah ihn an, ein Schatten lag über seinem Gesicht. „Ich würd mir die Person ansehen, die jedes Jahr die Abrechnung unterschrieben hat."

„Haben wir schon."

„Und?"

Erdmann stand auf. „Er ist verschwunden."

„Dann wissen Sie ja, was das heißt."

„Dass er wusste, dass wir es wissen."

Liebich nickte. „Oder dass er dachte, Sie sind noch nicht so weit."

Erdmann steckte die Thermoskanne zurück in seine Tasche. Sein Blick wanderte über den Platz, wo gerade ein Einzel der U15 lief – mit zwei Jugendlichen, die sich in jeder Pause die Hände abklatschten, als ginge es um Wimbledon.

„Herr Liebich", sagte er noch, „wenn Sie noch mal Lust haben auf Buchhaltung… wir könnten jemanden gebrauchen."

Der Mann lachte leise. „Nur ohne Fusionen, bitte."

„Versprochen."

Dann gingen beide ihrer Wege. Doch der Fall, der war jetzt ein anderer. Denn wo Zahlen ein Muster ergeben, ist der Mensch selten weit. Und wer Muster erkennt, der erkennt auch irgendwann: den Täter.

18. DIE FALSCHE WEBSITE

Es war ein Zufall. Oder besser: ein algorithmischer Ausrutscher. Schröder saß auf dem Sofa, Laptop auf dem Schoß, eine Thermoskanne mit kaltem Mate neben sich, und klickte sich durch alte Pressemitteilungen des Clubs. In einem Artikel über das „Sommer-Mixed-Turnier 2022" war ein Link eingebettet – unscheinbar, in kleiner, blauer Schrift, zwischen zwei Satzzeichen versteckt. Schröder hatte ihn nur bemerkt, weil er mit der Maus darübergefahren war. Neugier war sein zweiter Vorname – also klickte er.

Was sich öffnete, war keine gewöhnliche Seite. Kein Menü, kein Impressum, keine Navigationsleiste. Nur eine Startseite mit großem Headerbild: lachende Menschen vor einer Clubhütte, Sektgläser, Banner im Hintergrund, auf dem stand: „Turnier der Freundschaft – Juli 2021“. Und darunter: „Herzlichen Glückwunsch an alle Finalistinnen und Finalisten!“ Schröder runzelte die Stirn. Der Hintergrund war der des Vereinsheims – das erkannte er sofort. Aber das Banner war ihm neu. Noch nie gesehen. Und auch die Gesichter wirkten irgendwie... falsch. Zu glatt, zu generisch. Schröder klickte auf das Foto – es vergrößerte sich nicht. Stattdessen wurde er auf eine Unterseite weitergeleitet: „Galerie – Charity Cup 2020“. Es folgten fünf Bilder. Wieder: lachende Menschen, diesmal mit Pokalen. Schröder betrachtete die Gesichter genauer. Eine Frau in weißem Poloshirt hielt einen Siegerpokal in die Kamera. Nur war der Pokal nicht beschriftet. Und ihr rechter Arm wirkte, als sei er nicht ganz... anatomisch korrekt. Schröder blinzelte. KI-generiert. Stockfotos, überarbeitet, mit einem Tennisfilter versehen. Das war keine echte Galerie. Das war eine Fassade.

Er rief Erdmann an. „Ich glaube, ich hab eine zweite Website gefunden. Vom Club. Aber da stimmt was nicht.“

„Wie kommste da drauf?“ – „Weil auf jedem Bild ein Pokal ist, aber kein Mensch aus dem Club. Und eine der Damen hat sieben Finger.“ Pause. Erdmann sagte nichts. Das war seine Art, Zustimmung zu signalisieren.

Sie trafen sich in der Geschäftsstelle. Schröder zeigte ihm die Seite. Erdmann zog die Augenbrauen zusammen. „Kein Impressum. Keine Vereinsadresse. Aber dieselbe Typo wie im offiziellen Auftritt.“ – „Und schau mal hier“, Schröder klickte auf den Reiter „Anmeldung“.

Eine Formularseite öffnete sich: „Hier können Sie sich für das Sommerturnier anmelden.“ Name, E-Mail, Teilnahmegebühr 35 Euro. Darunter ein Paypal-Button – verlinkt mit einem kryptischen Konto: „eventplus2022@gmx.de.

19. AM BAHNSTEIG

Der Screenshot kam in einer Auflösung, die keinen Richter überzeugt hätte – aber Erdmann reichte ein Schatten. Der Screenshot zeigte das, was Schröder euphorisch als „Volltreffer" bezeichnet hatte. Bahnhof Zoo, Montag, 7:48 Uhr. Eine Gestalt mit Sonnenbrille, Cap und Koffer. Und einer Jacke, die nicht modisch, aber eindeutig war. Dunkelblau, leicht wattiert, mit einer abgewetzten Innentasche, aus der das Plastik eines Schlüsselanhängers lugte – halb verblasst, aber: „Club Graurot Südwest". Niemand außer Niklas Riedel trug so etwas. Niemand sonst hätte diese Jacke freiwillig aufbewahrt.

Erdmann betrachtete das Bild, während Schröder noch aufgeregt das Narrativ aufbaute. Der Screenshot stammte von einer Sicherheitskamera, die ein Bahnmitarbeiter privat kannte. Nichts Offizielles, keine große Nummer – aber Erdmann nickte. Es war, als ob der Fall nun auf einem letzten Gleis einfuhr.

Riedel hatte sich am Freitag krankgemeldet. Eine E-Mail, kein Anruf. Kein Attest, kein Kontakt. Das Büro war seither verschlossen, der PC abgeschaltet, das Diensttelefon tot. Keiner wusste, wo er war. Die Geschäftsstelle hatte es mit einem Achselzucken quittiert – man war nicht überrascht, nur genervt. Irgendwie passte das ins Bild, meinten manche. „Der war ja eh oft unterwegs."

Aber wohin?

Erdmann hatte sich nicht geäußert. Stattdessen den Weg von Schröders Liste zu Ende gedacht. Fünf Jahre Eventabrechnungen. Immer wieder die gleichen Strukturen. Das gleiche Muster: Juni, Juli, September. Dieselben Zahlen, dieselben Positionen – minimal variiert. Catering, DJ, Werbematerial. Ein Algorithmus mit Handschrift.

Jetzt stand er auf dem Bahnsteig, reale Welt. Die Sonne war noch flach, ein kühler Wind fegte über die Gleise, und Erdmanns Mantel flatterte leicht. Er mochte diesen Ort nicht. Zu viele Aufbrüche. Zu viele Fluchten.

Schröder stand zwei Meter entfernt, das Handy noch in der Hand, die Augen rotgerändert, aber wacher als sonst. „Glaubst du, er haut ab?“, fragte er schließlich. Erdmann antwortete nicht sofort. Stattdessen folgte er dem Zug, der gerade auf Gleis 4 einfuhr. Hamburg stand auf der Anzeige. Dann Leipzig. Dann Basel.

„Der, Schröder… der hat nicht vor, zurückzukommen.“

„Aber wieso Basel?“

„Weil du das gesagt hast.“

Schröder blinzelte. Erdmann hatte recht. In einem Nebensatz, gestern, hatte er vermutet, dass der Name Riedel auf einer Ausschreibung einer Sportagentur in der Schweiz stand. Zufall?

Erdmann schüttelte den Kopf. Keine Zufälle mehr. Alles folgte einem Plan. Kein genialer, aber ein pragmatischer.

In den letzten Tagen hatten sie Belege gefunden. Falsche Websites. Alte Shirt-Bestände. Blankoquittungen. Und jetzt: der Versuch der Flucht. Es war das finale Kapitel eines Systems, das auf Routine gebaut hatte. Und auf Vergessen.

Denn das war die eigentliche Methode: Niemand erinnerte sich an Events, die nie stattgefunden hatten. Niemand stellte Fragen, solange die Quittungen stimmten. Niemand vermutete Betrug – man glaubte an die Masse, nicht an die Wahrheit.

Der Wind wurde schärfer, der Zug rollte ein. Erdmann drehte sich um. Schröder hatte plötzlich eine gewisse Spannung im Blick.

„Was machen wir jetzt?“

Erdmann zog seine Thermoskanne aus der Manteltasche, schraubte sie auf, roch kurz und sagte: „Jetzt holen wir ihn zurück. Und zwar mit allem, was wir haben.“

„Also Anzeige?“

„Noch nicht.“

„Sondern?“

„Ein Satz, Schröder. Ein Satz reicht manchmal, um alles

kippen zu lassen."

Der Zug fuhr ab. Auf Gleis 2 stand eine neue Verbindung – München.

Aber Erdmann sah nicht mehr auf die Anzeigetafel. Sondern in sein Notizbuch. Dort hatte er gestern Nacht einen Satz unterstrichen. Einen Namen, daneben ein Kürzel: N.R.

Und ein Ort: Bahnhof Zoo.

Nur dass dieser Name nicht in den Clubakten stand – sondern im Gästebuch einer Jugendherberge, zwei Straßen weiter. An jenem Wochenende, an dem angeblich das „Charity-Mixed" stattgefunden hatte.

„Schröder", sagte Erdmann leise. „Ich glaub, wir haben ein Geständnis. Wir müssen es nur noch hören."

Die Sonne brach durch die Wolken. Der Bahnsteig war fast leer. Aber die Wahrheit war jetzt unterwegs.

Und sie kam nicht mit dem Zug.

20. DER LETZTE EINTRAG

Die Thermoskanne war leer. Und das kam selten vor.

Erdmann hielt sie in der rechten Hand, wie einen stummen Zeugen, der zu viel gesehen hatte. Sein Blick ging nicht über den Platz, nicht über die Clubterrasse, nicht ins Büro der Geschäftsstelle. Er ging ins Muster. Dorthin, wo sich Zahlen überlappten, Namen zirkulierten, Daten zu Signaturen wurden. Dorthin, wo ein Tennisclub nicht mehr Verein war, sondern eine Bühne. Und wo einer, der gut spielte, alles steuern konnte – selbst Erinnerungen.

Niklas Riedel hatte das System verstanden. Besser als alle anderen.

Erdmanns Notizen lagen auf dem alten Clubtisch. Zwei Stapel. Einer für das, was passiert war. Einer für das, was nie passiert war. Die echten Events – und die erfundenen. Und dazwischen: Wiederholungen. Fälschungen. Und ein Konvolut aus Details, so präzise, dass man sie nie infrage gestellt hatte.

Was Schröder da über Wochen zusammengetragen hatte – Eventdaten, Verträge, Screenshots, Quittungen, Namen auf Listen – war mehr als bloße Indizien. Es war ein betriebliches Drehbuch. Und Riedel der Regisseur.

Einmal pro Quartal: ein Turnier. Meist mit klangvollem Namen. „Summer Cup", „Kids & Coaches Open", „Charity-Mixed". Dazu Catering. DJs. Bedruckte Shirts. Alles belegt – mit kopierten Verträgen, Mails an sich selbst, unterschriebenen Quittungen. Ausreichend Plausibilität, um auch beim dritten Blick kein Misstrauen zu wecken. Nur dass niemand kam. Niemand spielte. Niemand gewann.

Aber gebucht wurde. Und bezahlt.

Erdmann hatte sich durch die Kontoauszüge gewühlt. Formal: korrekt. Alle Zahlungen gingen an Dienstleister. Kleine Buden. Solo-Selbstständige. Catering-Zulieferer ohne Website. DJs ohne Impressum. Und ein Bohrmaschinenhandel, der offenbar auch Lichtanlagen verlieh – wenn man Riedel hieß.

Und dann: die Rückbuchungen. Immer in Etappen. Nie vollständig, aber regelmäßig. Kleine Beträge, verteilt über Wochen. Oft als „Korrektur wegen Ausfall", „technische Gutschrift" oder einfach „Storno lt. Absprache". Nie mit Gegenbeleg. Denn intern prüfte das niemand. Die Events waren bekannt. Riedel hatte sie angekündigt. Die Mitglieder hatten nichts dagegen. Und wer etwas merkte, hielt es für ein internes Missverständnis.

Der Clou war nicht der Betrug. Der Clou war, dass niemand ihn bemerkte.

Und wer es hätte tun können – die FSJlerin, der Platzwart, die Geschäftsstelle – war längst gewohnt, dass in diesem Club nicht jedes Event Erinnerungen hinterließ. Es war ja auch viel los. Und Riedel war immer da. Immer schnell. Immer verbindlich.

Sein Trick war banal und brillant zugleich: Er hatte einen Alltag simuliert, der nie stattgefunden hatte.

Einmal hatte Schröder versucht, die E-Mail-Adresse des vermeintlichen DJs zurückzuverfolgen. Sie lief über einen Freemail-Dienst, war mit einem VPN eingerichtet worden. Der Name: „roque_sounds_berlin@xyz". Die Website führte zu einem Template. Bilder aus einem mexikanischen Ferienclub. Ein einziger echter Eintrag – vom Mai 2021: „Anlage auf unbestimmte Zeit offline."

Aber Rechnungen hatte es gegeben. Für 250 Euro pauschal. Für 180 Euro Fahrtkosten. Für 99 Euro USB-Sticks mit Club-Playlist.

Alle bezahlt.

Lina saß derweil in der Geschäftsstelle, den Laptop auf den Knien, die Kaffeetasse leer wie Erdmanns Kanne. Ihre Kolumne hatte Wellen geschlagen. Manche lobten sie für den Mut. Andere mieden sie seit Tagen.

„Der Club und sein Gedächtnis" – das war mehr gewesen als ein Titel. Es war eine Selbstoffenbarung. Denn wenn keiner mehr genau wusste, was war – wer konnte dann noch sagen, was ist?

Erdmann hatte sie nicht getadelt. Er hatte auch nicht gelobt. Er hatte nur gesagt: „Manchmal reicht ein Schatten, um die ganze Wand zu sehen."

Schröder war aufgeregt. Seit Stunden. Der Screenshot vom Bahnhof Zoo, die Handtasche im Container, der zweite Ordner im Vorstandsarchiv – alles ergab ein Bild. Nur war das Bild kein Foto. Es war ein Muster.

Und dieses Muster hatte Erdmann jetzt auf dem Tisch.

Er sortierte die Quittungen. Handschrift: identisch. Initialen: N.R. Datum: immer zwei Tage vor dem angeblichen Event. Immer dieselbe Kladde. Die leeren Shirts im Lager, die Listen mit „Teilnehmern", die nie aufgerufen wurden. Und dann, der letzte Beleg: Ein A4-Ausdruck. Nicht offiziell, nicht archiviert. Betitelt mit: „Abschlag II – Finalübertragungen".

Der letzte Eintrag.

Eine fiktive Veranstaltung, angesetzt für den September,

im Kalender eingetragen, nie beworben – und dennoch: ein Cateringvertrag, unterschrieben, terminiert, „offen zur Abrechnung“. Betrag: 4.800 Euro.

Als Schröder ihn fragte, ob sie die Polizei rufen sollten, sagte Erdmann nur: „Nicht nötig. Wir wissen ja, wo er ist.“

Denn auch das wusste Schröder inzwischen: Die Jacke, die Sonnenbrille, die Mütze – die auf dem Screenshot vom Bahnhof Zoo. Das war Riedel. Nur dass sein Ticket nicht innerhalb Berlins lag. Es ging Richtung Westen. Ohne Rückfahrt.

Und am Bahnsteig? Hatte jemand ein Handyfoto gemacht. Schröder hatte es gefunden, über einen Social-Media-Post: „Typisch Berlin – man wartet ewig, aber Hauptsache der Kiosk hat noch Kaffee.“

Im Hintergrund: Riedel. Mit Koffer. Mit Thermobecher. Und: mit einem Zettel in der Hand.

Nur dieser Zettel, der war entscheidend.

Darauf: eine Liste. Drei Namen. Drei Konten. Und ein roter Haken – nur bei einem.

Der letzte Eintrag.

Der Koffer war grau. Hartschale, Rollen, ein grüner Anhänger am Griff. „Zurück, wenn verloren“, stand darauf. Und ein Name: „R. Niesler“.

Nicht Riedel. Nicht R. Niklas. Sondern R. Niesler. Ein Name, der in keiner Mitgliederdatei, keiner Belegliste, keinem Veranstaltungsplan auftauchte. Aber auf dem Ticket, das Schröder von der Bahngesellschaft angefordert hatte, war genau dieser Name eingetragen.

Reiseziel: Amsterdam.

Abfahrt: zwei Tage zuvor. Ohne Rückfahrt.

Erdmann hatte den Moment kommen sehen – wie ein letzter Ballwechsel, den man zwar nicht spielen will, aber spielen muss. Und so war es an Schröder, nicht an ihm, die Entscheidung zu treffen.

„Er ist früh am Morgen raus. Mit dem ersten ICE. Drei Stunden vorher: Mail an den Vorstand. Krankheit, Burnout, Wiedereinstieg offen." Schröder zeigte die Ausdrucke. Und dann das Foto. Bahnhof Zoo, frühe Uhrzeit, lange Jacke, Sonnenbrille. Und dieser kleine grüne Anhänger.

„Wir haben ihn."

Die Kriminalpolizei kam am Mittwoch. Schröder übergab die Unterlagen. Nicht als Beamter – sondern als Zeuge. Denn die eigentliche Arbeit hatte Erdmann gemacht. Im Stillen. In seiner Logik. In seinem Notizblock.

Die Aufstellung, die er der Polizei übergab, war nicht nur ein Zeitstrahl. Es war ein Organigramm des Betrugs. Riedel – oder eben: Niesler – hatte das Clubjahr umgestellt. Vier fiktive Events pro Saison, alle mit Beleg, keinem mit Zeugen. Budget: stets knapp unter der internen Prüfschwelle. Lieferanten: fingiert oder unter Zweitnamen laufend. Rückzahlungen: verteilt über Privatkonten, oft bar abgehoben.

Und der Trick: Alle Events existierten irgendwo digital – als Plakat, als Einladung, als Vorstandsprotokoll. Nur in der Erinnerung? Gab es sie nicht.

„Er hat nicht das System betrogen", sagte Erdmann leise, als Lina und Schröder auf die Unterlagen schauten. „Er war das System."

Dann kam der Moment, der sich nicht verhindern ließ.

Schröder war gerade auf dem Weg zum Büro, um weitere Ausdrucke zu holen, als sein Handy vibrierte. Eine Rückmeldung von Europol. Treffer in den Niederlanden. Der Name Niesler war vorbestraft – wegen Betrugs in einem Sportverband. Verfahren eingestellt gegen Zahlung. Untergetaucht seit zwei Jahren. Neuer Pass, neue Vita, neue Rolle.

„Und dann ist er einfach bei uns aufgetaucht", murmelte Schröder.

Erdmann nickte. „Nein. Er war nie weg. Solche Leute sind nie weg. Die spielen nur auf anderem Belag."

Die Verhaftung war fast unspektakulär. Schröder war es, der mit einer Kollegin der Berliner Polizei am Busbahnhof stand. Dort sollte Niesler wieder auftauchen – angeblich, um persönliche Gegenstände aus der Wohnung abzuholen. Und tatsächlich: Da kam er. Ohne Koffer, aber mit derselben Jacke, denselben Schuhen – und einer Einkaufstasche, in der neben Croissants ein USB-Stick lag.

Drauf: Verträge, Listen, Vorlagen. Alles. Die ganze Inszenierung.

Er sagte nichts, als sie ihn in Handschellen legten.

Nur ein Satz: „Ich wollte Ordnung schaffen."

Später, auf der Terrasse des Clubs, tranken sie Kaffee. Lina, Schröder, Erdmann. Die Sonne fiel schräg auf den Sandplatz, ein Einzel lief noch, ein Jugendlicher schlug zu hoch auf, der Ball landete im Netz.

„Weißt du, was das Erschreckende ist?", fragte Lina.

Erdmann sah sie nicht an. „Dass er so lange durchkam?"

Sie nickte.

„Nein", sagte Erdmann. „Dass es niemand merkte, weil niemand genau hinsah. Die Leute glauben, was sie lesen. Was sie sehen. Aber nicht, was sie fühlen."

Der Fall ging an die Staatsanwaltschaft. Der Club stellte Strafanzeige. Die Mitgliederversammlung sprach von Aufarbeitung, neuen Kontrollmechanismen, einem „Vertrauensausschuss". Erdmann verließ die Versammlung nach 20 Minuten. Schröder blieb bis zum Schluss.

„Und du?", fragte Lina, als sie nebeneinander saßen.

„Ich? Ich geh jetzt einen Platz abziehen. Der braucht das mehr als ich."

Dann stand er auf, nahm seine Thermoskanne – diesmal war sie wieder voll – und stellte sich an die Linie.

Dort, wo man alles sehen konnte.

Dort, wo das Spiel nie lügt.

FAZIT

Es war nicht der große Knall, den man in Kriminalromanen so gern ans Ende setzt. Keine Schießerei, kein schmutziges Geständnis unter Druck. Kein Täter, der sich in letzter Minute doch noch verrät. Sondern ein Koffer am Bahnsteig, ein zu oft kopierter Vertrag – und ein Gesicht, das auf zwei Websites zu unterschiedlichen Personen gehörte. Der Mann, der als Eventmanager durch drei Berliner Vereine wanderte, hatte sich nie versteckt. Er war einfach immer dort gewesen, wo man ihn gerade brauchte. Und wo gerade niemand so genau hinsah.

Niklas Riedel hatte kein Geld gestohlen – er hatte ein System gebaut, das dafür sorgte, dass man es ihm freiwillig gab. Für Turniere, die nie stattfanden. Für DJs, die Bohrmaschinen verkauften. Für Pokale, die nie bestellt wurden – und doch abgerechnet waren. Er hatte Listen geschrieben, Rechnungen korrigiert, Rabatte gewährt, Namen erfunden und alles mit einer solchen Selbstverständlichkeit durchgezogen, dass niemand auf die Idee kam, das zu hinterfragen. Wer stellt schon Fragen, wenn alle gut gelaunt sind, die Kasse stimmt und der Club sich für besonders modern hält?

Die eigentliche Leistung von Riedel war nicht der Betrug. Es war das Vertrauen, das er erzeugt hatte. Diese seltsame Mischung aus Kompetenz und Nähe, aus Präsentation und Unauffälligkeit, die ihn unantastbar machte. Schröder nannte es „Chamäleon-Qualität". Erdmann nannte es: ein gutes Gespür für menschliche Routinen.

Denn am Ende war es kein Systemfehler, der diesen Fall möglich gemacht hatte. Sondern ein System – das auf der Annahme basierte, dass Kontrolle altmodisch ist. Dass Nachfragen Misstrauen bedeutet. Dass Ehrenamt auch bedeutet, es ehrenhaft zu finden, wenn keiner genau hinschaut.

Erdmann stand an diesem Abend lange auf dem Parkplatz des Clubs. Der letzte Eintrag in Schröders Notizblock war gemacht. Die Presse war informiert, Lina hatte ihren Artikel fertig – nüchtern, aber deutlich. Und Schröder? Der hatte seinen ersten Haftbefehl vollzogen. Vielleicht etwas zu energisch, vielleicht mit zu viel Stolz in der Stimme. Aber es war sein Moment.

Erdmann hielt die Thermoskanne in der Hand. Er trank nicht. Er schaute auf das Clubhaus, das sich langsam leerte, während die ersten Diskussionen über eine Nachfolge für Riedel liefen. „Kommissar Erdmann, was denken Sie – können wir so jemanden überhaupt noch ersetzen?“ hatte ihn eine Frau aus dem Vorstand gefragt.

„Kommt drauf an“, hatte er gesagt. „Wollen Sie wieder jemanden, der Ihnen sagt, wie voll der Saal war – oder jemanden, der sagt, wie leer die Abrechnung ist?“

Er drehte sich um, ging zum Auto und hörte, wie in der Ferne jemand die Kaffeemaschine reinigte.

Was von diesem Fall bleiben wird, dachte er, ist nicht der Name Riedel. Sondern die Erkenntnis, dass man nicht alle Probleme lösen muss, um sie zu verstehen. Manchmal reicht es, sie sichtbar zu machen. Die fehlenden Quittungen. Die doppelten Verträge. Die Liste mit Events, an die sich niemand erinnern konnte.

Manche Geschichten schreiben sich nicht auf eine Bühne. Sondern in die Lücken dazwischen.

Und manchmal, ganz manchmal, ist die größte Tat das schlichte Wegsehen.

Erdmann fuhr nach Hause. Am Rückspiegel hing ein Zettel. „Nächstes Wochenende: Grillen mit Schleifchenturnier.“ Er lächelte. Und wusste: Der Sommer war vorbei.

Fallakte 8: Letzter Gang - Tod à la carte

PROLOG

Manchmal, so sagt Erdmann, ist der erste Bissen entscheidender als das ganze Menü. Nicht, weil er besonders gut schmeckt, sondern weil er verrät, was einen erwartet. Und manchmal, sagt er dann mit einem Seufzer, sollte man den ersten Gang einfach stehen lassen - bevor es zu spät ist.

Es war ein Mittwochabend im März, als der „Grün-Goldene Tennisklub Hasenheide" seine alljährliche Gourmetwoche eröffnete. Kein kulinarischer Ausflug ins Vereinsheim mit Bouletten vom Blech oder Kartoffelsalat mit der obligatorischen Petersilie - nein, es war mehr. Viel mehr. Es war das gesellschaftliche Ereignis der Saison. Zwischen altem Parkett und auf Hochglanz polierten Pokalen tafelte sich die Vereinselite durch ein siebengängiges Menü mit Namen, die so klangen, als hätten sie das Französische nie wirklich gekannt, aber einmal davon gehört.

Erdmann, der weder Kulinariker war noch Kostverächter, saß an einem Nebentisch und trank Filterkaffee aus der Thermoskanne, die er demonstrativ auf dem weißen Leinentuch platziert hatte. Nicht, dass er sich verweigerte - aber nach Jahrzehnten in der Kriminalistik traute er keiner Sauce, die dunkler war als seine Vergangenheit. Und die Küche, das wusste man, war seit Jahresbeginn neu vergeben worden - an einen jungen Koch mit Ambitionen und einem Hang zum Experiment. Man sprach von Sous-Vide-Rinderherz an Rosmarinreduktion und Sellerieschaum mit gepopptem Fenchel.

Erdmann sprach nicht. Er beobachtete. Die Reihen der Gäste, das Klirren der Gläser, das angespannte Lächeln der Wirtin. Er sah, wie das Servicepersonal zu hektisch durch die engen Gänge huschte, wie die neue Küchenhilfe mehr Zeit am Handy als am Herd verbrachte, und wie die Vorspeise auf der Haut der Gäste einen dünnen Film aus Besorgnis hinterließ - nicht wegen der Qualität, sondern wegen der Fragen, die niemand laut stellte.

Es war das dritte Gericht - ein lauwarmer Fischgang, der auf den Namen Forelle, aber anders hörte -, als die ersten Unruhe aufkam. Eine Frau, mittleren Alters, langjähriges Mitglied, setzte sich abrupt gerade hin, griff sich an den Hals und stieß einen unhörbaren Laut aus. Es war kein Schauspiel, kein verzogener Gaumen wegen zu viel Zitrone. Es war Ernst. Die Stille kroch schneller durch den Saal als jeder Defibrillator.

Schröder, der sich für diesen Abend in einen zu engen Anzug gezwängt hatte und glaubte, als Assistent müsse man gesellschaftlich mitspielen, war als Erster bei ihr.

„Sie hat was verschluckt“, rief jemand. „Allergie!“, murmelte ein anderer. Erdmann stand nicht auf. Er blieb sitzen. Nahm einen Schluck Kaffee. Und sah zur Küche. Nicht auf den Gast. Nicht auf die Hektik. Sondern auf die Tür zum Reich der Aromen. Denn etwas stimmte nicht. Und es lag nicht am Dill.

Zehn Minuten später war die Frau bei Bewusstsein, der

Krankenwagen auf dem Weg und das Menü unterbrochen. Der junge Koch stand blass hinter dem Tresen, sein Blick flackerte. Erdmann erhob sich langsam, klopfte sich die Krümel vom Mantel und murmelte: „Na denn mal Guten Appetit."

Was niemand wusste: Es war nicht die letzte Unterbrechung an diesem Abend. Und auch nicht die gefährlichste. Denn unter der glänzenden Oberfläche aus Porzellan, Preiselbeeren und Prestige brodelte längst ein alter Konflikt. Einer, der gut versteckt war - zwischen Töpfen, Tellern und Talenten.

Und einer, der diesen Abend zum letzten machen sollte - für einen der Beteiligten.

1. EINLADUNG ZUM GENUSS

Manchmal begann alles mit einer Karte. Kein Trumpf, kein Ass, sondern schlicht ein olivgrünes Kärtchen mit goldgeprägter Schrift, auf der Rückseite sorgsam seine Initialen eingekringelt: E.E. Keine Anrede, kein Absender. Nur ein einziger Satz in französischer Verschnörkelung: Einladung zur Gourmetwoche - Grün-Goldener Tennisklub Hasenheide - Sieben Gänge, ein Erlebnis.

Sie lag in seinem Spind. Und da hatte sie für Erdmann bereits ein gewisses Eigenleben entwickelt. Ein Menü auf Einladung, in einem Klub, der sonst eher für Frikadellen mittwochs und Hackepeter donnerstags bekannt war. Erdmann war nie ein Freund großer Worte - und noch weniger ein Freund großer Teller mit kleinen Speisen. Doch irgendetwas an dieser Karte ließ ihn innehalten. Nicht wegen der Kulinarik. Sondern wegen der Handschrift. Eine Spur von früher. Oder eher: ein Nachhall.

Der Saal des Tennisclubs war zum Auftakt bis ins kleinste Detail herausgeputzt worden. Weiße Tischdecken, schwere Vorhänge gebügelt wie zu besten West-Berliner Zeiten, Gläser poliert, Silberbesteck, das sonst nur beim

Präsidentenessen hervorgeholt wurde. Sogar die Fenster waren geputzt worden - man konnte fast durch sie hindurchsehen, hinaus auf das matschige Berliner Märzgrau, das sich hartnäckig zwischen Platz 3 und der Ballwand breitgemacht hatte.

Erdmann saß wie so oft am Rand des Geschehens. Nicht weil er sich scheute, sondern weil der Rand mehr Überblick bot. Schröder hatte sich auf eigenen Wunsch dazugesetzt - geschniegelt, verunsichert, mit einer gewissen Vorfreude, die sich zwischen Nervosität und Appetit verirrte. „Ich hab gehört, das wird gekocht von einem… Franzosen!", flüsterte er, als könne man damit die Luft aromatisieren.

„Dann hoffen wir mal, dass es kein Napoleon-Komplex auf dem Teller wird", murmelte Erdmann und griff zur Weinkarte. Was ihn mehr interessierte als der Wein: die Küche. Und dort stand der Mann, um den sich in letzter Zeit so manche Gerüchte rankten.

Jean-Luc Beaufort. Kein Künstlername, sondern echt. Geboren in der Normandie, geprägt in Lyon, bekannt geworden in Paris - und dann: plötzlich verschwunden. Vor zwei Jahren war er in Berlin aufgetaucht, inkognito, angeblich zur „kreativen Einkehr". Nun also als Chefkoch in der Hasenheide, wo sonst Schmalzstullen gereicht wurden. Sein Auftauchen hatte die älteren Klubmitglieder entzweit - die einen wollten zurück zur Bratwurst, die anderen träumten von Sternen.

Beaufort kochte schweigend. Niemand sah ihn im Gastraum. Er ließ die Teller sprechen. Und die Teller redeten - leise, aber deutlich. Der erste Gang: geräucherte Forelle mit Apfelmeerrettich in Blätterteig. Filigran. Unnötig, hätte Erdmann beinahe gesagt, aber er kaute und schwieg. Der zweite Gang war dann etwas, das er nicht verstand, weder vom Namen noch vom Geschmack her. Es schmeckte gut. Er notierte sich: „Zutaten klären."

Lina Berg war ebenfalls anwesend. Nicht als Reporterin diesmal, sondern als eingeladene Beobachterin eines Vereins, der sich selbst gern zu festlich nahm. Sie trug ein schwarzes Kleid, schlicht, aber mit Haltung. Sie bemerkte Erdmann und nickte ihm zu, ein kurzes, kontrolliertes Lächeln. Er nickte zurück. Beide verstanden, dass dies kein Abend für journalistisches Aufbauschen war. Noch nicht.

Zwischen dem dritten und vierten Gang wurde es unruhig. Nicht laut - unruhig im Sinne von: Blickkontakte, Flüstern, der Kellner, der zweimal am selben Tisch erschien, das unauffällige Verlassen eines Vorstandsmitglieds in Richtung Küche. Erdmann spürte die Spannung steigen, wie Luftdruck vor einem Gewitter.

Dann kam der vierte Gang: „Taube sous-vide auf Selleriecreme mit Lavendeljus." Schröder schob seinen Teller sachte an. „Ich bin allergisch gegen Lavendel."

Erdmann hob eine Braue. „Seit wann?" - „Seit gerade."

Doch bevor er die erste Gabel heben konnte, passierte es. Ein älterer Herr, Typ „Ehrenpräsident im Unruhestand", brach leise nach vorne über seinen Teller. Kein Aufschrei, kein dramatisches Zusammenbrechen. Nur ein seltsames Kippen, ein stumpfer Klang, dann nichts.

Der Saal hielt den Atem an. Erdmann war bereits aufgestanden, Schröder hinterher. Der Kellner zögerte. Lina stand am Rand, telefonierte. Notruf.

Erdmann trat an den Tisch, beugte sich vor. Kein Puls. Kalte Stirn. Kein Zeichen von Krampf oder Widerstand. Nur ein leerer Blick, der zwischen zwei Weingläsern hängen geblieben war.

„Der war kerngesund", flüsterte jemand. „Hat noch letzte Woche Doppel gespielt."

Erdmann sah auf den Teller. Dann zur Küche. Dann zur Einladung in seiner Jackentasche.

Einladung zum Genuss.

2. ALTE SCHULE, NEUE KARTE

Am nächsten Morgen war der Klub stiller als gewöhnlich. Kein Polieren der Gläser, kein Klappern aus der Küche, kein frühmorgendlicher Smalltalk auf der Terrasse. Selbst der Platzwart, sonst schon vor 7:00 Uhr mit seinem Linienbesen unterwegs, hatte offenbar einen Gang zurückgeschaltet. Erdmann saß auf seinem Stammplatz an der Ecke zur Platzanlage, Thermoskanne, Notizbuch, die Brille leicht schief - nicht aus Nachlässigkeit, sondern weil sie so besser auf dem Ohr ruhte, wenn er lange nachdachte. Schröder war noch nicht erschienen, und Lina hatte am Vorabend nach der Befragung der Anwesenden ohne großes Tamtam den Rückzug angetreten - sie war geübt im Rückzug, wenn noch nichts zu berichten war.

Der Verstorbene - Joachim Winterfeld, 78, Rechtsanwalt a.D., Ehrenmitglied des Klubs - war über Nacht in die Pathologie gebracht worden. Es war ein natürlicher Tod, hatte man zunächst gesagt. Altersbedingt. Kreislauf. Vielleicht ein versteckter Infarkt. Und doch: Erdmann war nicht überzeugt. Nicht vom Zustand des Körpers, sondern von der Art, wie es geschehen war. Zu still. Zu geplant. Und vor allem: zu passend. Ein Mann wie Winterfeld, der nichts dem Zufall überließ - der ging nicht einfach mitten im vierten Gang. Nicht, wenn er nicht vorher noch das Dessert gesehen hatte.

Gegen 9:15 Uhr kam Schröder endlich um die Ecke geschossen, noch mit Brötchen in der Hand, Krümel auf der Jacke. „Hab Pathologie gesprochen. Vorläufig keine Auffälligkeiten. Aber sie behalten ihn noch bis morgen. Autopsie läuft."

Erdmann nickte kaum merklich. „Und der Koch?"

„Beaufort? Ist seit 5:00 Uhr in der Küche. Hat das heutige Menü umgestellt, angeblich aus Respekt. Kein Fleisch. Nur vegetarisch. Auf französisch klang das irgendwie edler."

„Interessant", murmelte Erdmann. Er dachte an die Einladung. Wer genau hatte sie verteilt? Wer hatte bestimmt, wer geladen wurde? Und: Wurde überhaupt jemand ausgeschlossen?

Der Klub hatte sich verändert. Früher war man gekommen, um Tennis zu spielen. Heute kamen viele, um gesehen zu werden. Kulinarische Events, Weinproben, Lesungen. Die Ehrenamtlichen wurden weniger, das Catering professioneller. Und mitten in diesem Übergang stand er: Jean-Luc Beaufort. Der Mann, der eine neue Karte schrieb, ohne die alte zu kennen. Oder etwa doch?

Erdmann stand auf und ging Richtung Küche. Der schmale Gang hinter dem Clubraum roch nach Sellerie, Butter und einem Hauch Zitrone. Geräusche aus der Spülküche, das leise Rauschen der Dunstabzugshaube. Und dann: Stille. Beaufort stand an einem Edelstahlblock, präzise wie ein Chirurg, mit einem Filetiermesser in der Hand, das aussah, als hätte es schon in der Normandie Seeteufel und Sturheit getrennt.

„Monsieur Beaufort“, begann Erdmann. Keine Reaktion. Dann, ohne aufzublicken: „Sie sind der Herr Erdmann, nicht wahr? Der Detektiv. Man hat mir von Ihnen erzählt.“

„Dann wissen Sie vielleicht auch, warum ich hier bin.“

Beaufort hob den Blick, seine Augen grau, fast durchsichtig. „Weil gestern ein Mann gestorben ist, während ich gekocht habe.“

„Richtig.“

„Und Sie glauben, es war kein Zufall.“

Erdmann zuckte kaum merklich mit den Schultern. „Ich frage mich nur, was man schmecken muss, damit das Herz aufhört zu schlagen.“

Beaufort lächelte nicht. Er drehte sich um, stellte das Messer beiseite, wusch sich die Hände.

„Ich serviere keine Gifte. Ich serviere Erinnerungen.“

„Erinnerungen können tödlich sein“, entgegnete Erdmann trocken.

Ein Moment des Schweigens. Dann nickte Beaufort. „Das

ist wahr. Wenn man nicht weiß, wie man sie zubereitet."

Erdmann ließ ihn stehen. Nicht aus Respekt - aus Notwendigkeit. Denn da war mehr. In der Art, wie Beaufort sprach. In der Art, wie er den Tod nicht bestritt, aber auch nicht bedauerte. Der Koch war kein Mörder, so viel spürte Erdmann. Aber er war auch kein reiner Dienstleister. Er servierte Geschichten. Und vielleicht, ganz vielleicht, war die von Joachim Winterfeld die bitterste von allen gewesen.

3. DAS KRIBBELN IM GAUMEN

Der Wind war gekippt. Nicht spürbar für den Laien, nicht auffällig für den Turnierspieler, aber für einen Mann wie Erdmann, der jahrzehntelang gelernt hatte, kleinste Bewegungen zu deuten, war es ein sicheres Zeichen. Irgendetwas hatte sich verändert. Nicht draußen auf dem Platz, sondern drinnen - in der Atmosphäre des Vereins, in den Gesprächen, die geführt wurden, wenn man glaubte, nicht belauscht zu werden.

Erdmann saß wieder auf der Terrasse. Dieselbe Bank, dieselbe Thermoskanne, diesmal schwarzer Tee statt Kaffee - aus Respekt, wie er behauptete, aber in Wahrheit, weil ihm seit gestern der Magen brannte. Nicht vor Angst. Sondern wegen eines seltsamen Nachgeschmacks, der sich nicht vertreiben ließ. Es war kein Schmerz, sondern eine Irritation. Ein Nachhall von etwas, das eigentlich angenehm sein sollte - aber im Abgang zu viel hatte. Wie ein Kribbeln auf der Zunge, das nicht verging. Und genau das machte ihn stutzig.

Joachim Winterfeld war nicht einfach ein älteres Klubmitglied gewesen. Er war ein Mann der alten Schule, einer, der Briefe schrieb, mit Füllfederhalter, und dem man nachsagte, er habe im Vorstand mehr bewirkt als alle gewählten Vorsitzenden zusammen. Dass er nun beim Dinner, ohne Vorankündigung, mitten im Menü verstarb - das allein wäre nicht ungewöhnlich gewesen. Aber die Umstände ließen Erdmann nicht los.

Das Menü, das Beaufort am Abend zuvor serviert hatte, war ambitioniert gewesen. Fünf Gänge, jeder ein kleines Kunstwerk. Keine einfache Kost - „französische Moderne", wie er es nannte. Und mit einem Kräuteröl im Zwischengang, das den Gaumen kitzelte wie der Gedanke an ein altes Geheimnis.

Erdmann erinnerte sich an den Geschmack. An das leicht scharfe Aroma, das sich im hinteren Teil des Rachens festsetzte. Kein Chili. Kein Pfeffer. Irgendetwas anderes. Etwas, das brannte, ohne zu beißen. Und das - so hatte es Winterfeld gesagt - ihn an seine Zeit in Marseille erinnerte.

Der Satz war ihm geblieben. Vielleicht, weil es der letzte war, den Winterfeld geäußert hatte, bevor sein Kopf langsam nach hinten sank und sein Blick auf halber Strecke einfrohr, wie ein Gast, der beim Dessert bemerkt, dass er den Abend nicht überleben wird.

Erdmann hatte ein Glas davon zur Seite gestellt, als die Aufregung losging. Niemand hatte es bemerkt, niemand gefragt, was er da tat. Der Klub war in Schockstarre, die Gäste aufgelöst, der Vorstand überfordert. Aber Erdmann hatte seinen Reflexen vertraut - und das Glas in ein beschriftetes Tütchen gepackt, wie früher bei Tatwaffen. Nur dass diesmal die Waffe flüssig war. Und wohl mit Rosmarin versetzt.

Doch Rosmarin brannte nicht so.

Beaufort hatte auf Nachfrage beteuert, er arbeite mit Essenzen - naturrein, französisch, hochwertig. Keine Zusatzstoffe. Keine Tricks. Und doch hatte Erdmann nicht vergessen, wie der Koch bei der Nachfrage nach der Öl-Mischung kurz gezögert hatte. Nicht lange. Nur einen winzigen Moment. Ein Zucken am Mundwinkel, ein zu langer Blick auf das Rezeptbuch neben dem Herd.

Das Glas war inzwischen in der kriminaltechnischen Untersuchung. Noch hatte Erdmann nichts gehört, aber er wusste, dass auch dort gerade jemand mit gespitzten Sinnen an einem Tropfen roter Flüssigkeit roch, der mehr sagte als alle Worte des gestrigen Abends.

Neben dem kulinarischen Aspekt kam hinzu: Joachim Winterfeld war kein einfacher Mann gewesen. Er hatte sich über Jahre Feinde gemacht - auf leise, elegante Weise. Er war der Typ, der lächelte, wenn er jemanden aus dem Ehrenrat drängte, und der seine Formulierungen so geschickt wählte, dass man erst Wochen später merkte, beleidigt worden zu sein. Solche Menschen starben selten durch Zufall. Zumindest nicht in Kriminalromanen - und Erdmann las das Leben manchmal wie genau so einen.

Der alte Kommissar streckte die Beine aus, hörte dem Klacken der Tennisschuhe auf dem Sand zu, spürte die feinen Fasern eines Herbstes, der in die Blätter kroch, und schloss für einen Moment die Augen. Dann öffnete er sie wieder, als wäre ihm eine Erinnerung eingefallen. Vielleicht war es nicht das Öl gewesen. Vielleicht war es der Moment zwischen den Gängen, in dem Winterfeld mit einem Glas auf jemanden zuging, auf eine Frau in Rot, deren Gesicht Erdmann nur im Profil gesehen hatte. Und vielleicht war es eben dieses Gespräch gewesen, das mehr ins Wanken brachte als das ganze Menü.

Denn manchmal ist es nicht das, was man isst, das einen umhaut - sondern das, was man hört, während man es tut.

4. AUFTRITT BEAUFORT

Der Sommer machte an diesem Nachmittag eine kurze Verschnaufpause. Zwischen die heiße Augustluft mischte sich eine zarte, fast vergessene Brise, die den Staub von der Tennisschuhsohle hob und wie zufällig über die Terrasse des Klubhauses trug. Erdmann saß am Rand eines der schweren Holztische, die ihre besten Tage schon hinter sich hatten, und rührte in seinem Espresso. Er war zu stark, zu kalt und zu bitter - genau richtig für das, was nun kommen würde.

Der Name Jean-Luc Beaufort war bereits gefallen, mit einem raunenartigen Unterton, der in der Klubküche zirkulierte wie der Dampf aus dem Pastatopf. Man sprach nicht über ihn, man ließ ihn wirken. Man wusste: Der Mann war nicht einfach Koch, sondern Inszenator. Kein Herdschrubber, sondern ein Feingeist in Weiß. Einer, der mit Trüffelöl so umging, wie andere mit Seelen. Präzise, stolz, bisweilen gnadenlos.

Und nun war er hier. Beim Grün-Goldenen Tennisklub Hasenheide. Ein Ort, der nie für Sterne gekocht hatte, sondern für Leberwurstbrot und Frikadellen. Und plötzlich stand Beaufort da - mit einem Lächeln, das nicht fragte, ob man ihn mochte.

Sein erster Auftritt erfolgte, wie es sich für ihn gehörte, nicht im Gastraum, sondern auf dem Platz. Nicht mit Kochlöffel, sondern mit Schläger. Ein gesponsertes Modell, französischer Herkunft, mit Monogramm am Griffband. Das Match war nebensächlich - ein Doppel mit dem Vorsitzenden, der sich trotz Hüftproblemen ins Spiel warf, als ginge es um die Vereinsmeisterschaft. Beaufort bewegte sich wie ein Mann, der auf jedem Belag zu Hause war, doch nie dort wohnt. Seine Returns waren präzise, nicht kraftvoll. Er wollte gefallen, aber nicht dazugehören.

Erdmann beobachtete ihn vom Rand aus. Nicht aus Misstrauen, sondern aus Neugier. Beaufort wirkte nicht wie ein Eindringling, sondern wie ein Parfum, das sich langsam in jede Ritze setzte. Er sprach wenig, fast nie über sich. Nur einmal, nach einem langen Ballwechsel, sagte er zu seinem Mitspieler: „Timing ist alles. In der Küche. Auf dem Platz. Und im Leben." Es klang wie eine Warnung.

Am Abend war der Gastraum voller als gewöhnlich. Nicht, weil mehr Gäste kamen - sondern weil jene, die kamen, mehr Platz einnahmen. Man wollte sehen, was der neue Mann zauberte. Doch Beaufort kochte nicht. Noch nicht. Er dirigierte. Zwei junge Aushilfen aus einem Berliner Gastroportal bewegten sich unter seiner Leitung, als wäre die Küche ein Opernhaus. Geräuschlos, fast ehrfürchtig. Die Karte war schmal: Bouillabaisse, Kalbsfilet mit Safransoße, Tarte Tatin. Keine Abweichungen. Keine Wünsche.

Erdmann bestellte nichts. Er wollte nicht essen. Er wollte spüren. Und was er spürte, war ein schmaler Grat zwischen Faszination und Unbehagen. Zu glatt, zu lautlos, zu gut. Beaufort war ein Mann, der keine Fehler machte - weil er keine zuließ. Und genau das war der Fehler.

Lina, die später dazustieß, berichtete von einem Gespräch, das sie belauscht hatte. Zwei ältere Damen, langjährige Mitglieder, sprachen über Beauforts Vergangenheit. Angeblich hatte er in Frankreich ein Lokal geführt, das über Nacht geschlossen wurde. Wegen „dunkler Umstände", wie sie sagten. Niemand wusste Genaueres. Oder wollte es wissen.

„Was denkst du, Erdmann?" fragte Lina schließlich, als sie gemeinsam auf der Terrasse saßen. Der Himmel hatte sich zugezogen, ein später Gewitterabend kündigte sich an.

„Ich denke", sagte Erdmann, „dass ein Mann, der sich so perfekt gibt, irgendwann an seinem Spiegelbild zerspringt."

Und dann, als habe das Universum ihm eine Bühne gebaut, trat Beaufort selbst aus dem Klubhaus. In weißer Kochjacke, das Gesicht wie aus Porzellan. Er hielt eine Karaffe in der Hand - Rotwein vermutlich - und schenkte sich selbst ein. Ohne Blickkontakt. Ohne Geste. Einfach nur: da.

Ein stiller Applaus ging durch die Reihen der Gäste, verhalten, aber deutlich. Der neue Chefkoch hatte geliefert. Der Klub war begeistert. Nur Erdmann nicht.

Denn er wusste: Geschmack ist vergänglich. Und was sich gut anfühlt, kann täuschen. Besonders, wenn jemand so kocht, als wollte er vergessen. Oder vertuschen.

Die Ruhe war trügerisch. Und Erdmann roch nicht nur

Rosmarin. Sondern etwas, das stärker war. Verdacht.

5. DIE STILLE IM SAAL

Es war nicht die Art Stille, die man erwartete nach einem gelungenen Menü. Kein wohliges Zurücklehnen, kein zufriedenes Murmeln, keine gespannte Vorfreude auf den nächsten Gang. Es war die Art Stille, die schwer in der Luft liegt, wie Staub auf altem Besteck. Eine, die man nicht hört, sondern spürt. Die den Klang von Besteck auf Porzellan plötzlich fremd wirken lässt.

Erdmann hatte den Moment sofort registriert. Er saß am Rande der Gesellschaft, wie immer leicht erhöht, mit Blick auf alles, was sich bewegte - und vor allem auf das, was sich eben nicht bewegte. Die Augen des ehemaligen Kommissars tasteten sich durch die Reihen. Sie sahen Lippen, die zögerten, Hände, die innehielten, und einen Kellner, der den Weg zur Küche plötzlich schneller zurücklegte, als der Knigge es zuließ.

Der Saal des Grün-Goldenen Tennisklubs Hasenheide, festlich hergerichtet für den kulinarischen Ehrenabend, war dekoriert mit goldenen Tischkärtchen, Weinflaschen in Holzrahmen und einer Menükarte, die mehr versprach, als sie zu halten vermochte. Im Zentrum: der Gang, der alles ändern würde.

Die Jakobsmuschelterrine mit Kräuterkruste war in kleinen, kunstvollen Portionen serviert worden - lauwarm, wie es sich gehörte, auf einem Spiegel aus Safranschaum. Beauforts Handschrift war unverkennbar: zu ästhetisch, um ehrlich zu sein. Zu makellos, um nicht misstrauisch zu machen.

Doch das Misstrauen kam nicht von Erdmann. Es kam aus den Körpern jener, die sich an diesem Abend zur Elite des Vereins zählen wollten. Ein Mann mittleren Alters - rote Einstecktuch, glänzende Stirn - stützte sich plötzlich auf die Tischkante. Zwei Plätze weiter rieb sich eine Frau den Hals. Nichts Dramatisches. Noch nicht. Aber spürbar. Und dann, wie bei einem orchestrierten Zwischenfall, fiel das Glas einer Dame klirrend zu Boden.

Erdmann stand auf, ohne die Gabel beiseitezulegen. Er hasste es, wenn Menschen sich unbeobachtet fühlten, obwohl sie längst im Zentrum standen. Der Saal war noch nicht in Panik - aber er war wach.

Beaufort kam aus der Küche, die Kochjacke makellos, die Bewegungen kontrolliert. Seine Stimme, als er das Wort ergriff, war samtweich: „Mesdames, Messieurs, eine kleine Verzögerung - bitte genießen Sie inzwischen den Weißwein. Der nächste Gang folgt in wenigen Minuten."

Niemand stellte eine Frage. Niemand beschwerte sich. Zu groß war das Bedürfnis, den Glanz des Abends nicht zu verlieren. Und doch flüsterte man bereits. Über Zutaten. Über Allergien. Über eine Speise, die nicht auf dem Menü stand, das ursprünglich angekündigt worden war.

Erdmann hatte die erste Version des Menüs noch in seiner Jackentasche. Ein einfaches, leicht zerknittertes Blatt. Und darauf stand nichts von Jakobsmuschel. Sondern: Velouté vom grünen Spargel mit Ei und Zitrus. Kein Meerestier weit und breit. Kein Grund für Nuss-Allergiker, nervös zu werden. Kein Anlass für Clubmitglieder, sich über einen „besonderen kulinarischen Gruß des Hauses" zu wundern - wie Beaufort es nannte.

Es war ein Eingriff. Eine bewusste Abweichung. Und Erdmann wusste: In einer Küche dieser Größenordnung geschieht so etwas nicht „aus Versehen". Es war ein Signal. Aber an wen?

Die Vorsitzende des Klubs, Frau Granz, versuchte derweil, mit zu viel Lächeln zu überspielen, was sich nicht überspielen ließ. Sie ging von Tisch zu Tisch, murmelte beruhigende Worte, die nicht einmal sie selbst glaubte. Ihr Blick huschte dabei immer wieder zur Küche. Und zu Beaufort, der sich hinter einem Servierwagen postierte wie ein Dirigent vor dem verstummten Orchester.

Lina trat zu Erdmann, leise, mit einem Notizbuch unter dem Arm. „Ich habe den Namen der Firma recherchiert, die die Menükarte druckt. Sie haben keine zweite Version geschickt. Nur eine. Und die enthielt keine Jakobsmuschel."

Erdmann nickte. „Dann war's wohl ein Solo."

„Von Beaufort?"

„Oder von jemandem, der seine Küche kennt."

Und da war sie wieder, die Stille im Saal. Nur diesmal schärfer. Erwartungsvoller. Als würde die ganze Gesellschaft den Atem anhalten. Nicht aus Höflichkeit - sondern weil etwas in der Luft lag, das schwerer wog als Champagner.

Ein Menü war ein Versprechen. Und dieses Versprechen war gebrochen worden.

Erdmann sah nicht auf seine Uhr. Er sah auf den Raum.

Denn manchmal ist der Moment nach dem Verzehr der eigentliche Beginn.

Und dieser Fall hatte gerade erst angefangen.

6. DER ZWEITE TELLER

Es war still in der Küche, aber nicht leer. Geräusche waren da - vereinzelt, gebremst, gedämpft. Ein metallisches Klappern, das Zuschlagen einer Ofentür, das leise, fast entschuldigende Zischen von Dampf, der aus einem zu eilig geöffneten Topf stieg. Und mittendrin Jean-Luc Beaufort. Der Chef. Der Mann, dem man mit Hingabe seine Geschmacksknospen überließ. Und dem man zutraute, mit einem Lächeln die Wahrheit in fein gehackte Alibistückchen zu schneiden.

Erdmann betrat die Küche mit einer Selbstverständlichkeit, die nicht auf Einladungen wartete. Er trug nicht die Uniform von früher, doch das war längst egal. Wer ihn kannte, machte Platz. Wer ihn nicht kannte, spürte es: Hier betrat jemand den Raum, der nicht an den Herd trat, um sich bekochen zu lassen, sondern um herauszufinden, wer hier gerade versuchte, etwas zuzudecken - mit Butter, Wein und einer Prise zu viel Kulinarik.

Beaufort hatte seinen Blick auf ein Arrangement aus Wildkräutern gerichtet. Seine Hände arbeiteten präzise, fast elegant, als gehörten sie nicht zu einem Körper, sondern zu einem Ritual. Erst als Erdmann hinter ihm stehen blieb, ohne ein Wort, hob er den Kopf. Kein Erschrecken. Kein freundlicher Empfang. Nur ein Ton, der in seiner Kühle fast höflich war.

„Monsieur?"

„Erdmann. Sie kennen mich nicht. Ich Sie übrigens auch nicht. Und doch scheinen wir uns über einen Teller zu unterhalten, den keiner bestellt hat."

Beaufort sah ihn an. Lange. Dann griff er nach einem sauberen Tuch, wischte sich die Hände ab und deutete mit einer kaum merklichen Geste in Richtung der Edelstahltheke.

„Sie sind also der Herr von der Tribüne. Mit dem Blick, den keiner bemerkt - bis er trifft."

„Ich bin der Herr mit dem alten Magen. Der spürt, wenn was nicht stimmt."

„Ah, die Jakobsmuschel. Ein Missverständnis. Ein Gruß aus der Küche. Ein kulinarisches Geschenk."

„Ein Geschenk, das fast in der Notaufnahme endete."

„Ich kann nichts für Allergien, von denen ich nichts weiß."

Erdmann ließ das Argument stehen wie ein stumpfes Messer. Er ging ein paar Schritte durch die Küche, betrachtete die Behälter, das Mise en Place. Alles makellos. Zu makellos. Die Küche hatte etwas von einem Tatort, bei dem man aufräumte, bevor jemand zu genau hinsah.

„Der erste Teller war falsch. Sagen wir: riskant. Was ist mit dem zweiten?"

Beaufort lächelte - zum ersten Mal. Aber es war das Lächeln eines Mannes, der in einem anderen Land gelernt hatte zu schweigen.

„Es gibt heute ein Entrecôte. Auf Selleriepüree. Ein Klassiker. Ohne Überraschungen."
„Und wenn ich Ihnen sage, dass der zweite Teller selten derjenige ist, der's verrät - aber meistens der, der etwas überdecken soll?"
Beaufort schien sich nicht provoziert zu fühlen. Eher inspiriert. „Monsieur Erdmann, ich verstehe Ihr Misstrauen. Aber ich koche nicht mit Absicht gefährlich."
„Aber Sie kochen mit Absicht anders. Und das genügt. Sie haben das Menü verändert. Ohne Not. Und ohne Absprache. Was sagt die Clubleitung dazu?"
„Die Clubleitung isst, was ich serviere. Bisher war das nie ein Problem."
Erdmann trat näher an die Kühlkammer. Auf einem Notizzettel, hastig mit Kugelschreiber geschrieben, stand: „Crème - nicht vergessen - ohne Pistazie!" Der Zettel war zerknittert, nicht neu. Und dennoch lag er da, prominent, mitten im Blickfeld.
„Was ist das?", fragte Erdmann, und der Ton war nun nicht mehr beiläufig.
Beaufort zögerte.
„Ein Hinweis an meine Souschefin. Wir hatten vor zwei Jahren einen Fall. Jemand mit Nussallergie. Ich bin seitdem vorsichtig."
„Und heute? Wieso keine Vorsicht bei der Jakobsmuschel? Die stand nicht auf der Karte."
„Ein Impuls. Kreativität."
„Oder Rache?"
Jetzt war es einen Moment zu still.

Beaufort trat zurück. Dann nahm er ein kleines Glas vom Regal. Darin: ein feines Pulver, bernsteinfarben, fast unscheinbar.

„Das ist Galgant", sagte er ruhig. „Ein Gewürz, das man heute kaum mehr verwendet. Aber in der französischen Küche früher gang und gäbe. Ich dachte, ich bringe es mal zurück."

Erdmann roch daran. Nichts Verdächtiges. Aber auch nichts, das nach Heimat schmeckte. Er ließ das Glas sinken.

„Und wer ist hier Ihr Souschef?“

„Keine. Ich arbeite allein.“

„Allein? Bei einem Dutzend Gänge für fünfzig Gäste?“

Beaufort sah zur Tür. „Ich habe Hilfe. Ehrenamtlich. Ehemalige Schüler. Manche nur für einen Abend. Heute: niemand, den Sie kennen müssten.“

Erdmann merkte sich den Tonfall. „Ich möchte die Namen trotzdem.“

„Ich müsste sie zusammensuchen.“

„Dann suchen Sie.“

Beaufort nickte. Langsam. Widerwillig. Und genau in diesem Moment öffnete sich die Küchentür. Schröder stand da, mit einer Miene, die wenig Gutes verhieß.

„Chef - äh, Herr Erdmann. Da ist was. Im Abstellraum. Jemand hat da... na ja, sagen wir, sich nicht an Hygienevorgaben gehalten.“

Erdmann sah Beaufort an. „Ich glaub, der zweite Teller ist serviert.“

Und diesmal, das wusste er, würde keiner mehr weiteressen, bevor nicht klar war: Wer hatte hier gekocht? Und für wen?

7. DER FALSCHE GESCHMACK

Es war der Geruch, der Erdmann nicht losließ. Nicht der von Verbrechen – Blut, kaltem Schweiß oder billigem Parfum – sondern etwas viel Subtileres. Etwas, das nicht passte. Der Club am Rand der Stadt, mit seinen frischen Farben und polierten Holzvertäfelungen, roch neuerdings nach Fremde. Nicht ganz falsch, nicht ganz schlecht – aber eben auch nicht mehr vertraut. Als hätte sich ein neuer Ton in ein altes Musikstück geschlichen, kaum hörbar, aber dissonant.

Erdmann stand an der Glastür zur Clubgastronomie,

dampfender Kaffee in der Thermoskanne, den Blick durch die dekorierte Scheibe auf das Mittagsgeschäft gerichtet. Zwei Spieler in Vereinsjacken schlürften Suppe. Ein Doppelpaar – frisch vom Platz, noch mit Schweiß auf der Stirn – blätterte in der Speisekarte, die neuerdings Hochglanz war und den Eindruck erweckte, als bestelle man nicht Rinderbraten, sondern Aktienoptionen. Keine Spur von der alten Handschrift auf der Kreidetafel, keine Spur vom früheren Inhaber, der, so erzählte man sich, seit zwanzig Jahren das beste Gulasch zwischen Avus und Außenring gekocht hatte. Jetzt war da nur noch dieser Name: „Catering Moderne" – ein Konstrukt, das so wenig greifbar war wie seine Kontaktadresse, eine Briefkastenfirma in Charlottenburg.

Schröder trat neben ihn. „Ich hab das Gewerberegister gecheckt. Catering Moderne GmbH, gegründet vor vier Monaten. Kein Telefon, keine Website, keine öffentlich gelisteten Angestellten. Geschäftsführer: ein gewisser T. Ehlers – ohne bekannte Branchenerfahrung. Und jetzt kommt's: Der Vertrag mit dem Club läuft fünf Jahre. Fünf Jahre, in denen sämtliche Verpflegung ausschließlich über diese Firma laufen muss. Selbst Vereinsfeiern."

Erdmann nippte am Kaffee. „Und das wurde durchgewunken vom Vorstand?"

„Mit Mehrheit. Die Präsidentin war dagegen. Aber: sie ist nicht stimmberechtigt, seit sie wegen angeblicher Befangenheit in der Debatte ausgeschlossen wurde."

„Befangenheit?" – „Sie hatte wohl eine private Bindung zum alten Gastronom. Jedenfalls steht das so im Protokoll." – „Wessen Protokoll?" – „Das ist der Punkt. Es gibt zwei. Eins vom offiziellen Vorstand. Und eins, das die Präsidentin selbst verfasst hat. Und das beschreibt einen ganz anderen Ablauf."

Erdmann verzog das Gesicht. Zwei Protokolle. Zwei Realitäten. Zwei Wahrheiten – mindestens eine davon erlogen.

Im Lager hinter der Küche roch es nach Kunststoff, Öl und Zitronenreiniger. Die Gerätschaften blitzten wie in einer Laborküche, aber alles wirkte zu steril, zu neu, als wäre es mehr Dekoration als Infrastruktur. Einem scharfen Blick entging nicht, dass die Induktionsfelder kaum Gebrauchsspuren zeigten. Die Kasserollen standen ordentlich, aber verstaubt. Erdmann fuhr mit dem Finger über den Griff eines Woks. Keine Fettspuren. Keine Kratzer.

Ein Koch, jung, glatt rasiert, kaum älter als die Bieretiketten im Kühlregal, stand daneben und versuchte, beiläufig zu wirken. „Wir machen hier nur Endfertigung. Das meiste kommt vorbereitet aus dem Zentrallager. Wird hier regeneriert und portioniert." – „Regeneriert?", fragte Erdmann. Der Koch nickte, als wäre das Wort völlig selbsterklärend. Schröder schnaubte leise. „Früher hieß das aufwärmen."

Ein Blick auf die Lieferbelege ergab: Alle Waren kamen von einer Adresse in Spandau, ein Industriegebiet, eine Halle, in der laut Google Maps „Veranstaltungstechnik und Lagerlösungen" untergebracht waren. Kein Hinweis auf Lebensmittelverarbeitung. Kein Hinweis auf Kühlung. Kein Hinweis auf Kontrolle.

Lina war es, die den entscheidenden Knoten zog. In der Geschäftsstelle hatte sie, unter dem Vorwand, die Clubzeitung archivieren zu wollen, eine alte Ankündigung gefunden: „Neues Gastro-Konzept startet im April – kulinarischer Neustart mit Unterstützung des Verbands." Und darunter: ein Logo. Kein offizielles, sondern ein vermeintlich gestalterisches Element – stilisierte Gabel und Ball – das identisch war mit jenem, das „Catering Moderne" heute führte. Nur: Die Ankündigung war fast ein Jahr alt. Die Firma existierte damals noch gar nicht. Zumindest nicht offiziell.

Erdmann blätterte die Unterlagen durch. Lieferscheine, Sitzungsprotokolle, Arbeitsverträge. Alles wirkte sauber, abgestimmt, geradezu schulbuchmäßig – aber genau das war das Problem. Die Dokumente hatten keinen Stil. Keine Handschrift. Sie wirkten, als seien sie aus einem Guss gefertigt – inhaltlich korrekt, formal fehlerfrei, aber seelenlos. Wie ein Aufsatz von ChatGPT, dachte Erdmann finster.

Ein Detail stach schließlich heraus: Die Personalkosten der Küche wurden nicht direkt vom Club getragen, sondern über eine Subunternehmerstruktur, in der sich ein zweiter Firmenname versteckte: „Veranstaltungsservice Ehlers & Partner". Erdmann seufzte. Der gleiche Name wie die Geschäftsführerin der Catering Moderne. Und laut Handelsregister eine Neugründung – zwei Wochen vor der Vertragsunterzeichnung.

„Ein ganzes Konstrukt für eine Küche, die nicht kocht", sagte Erdmann schließlich. „Und ein Vertrag, der für Jahre bindet, ohne dass jemand die Qualität kontrolliert." Schröder nickte. „Oder die Herkunft der Ware. Oder die Qualifikation der Angestellten." Lina klappte ihr Notizbuch zu. „Oder die Absicht dahinter."

Am Abend setzte Erdmann sich auf eine Bank vor dem Clubhaus. Der Platz war leer, das Licht gedämpft, das Geräusch der Ballmaschine drang aus der Ferne. In seiner Thermoskanne war noch ein letzter Schluck Kaffee. Er war kalt, aber ehrlich. Anders als das, was man jetzt im Club servierte.

Der Fall hatte noch keine Leiche, kein offenes Verbrechen, keine Anzeige. Und doch lag eine Stille über dem Gelände, die gefährlicher war als Blut. Sie kam nicht von Angst, sondern von Arrangement. Vom Wissen, dass etwas nicht stimmt – und dem Entschluss, trotzdem weiterzuspielen.

Erdmann notierte in seinem Block:

„Wenn etwas zu glatt läuft, war vorher jemand mit Schleifpapier dran."

8. BITTERE NUANCEN

Es war diese flüchtige Note, die Erdmann nicht losließ. Wie ein Hauch von etwas längst Verdrängtem, das sich in die Erinnerung zurückstiehlt - wie ein Lied aus der Jugend, das plötzlich wieder aus einem Autoradio weht. Nur dass es diesmal nicht der Klang einer Melodie war, sondern der Nachgeschmack einer Sauce. Und Erdmann hatte in seinem Leben wahrlich viele Saucen probiert, gute wie schlechte, aber selten eine, die gleichzeitig so rund und doch so verstörend gewirkt hatte. Da war etwas - bitter, ja, aber nicht aufdringlich. Nicht vordergründig wie schlechtes Öl oder vergessene Zitrone. Sondern leise, durchdacht. Und damit umso gefährlicher.

Er saß im Vereinsraum des „Grün-Goldenen Tennisklubs Hasenheide", dessen einstige Pracht zwischen den gealterten Messinglampen und den neuen Stuhlbezügen eine eigenartige Spannung bildete. Vor ihm auf dem Tisch: das übrig gebliebene Menü des Abends, inzwischen kalt, aber sorgfältig konserviert. Schröder hatte die Reste aus der Küche geborgen, wo sie - typisch Verein - in Alufolie gewickelt auf einem Tablett lagen, beschriftet mit Edding, als hätte man Angst, jemand könne sich ungefragt daran bedienen. Erdmann betrachtete die Jakobsmuschelterrine, die bereits im Verdacht stand, mehr als nur einen Magen verstimmt zu haben. Neben ihr: ein kleiner Schälchen mit Sauce, blassgrün, cremig, mit winzigen hellen Einsprenkelungen. Kräuter, vermutlich. Oder das, was als solche durchging.

Er beugte sich vor, nahm einen Löffel, tauchte ihn sachte ein, roch daran. Dann ein Tropfen auf die Zunge. Nichts. Dann der zweite. Wieder kaum etwas - und dann kam sie doch, diese zarte Schärfe im Abgang, fast minzig, aber mit dem bitteren Einschlag von unreifer Walnuss. Kein klassisches Gewürz, kein Standardrepertoire. Irgendetwas stimmte hier nicht. Und Erdmann, der selten Grund zum Misstrauen in der Küche hatte - sofern der Kaffee heiß und der Kuchen trocken war -, begann zu schnuppern wie ein alter Jagdhund, der einen fremden Geruch im Wald wittert.

„Das schmeckt doch nicht nach Kühlkettenproblem", murmelte er in sich hinein, griff zur Thermoskanne neben sich und goss sich eine Tasse Kaffee ein. Die erste an diesem Tag, die fünfte in dieser Stunde. Schröder stand hinter ihm, blätterte in einem Ordner mit dem Logo des Klubs auf dem Deckblatt. Küchenhygiene, Lieferantenlisten, Menüabnahmen - alles mit Büroklammern zusammengehalten und von der Vorsitzenden eigenhändig unterzeichnet. Erdmann deutete mit dem Kinn auf eine vergilbte Liste. „Haben wir was zur Herkunft der Zutaten?"

„Nur ein paar Rechnungen, Chef. Jakobsmuscheln aus Frankreich, Kräuter aus dem Umland, Crème fraîche angeblich aus dem Biomarkt." Schröder klang nicht überzeugt. Er hatte selbst zwei Gänge mitgegessen, war jedoch dank einer hartnäckigen Fischallergie beim Hauptgericht ausgestiegen. Und auch wenn er sich als Gourmet gerne überschätzte - diesmal war auch ihm etwas komisch vorgekommen. Nicht nur beim Geschmack, sondern in der gesamten Atmosphäre der Küche. Zu viele neue Gesichter, zu viele Aushilfen, die keine waren. Eine Küchenbrigade wie eine Theatergruppe kurz vor der Premiere - gestresst, überbesetzt und voller Misstrauen.

Erdmann erhob sich, schob die Terrine beiseite und nahm sich ein weiteres Schälchen zur Brust. Der Nachtisch, eine Pistaziencrème, sollte ursprünglich das süße Finale bilden. Doch auch hier: eine bittere Note, diesmal deutlich intensiver, scharfkantiger. Erdmann leckte sich die Lippen, schüttelte den Kopf. „Dit is keine Pistazie. Dit is Absicht."

„Gift?" Schröder wurde bleich.

„Nee, aber ein Signal. Jemand will hier was mitteilen. Und der benutzt nicht den Vereinsnewsletter."

Sie gingen zurück in die Küche, wo die Spuren des

Abends noch wie Schlachtfeldreste lagen. Töpfe, Schalen, Kräuterbündel, halbvolle Gläser mit Essenzen, Flaschen mit Etiketten auf Französisch, auf Italienisch, auf Handschrift. Beaufort war längst verschwunden. Man hatte ihm gestattet, sich zurückzuziehen - auch weil sein Ruf durch die Vorkommnisse bereits mehr als angekratzt war. Doch Erdmann glaubte nicht, dass der Franzose einfach so geflüchtet war. Der Mann hatte zu viel Stil, um sich durch die Hintertür zu verabschieden. Nein, der Abgang war entweder inszeniert oder erzwungen. Und beides bedeutete: Jemand hatte einen Grund.

Auf einem der Regale entdeckte Schröder eine kleine Glasphiole, kaum größer als ein Fingerhut. Darin: ein graugrünes Pulver, wie gemahlene Kräuter, aber ohne Geruch. „Chef?"

Erdmann nahm das Glas, hielt es gegen das Licht. Keine Beschriftung, kein Etikett. „Sieht nach nix aus. Könnte alles sein. Aber genau das is der Punkt, Schröder. Wenn jemand etwas verstecken will, tut er's genau hier - im Sichtbaren."

Die nächste Stunde verbrachten sie mit einem seltsamen Tanz aus Gerüchen, Proben und Vermutungen. Schröder telefonierte mit der Lebensmittelaufsicht, Erdmann mit einem alten Kollegen aus der Drogenfahndung. Und langsam begann sich ein Muster abzuzeichnen - eins, das weniger mit dem Essen selbst, als mit dessen Symbolik zu tun hatte. Zwei unterschiedliche Gerichte, zwei verschiedene Vorfälle - beide mit ungewöhnlicher, bitterer Note. Und beide offenbar gezielt sabotiert. Das war keine Nachlässigkeit. Das war ein Kommentar. Eine Nachricht. Oder eine Rache.

Erst gegen 22:40 Uhr - draußen hatte sich längst die feuchte Berliner Nacht über die Plätze gelegt - öffnete Erdmann die Schublade unter dem Gewürzregal und fand, was ihn innehalten ließ: Ein kleiner Brief, gefaltet, mit einer französischen Briefmarke auf dem Deckel. Kein Absender. Nur ein Wort auf dem Umschlag: „Pardon."

Er öffnete ihn, las die wenigen Zeilen, dann noch einmal. Schröder fragte nicht. Aber Erdmanns Gesicht verriet mehr als gewohnt. Seine Stirn war gerunzelt, die Augen wacher als üblich. Der Kaffee in seiner Hand zitterte ein wenig. „Wir sind noch nicht am Ende", sagte er nur. „Aber wir kommen näher. Und dit hier... dit is kein einfacher Fall von verdorbener Sahne."

Draußen schlug die Kirchturmuhr elfmal. Und drinnen, im Klubhaus der Hasenheide, lag etwas in der Luft, das nicht nur nach Estragon roch - sondern nach der Wahrheit, die in bitteren Nuancen versteckt war.

9. DIE SUPPE UND DAS SCHWEIGEN

Es war die Stunde, in der der Dampf der Stadt sich senkte, wie ein feuchter Vorhang über müde Kulissen. Der Tennisclub lag in einem dieser Zonen zwischen Verkehrslärm und geordnetem Schweigen, wo nur noch das sanfte Schlagen von Tennisbällen am Morgen erinnerte, dass hier einst die feinen Schuhe der Nachkriegsbürgersteige spazieren gingen.

Jetzt war es still. Das Licht der Gaslaternen spiegelte sich in den feuchten Terrassenplatten vor dem Klubhaus, und durch die beschlagenen Fenster drang nur ein gedämpfter Schein aus dem Versammlungsraum, wo Erdmann über einem vergilbten Vereinsprotokoll saß, als würde er darin die nächste Wahrheit erwarten.

Vor ihm dampfte eine Suppe - nein, nicht die Suppe des Gala-Dinners, sondern eine neu aufgewärmte, aus der Klubküche georderte, nachdem Schröder bei seinem nächtlichen Rückgriff auf die Kühlschrankreste den Appetit des Kommissars geweckt hatte. Kartoffel-Lauch, nichts Besonderes, aber ehrlich. Erdmann schob den Löffel langsam hinein, drehte ihn im Uhrzeigersinn, als wollte er darin nicht nur Gemüse aufwirbeln, sondern auch Gedanken.

„Schweigen hat viele Geschmacksrichtungen“, murmelte er, mehr zu sich selbst als zu Schröder, der in einer Ecke des Raumes vor einem geöffneten Vereinsordner hockte. „Aber dit hier… dit is die Sorte, die sich freiwillig nicht rührt.“
Denn genau das war das Problem. Niemand im Klub hatte etwas gesehen, gehört, vermutet. Die Vorsitzende - souverän, gestresst, stets lächelnd - hatte mit Unnachgiebigkeit auf Datenschutz, Ehre und guten Ruf gepocht. Die Küchenbrigade hatte sich in Einzelteile zerlegt, als wäre die ganze Crew ein Provisorium für diesen einen Abend gewesen. Und Beaufort? Beaufort war wie ein souffliertер Traum - da, beeindruckend, zerbrechlich, verschwunden.
Erdmann schob den Suppenteller beiseite, stand auf und trat ans Fenster. Draußen nur das fahle Licht und ein Hauch Berliner Spätherbst. Feuchtigkeit stieg aus dem Boden auf, durchzog die Nacht wie ein Gerücht. Und ein Gerücht war es auch, das sich nun in seinen Gedanken festsetzte. Nicht greifbar. Aber da.
„Chef?“ Schröder trat an ihn heran, hielt ihm einen zerknitterten Zettel hin, den er im hinteren Teil des Archivs gefunden hatte - dort, wo Vereinsprotokolle endeten und das Lager mit vergessenen Pokalen begann. „Eine Skizze. Menüfolge von vor zwei Wochen. Damals war Beaufort auch schon da.“
Erdmann überflog die Notizen. Zwei Gerichte tauchten auf, die auch beim Gala-Dinner serviert worden waren. Aber etwas stimmte nicht. „Siehste det hier?“ Er tippte auf eine Stelle. „Da stand noch ‚Bouillon de légumes‘. War nicht auf der offiziellen Karte vom Galaabend. Aber hier: mit Kreuz durchgestrichen.“
„Und stattdessen die Jakobsmuschelterrine.“
„Dies ist keine Laune vom Koch. Das ist Absicht.“
Die Suppe, die nie serviert wurde. Das Gericht, das getauscht wurde. Und ein Brief mit der Aufschrift „Pardon“. Erdmann ließ sich zurück in den Sessel fallen, die Knie

knarzten unter der Bewegung, aber sein Blick wurde klarer. „Es gibt zwei Sorten von Schweigen“, sagte er schließlich. „Das eine, wenn jemand sich nicht traut, etwas zu sagen. Und das andere, wenn jemand ganz genau weiß, warum er schweigt.“

Die Vorsitzende des Klubs - Frau von Rappstein, wie sie sich selbst gerne etwas zu oft in Erinnerung rief - gehörte zur zweiten Sorte. Das wusste Erdmann seit dem ersten Händedruck, der zu fest war, um Vertrauen zu stiften. Sie hatte den Abend organisiert, das Menü durchgewunken, die Presse eingeladen und ihre Kontakte spielen lassen, damit der Klub sich in der Berliner Vereinswelt noch ein bisschen mehr als „Institution mit Geschichte“ positionierte. Und nun? Nun stand sie da, mit verschränkten Armen, versichertem Lächeln - und einem angeknacksten Image. Kein Wunder, dass sie mehr Angst vor dem Reden hatte als vor der Wahrheit.

Erdmann beschloss, sie erneut aufzusuchen. Noch in derselben Nacht, gegen 23:10 Uhr, machte er sich mit Schröder auf den Weg. Ihr Haus lag nur drei Straßen entfernt, eine Villa mit zu viel Fassade und zu wenig Licht. Als sie öffnete - in einem Seidenmantel, Lippenstift noch frisch, war sie weder überrascht noch erfreut. Aber sie ließ sie ein.

„Ich habe Ihnen alles gesagt, was ich weiß“, begann sie, noch bevor Erdmann den Flur betreten hatte. Ihre Stimme war klar, fest, fast einstudiert.

„Ick weeß“, sagte Erdmann und blieb im Flur stehen. „Aber manchmal reicht dit nich. Weil Schweigen auch laut sein kann.“

Sie zögerte, dann nickte sie Schröder zu, der die Akte mit der Skizze des ursprünglichen Menüs überreichte. Sie betrachtete sie lange, zu lange.

„Was genau soll ich damit?“

„Na, das fragen sie noch. Warum ‚ne Suppe streichen, die sicher war, und stattdessen 'ne Muschelterrine servieren,

bei der man wissen musste, dass sie heikel is?“
Ihr Blick flackerte. Nur für einen Moment. Aber genug für Erdmann.
„Beaufort wollte diese Suppe. Er bestand darauf.“ Ihre Stimme klang plötzlich leiser. „Ich… Ich habe sie abgelehnt. Aus Gründen.“
„Aus welchen?“
Sie zögerte. Dann senkte sie den Blick. „Die Brühe hätte Erinnerungen geweckt. Unangenehme. Für jemanden, der früher mal mit Beaufort gearbeitet hat. Für jemanden… der an diesem Abend im Saal saß.“
„Det heißt, Sie wollten ihn schützen? Oder sich?“
Sie antwortete nicht.
Erdmann trat einen Schritt näher, sah sie mit einem dieser Blicke an, die durch Tapeten sehen konnten. „Die Suppe wurde nicht gestrichen, weil sie nich schmeckt. Sondern weil sie zu viel erzählt hätte. Über jemand, der was zu verbergen hat.“
„Ich dachte… wenn niemand fragt, wird auch niemand antworten.“
„Aber dit Leben is keene Menükarte. Da kommt oft wat, wat man nicht bestellt hat.“
Er verbeugte sich leicht, wandte sich zur Tür. Schröder folgte ihm. Draußen schlug der Wind gegen die Rosenbüsche, und der Asphalt glänzte feucht.
„Chef, glauben Sie, sie weiß mehr?“
„Sie hat mehr vergessen, als andere je zugeben würden. Aber die eigentliche Frage is: Wer hat damals in dieser Küche gearbeitet - und will heute Rache servieren?“

Erdmann zog die Mütze tiefer ins Gesicht und trat hinaus in die Nacht, während hinter ihm das Haus wieder in sein Schweigen fiel. Nur diesmal war es nicht mehr dasselbe.

10. MENÜ À LA MÉMOIRE

Es war ein Dienstag, an dem die Stadt den Atem anhielt. Nicht aus Sensation, sondern aus der Müdigkeit eines zu langen Herbstes. Die Bäume im Hasenheidepark standen still, als hätten sie sich in einen Zustand zwischen Abschied und Erwartung zurückgezogen. Nebel kroch durch die Ritzen der Dächer, legte sich auf Fensterbretter und verteilte sich über die Sandplätze des Tennisclubs wie ein Gedächtnis, das langsam zurückkehrte - in Bruchstücken, in Aromen, in einem kaum spürbaren Kribbeln am Rande der Erinnerung.

Erdmann hatte den Tag damit begonnen, auf einem alten Vereinssofa zu sitzen, in jenem halbdunklen Nebenraum des Klubhauses, der einst als Besprechungsraum für Platzverlegungen und Mannschaftsaufstellungen gedient hatte. Jetzt lag dort nur noch die Vergangenheit, verpackt in vergilbte Akten, hölzerne Pinnwände und einem modrigen Geruch nach Teppich und abgestandener Macht. Er nippte an einem Kaffee, der bitter genug war, um ihn wach zu halten, und betrachtete die Menüfolge des Galaabends, die Schröder neu geordnet und handschriftlich ergänzt hatte.

Die Terrine, der Hauptgang, der Nachtisch - alles fein säuberlich vermerkt. Und dennoch war da etwas, das nicht passte. Wie eine Schachpartie, bei der eine Figur zu früh geopfert wurde, ohne dass jemand den Sinn des Manövers verstand.

Der entscheidende Moment, so Erdmanns leiser Verdacht, lag nicht in der Tat selbst. Nicht in der vergifteten Muschel, nicht in der gestohlenen Rezeptur, nicht einmal in dem seltsamen Brief, den Lina in der Ablage „K" des Sekretariats gefunden hatte - K wie „Kummer", hatte sie lakonisch gesagt. Nein, der Kern lag in der Geschichte davor. In dem, was man nicht mehr nachweisen konnte. Oder wollte.

In alten Küchen war das Gedächtnis kein digitales Archiv, sondern ein Geruch, eine Stimme, ein Griff nach der falschen Zutat zur falschen Zeit. Und genau das machte es so schwer zu fassen. Erdmann, der nie in einer Profiküche gearbeitet, aber jahrzehntelang in den Vorratskammern der menschlichen Absichten gewühlt hatte, wusste, dass Täter selten mit dem Messer zustochen, sondern mit der Erinnerung. Sie servierten ihre Rache kalt - oder in diesem Fall: lauwarm und aromatisch ummantelt.

Er nahm die vergilbte Mitgliederliste des Vereins zur Hand. Dort, unter der Rubrik „Ehrenmitglieder - Förderer - Ehemalige", stieß er auf einen Namen, der ihn innehielt lassen ließ: Marcel Dupré. Ein Schüler Beauforts, laut Vermerk: „bis 2008, dann Wechsel in die Gastronomie". Schröder hatte diesen Namen einmal erwähnt, beiläufig, während sie über verschmierte Gewürzgläser diskutierten. Und Lina hatte sich daran erinnert, dass in der fraglichen Nacht ein Gast anonym an Tisch 9 erschienen war - eingeladen von einem externen Sponsor, nicht auf der regulären Gästeliste. Erdmann hatte sich den Platz angesehen: Ein einfacher Stuhl, leicht versetzt. Und ein Weinglas, das unberührt geblieben war.

Was, wenn dieser Mann zurückgekehrt war - nicht um zu essen, sondern um zu servieren?

Der Club selbst, in seiner ganzen Ambition zur Repräsentation, hatte ihn nicht erkannt. Vielleicht war das Teil des Plans. Vielleicht war es Rache in Etappen - gegen den Koch, der ihn einst mit einem einzigen Satz aus der Brigade warf. Erdmann erinnerte sich an einen alten Artikel in einem Fachmagazin, das Lina zufällig in einem Karton entdeckt hatte. Darin ein Foto: Dupré, 20 Jahre jünger, mit verschränkten Armen hinter Beaufort. Und die Unterschrift: „Kreativität ist nur so gut wie der, der sie zerschneidet."

Ein Satz wie ein Küchenbefehl - und vielleicht auch das letzte, was Dupré von seinem Mentor hörte.

Erdmann beschloss, den Saal noch einmal zu betreten.

Der Veranstaltungsraum war inzwischen wieder hergerichtet, die Tische abgedeckt, die Stühle gestapelt. Und doch lag eine seltsame Wärme in der Luft, wie nach einem Besuch von jemandem, der nicht bleiben durfte. Er trat an den Tisch 9. Kaum etwas zu sehen. Aber unter der Tischplatte, mit einem abgeriebenen Silberstift, stand etwas geschrieben. Kaum sichtbar. Französisch. Drei Worte nur.

„Souvenir sans pardon."

Er kannte genug Französisch, um zu verstehen, was da stand. Eine Erinnerung ohne Vergebung.

Der Raum war still. Nur seine Schritte hallten, während er zurück zur Tür ging. Dort blieb er stehen, sah noch einmal über die leeren Tische. Ein Bankett, das nie für die Wahrheit gedeckt worden war. Und dennoch war sie da, in den Krümeln, im Schatten unter dem Stuhl, in der Luft zwischen zwei Gängen. Erdmann spürte, wie sich in ihm etwas verschob. Kein Verdacht mehr. Eher ein inneres Nicken. Ein Zusammenhang, der sich nicht aufdrängte, sondern wartete, bis man bereit war, ihn zu erkennen.

Zurück im Büro, legte er die Menükarte beiseite und schrieb auf ein separates Blatt: „Marcel Dupré - prüfen. Aufenthaltsort, Kontakte, Verbindung zum Club." Schröder würde damit beginnen, sobald er auftauchte. Und Lina? Die würde sich vermutlich das ursprüngliche Ausbildungsrestaurant von Beaufort ansehen, irgendwo in der Normandie, oder vielleicht war es doch nur ein Stadtteil von Lyon gewesen, wie sie vermutete. Jedenfalls war jetzt nicht der Moment für Recherche, sondern für Reflexion.

Erdmann lehnte sich zurück, schloss die Augen und hörte - nichts. Und dann: ein entferntes Klirren. Nicht real, eher ein Gedanke. Als ob jemand in einer fernen Küche das Messer nicht ganz gerade hingelegt hatte.

So klangen Erinnerungen, wenn sie wieder anklopften.

11. SCHRÖDER SERVIERT SEINEN VERDACHT

Der Nebel auf dem Clubfenster hatte die Gestalt einer unaufgeräumten Ahnung. Erdmann strich mit dem Ärmel über das Glas, ließ den Blick über den fast leeren Parkplatz schweifen und seufzte, als hätte ihm das Wetter gerade persönlich einen Korb gegeben. Seit zwei Tagen nun ermittelte er offiziell nicht - zumindest nicht auf dem Papier. Doch es war einer dieser Fälle, in denen der Magen schneller arbeitete als der Kopf. Eine Geschichte, bei der das Unbehagen nicht wie eine Fliege umherschwirrte, sondern wie ein dicker, unbeweglicher Braten im Bauch lag.

Schröder saß derweil im Archivraum des Vereins und wühlte sich durch Lieferscheine, Speisepläne, Arbeitszeiten und Rechnungen. Erdmann hatte ihm den Auftrag gegeben, alles zu überprüfen, was zwischen Herd, Vorratskammer und Kühlhaus seinen Weg ins Clubhaus gefunden hatte - mit besonderem Augenmerk auf Unregelmäßigkeiten. Schröder, dem Erdmann einst mit der Ruhe eines Grabsteins erklärt hatte, dass ein Fall nicht durch Lautstärke, sondern durch Langmut gelöst werde, schien zum ersten Mal verstanden zu haben, was das bedeutete. Zumindest sprach er seit einer Stunde nicht mehr mit sich selbst.

Erdmann betrat nun den Raum mit der gemächlichen Zielstrebigkeit eines Mannes, der sich seiner Gedanken sicher war. In der Hand die Thermoskanne, aus der er sich einen dampfenden Becher schwarzen Kaffees einschenkte, ohne Schröder eines Blickes zu würdigen.

„Was haben wir?“, fragte er schließlich, nachdem er den ersten Schluck mit einem leichtem Zungenschnalzen quittiert hatte.

Schröder hob den Kopf. Er trug jetzt eine Lesebrille, die ihm etwas von einem bemühten Germanistikstudenten verlieh, der sich in die Betriebswirtschaft verirrt hatte. „Es gibt eine Lieferung von Gewürzen, die seltsam erscheint", begann er. „Abgerechnet wurde sie direkt über einen privaten Kontakt - ohne ordentliche Rechnung, ohne Durchlauf über die Clubbuchhaltung. Nur bar bezahlt. Angeblich eine Sonderbestellung von Beaufort selbst."

Erdmann schnaubte leise. „Barzahlung is wie'n schlechtes Alibi - steht zwar da, aber keiner kann's bezeugen."

„Und das ist nicht alles." Schröder stand auf, reichte ihm ein zerknittertes Stück Papier. „Das hier hab ich hinter dem Gewürzregal gefunden. Fast durchweicht, aber man kann's noch lesen."

Erdmann nahm das Blatt entgegen. Mit geübtem Blick überflog er die handschriftliche Notiz: eine Zutatenliste. Jakobsmuschel, Krustentierfond, Safran, Pistazie - und dann, fast beiläufig, ein Zusatz: Curcuma longa - nur die Wurzel, nur getrocknet.

„Zu viel für 'ne Terrine", murmelte Erdmann.

„Viel zu viel. Und Curcuma gehört da gar nicht rein. Es sei denn, man will was überdecken."

„Oder jemand will, dass wat unentdeckt bleibt."

Die beiden Männer schwiegen. Draußen tröpfelte der Regen mit einer unambitionierten Monotonie gegen das Fenster, während sich drinnen ein Verdacht formte, der mit jeder Minute fester wurde.

„Es gibt da noch etwas", fuhr Schröder schließlich fort. „Die Kühltemperaturen. Ich hab mir das Protokoll zeigen lassen. Am Abend vor dem Dinner gab es einen Ausfall - für exakt 48 Minuten. Angeblich ein technischer Defekt."

Erdmann hob die Augenbraue. „Und warum ham wa davon noch nüscht gehört?"

„Weil der Techniker am nächsten Morgen kam und den Bericht… nun ja, zurückdatierte. Er meinte, Beaufort habe ihn darum gebeten. Angeblich, um unnötige Unruhe vor dem großen Abend zu vermeiden."

„Unruhe vermeiden… det is so'n Satz, da fängt's bei mir schon an zu jucken."

Er stellte den Kaffeebecher ab und strich sich über die

Stirn. Die Puzzleteile lagen nicht mehr verstreut - sie fügten sich zusammen. Nicht vollständig, aber deutlich genug, um ein Bild zu erkennen, das Erdmann nicht gefiel. Ein Bild, in dem zu viele Leute zu schweigen schienen, zu viele Details vertuscht wurden, zu viele Zufälle plötzlich keine mehr waren.

Beaufort. Der hochdekorierte Koch mit Pariser Vergangenheit, angeblicher Michelin-Nähe und einem Ruf, der glänzte wie seine Kupfertöpfe. Doch was, wenn der Glanz nur Decklack war? Wenn die Küche nicht nur nach Rosmarin roch, sondern nach altem Groll, Eitelkeit und gekränkter Ehre?

„Weißt du, was mich stört, Schröder?“, begann Erdmann leise.

„Na?“

„Dass alle diesen Beaufort so feiern. Als wär er Jesus mit Kochmütze. Aber keiner kann sagen, woher er wirklich kommt. Keine Fotos aus Paris, keine Interviews von früher, kein einziger alter Kollege.“

„Vielleicht will er einfach nicht…“

„Vielleicht kann er nicht“, unterbrach Erdmann ihn. „Weil sein Lebenslauf mehr Lücken hat als'n Schweizer Käse.“

Schröder nickte langsam. Dann zog er einen weiteren Zettel aus seinem Notizblock.

„Ich hab Lina gebeten, was rauszufinden. Sie sucht gerade in alten Gastro-Archiven, Restaurantführern, Kritiken. Wenn es diesen Beaufort wirklich gab, dann muss er irgendwo Spuren hinterlassen haben.“

„Oder er hat jemand anders' Spuren übernommen“, sagte Erdmann. „Kannste im Internet ja alles schön nachbasteln. Ne Homepage mit goldener Schrift und ein paar gestellten Fotos mit Kräutern im Hintergrund - zack, biste Spitzenkoch.“

Er griff wieder zur Thermoskanne, schenkte nach und nahm einen weiteren Schluck.

„Und wenn det so is“, murmelte er, „dann war der Abend

nicht nur 'n Dinner, sondern 'ne Bühne. Für 'ne Abrechnung. Mit Messer und Gabel."
Dann blickte er zu Schröder.
„Aber wat mir fehlt, is das Motiv. Wenn's kein Hass war - wat dann?"
„Verletzter Stolz? Eitelkeit? Oder einfach Rache?"
Erdmann nickte langsam.
„Dann servier mal weiter, Schröder. Der Verdacht is heiß - aber der Beweis is noch roh."

12. LINA IM ARCHIV

Der Club hatte ein Archiv, das diesen Namen kaum verdiente. Es lag in einem fensterlosen Nebenraum zwischen der Heizungsanlage und einem vergessenen Kühlschrank, der schon lange keine Flaschen mehr kühlen, aber dafür zuverlässig einen Hauch von saurer Milch in der Luft verbreitete. Ein Regal aus den 90ern, ein alter Aktenschrank mit verbeulten Schubladen und ein Tisch, der mehr Wackelkontakt hatte als die Telefonleitung des Vereins - das war der Ort, den Lina sich an diesem Vormittag als ihren Arbeitsplatz auserkoren hatte.

Sie trug, wie so oft in solchen Momenten, eine alte Strickjacke über ihrem T-Shirt, die sie von ihrer Großmutter geerbt hatte. Nicht weil es kalt war, sondern weil dieser Raum Geschichten erzählte, die sich nicht gleich aufdrängten. Und sie wollte vorbereitet sein - auf Staub, auf Zeitreisen und auf Wahrheiten, die zwischen vergilbten Protokollen und handschriftlichen Menüzetteln lagen.

Es roch nach Papier. Nach Jahrzehnten, die in manilla-farbenen Mappen steckten, notdürftig beschriftet mit Kugelschreiber oder Etikett, manches verblasst, anderes in krakeliger Handschrift. Lina hatte eine Thermoskanne Kaffee dabei und eine leise Ahnung, dass dieser Tag lang werden würde.

Sie begann systematisch - nach Jahreszahlen geordnet,

von oben nach unten. Dabei stieß sie auf Vereinsprotokolle aus den 1980er Jahren, Berichte über Heckenpflege, Mitgliederausschlüsse wegen nicht gezahlter Beiträge und überraschend viele Quittungen für französischen Wein. Der kulinarische Anspruch des Grün-Goldenen Tennisklubs Hasenheide hatte offenbar tiefe Wurzeln.

Dann - eine Mappe, auf der nur „KÜCHE - INTERN" stand. Kein Datum. Kein Vermerk. Nur diese zwei Wörter in Großbuchstaben, auf vergilbtem Umschlag. Sie öffnete sie langsam, fast ehrfürchtig. Innen: handgeschriebene Notizen, ein paar maschinengeschriebene Seiten - offenbar aus einer alten Typenmaschine -, und dazwischen: ein Foto.

Ein Gruppenbild. Vor einer Küche, in Schwarzweiß. In der Mitte: Jean-Luc Beaufort, deutlich jünger, mit stolz geschwellter Brust und einer weißen Schürze. Um ihn herum eine Brigade - sechs Männer, zwei Frauen, alle mit ernstem Blick. Auf der Rückseite des Fotos stand in schwungvoller Handschrift: „Eröffnung Dîner Club - 1989".

Lina legte das Foto beiseite. Ihre Augen flogen über die maschinengeschriebenen Seiten. Es war ein Brief, oder eher: ein Entwurf. Ohne Absender, ohne Adressfeld. Beginnend mit „Jean-Luc, du hast mich verraten." Dann folgte eine Mischung aus Anschuldigungen und Erinnerungen. Eine Affäre, das Versprechen eines Postens, die Absage. Bitterkeit zwischen den Zeilen. Der Text brach ab - die letzte Zeile war nur halb getippt: „Und eines Tages wirst du versteh..." - dann nichts mehr.

Sie schob das Blatt zur Seite, notierte sich das Zitat und fuhr fort. Ein zweiter Brief, diesmal handschriftlich. Französisch. Sie verstand nicht jedes Wort, aber die Stimmung war klar: es ging um enttäuschte Erwartungen, um eine Karriere, die im Nichts endete. Und wieder war Beaufort der Adressat.

Dann stieß sie auf einen Artikel - eine Kritik aus einem alten Feuilleton. Überschrift: „Kulinarik ohne Charakter".

Es ging um ein Restaurant in Lyon, geführt von - eben jenem Jean-Luc Beaufort. Die Kritik war harsch. Moniert wurden nicht die Kochkünste, sondern der Umgang mit Personal. Arroganz. Autoritäres Verhalten. Der Name des Verfassers: Gilles M.

Lina runzelte die Stirn. Gilles. Könnte das derjenige sein, der...?

Sie notierte. Und je mehr sie notierte, desto mehr formte sich in ihrem Kopf ein Bild. Kein klares Foto. Aber ein Mosaik. Bruchstücke einer Geschichte, die nicht nur mit vergifteten Jakobsmuscheln zu tun hatte, sondern mit alter Kränkung, mit gekränkter Eitelkeit und dem Wunsch nach späten Rachegesten.

Die Clubakte ging weiter. Unter „Sitzungsvorbereitung Vorstand" fand sie die Einladung zum Gala-Dîner. Auf der Menükarte - sorgfältig gedruckt - war keine Jakobsmuschelterrine verzeichnet. Aber ein handschriftlicher Nachtrag lag lose bei: „Vorspeise geändert - Beaufort, Stand 17:30 Uhr".

Lina sah auf die Uhr. Es war 13:11 Uhr. Sie war seit vier Stunden in diesem Raum. Zeit für einen zweiten Kaffee.

Dann fiel ihr Blick auf eine Notiz, fast unleserlich. Zwischen den Seiten eines alten Rezeptbuchs. Nur ein Wort: „Pistazie".

Sie hielt inne. Erinnerte sich an das Dessert, an die allergische Reaktion eines Gastes. Die Kombination war zu viel Zufall.

Lina packte ihre Notizen zusammen. Mit leicht verkrampften Fingern, aber wachem Geist. Sie würde Erdmann berichten müssen. Und Schröder. Aber vor allem: Sie wusste jetzt, dass dieser Abend mehr war als eine Verkettung kulinarischer Zufälle.

Er war ein Bühnenstück. Und Beaufort war nicht der Regisseur - sondern der Hauptdarsteller einer Tragödie, deren erster Akt schon vor Jahrzehnten begonnen hatte.

13. DIE NOTIZ AM SCHRANK

Der Klub roch an diesem Nachmittag nach kaltem Kaffee, geplatzten Träumen und einem Hauch von Vanille, der sich noch immer hartnäckig im Vorraum zur Küche hielt. Erdmann, der sich längst aus dem gesellschaftlichen Getümmel in den hinteren Teil des Gebäudes zurückgezogen hatte, stand vor einem der großen Metallschränke, die sonst unbemerkt ihr Dasein im Lagerbereich fristeten. Es war keiner dieser modernen, klinisch glänzenden Kühlschränke, sondern ein massiver, in die Jahre gekommener Wandschrank mit Doppeltür, der vermutlich schon im Club stand, als der Euro noch Zukunftsmusik war.

Was ihn dorthin geführt hatte, war kein direkter Hinweis - es war ein Instinkt. Erdmann hatte sich nach Linas Bericht über die alten Briefe und die Handschrift auf der Menüänderung wieder einmal auf seinen liebsten Kompass verlassen: das Unbehagen im Nacken, wenn etwas zu glatt erschien. Und zu glatt war an diesem Abend vieles gewesen. Vor allem der Umgang mit dem „zufälligen" Austausch der Vorspeise.

Der Schlüssel zum Schrank war, wie alles in diesem Club, nicht dort, wo er sein sollte. Aber Erdmann hatte in seinem langen Leben gelernt, dass Ordnung in Wahrheit eine Form von Tarnung war - und Unordnung oft mehr Wahrheit preisgab, als einem lieb war. Also stand er jetzt hier, mit einem kleinen Schraubenzieher aus dem Werkzeugkasten des Hausmeisters, und öffnete den Schrank, als wäre es ein Tresor mit Geschichten darin.

Die Tür gab widerwillig nach. Drinnen: Regalböden, aufgereiht mit Einmachgläsern, Dosen, beschrifteten Kartons und einem Vorrat an selten genutzten Gewürzen, der an eine Apotheke erinnerte. Muskat, Sumach, Kubebenpfeffer - alles, was ambitionierte Küchenleiter in ihr Repertoire aufnehmen, um Originalität vorzutäuschen.

Erdmann ließ seinen Blick wandern. Dabei fiel ihm auf, dass einer der oberen Regalböden eine seltsame Unregelmäßigkeit aufwies: Ein Glas mit beschriftetem Etikett - „Piment d'Espelette" - war nicht wie die anderen mit weißem Filzstift markiert, sondern in sorgfältiger, fast kalligrafischer Handschrift beschriftet. Er nahm es heraus. Leicht. Zu leicht. Als er den Deckel hob, stieg ihm ein Geruch in die Nase, der weder nach Piment noch nach Espelette klang - sondern bitter, trocken, fast metallisch.

Er nahm ein Tütchen aus der Innentasche seines Mantels, steckte eine kleine Probe hinein. Dann bemerkte er etwas, das seine Aufmerksamkeit endgültig fesselte: ein Zettel, der mit einem Magneten an die Innenseite der Schranktür gepresst war. Das Papier war leicht vergilbt, von Küchendunst gewellt. Ein Satz stand darauf, geschrieben mit schwarzem Fineliner, in der gleichen Handschrift, wie sie Lina im Archiv gefunden hatte.

„Er hat mir den Löffel aus der Hand geschlagen - jetzt serviere ich kalt."

Erdmann atmete aus. Nicht weil er erschöpft war - sondern weil in diesem Moment eine Gewissheit in ihm aufstieg. Der Schreiber dieser Worte war nicht irgendwer. Es war jemand, der den kulinarischen Krieg persönlich genommen hatte. Und offenbar glaubte, ihn nun zu gewinnen.

Er steckte den Zettel ein, zog die Schranktür wieder zu und verließ den Lagerraum. Niemand bemerkte ihn. Und das war gut so. Denn mit diesem Fund rückte nicht nur die Tat selbst, sondern auch ihr Absender in ein anderes Licht.

Zurück im Clubhaus ließ er sich auf einen alten Holzstuhl fallen, direkt gegenüber der Vitrine mit den Vereinsabzeichen und der silbernen Kaffeekanne, die seit Jahrzehnten keiner mehr benutzt hatte. Seine Gedanken sortierten sich wie Zutaten auf einem Schneidebrett. Eine bittere Vorspeise. Ein unpassendes Dessert. Ein französischer Koch mit einem Hang zur Dramaturgie. Und nun: ein Satz, der nach kalter Rache klang.

Was noch fehlte, war die Verbindung. Wer war der Absender? War es der alte Souschef, von dem Lina sprach? Ein Konkurrent aus Lyon? Oder jemand, den niemand auf dem Schirm hatte?

Erdmann wusste: Wenn jemand kalt servieren wollte, dann war das kein Affekt. Das war geplant. Und ein geplanter Mord - oder sagen wir: ein mit chirurgischer Präzision herbeigeführter „kulinarischer Zwischenfall" - war nie das Werk eines Einzelimpulses. Es war das Ergebnis von Zeit, Kränkung und einer Prise Hybris.

Er nahm einen Schluck aus seinem Thermobecher, der nur noch lauwarmen Kaffee enthielt. Bitter, aber ehrlich. Genau wie dieser Fall.

14. FALSCHE FÄHRTE MIT PETERSILIE

Es war diese Sorte Petersilie, die auf jedem Teller landet, aber nie wirklich gegessen wird. Ziseliert, gezupft, drapiert - grüne Alibis der Kochkunst, gedacht fürs Auge, nicht für den Gaumen. Und doch war es genau dieses unscheinbare Gewächs, das Erdmann stutzen ließ. Ein Hauch zu viel, ein Blatt zu prominent, ein Stil zu gezackt. Nicht die Petersilie war verdächtig - sondern ihr Platz auf dem Teller.

Erdmann saß wieder an seinem angestammten Beobachtungspunkt - der Bank am Ende des Clubhauses, von der aus er sowohl die Küche als auch den Gastraum im Blick hatte. Die Reste des Galaabends wurden gerade mit verhaltener Betriebsamkeit aufgeräumt. Gläser klirrten leise, Stimmen flüsterten über Wäschewagen hinweg, und irgendwo in der Küche röchelte eine Spülmaschine wie ein alter Laster im Leerlauf.

Schröder war ins Haus zurückgekehrt, trug einen Block unter dem Arm und die Stirn voller Fragen. „Chef, ich hab da was. Also, vielleicht. In der Abstellkammer stand ein Gewürzregal, ziemlich chaotisch. Zwischen Lavendelblüten und Wacholderbeeren lag ein Glas ohne Etikett. Sah aus wie… gemahlene Petersilie. Aber irgendwie zu fein, fast pulvrig. Ich hab's mitgenommen."

Erdmann nahm das Glas, schwenkte es leicht, roch daran - und runzelte die Stirn. „Petersilie ist das nicht. Riecht… bitter. Und da is 'n Unterton, irgendwas… medizinisch."

Sie ließen es von der Spurensicherung abholen, und während Schröder nervös den Deckel auf- und zuschraubte, ging Erdmanns Blick weiter. Nicht in die Küche. Nicht in die Töpfe. Sondern zurück in die Speisesäle, zu den Gesichtern jener Gäste, die das Menü überlebt hatten. Und zu denen, die sich über die Terrine beschwert hatten. Einige hatten nur an der Oberfläche gekratzt - andere den Löffel abgeleckt.

„Was, wenn die Petersilie nur ein Vehikel war?", murmelte Erdmann, mehr zu sich selbst als zu Schröder. „Nicht der Geschmack zählt, sondern die Tarnung. Und wer Petersilie erwartet, hinterfragt sie nicht."

Die Aussage von Lina passte ins Bild. In einem Nebensatz hatte sie erwähnt, dass Beaufort, noch zu Pariser Zeiten, für seine ausgefallenen Deko-Experimente berüchtigt war. Einmal soll er karamellisierten Knoblauch auf Mousse au Chocolat drapiert haben - rein optisch. Der Gast, ein Kritiker mit empfindlichem Gaumen, hatte ihn damals in der Luft zerrissen.

Erdmann erinnerte sich an ein Detail, das niemand außer ihm registriert zu haben schien: Der erste Gang - Jakobsmuschelterrine mit Kräuterkruste - war ursprünglich gar nicht geplant gewesen. Laut Einladung stand dort „Variation vom Feld". Die Änderung wurde kurzfristig vorgenommen, angeblich wegen einer „Lieferpanne". Doch was, wenn das eine Lüge war? Und was, wenn die Kräuterkruste mehr war als bloße Zierde?

Er ließ sich von Schröder sämtliche Notizen zum Menü geben. Unterstrichen war eine Lieferung, die am Vortag des Dinners eingetroffen war. Laut Lieferschein: Petersilie,

Dill, Schnittlauch. Und: Bärlauch. Der war jedoch nicht in einem einzigen Gang erwähnt worden.

Bärlauch - stark im Geruch, herb im Abgang, in größeren Mengen: unverträglich. Vor allem für Menschen mit Nierenproblemen. Und genau das war die Vorerkrankung des Gastes, der in der Notaufnahme gelandet war.

„Schröder", sagte Erdmann trocken, „hol mir noch mal die Karte. Die alte Version. Und dann such raus, wer sie umgeschrieben hat. Und frag in der Küche, wer die Kräuterkruste gemacht hat - nicht bestellt, sondern geformt. Mit den Händen. Ich will wissen, wessen Fingerspitzengefühl dit war."

Der junge Assistent verschwand wie eine Schachfigur nach einem klugen Zug. Erdmann blieb auf der Bank zurück. Um ihn herum flirrte die Stille eines Tages, der zu viel geschluckt hatte. In seinem Kopf arbeitete es.

Denn das Gift lag nicht nur im Kraut - sondern in der Geschichte, die jemand dazu erfand. Und diese Geschichte begann sich zu entblättern, wie eine Garnitur, die mehr war als Dekoration.

Noch war die Fährte grün. Aber Erdmann spürte: Sie führte nicht ins Gemüsebeet - sondern tief hinein in eine Vergangenheit, die nie verdaut worden war.

15. DAS FÜNFTE GEWÜRZ

Es gibt ein altes Küchenmotto, das Jean-Luc Beaufort angeblich noch in Lyon verinnerlicht hatte: „Ein Gericht ist erst dann gelungen, wenn es seine Geschichte erzählt." Doch Erdmann wusste aus Erfahrung: Geschichten in der Küche erzählen oft mehr über Menschen als über Rezepte. Und manchmal fehlt nur ein einziges Gewürz - nicht auf dem Teller, sondern in der Wahrheit.

Der Club wirkte am frühen Vormittag wie ein schlaftrunkener Salon. Kellner räumten still ab, irgendwo surrte eine Poliermaschine. In der Küche herrschte auffällige Ordnung - als hätte man die Spuren des Abends mit Bleichmittel aus der Welt gewischt. Und doch haftete in der Luft ein Rest. Nicht von Gewürzen, nicht von Fisch - sondern von Unruhe.

Erdmann trat durch die Küchentür, langsam, ohne Ankündigung, wie ein Gast, der sein Dessert vergessen hatte. Doch diesmal kam er nicht wegen eines süßen Abschlusses, sondern um nach bitterem Nachgeschmack zu suchen.

„Monsieur Beaufort ist noch nicht erschienen", raunte eine Küchenhilfe, die Erdmann bereits kannte - ein junger Mann, der tags zuvor die Kräuter vorbereitet hatte. Er hatte dabei nicht gesprochen, nur beobachtet. Nun wirkte er unsicher.

„Und Sie?", fragte Erdmann ruhig. „Sie haben doch die Mise en place gemacht. Haben Sie mitbekommen, wer die Kruste für die Terrine vorbereitet hat?"

„Ich… also… ich war mit dem Gemüse beschäftigt. Aber ich habe gesehen, wie Herr Arvidson - der Souschef - an dem Glas mit dem grünen Pulver war. Ich dachte, es sei Petersilie. War's vielleicht auch. Ich… ich weiß es nicht."

Der Name ließ Erdmann aufhorchen. Arvid Arvidson. Ein Schwede, ehemaliger Lehrling von Beaufort, vor Jahren in der Berliner Gastronomie kurz aufgetaucht - und ebenso schnell wieder verschwunden. Damals hatte es Gerüchte gegeben: über ein verpfuschtes Menü, einen Streit hinter verschlossenen Türen, eine verbockte Karriere. Danach verlor sich seine Spur. Nun war er wieder aufgetaucht - als leiser Souschef, im Schatten des Meisters.

Erdmann bat Schröder, Arvidson zu suchen - und Lina, die in einem Gespräch mit der Clubvorsitzenden steckte, um eine Kopie des alten Clubnewsletters von vor fünf Jahren. In der Juni-Ausgabe, so hatte sie beiläufig erwähnt, war die „neue Küchenleitung" vorgestellt worden - und Beaufort hatte dort den Einzug ins kulinarische Herz des Clubs beschrieben. Damals hatte er einen Namen ausdrücklich nicht erwähnt: Arvid Arvidson.

Wenig später hielt Erdmann das Exemplar in der Hand. Eine Doppelseite, golden gerahmte Bilder. Beaufort in seinem Element, zwischen Weinregal und Schieferplatte. Darunter: ein einziger Satz über sein Team. „In meiner Küche gibt es keine zweiten Plätze - nur erste Chancen." Ein Satz, der wie eine Philosophie klang - und doch nach Ausschluss roch.

Als Schröder Arvidson fand, war dieser gerade dabei, die Reste des Fischs zu entsorgen. Die Bewegung seiner Hände war zu ruhig, zu exakt. Erdmann trat näher. „Herr Arvidson. Wie viele Gewürze hatten Sie für die Kräuterkruste verwendet?"

Der Mann zuckte kaum merklich. „Fünf."

„Welche fünf?"

„Petersilie. Kerbel. Schnittlauch. Estragon. Und…" - er stockte - „ein Hauch Majoran."

„Kein Dill? Kein Bärlauch?"

„Bärlauch war aus."

„Dann erklären Sie mir bitte, warum er auf der Lieferung stand."

Arvidson schwieg.

Erdmann ließ die Stille wirken, wie ein Koch, der den Topf vom Herd nimmt, damit das Aroma sich entfalten kann. Schließlich sprach er weiter: „Wissen Sie, was ich glaube? Ich glaube, es gab ein sechstes Gewürz. Eins, das nicht auf der Liste stand. Eins, das niemand schmeckt - aber alle spüren."

„Und das wäre?", fragte Arvidson leise.

„Rache."

Der Souschef hob den Blick. Für einen Moment war in seinen Augen nichts als Leere. Dann zuckte sein Mundwinkel. Kein Lächeln - eher ein Zucken. „Ich wollte niemanden verletzen."

„Das Problem mit solchen Zutaten ist", sagte Erdmann ruhig, „man kann sie nicht portionieren."

Arvidson sagte nichts mehr. Er ließ den Fisch in die Tonne gleiten, drehte sich um und ging - nicht flüchtend, nicht aggressiv. Eher wie jemand, der zum ersten Mal ein Rezept nicht mehr nachkocht, sondern zu Ende denkt.

Erdmann blieb zurück. In der Luft lag wieder dieser Geruch - nicht von Bärlauch. Sondern von etwas Altem. Gärendem. Etwas, das schon lange verdorben war, bevor es jemand bemerkte.

16. EIN KORKEN ZU VIEL

Der Weinkeller des Grün-Goldenen Tennisklubs Hasenheide war kein eigentlicher Keller - vielmehr ein klimatisierter Glaskubus neben der Lounge, mit automatischer Schiebetür und eingelassenem Licht wie in einem Juweliergeschäft. Die Flaschen standen aufgereiht wie Ausstellungsstücke, sortiert nach Rebsorte, Herkunft, Jahrgang - und, natürlich, Preis. Es war das Reich von Frau Martens, der Geschäftsführerin, die mit einem ausgeprägten Sinn für Etiketten und einem noch ausgeprägteren für gute Kontakte die Flaschen mehr nach ihrem Netzwerk als nach Weinbewertungen auswählte. Ein unsichtbares Kuratieren zwischen Vinothek und Verbandspolitik.

Erdmann stand vor der Glasfront und betrachtete die Sortierung. Schröder neben ihm hatte sich ein Notizbuch unter den Arm geklemmt, hielt es aber wie ein Schüler, der hofft, nicht aufgerufen zu werden.

„Was suchen wir hier eigentlich?", fragte er schließlich, bemüht, seine Stimme neutral zu halten.

„Einen Korken", sagte Erdmann, ohne den Blick von den Flaschen zu nehmen. „Oder besser gesagt: das, was mit ihm nicht stimmte."

„Den aus der Suppe?"

„Den aus dem Champagner."

Schröder runzelte die Stirn. „Ich dachte, das Opfer hat nur die Vorspeise gegessen."

„Hat es auch. Aber der Champagner war nicht für ihn."

Die automatische Tür öffnete sich mit einem kaum hörbaren Surren. Es roch nach Eichenholz und Restalkohol. Erdmann trat ein, ließ die Finger leicht über die Regale gleiten, als könnte er das Echo der Flaschen spüren. Schröder folgte zögerlich, die Stirn inzwischen tiefer gelegt als das Temperaturniveau im Raum.
„Hier“, sagte Erdmann und deutete auf eine leere Lücke in der Champagnerreihe. „Eine Flasche fehlt. 2008er Bollinger - Prestige Cuvée. Nur für besondere Anlässe. Oder: für besondere Gäste.“
„Vielleicht einfach ausgetrunken?“
„Vielleicht. Vielleicht aber auch verschenkt. Oder vertauscht.“

Erdmann zog einen dünnen Plastikhandschuh aus der Manteltasche - ein Relikt seiner aktiven Jahre - und hob eine der benachbarten Flaschen an. Nichts Besonderes. Doch zwischen den Etikettenrändern klebte ein dünner, kaum sichtbarer Streifen Papier. Auf den ersten Blick ein Preisetikett. Auf den zweiten: eine Notiz. Handschriftlich, mit Kugelschreiber.
„Gleiche Mischung wie damals - diesmal klappt's“, las Erdmann halblaut.
Schröder trat näher, nun mit sichtbarem Interesse. „Klingt… als hätte jemand etwas ausprobiert.“
„Oder wiederholt.“
Erdmann ließ die Flasche wieder zurückgleiten. Dann wandte er sich um, langsam, wie jemand, der eine Vermutung mit sich trägt, aber noch nicht weiß, ob sie trägt.
„Was ist, wenn der vergiftete Gang gar nicht das Ziel war? Wenn der Fehler nicht im Essen lag - sondern in der Begleitung?“
„Sie meinen… es ging nicht um das Opfer?“
„Ich meine“, sagte Erdmann ruhig, „dass das Opfer im falschen Moment am falschen Tisch saß. Und dass jemand anderes den Toast aussprechen sollte.“
„Beaufort?“

„Oder jemand, der ihm zu nahe kam."

Es war ein Moment, wie Erdmann ihn mochte - nicht wegen der Klarheit, sondern wegen der Unschärfe. Die Wahrheit begann sich abzuzeichnen, wie eine Silhouette im Nebel. Man konnte ihre Konturen erahnen, ihre Bewegung spüren. Aber noch nicht den Namen nennen.

Sie verließen den Weinkubus, langsam. Hinter ihnen schloss sich die Tür wieder. Geräuschlos. Wie ein Gedanke, der auf später verschoben wird.

17. GESTÄNDNIS MIT GÄNSELEBER

Der Abend war längst hereingebrochen, doch im Vereinslokal des Grün-Goldenen Tennisklubs Hasenheide glommen noch die letzten Lichter wie verirrte Leuchttürme in einem Meer aus Schweigen. Die Gäste waren gegangen, das Personal war verschwunden - nur der Duft vergangener Gänge hing noch in der Luft: Trüffel, angeröstete Schalotten, das feine Säuerliche einer kräftigen Rotweinsauce. Und darunter, wie ein kaum wahrnehmbarer Akkord in Moll, etwas Bitteres, das blieb.

Kommissar Erdmann saß am Fensterplatz, von dem aus man auf die dunkle Terrasse blickte, wo das Kerzenlicht längst vom Wind gelöscht worden war. Vor ihm stand ein beinahe leeres Glas Bordeaux, daneben die Speisekarte des Galaabends - sorgfältig gedruckt, fast prätentiös gestaltet, als wollte man den Gästen damit ein Stück Ewigkeit reichen. Erdmann hatte sie mehrmals durchgelesen. Immer wieder blieb er an derselben Stelle hängen: „Gänseleberparfait mit Portweingelee und Birnenchutney". Es war der Gang, den keiner mehr gekostet hatte. Nicht, weil er verdorben gewesen wäre - sondern weil der Abend zuvor bereits aus dem Takt geraten war.

Der Stuhl gegenüber kratzte über den Boden, als Schröder sich setzte - sichtlich erschöpft, mit einem zerknüllten Zettel in der Hand. „Hab ihn gefunden", murmelte er.

„Den ehemaligen Schüler von Beaufort. Den, der damals rausgeflogen ist. Jakob Meissner. Heute Caterer. Klein, spezialisiert auf Veranstaltungen mittlerer Größe. Hat heute hier ausgeholfen. Angeblich auf Bitten eines alten Kollegen."

Erdmann sah nicht auf. Stattdessen tippte er mit dem Finger leicht gegen das Glas. „Und? Hat er was gesagt?"

„Zuerst nichts. Dann ein bisschen zu viel. Angeblich wusste er nicht, was heute gekocht wird - wurde nur kurzfristig zum Anrichten der kalten Platten eingeteilt. Er hat beteuert, er hätte nichts gegen Beaufort persönlich. Alles vergeben, alles vergessen."

„Und warum dann der Fauxpas beim dritten Gang?"

„Tja", Schröder zuckte mit den Schultern, „da wurde er plötzlich still. Sagte, er hätte die Jakobsmuschelterrine gar nicht angerührt. Wusste angeblich gar nicht, dass sie auf dem Menü stand."

Erdmann hob die Augenbrauen, ließ den Blick jedoch weiter hinauswandern in die Nacht. „Und was hat ihn dann verraten?"

„Das Chutney. Er wusste, dass es aus Portwein-Birne bestand. Steht aber nicht auf dem Zettel, der war da noch nicht gedruckt. Das Rezept hat Beaufort erst am Morgen geändert."

Erdmann lehnte sich zurück, faltete die Hände über dem Bauch. Eine Ruhe ging von ihm aus, die weniger mit Gelassenheit zu tun hatte als mit dem Instinkt eines Mannes, der wusste, dass man bei Lüge und Wahrheit nicht die Lautstärke, sondern die Temperatur messen musste.

„Also ein klassischer Fall von zu viel Ehrgeiz und alter Rechnung?", fragte Schröder schließlich.

„Nicht ganz." Erdmann deutete mit einem leichten Nicken auf die Speisekarte. „Meissner wollte nicht töten. Er wollte nur zeigen, dass er es besser kann. Der Sabotageakt - die vertauschte Terrine - war kalkuliert, aber nicht tödlich gedacht. Dass ausgerechnet jemand mit genau dieser

Muschel-Allergie den Teller bekam, war tragisch. Aber nicht beabsichtigt."

Schröder runzelte die Stirn. „Aber warum dann der zweite Vorfall? Der Nachtisch? Die bittere Nuss?"

„Trittbrettfahrer", sagte Erdmann knapp. „Jemand, der den Aufruhr nutzte. Vielleicht, um eine eigene Rechnung zu begleichen - oder einfach, weil er wusste, dass die Aufmerksamkeit gerade woanders war."

Stille senkte sich wieder über den Raum. Aus der Küche war ein leises Klirren zu hören - der Klang eines Blechtellers, der auf Stein fiel. Wahrscheinlich nur der Wind. Oder die letzte Gabel, die sich nicht einordnen ließ.

„Und Meissner?", fragte Schröder nach einer Weile.

„Er hat gestanden. Nicht aus Reue, sondern weil er zu stolz war, sein Werk zu leugnen. Er wollte wahrgenommen werden. Endlich."

Erdmann erhob sich langsam, goss sich den letzten Tropfen aus der Karaffe nach und sagte: „Wir sollten morgen mit Beaufort sprechen. Der wird das alles anders sehen - aber vielleicht auch verstehen. Denn nichts ist bitterer als ein unerledigter Satz. Und dieser hier war angerichtet - auf einem silbernen Tablett."

18. ALTE RECHNUNGEN

Der Morgen danach hatte etwas Trügerisches. Die Sonne schien in schrillem Übermut auf das Vereinsgelände, als wolle sie all das Licht zurückbringen, das der gestrige Abend verloren hatte. Die Hecke am Parkplatz war frisch gestutzt, die Linien auf Platz 1 makellos nachgezogen, und auf der Terrasse wurde bereits wieder der Kaffee serviert - als sei nichts gewesen. Nur die Stille, die unter dieser Kulisse lag, war schwerer als gewöhnlich. Sie hatte Gewicht. Eine Art kollektives Innehalten, wie es oft folgt, wenn etwas in Schieflage geraten ist, das nie hätte wanken dürfen.

Erdmann war früh gekommen. Nicht aus Pflichtgefühl, sondern aus Gewohnheit. Wenn ein Fall sich senkte wie ein Nebel, war er es, der aufstand, bevor die Welt sich wieder in Bewegung setzte. Sein Gang über das Gelände war gemächlich, fast respektvoll, wie das eines Gärtners, der prüft, wo der Frost über Nacht gewütet hat. Und der Schaden war da - nicht sichtbar, aber spürbar. In den Blicken, die man ihm zuwarf. In dem Wegdrehen der Köpfe, wenn das Gespräch zu deutlich wurde. Die Mitglieder taten, was Menschen in Vereinen eben tun: schweigen und spekulieren, abwarten und urteilen, lächeln und vermeiden. Erdmann wusste das. Er war lange genug Teil solcher Systeme, um zu erkennen, wann der Lack riss und wann darunter nur noch Beschönigung lag.

Im Klubhaus stand Beaufort. Geradezu unpassend geschniegelt, als hätte ihn die Affäre nur bestärkt, sich selbst wie ein Denkmal seiner Kochkunst zu inszenieren. Der makellose weiße Mantel, das goldene Monogramm auf der Brust, die Frisur akkurat wie ein soufflierter Eischnee. Doch seine Augen, sonst voller südländischem Feuer, waren heute glanzlos - und zu leer, um als kontrolliert durchzugehen.

„Sie kommen, um abzurechnen, Monsieur Kommissar?“, fragte er, ohne sich umzudrehen.

Erdmann trat neben ihn, sah ebenfalls durch die Glasfront auf den Platz hinaus. „Sie wissen, was passiert ist.“

„Ich weiß, dass man mir eine Bühne gegeben hat. Und dass jemand versucht hat, den Vorhang zu zerreißen.“

„Es war kein Angriff auf Sie persönlich. Nicht im ursprünglichen Sinn.“

Beaufort lächelte schief. „Aber immer ist es persönlich. Wenn es um Geschmack geht, gibt es keine Neutralität.“

Erdmann schwieg. Seine Hände ruhten locker auf dem Rücken, die Fingerspitzen berührten sich kaum. „Jakob Meissner“, sagte er schließlich. „Er hat das Menü manipuliert. Keine Absicht zur Tötung. Nur zur Erinnerung.“

Beauforts Reaktion war ein Zucken. Kein Erstaunen, kein Entsetzen. Eher etwas, das sich zwischen Stolz und Wehmut bewegte. „Ah, der Junge. Ich erinnere mich. Ehrgeizig. Eitel. Hat nie akzeptiert, dass Perfektion nicht diskutabel ist."

„Er hat Ihnen nie verziehen, wie Sie ihn öffentlich zurechtgewiesen haben. Damals im La Pêche."

„Ich erinnere mich nicht an alles, Monsieur Erdmann. Aber an das: Er hat Koriander an die Lammjus gegeben. Koriander!" Beauforts Stimme überschlug sich beinahe. „Was glauben Sie, was das mit einem Menschen macht?"

Erdmann schnaubte leise. „Vielleicht das, was heute mit Ihnen passiert ist."

Beaufort drehte sich zu ihm um. „Sie verteidigen ihn? Einen Dilettanten? Einen Mann, der meine Reputation in Gefahr bringt?"

„Ich verteidige niemanden. Ich verstehe nur Mechanismen. Wunden. Und was passiert, wenn sie nicht verheilen."

Sie standen einen Moment schweigend da. Zwei Männer, die die Öffentlichkeit unterschiedlich erlebt hatten: der eine in der Glut des Scheinwerfers, der andere im Schatten der Verhörräume. Doch beide trugen sie Narben, die man nicht sah - und vielleicht gerade deshalb umso genauer spürte.

„Was geschieht mit ihm?", fragte Beaufort schließlich, und seine Stimme klang plötzlich weniger schneidend. Fast müde.

„Ein Verfahren wegen fahrlässiger Körperverletzung. Aber ich vermute, er wird gestehen. Und man wird Milde walten lassen."

„Er hat Talent", sagte Beaufort leise. „Aber keinen Charakter."

„Manche wachsen noch hinein. Manche nicht."

Beaufort nickte. Dann wandte er sich ab, ging ein paar Schritte durch die Halle und blieb an einem Gemälde ste-

hen, das ihn selbst zeigte - in voller Kochmontur, aufgenommen bei einem Benefizdinner vor zehn Jahren. Der goldene Rahmen funkelte in der Morgensonne, als wüsste er nicht, dass Ruhm kein Rostschutz ist.
„Vielleicht ist es Zeit", murmelte er.
„Wofür?"
„Für eine neue Karte."
Erdmann lächelte. „Dann wäre jetzt der richtige Moment, Monsieur Beaufort. Neue Zutaten. Neue Wege. Und weniger Ego auf dem Teller."

Beaufort sah ihn lange an, dann lachte er. Es war kein fröhliches Lachen. Aber ein ehrliches. Und das war mehr, als viele in dieser Küche je gehört hatten.

19. DAS VERLORENE REZEPT

Der Fund kam nicht mit einem Paukenschlag. Kein aufgewühlter Schrei im Archiv, kein dramatischer Gestus im Klubzimmer. Nein, es war ein Flüstern in Papierform, das seine Bahn zog - ein Zettel, bräunlich vergilbt, gefaltet und fast schon bröckelnd, wie ein Baiser, das zu lange auf seinen Auftritt gewartet hatte. Lina hatte ihn im hinteren Teil eines Aktenordners entdeckt, unter Rechnungen, Veranstaltungsprotokollen und einem alten Plakat vom „Spargelabend 1986". Kein Absender, kein Briefkopf, nur handschriftliche Notizen in fließendem Französisch. Und ein kleiner Fettfleck in der linken unteren Ecke - der stille Beweis, dass dieser Text nicht für die Ewigkeit, sondern für die Küche gedacht war.

Erdmann nahm das Papier, als würde er einem alten Bekannten begegnen. Der Duft, der ihm aus der Erinnerung stieg, war nicht von dieser Welt: Estragon, Noilly Prat, Gänseleber und etwas, das wie zerdrückter Thymian klang. Beauforts Handschrift war unverkennbar - nicht durch den Stil, sondern durch die Arroganz zwischen den Zeilen. Keine Mengenangaben, keine Zubereitungszeiten, kein Hinweis auf Temperatur oder Garzeit. Nur Zutaten, angeordnet wie Schauspieler in einem zu intimen Stück. „Foie gras, 3x pochiert - nicht gekocht. Gedämpfte Nashi-Birne - frisch, nicht aus der Dose. Rindermark, geklärt. Und: keine Nüsse. Nie Nüsse."

Erdmann spürte Schröder hinter sich, dessen Atem ungeduldig an seinem Ohr kitzelte. „Das ist es? Das Rezept?"

„Nicht irgendeines", murmelte Erdmann. „Das Rezept. Das verschollene."

„Aber warum so versteckt?"

„Weil es etwas enthielt, das nie auf den Tisch sollte."

Lina trat hinzu, mit einem vorsichtigen Blick auf den vergilbten Zettel. „Du meinst... eine geheime Zutat?"

„Ich meine: ein Stück Vergangenheit."

Denn auf der Rückseite, kaum lesbar und in anderer Handschrift, standen Worte, die mit Kochkunst wenig zu tun hatten: „Je ne t'ai jamais pardonné, mais j'ai toujours goûté ton silence." - „Ich habe dir nie verziehen, aber ich habe immer deinen Schweigen geschmeckt."

Erdmann las es zweimal. Dann faltete er das Papier zusammen, schob es in seine Manteltasche und verließ das Archiv, als würde er eine Gruft schließen. Der Satz war nicht von Beaufort. Er war von jemandem, der ihm nah gewesen war - zu nah. Vielleicht eine ehemalige Geliebte? Eine Kollegin? Ein Konkurrent? Oder: jemand, dessen Urteil ihn mehr verletzt hatte als jede schlechte Kritik.

Zurück im Klubhaus war die Luft anders. Nicht schwerer - nur bewusster. Der Fall hatte eine Wendung genommen, nicht in Richtung eines weiteren Verdachts, sondern in Richtung eines Verständnisses. Beauforts Leben war kein reines Menü gewesen. Es hatte Bitternoten, verbrannte Stellen und überwürzte Saucen. Der verlorene Zettel war sein Spiegel. Und der Satz auf der Rückseite seine Beichte.

„Was machen wir jetzt damit?", fragte Schröder, als sie wieder auf der Terrasse saßen.

Erdmann nahm einen Schluck aus seiner Thermoskanne. Der Kaffee war lauwarm, wie die Stimmung im Verein.
„Wir machen gar nichts."
„Gar nichts?"
„Manchmal ist die Wahrheit keine Zutat, sondern ein Rest im Topf. Was zählt, ist, wer den Löffel hält."
„Und Beaufort?"
„Der wird es wissen. Ohne dass wir's ihm sagen."
Lina lächelte. „Du meinst, er erkennt das Rezept?"
„Er erkennt die Handschrift. Und die Absicht."

Es war einer jener Nachmittage, an denen der Klub langsam wieder zur Routine zurückfand. Es wurde gespielt, gelacht, sich beschwert über den Belag, die Getränke, das Wetter. Die Terrassentür quietschte, jemand bestellte einen doppelten Espresso, und irgendwo klapperte Porzellan.

Aber unter all dem lag das Wissen: Ein Kapitel war beendet, bevor es je geschrieben worden war.

Und Erdmann, der nichts vergaß, notierte in seinem Notizbuch lediglich drei Worte: „Geschmack hat Geschichte."

20. FINALER GANG

Der große Saal war längst leer, doch der Duft des Abends hing noch immer wie ein letzter Applaus in den Stoffen der Vorhänge. Ein Hauch von Gänsefett, Karamell und etwas Bitterem - als hätte der Raum selbst mitgegessen. Erdmann stand am Rand des Raumes, dort, wo das Parkett knarzte und die Schatten vom Kronleuchter lang über die Tische fielen. Die Servietten waren abgeräumt, die Gläser gespült, das Tischtuch glattgezogen wie eine Fassade. Nur die Wahrheit, die hatte noch keinen Platz gefunden.

Beaufort betrat den Saal durch den Kücheneingang. Nicht mit dem Stolz eines gefeierten Kochs, sondern mit der Last eines Mannes, dem ein Stück seiner Geschichte aufgetischt worden war. Er hatte den Zettel gesehen - Lina hatte ihn ihm zugespielt, auf Erdmanns stillen Wunsch hin. Keine große Übergabe, kein Verhör. Nur eine Geste, ein Blick, ein Nicken. Der Zettel hatte gewirkt. Er hatte gesessen wie eine Prise Muskat in einer zu klaren Suppe: leise, aber unausweichlich.

Erdmann sagte nichts. Er beobachtete nur, wie Beaufort sich dem Platz näherte, an dem die Jakobsmuschelterrine serviert worden war. Der leere Teller stand noch da, als Denkmal und Mahnung. Daneben lag die Karte des Abends - sorgfältig gestaltet, doch mit einem kleinen Fehler: Die Terrine war dort nicht aufgeführt. Nie gewesen. Nie geplant.

„Sie war nicht auf dem Menü“, sagte Beaufort, mehr zu sich selbst als zu jemand anderem.

Erdmann nickte. „Aber sie stand auf dem Teller.“

„Ein letzter Gruß. Von einem Schüler, den ich nicht mehr kannte.“

Und da fiel der Vorhang.

Der Täter war kein Unbekannter, kein Fremder im System, sondern jemand aus dem Inneren der kulinarischen Hierarchie. Pierre Lamarque, ein ehemaliger Souschef aus Beauforts Pariser Zeit, damals jung, ehrgeizig, begabt - und tief gekränkt. Eine harsche Kritik, eine öffentliche Demütigung, eine Karriere, die nie wirklich begann. Pierre hatte Berlin nie betreten, sondern den Abend orchestriert - über einen Strohmann, der als Aushilfe in der Küche anheuerte, unauffällig, zuverlässig. Der Plan war einfach: Eine Muschelterrine auf ein Menü zu schleusen, das allergische Reaktionen provozieren konnte. Nicht tödlich - aber auffällig. Ein kulinarischer Stich ins Herz des Abends.

Doch der Plan hatte ein Eigenleben entwickelt. Die Pistaziencrème, der vertauschte Nachtisch, das Sabotageelement - das war nicht Pierre. Das war ein Trittbrettfahrer. Ein zweiter Spieler im Schatten des ersten. Und damit wurde aus der Rache ein Puzzle. Ein Spiel mit zwei Händen - und zwei Motiven.

Erdmann hatte beides erkannt. Durch die Gewürzliste,

den versteckten Behälter, Schröders zufälligen Fund im Kühlhaus. Und durch die Zeile auf der Rückseite des Rezepts: „Ich habe dir nie verziehen." Kein Hass, aber tiefe Verletzung. Kein Mord, aber kalkuliertes Risiko. Und dann der Zufall - das eigentliche Opfer hatte nichts mit der Geschichte zu tun. Ein Gast mit derselben Allergie, derselben Empfindlichkeit. Falscher Teller, falscher Moment. Und plötzlich wurde aus der Vergangenheit ein aktueller Notfall.

„Was wird jetzt geschehen?", fragte Beaufort leise.

„Nichts, was Sie nicht schon tragen", antwortete Erdmann.

Denn das Gericht war angerichtet worden - im doppelten Sinne. Die Polizei wurde informiert, der Strohmann verhaftet, Pierre ermittelt. Doch der eigentliche Fall war älter. Und bereits geschehen. Alles andere war Nachspiel.

Später, auf dem Heimweg, sagte Schröder: „Schon irre, wie aus einer vergessenen Zutat eine Geschichte wird, die Jahre überdauert."

Erdmann trank aus seiner Thermoskanne. „Geschichten schmecken nicht nach Zeit. Sie schmecken nach Erinnerung."

„Was meinst du, war das Ganze wirklich ein Mordversuch?"

Erdmann schüttelte den Kopf. „Nein. Es war ein Ruf. Nach Anerkennung. Nach Wiedergutmachung. Verlorene Ehre als Vorspeise."

Und damit war der Fall zu. Nicht juristisch - das erledigte nun die Staatsanwaltschaft. Aber menschlich. Und das war, was Erdmann interessierte.

FAZIT

Dit is schon so'n Ding, wa. Da steht man mittenmang in'nem Verein, der sich zur Aufgabe macht, mit Lachs, Leber und Lametta zu glänzen, und am Ende stellt sich raus, dass der bitterste Nachgeschmack nicht von der Muschel kam - sondern von der Vergangenheit. Von dem, wat man nicht verdaut hat, innerlich mein ick. Die Jakobsmuschelterrine, die stand nie uffm Menü. Aber sie war da. So wie alte Geschichten, die man nich runterspült mit Prosecco oder Korkengeschichten. Die kommen wieder. Manchmal mit Pistazien, manchmal mit einer Handschrift, die nach Rache riecht.

Beaufort, der große Chef, der Grand Seigneur vom Löffel, hat det alles viel zu spät geschnallt. Und ick sach dir: Wenn det Ego kocht, wird's selten süß. Da is det wie bei uns inner Polizei - je größer der Rang, desto empfindlicher der Magen. Und wenn dann einer aus der zweiten Reihe, so'n kleiner Koch mit großem Schmerz, sich nochmal melden will, dann wird ausm Gruß aus der Küche ganz schnell ne kalte Rechnung.

Aber: Keener wollte hier wen umbringen. Keener hat sich auf'n Mord versteift. Nee, dit war ein Gericht mit Geschichte, serviert mit einer Prise Stolz, einer Handvoll Groll und einem ordentlichen Schuss Missverständnis. Und wie so oft im Leben - der Falsche hat's abbekommen. Keiner hat den Nachtisch richtig gelesen.

Für Schröder war's wieder ‚ne Lektion in Sachen Timing, für Lina ‚n Archiv mit Nachgeschmack - und für mich? Für mich war's mal wieder der Beweis, dass dit Menschliche nie aufhört, zwischen Hauptgang und Dessert.

Und wat bleibt? Ein Abend voller Geschmacksexplosionen - im guten wie im schlechten Sinne. Ein Verein, der weiter nach Prestige lechzt. Und ein Koch, der nach all den Jahren merkt: Der größte Fehler ist nicht, ein Rezept zu vergessen - sondern einen Menschen.